지리산 호랑이

지리산 호랑이

印虛 정수인 지음

어문학사

프롤로그

홍길동은 아버지를 아버지라 부르지 못하고 대감님이라고 했다.

어느 개그맨은 아버지를 아버지라 부르지 못하고 '아바마마!'라 한다고 했다.

아버지가 기억에 없는 나는
할아버지를 할아버지라 부르지 못하고, 버릇처럼
'할바마마, 소손을 용서하오소서!'라고 하고 만다.
뚜렷한, 아니
이렇다 할 아무런 잘못도 없으면서 버릇처럼
오래 전에 돌아가신 할아버지께 용서를 빌고 마는
나는 누구인가?

아무것도 아닌 사람이 끝내 이름마저 밝히지 못하고
이다완(李茶琓)이라는 아명(兒名)으로 소개하는 것을 용서하기 바란다.

범죄자도 아니고 신분을 감춰야할 이유가 있는 사람도 아니지만

아예 성씨까지 전혀 다른 현상만(玄尙晩)이란 가명도 사용할 것이다.

돌도 되기 전에 아버지를 잃고 열두 살에 할아버지마저 여읜 나는

할아버지를 할바마마라고 부르지만

솔직히 내가 누구인지 나도 모른다.

아버지가 할아버지의 친자식이 아니라 양자로 들어왔기 때문이다.

살아생전 '할아버지!'라고만 불렀지

한 번도 '할바마마!'라고 불러 본적이 없었던 나에게

할바마마라는 말버릇이 생긴 것이 TV의 사극 탓인 것처럼

어쩌면 내가 진짜 같기도 하고

사람도 아닌 어떤 가짜가 사람행세를 하는 것 같기도 하다.

평생을 그림자처럼 살다가 돌아가신 할아버지를

이십년에 가깝게 아직도 '전하'라고 부르는 할머니

차례

지리산 호랑이

부록 – (뮤지컬) 여우

호랑이 발자국

전주한옥마을에 가기 전 마지막 휴게소라기에 들어간 곳이 여산 휴게소였다. 화장실에 다녀오는 길에 버릇처럼 커피 자판기를 찾았다. 나처럼 자판기 커피를 즐기는 사람들이 많은 듯 흡연 장소가 아닌데도 자판기 앞에는 십여 명 사람들이 모여 있었다.

아줌마 커피라느니 커피크림이 몸에 안 좋다느니 하는 우려 섞인 놀림을 당하면서도 기회가 있을 때마다 나는 믹스커피를 즐긴다. 우리나라에서 만들기 시작한 커피믹스가 세계적인 발명품이라는 걸 모르는 사람도 없을 것이다.

"학생, 거 헛소리 그만 해라. 호랑이는 무슨 얼어 죽을 호랑이."

"맞아! 들개나 들고양이가 좀 많아? 지리산에는 반달곰도 많잖아?"

놀라는 소리 대신 질책하는 소리들이 쏟아졌다.

그러나 주위의 시선이 몰리는 걸 의식해서인 듯 사내아이의 목소리가 더욱 높아졌다.

"정말이라니까요. 정말로 지리산에 호랑이가 살고 있다니까요."

여기 좀 보세요, 호랑이 발자국이 분명하잖아요. 고등학교 1학년쯤으로 보이는 아이가 휴대폰을 내밀었으나 막상 들여다보는 사람은 나뿐이었다. 스마트폰은 카톡이나 sns를 이용해 정보를 이용하고 서로 소통하는 창구가 되었지만 외부와 거의 고립된 채 살아온 나에게는 최신 스마트폰은커녕 구닥다리 2G폰도 겨우 보름 전에야 생전 처음으로 장만한 정도였다.

다른 사람들은 모두 제 휴대폰을 열고 검색하기에 바빴다. 백과사전을 찾아보지 않고도 화면 클릭 몇 번으로 세상의 모든 지식에 접근할 수가 있고, 지구 저편에서 벌어지는 일까지 거의 실시간으로 알아볼 수도 있는 인터넷시대, 스마트폰이라는 이동전화기는 컴퓨터마저도 손바닥 위에 올려놓고 말았다. 컴퓨터그래픽이 발전하고 누구나 자신의 의견이나 정보를 올려놓을 수 있는 정보바다의 시대에는 오히려 갖가지 루머가 양산되고 빠르게 전파될 수 있으므로 오히려 제 눈으로 보면서도 믿지 못하는 세상이 되어버렸다. 어쩌면 그러한 피해의식이 남의 스마트폰이 아닌 자신의 스마트폰을 통해서 검색해보아야만 하는 버릇을 길러냈는지도 모른다.

여기저기 부지런히 검색하는 사내아이의 스마트폰에는 호랑이 발자국으로 보인다는 사진만 올라있었고, 어디에서도 구체적인 기사는 올라와 있지 않았다. 종이컵에 든 커피를 홀짝거리며 주위를 둘러보았지만 사람들은 아직 호랑이발자국 소식을 모르는 것처럼 부지런히 오갈뿐이었다.

호랑이 소식이 궁금했던 나는 다시 차에 오른 뒤 시동을 걸자마자 라디오부터 켰다. 주파수를 올리며 검색하다가 호랑이 소식이 들리자 얼른 그 채널에 고정하고 볼륨을 올렸다. 아직은 방송국에서도 별다른 정보가 없는 것 같았지만, 갑작스런 호랑이발자국 소식은 나를 흥분시키기에 충분했다.

남한 땅에서 야생 호랑이가 멸종 된 것이 언제인데 지리산에 호랑이가 나타나다니?

말도 안 되는 소리가 분명했지만 반갑기는 마찬가지였다.

새로운 생활을 위해 전주에 들어서면서 듣는 호랑이 소식은 어쩐지 내게도 좋은 일이 일어날 것만 같은 예감이 들었다.

세상에, 호랑이가 나타나다니!

내비게이션에서는 장수 / 순천 고속도로로 진입 하라고 했지만 나는 핸들을 고정한 채 계속 액셀을 밟았다. 내비게이션의 새 경로를 탐색한다는 소리를 들으며 각오를 새롭게 했다.

사내대장부가 당당하게 정문으로 들어설 것이다. 아무도 지켜보는 사람이 없고 혹 누가 본다고 해도 그깟 톨게이트 명칭이 뭐가 중요해서 멀리 길을 돌아가느냐고 나무랄 것이다. 그러나 전주는 내 새로운 인생이 시작이 될 곳이다. 자기 혼자서라도 생일상을 마련해 먹어야 하는 것처럼 새로운 인생 시작부터 챙겨야 하는 것이다.

전주 톨게이트에 들어서면서 한옥 식 기와지붕보다 더 강한 인상을 준 것은 '가장 한국적인 도시 전주'라는 간판이었다. 가장 한국적인 도시! 전주는 예부터 맛깔스런 음식과 함께 푸짐한 인심으로 소문난 곳이다. 인구가 급팽창했던 조국 근대화의 물결 속에서도 전주는 오히려 인구가 줄어드는 전라북도의 도청소재지다. 산업 발전이 낙후되었던 바로 그 때문에, 누군가 가장 한국적인 도시라는 표현을 쓸 수 있다면 그것은 어쩌면 전주가 될지도 모른다는 생각도 잠깐 들었다.

톨게이트를 빠져나온 지 얼마 안 되어 전주 초입인 듯 갑작스럽게 시가지가 나타났다. 신호등 앞에 섰을 때 상가에 비치는 TV화면에서도 호랑이에 관한 보도가 나오고 있었다.

누가 나를 기다리는 것도 시간 맞추어 가봐야 할 곳이 있는 것도 아니다. 한옥마을까지 남은 거리가 8km 정도밖에 안되었지만 나는 가까운 상가주차장에 차를 세웠다. 아직 식사시간도 멀었고 배도 고프지 않았지만 식당이 제일 만만할 것이다. 나는 메뉴판보다도 쇼윈도에 비치는 화면을 보고 얼른 들어가 자리를 잡았다. 밥을 먹으면서도 TV에 눈귀를 고정시켰지만 흥분한 목소리로 이야기하는 아나운서들 말고는 휴게소에서 스마트 폰으로 보았던 이상의 별다른 정보는 얻을 수 없었다.

이른 봄이었지만 따뜻한 날씨 탓인지 평일 낮인데도 한옥마을에는 관광객이 많았다. 한옥마을에서의 주말 숙박은 적어도 한 달 전에 예약하지 않으면 불가능하다고 했지만 꼭 그런 것만도 아니었다. 내가 예약 없이 한옥마을에 간 것은 금요일이었지만 나는 이어지는 주말에도 방을 비워줄 필요가 없었다. 내가 고른 곳이 한옥마을 중심부를 크게 벗어난 변두리였기 때문만을 아닐 것이다.

"정말 일주일동안 계실 거예요? 선불인데 괜찮으시겠어요?"

"네, 지금 드릴게요."

"더 계실 거면 언제든 말씀하세요. 다음 월요일부터는 방도 손님이 원하는 곳으로 바꿔드리고 숙박비도 조정해드릴게요."

나중에 알게 된 일이지만 사실 그 집에도 주말에는 빈방이 없었다. 마침 안주인의 지인이 묵기로 예약되었던 방을 나에게 주고 주인부부는 지인을 자신이 주말에만 이용하는 시골집으로 데려갔던 것이다.

서울에서 살다가 아예 민박으로 전업하기 위해 고향으로 돌아왔다는 주인부부는 엄청 친절했다. 일주일이 지난 뒤에도 나는 다른 숙소를 알아보지 않고 계속 눌러있기로 했다. 새로 지은 집이라 깔끔했고 전주천변을 산책할 수 있는 조건도 좋아서였다. 주인부부는 인터넷선도 연결해주었고 한옥마을 민박숙소에는 거의 없다는 TV까지도 새것으로 장만해주었다.

"쓸데없이 붐비지 않아서 좋고 주말 교통통제도 없으니까 언제든 집 앞에 차를 세워둘 수도 있어요." 주인아주머니의 자랑이 아니더라도 변두리에 숙소를 잡은 것은 정말 잘한 일이었다. 주말이나 공휴일에는 한옥마을 근처가 모두 거대한 주차장으로 변하는 통에, 무심코 차를 뺐다가는 곧바로 자리를 빼앗겨 다른 방문객들처럼 먼 곳에 차를 세워두고 걸어서 돌아와야 했지만.

가끔 일어나는 어지럼증 때문에 일을 못하고 쉬러 왔다는 말이 보호본능을 유발시켰는지 주인남자는 대뜸 의형제를 맺자고 했다. 찬은 없지만 사먹는 음식보다는 '집밥'이 나을 거라며 식사 때마다 불러주었으므로 밖에서 식사 일정이 잡히면 맨 먼저 형수님께 전화부터 해야 하는 정도였다.

민박집은 전주 향교와 남천교 중간쯤에 있었으므로, 골목길만 벗어나면 바로 전주천 둑길이었는데 전주천 둔치에는 가을마다 하얗게 꽃피는 억새가 장관을 이룬다고 했다. 아직 바람이 찬 탓으로 억새는 새싹을 내밀지 못하고 있었지만, 파릇파릇 솟아오른 나팔수선화 한 무리가 노란 꽃망울을 터뜨리고 있었다. 규모로 보아 지자체에서 관리하는 정도는 아니겠고, 홍수가 나면 물에 쓸려가기 쉬운 하천부지이지만 내 집 꽃밭처럼 가꾸는 손길도 있는 모양이었다. 처음에는 부지런히 한옥마을 구경을 다녔지만 차츰 봄기운 가득한 전주천변에서 시간을 보내거나 바깥으로 차를 몰고 나가는 날이 많아졌다.

새로운 삶을 시작하려는 전주에 들어서면서 듣게 된 호랑이 이야기는 분명 기분 좋은 소식일 수밖에 없었다.

지리산에 호랑이가 나타났다.

남한 땅에서 야생 호랑이가 멸종 된지가 언제인데 호랑이가 나타나다니, 서울 하늘에 UFO가 나타났다는 것보다 더 믿을 수 없는 그야말로 뜬소문일 뿐이다. 그런데 믿을 수 없는 일에 더 호기심을 갖는 사람들에 의해서 지리산 호랑이는 빠르게 존재감을 드러내고 있었다.

사건의 발단은 단순했다.

몇 해 전부터 지리산에 방사되어 자연 상태에서 새끼까지 낳아 기르며 잘 번식해가고 있었던 반달곰들이 한 달 간격으로 두 마리나 희생되었는데 조사를 하던 중 호랑이 발자국이 발견되었던 것이다. 곰에게 달아두었던 추적장치가 발견되었던 장소에서 겨우 5백여 미터 정도밖에 떨어진 곳에서 발견된 데다가 젖은 땅에 너무도 뚜렷하게 찍혀있는 호랑이 발자국은 삽시간에 전 국민의 눈과 귀를 한 곳으로 모으기에 충분했다.

"산중대왕이 내가 여그 살고 있응게 함부로 범접허지 말라고 남긴 것이여."

나무 등걸에 생겨난 날카로운 발톱자국도 반달곰의 흔적이 분명하다는 전문가들의 의견은 묵살되었고, 나이든 노인네들의 증언만으로 호랑이가 남긴 영역 표시로 포장되었다.

남한 땅에서는 이미 멸종된 것으로 알려진 호랑이가 나타났으므로 어디를 가나 지리산 호랑이 이야기뿐이었다. 언론매체마다 경쟁적으로 달려들어 발자국 크기로 보아 몸집이 무려 200kg에 이르는 대형 호랑이라는 것과 함께 백두산 호랑이의 생태까지 상세하게 설명하는 보도를 내보냈다. 우리가 백두산 호랑이라고 부르는 호랑이가 바깥세상에서는 시베리아 호랑이로 통용된다. 전설이나 소문만 무성했지 영상기록이 거의 없는 백두산 호랑이보다 시베리아 호랑이에 대한 다큐멘터리가 계속 방송되기도 했다.

시청자들이 호랑이 생태 전문가 정도의 수준으로 올라선 뒤에도 호랑이에 관한 보도는 그치지 않았다. 옛날에는 호랑이가 엄청 많았지만 호랑이는 산신령의 심부름꾼이다. 함부로 사람을 해치지 않기 때문에 별로 무서워하지 않았다는 여러 증언들과 함께, 자기 어머니가 절에 갔다 올 때면 호랑이가 뒤따르며 밤길을 지켜주었다는 둥 믿기 어려운 이야기들도 번번이 귀한 대접을 받았다.

호랑이가 남긴 발자국은 지리산에도 호랑이가 살고 있다는 명백한 증거가 될 것이다. 그러나 바로 그 발자국 때문에 조사반에서는 곰 두 마리의 실종을 밀렵으로 추정했다. 태어날 때부터 사람 손에서 자랐던 반달곰들은 아직 사람에 대한 경계심이 느슨할 수밖에 없고 먼저 사람에게 친근하게 접근할 수도 있어서 밀렵꾼들에게는 매우 손쉬운 사냥감일 수밖에 없다. 손쉽게 반달곰을 잡은 밀렵꾼들은 칼을 사용하지 않고 지렛대 등을 이용해 추적장치를 비틀어 떼어냈을 것이며 조사반의 추적을 피하기 위해 교묘하게 호랑이 발자국을 조작했을 가능성이 많았기 때문이다.

발견된 호랑이 발자국이 모두 동일하다는 것이 추정근거였다. 네발짐승들이 걸어갈 때는 앞발 위치에 뒷발을 내딛는 것이 보통인데도, 선명하게 두 개나 찍힌 발자국이 모두 호랑이 오른쪽 앞발 하나뿐이라는 것은 확률적으로도 매우 희박했기 때문이다. 방송 기자들까지 나서서 경쟁적으로 보름이 넘게 호랑이의 다른 발자국을 찾아 헤맸지만 어디에서도 더는 호랑이 발자국을 발견하지 못했다. 찾아내지 못한 것은 발자국만이 아니었다. 맹수들은 반드시 자신의 영역표시를 하고 주기적으로 영역순찰을 하는 것이 상식이지만 어디에서도 호랑이가 남긴 영역표시는 발견되지 않았다. 또한 살아있는 동물이라면 반드시 남기기 마련인 배설물조차도 찾아내지 못했다. 조사반에서는 반달곰의 실종을 밀렵꾼들의 소행으로 결론지었으며 시청률을 높여야 하는 매스미디어의 생리를 모르는 것은 아니지만 선정적인 보도는 자제해주기를 바란다는 메시지도 전했다.

"밀렵을 막기 위해서는 사람을 피하는 훈련을 강화해야 했지만 혹시라도 등산객을 위험한 적으로 여기고 공격하는 일이 발생할까 봐 훈련강도가 약할 수밖에 없었습니다. 방사된 지역의 등산로를 폐쇄한다고 해도 등산객들이 길을 잃고 헤맬 수도 있고 방사된 곰들이 서식지를 찾아 멀리 돌아다니면 말짱 헛일이지 않습니까?"

연구소 측에서는 곰들의 잇단 실종에 대해 혹시라도 등산객을 습격하는 사고가 일어나면 방사에 대한 반대여론이 일어날 수 있으므로 대인기피 훈련을 강화하지 못했다고 했지만 어차피 야생에서 반달곰이 살게 하려면 그 정도의 위험쯤은 감수해야 할 것이라는 주장도 만만치 않았다. 방사하는 반달곰의 야생훈련 방식에 초점이 모아지고 갑론을박하면서 호랑이 소동은 차츰 가라앉고 있었다.

반달곰의 실종이 밀렵이 아니라 야생 반달곰에 의한 것일 수도 있다는 소문이 갑작스럽게 돌기 시작했다. 전방에서 근무했던 한 병사가 복무 중에 불이익을 받지 않으려고 제대하기를 기다렸다가 올렸다는 글이 문제를 일으킨 것이다. 그의 sns에는 철책을 보수하는 사진과 함께 DMZ(휴전선 비무장지대) 안에서 돌아다니던 반달곰들의 사진도 올라있었다. 몇 달 전, 철책이 무너져 수리를 했는데 그

뒤로는 철책 안에 살던 곰들이 보이지 않았다. 파손되었을 때 짐승 발자국만 조금 발견되었을 뿐 공비의 침투흔적은 전혀 발견하지 못했으므로, 괜히 긁어 부스럼을 만들어 부대장과 부대원들이 불이익을 당할 필요가 없었으므로 상부에 보고되지는 않았을 것이라는 이야기였다. 그때 발견된 짐승들의 발자국이 어떤 것들이었는지는 몰라도 DMZ 안에 살고 있던 곰들이 철책을 파손하고 지리산으로 내려간 것일 수도 있다고 했다.

호랑이가 없는 지리산에서 최고의 상위 포식자는 거대 맹수인 곰일 수밖에 없다. 밀렵꾼이 아닌 맹수에게 희생되었다면 같은 반달곰이지만 야생에서 억세게 자란 DMZ 반달곰이 인간의 손에 사육되다가 방사된 반달곰을 해쳤을지도 모른다는 단순한 발상이었다. 곰과 호랑이의 발자국은 생김새부터 전혀 다르고 곰끼리 싸워도 영역을 지키기 위한 정도이지 서로 잡아먹을 정도는 아니다. 예전에는 꿩 한 마리도 보기 힘들었지만 산에 들어가기 겁이 날만큼 수풀이 우거진 지금은 전국 어느 산이나 넘쳐나는 야생동물로 골머리를 앓는 중이다. 영역다툼은 있어도, 멧돼지와 고라니 따위 사냥하기 쉬운 먹잇감이 득실거리는 환경에서 곰들이 서로 잡아먹는 일은 있을 수가 없다는 것이 상식이었지만 뭔가 자극적인 것을 좋아하는 사람들에 의해서 밀렵이 아니라 사나운 야생 곰에게 잡혀 먹혔을 것이라는 소문으로 번져나갔다.

새로운 뉴스거리에 목마른 매스미디어들은 경쟁적으로 카메라를 설치하기 시작했다. 많은 경비를 들여가며 카메라를 설치하는 사람들도 다 믿어서가 아니었다. 호랑이가 지리산에 산다는 것을 믿거나 말거나 국민적인 중요관심사라고 판단했기 때문이다. 어쨌거나, 만에 하나라도 지리산에 호랑이가 있다면 호랑이가 사람들 눈앞에 모습을 드러내는 것은 시간문제였다. 제아무리 영물일지라도 살아서 움직이는 짐승이라면 그물처럼 촘촘히 설치된 카메라에 반드시 포착되고 말 것이기 때문이었다.

내 이름

내가 나고 자란 서울에서 사는 동안에도, 나는 한 집에 사는 사람밖에는 아는 사람이 거의 없는 외톨이였었다. 밤거리를 걷다가 술집에 들어가 많은 사람들 속에 끼어있으면 더할 수 없이 편안했다. 저마다 술에 취해 왁자지껄 떠드는 소리 속에서 한없는 자유를 만끽했다.

나는 허약한 몸을 가지고 태어났다. 어려서부터 보약을 달고 살았지만 잔병치레만 하지 않았을 뿐 늘 기운이 없었다. 달리기는커녕 오래 걷는 것도 오래 서 있는 것도 힘들었다. 물론 건강검진에서는 어떤 문제점도 발견된 적이 없었으니, 단지 남들보다 인내심이나 지구력이 부족하다고 생각할 뿐이었지만 그렇다고 해결책은 없었다. 그러나 이상하게도 늦게 시작한 풍물을 하거나 술자리에서는 쉽게 지치지 않고 남들과 함께 할 수가 있었으니 그나마 다행이었다.

혼자 마시는 술이지만 적당히 주기가 오르면 바라보는 얼굴들이 모두 다정한 얼굴로 변해 갔다. 수많은 전파 속에서 일정 주파수를 잡아내는 라디오처럼 이런저런 대화에 귀를 기울이다보면 마치 나도 그들과 한패인 것처럼 느껴지곤 해서 좋았다.

한 달에 서너 번씩 즐기는 은밀하게 즐기는 취미생활이 되었지만 몇 달도 안 되어 그만 두어야 할 때가 오고 말았다.

그날은 나도 모르게 분위기에 너무 깊이 취해서 큰 실수를 하고 말았다. 처음 보는 사람들이었음에도 편한 사람들과 이런저런 대화를 나눠온 것 같은 착각에 빠져 그만 임금님의 귀는 당나귀 귀라는 사실을 실토하고 만 것이다.

"쯧쯧쯧! 미쳤군, 미쳤어!"

"그놈의 컴퓨터 게임 때문에 인간들이 현실구분을 못한다니까."

거기까지는 괜찮았다.

"뒈진 듯이 자빠져 있어. 이 개새끼야!"

성난 소리와 함께 눈앞에 별이 번쩍하고 뺨이 얼얼해졌다.

"나라 망해 먹은 개새끼들이 뭐, 황손? 야, 이, 개새끼들아. 나라 망해 먹고 왜놈들한테 붙어먹은 개새끼들이, 부끄러운 줄도 모르고 어디서, 뭐? 황손? 야, 이 개새끼야! 차라리 자살해라, 자살해!"

그리고 다른 쪽 뺨에도 사정없이 매서운 주먹이 날아들었다. 의자에서 굴러 떨어진 뒤에도 몇 차례 발길질이 쏟아졌다. 구석에 처박힌 채 일어서지도 못한 나는 너무 억울해서 헤픈 눈물이 쏟아졌다. 대한황실이 나라를 망해 먹었다고 해도 일제에 붙어먹은 적은 결단코 없었다. 왜, 온갖 누명을 다 뒤집어써야 하는가.

여태까지 나는 한 번도 직업을 가져보지 못했다. 내 의지로 선택할 수 있는 일은 처음부터 없었으며 심지어 이렇다 할 취미생활마저도 가질 수가 없었다. 초등학교에 들어가기 전부터 할아버지 앞에서 붓을 들었고, 할아버지가 돌아가신 뒤에는 상투 올리고 도포 자락을 날리며 드나드는 청학동 훈장님에게 옛글(古文)과 붓글씨를 배웠지만 내가 원해서 하는 일은 아니었다.

황실복원에 온 정열을 쏟는 할아버지를 둔 나는 유치원에도 가지 못했다. 초등학교 2학년 때 무심코 할아버지한테 피겨스케이팅을 하고 싶다는 소리를 했을 때, '누가 순 상것들이나 하는 것을 보라고 했느냐!'며 온 집안에 불호령이 내리고 식구들 모두에게 한동안 TV시청마저 금지되었을 정도였었다.

그것이 가능한 것이던 아니던 대한황실의 황제가 되는 것만이 내 운명인지도 모른다. 어렸을 적에는 여러 가지 공상도 했었지만 철들면서부터 나의 꿈은 오직 황실이 복원되는 것 하나로 모아졌다. 그러나 나이 스물여덟이 된 이때까지 아직 한 번도 황제가 된 뒤에 무엇을 하거나 어떻게 해보고 싶다는 생각은 해보지 못했다. 가능성이 극히 희박한 만큼 먼저 황실복원에 온 힘을 쏟아야 했기 때문이다.

사실 황실복원의 중심에 있는 내가 생각해도 대한황실 복원은 가능성 0.001%도 안 되는 꿈같은 일이었다. 그렇지만 나는 황실복원의 꿈을 접고 다른 일(그럴 기회가 온다면 나한테도 남들처럼 좋아하거나 따로 하고 싶은 일이 생길 것이다)을 할 수도 없었다. 철이 들면서 알아낸 것은 내가 이미 호랑이등에 올라앉은 운명이라는 것이었다. 황실이 무엇인지 황제가 무엇인지 제대로 알 수도 없지만, 내가 그것을 포기하는 것은 너무도 많은 사람들의 간절한 염원을 저버리는 배신행위였기 때문이다.

그렇다고 황실복원에 내가 나서거나 따로 할 일이 있는 것도 아니었다. 어쩌다 모임에 나가서도 웃는 얼굴로 공손하게 사람들을 대하는 일이 전부였다. 누구를 만나도 내가 하는 말이라곤 '안녕하세요, 감사합니다, 수고 많으십니다' 정도였다. 어쩌다 내 의견이 필요한 때에도 '일모공의 말씀이 옳습니다. 일모공 의견대로 하시는 게 좋겠습니다.'라고만 하면 되었다. 일모공은 돌아가신 할아버지의 친구였는데도 할아버지를 상전 모시듯 했었고, 어린 나한테도 늘 허리 굽혀 인사하고 경어를 쓰며 깍듯하게 대하셨다. 수많은 사람들 중의 하나라는 뜻의 구우일모(九牛一毛)를 호로 사용할 만큼 늘 겸손하신 일모공은 황실복원회 모두의 존경을 받고 있었고 거의 모든 일을 지휘하고 있었으므로 나도 그의 의견에 따르면 되었던 것이다.

모르는 사람들 틈에 섞여 돌아다니는 것 말고 내 의지로 무엇을 하게 된 것은 풍물이 처음이었다. 풍물을 배우기 시작한 것도 사람이 그리워서였지만 막상 누구와도 개인적인 친분을 가질 수는 없었다.

방잇골 사람들은 풍물을 배우기 위해서가 아니라 마치 즐겁게 놀기 위해 모이는 사람들 같았다. 연습실 안에서는 물론 바깥 식당에서 음식을 먹다가도 노랫가락이 터져 나왔다. 누가 무슨 노래를 시작하건 금방 모두의 합창으로 변했으며 무릎장단, 젓가락장단으로 시간가는 줄 몰랐다. 당연히 연습을 마친 뒤에도 뒤풀이로 이어졌지만 나는 매번 그 속에 섞이지 못하고 피곤하다며 빠져나오고 말았다. 그러나 방잇골에 다녀온 날에는 바로 집으로 돌아가지 못했다. 뒤풀이 현장에서는 용감하게 탈출했지만 막상 혼자가 되어서는 밀려드는 외로움을 감당할 재간이 없었기 때문이다. 정말 피곤하고 쉬고 싶어서 서둘러 집으로 돌아가는 택시에 앉아있다가도 행선지를 바꾸기가 십상이었다. PC방이나 찻집에 앉아 쉬다가 기운이 나면 시끌벅적한 곳을 찾아가 낯선 사람들 틈에 도둑처럼 끼어들어 왁자지껄한 분위기를 즐기며 술을 마셨다.

나에게도 이름이 없는 것은 아니었다.

할아버지는 나를 '다완군(茶琓君)'하고 불렀지만 할아버지 혼자서만 부르는 이름이었다. 집에서는 모두 '아씨마마'라고 불렀다. 할머니와 어머니께서는 가끔 '애기마마'라고도 했지만 보통은 '아씨마마'라고 했다.

'△'라는 이름이 따로 있다는 것을 초등학교에 입학하면서야 알았다. 그러나 나를 낳아준 어머니마저도 함부로 부르지 못하는 이름이었다.

"그건 아니 돼요, 아씨마마. 이 어미도 우리 애기마마의 이름은 부를 수가 없어요."

집에서는 그처럼 대단한 이름이었지만, 밖에서는 '바보'라는 수

식어가 반드시 따라붙는 하찮은 이름이 바로 '△'라는 이름이었다.

— 야, 이△! 왜, 대답 안 해?"

— 이△! 너, 바보지?"

입학한 뒤에도 한동안 제 이름도 모르는 바보라고 놀림을 받았다. 선생님이 출석부를 보며 차례대로 이름을 부를 때에는 잔뜩 벼르고 있다가 냉큼 대답했지만 불쑥 호명할 때에는 내가 아닌 다른 아이를 부르는 것처럼 멀뚱하게 있었기 때문이다. '이△'이라는 이름은 앞가슴에 달린 명찰이었을 뿐이다.

"이△! 너, 애기냐?"

"그래, 나는 애기마마야."

"뭐? 애기 맘마? 니가 애기 맘마라고?"

"아직도 애기같이 맘마를 먹는다고 하네. 이△는 바보다 바보."

곁에 있던 동무들까지 모두 덤벼들어 나를 바보로 만들었고 그날부터 내 이름에는 바보라는 수식어가 따라붙었다.

차츰 '△'이라는 이름에 익숙해졌지만 학교에서나 불러주는 이름이었다. 집에서는 여전히 아씨마마로 통했고 할아버지 혼자서 부르는 '다완군(荼琓君)'도 초등학교 2학년까지만 사용했다. 초등학교 3학년이 되던 해, 그러니까 열 살이 되었을 때부터 할아버지는 나를 '명창군'으로 바꿔 불렀고, 집안 식구들도 나를 '군마마'나 '명창군마마'로 부르기 시작했다. 오랜 버릇으로 '아씨마마'라고 부르다가 할아버지 눈에 띄면 몹시 혼났다. 어머니와 할머니도 명창군으로 불렀다.

명창군(明彰君)은 대한황실을 복원하려는 모임에서는 붙여준 이름인데, 창군(彰君)은 왕자들 중에서도 적자들에게만 붙는 대군(大君)과 같은 뜻으로 붙여주는 군호(君號)였다.

왕의 적자들에게 대군이라는 칭호를 붙이는 것처럼 황제의 적자들에게는 왕이라는 칭호가 당연하다. 그러나 속마음 그대로 왕이란 칭호를 사용했다가는 거센 반발에 부딪쳐 황실복원모임까지 와해될 수 있었으므로 창군이라는 말을 암호처럼 사용한 것이다.

창(彰)은 '빛나다'는 뜻으로 새기지만 나타나거나 드러내다는 뜻도 가지고 있다. 새로 생겨난 마을을 '새터'라거나 현리(現里) 또는 창말(彰마을)이라고 하는 것도 같은 까닭이다. 창군(彰君)이란 세상에 모습을 드러낸다는 뜻이었지만, 바로 그 때문에 더욱 숨죽이며 조심스럽게 행동해야 하는 이름이기도 했다.

집에서 부르는 이름이 명창군으로 바뀌고 난 이듬해였던가 할아버지가 종묘에서 종묘제례를 집전했던 일이 있었다.

면복으로 갈아입고 면류관까지 쓰신 할아버지가 정말 황제인 것처럼 멋있다고 생각하는데 무릎을 구부려 나와 눈을 맞춘 할아버지께서는 근엄하게 이르셨다.

"명창군, 잘 보시고 똑똑히 기억해 두시오. 이 할애비는 오늘 한 번으로 그치겠지만 명창군은 절대 거르지 마시오. 봄, 여름, 가을, 겨울과 납일. 철마다 때마다 절대 거르지도 말고 게으르지도 마시오."

나는 다른 어른들의 손에 이끌려 내빈석으로 가서 앉았다. 동쪽의 내빈석은 전주이씨 대동종약원 사람들을 위한 자리였다. 종묘제례는 너무도 엄숙하고 장중해서 아직 철없는 나이였지만 지루해 할 겨를이 없었다. 행사를 지켜보는 내내 나는 내가 황손중의 한 사람이라는 것이 더없이 뿌듯했고 할아버지의 말씀대로 해마다 다섯 번씩 꼬박꼬박 틀림없이 종묘에 제례를 올릴 것이라고 다짐하고 또 다짐했다.

절대 거르지도 말고 게으르지도 말라던 당부를 잊은 적이 없지만, 어쩌다 종묘대제에 나가더라도 나는 늘 수많은 관중들 틈에 섞여 까치발을 해야 하는 구경꾼 중의 하나일 뿐이었다.

내가 종묘대제 때, 태조 고황제(태조 이성계)의 후손들을 위한 내빈석에 앉아있을 수 있었던 것은 그때가 처음이었고 마지막이었다. 할아버지가 끝까지 전주이씨 대동종약원에서 고종황제의 유복자로 인정받지 못했기 때문이다. 할아버지가 면류관을 쓰고 종묘대제례를 집전할 수 있었던 것은 할아버지가 속한 황실복원회에서 당시의 비용을 감당해서 가능했다는 것을 알게 된 것은 훨씬 나중이었다. 막대한 비용이 소요되는 종묘대제례의 집전을 고종황제의 자손만으로 한정할 수 없어서 가능했다는 것이었으니 그나마 다행이라고 해야 하는 것인가?

"이 할애비는 오늘 한 번으로 그치겠지만 명창군은 절대 거르지 마시오. 봄, 여름, 가을, 겨울과 납일. 철마다 때마다 절대 거르지도 말고 게으르지도 마시오." 할아버지의 당부는 나를 자괴감에 시달리게 하는 감당 못할 멍에가 되었을 뿐이다. 광복 후 반평생을 황실복원에 바쳐온 할아버지는 종묘대제례를 집전한 2년 뒤 의문의 교통사고로 돌아가시고 말았다. 차량의 브레이크 파열로 인한 교통사고라는 경찰의 발표를 우리는 받아들이지 못했다. 미시령 고갯길이 험하다고는 하지만 매우 차분하고 꼼꼼했던 2십년 무사고 베테랑 운전사가 운전미숙으로 사고를 당했을 리도 없고 최고급 승용차의 차량관리가 소홀했을 수도 없었기 때문이었다. 황실복원회에서는 아버지와 할아버지의 죽음을 동일한 자들의 소행으로 여기고 고발했지만, 뚜렷이 지목할 상대도 없었던 만큼 경찰에서는 단순사고로 처리하고 재조사 요구도 받아들이지 않았다. 비서처럼 할아버지를 수행하던 어머니도 함께 동승했었으므로 나는 졸지에 고아나 마찬가지 신세가 되고 말았다.

"여러분, 세상천지에 연지 찍고 곤지 찍고 깡통 들고 구걸하는 황사손을 상상이나 해보았소? 그것도 테레비가 전국적으로 방송해대는 운현궁 궁궐마당에서? 내가 저 한심한 인간 노는 꼴을 보다가 심장이 터져 죽는 줄로만 알았소. 어쩌면 규친왕(圭親王)전하께서도 저런 꼴을 안 보려고 서둘러 승하하시었는지도 모를 일이오."

노쇠하고 병들어 금방이라도 심장이 멎을 듯한 노인네의 쇳소리.

"황위에 오를 황사손이 동냥질이라니 나라가 아주 망하고 말 것이오. 그래서 내가 병원에 누웠다가 이렇게 링겔병을 달고 이 자리에 온 것이오."

누구보다 앞장서, 황태자 모시듯 극진하게 나를 대하시던 일모공의 모습이 아니었다.

아무 것도 아닌 내가 대한황실 복원을 꿈꾸는 사람들이 만든 단체에서 주인공처럼 행세할 수 있었던 것은 순전히 돌아가신 할아버지와 아버지 덕분이었다. 또한 할아버지와 아버지의 죽음마저도 의문사로 규정하고 싶어 하는 분들이 아무 재주도 없고 열성도 없는 나한테 너무너무 후한 점수를 주었기 때문이다. 황실복원회 안에 나 말고도 '-창군' 으로 불리는 사람이 넷이나 더 있었지만, 그들은 모두 내 들러리나 마찬가지였다. 예를 들자면 '-창군' 중에는 일모공의 조카손자인 '위창군'도 있었는데 위창군은 나보다 열다섯 살이나 더 많았다. 그러나 나와 같은 '-창군' 서열이었고 나보다 나이도 훨씬 많았으면서도 위창군을 비롯한 모든 '-창군'들이 나를 상전 대하듯 했기 때문이다.

분에 넘치는 대우를 받았으면서도 고마운 줄 모르고 천둥벌거숭이처럼 날뛰어 황실복원회 관계자들의 얼굴에 흙칠을 하고 말았으니 그처럼 노여워하는 것도 당연한 일이었다.

치배에서 잡색으로 승진해 너절한 옷차림에 깡통(깡통에도 거의 깡통만큼이나 큰 글씨로 '잡색'이라고 밝혔음)을 들고 공연하던 장면이 어쩌다가 잠깐 TV에 비쳤던 것을 가지고 그 난리가 났지만 어쨌든 그렇게 해서 유령 같은 신분 하나가 나한테서 해제 되었던 것이다. 공식적으로! 아니, 어차피 처음부터 존재조차 할 수 없었던 것이니 완전 비공식적으로!

죄송합니다! 정말 죄송합니다!

나는 어린애처럼 펑펑 울면서 그 자리를 나왔다. 아쉬움 때문은 아니었다. 오히려 답답하고 무겁기만 하던 신분에서 해방되었지만, 나는 모든 사람들에게 한없이 부끄럽고 죄송하기만 했다. 특히 일모공은 일찍 돌아가신 할아버지보다도 더 정이 가는 분이었으므로, 차를 타고 돌아오는 내내 흐르는 눈물을 주체하지 못했다. 곧 잠잠해질 터이니 너무 걱정하지마라던가 오늘 있었던 일은 누구한테도 말하지 않는 것이 좋겠다는 기사아저씨의 충고도 귀에 들리지 않았다.

방잇골 사람들한테는 내가 몸이 약해 직장에 나가거나 직업을 가질 수가 없다고 했지만 그 이전에 다른 문제가 있었다. 나는 할아버지의 유언에 따라 성인이 된 뒤에도 따로 직업을 갖거나 황실복원회가 아닌 사람들과는 사귈 수가 없었다.

그것은 내가 돌이 겨우 지났을 때 살해된 아버지 때문이었다.

아버지는 건축학을 전공해서 건축기사로 대기업에 취업했다가 주위의 권유를 받고 따로 사무실을 차렸다. 회사에서 익혀두었던 여러 사람들의 도움으로 사업이 번창해서 해외진출까지 꿈꾸게 되었다.

필리핀에 진출하려고 답사 차 마닐라에 갔는데 나흘 만에 살해되고 말았다. 지인들과 저녁식사를 하기 위해, 누군가 보내준 차를 타고 호텔을 나섰는데 다음날 아침 시내변두리에서 주검으로 발견된 것이다. 동행했던 직원 두 사람은 아버지가 분명히 전에 회사에 있던 사람으로부터 필리핀 정계의 실력자를 소개해 준다는 말씀을 하고 갔는데, 아버지와 만나기로 했다는 사람은 나타나지 않았고 의심이 갈만한 사람들은 모두 알리바이를 대며 자신들은 그날 아버지와 만나기로 한 사실이 없다고 했다.

치안이 엉망인 나라에서 일어난 일이라 제대로 조사조차 하지 못하고 흐지부지 묻히고 말았지만 바로 그 때문에 사람들은 아버지의 죽음은 우연한 사고가 아니라 대한황실복원을 반대하는 불손한 세력에 의해 저질러진 것으로 의심하고 있었다.

내가 아무런 직업도 없이 무위도식해야 하는 처지가 된 것은 아버지와 할아버지의 날벼락 같은 죽음이 원인이었다.

늘 엄격하기만 했던 할머니는 내가 운전을 배우는 것마저도 반대했다. 멀리 바람 쐬러 다니는 것처럼 하면서 운전면허도 몰래 따야했다. 보통 사람들이 평생 쓰고도 남을 액수가 찍힌 통장을 여러 개 갖고 있었지만, 차량구입은 상상도 못할 처지였으므로 운전하고 싶으면 다른 볼일이 있는 것처럼 하고 나가서 렌트카를 빌리는 수밖에 없었다.

전주 한옥마을

내가 서울을 떠나 새로운 삶을 살기로 작정하게 된 것은 더 이상 풍물패에도 나갈 수가 없게 되었기 때문이다. 내가 나가고 있었던 풍물패는 송파구 방이1동 주민자치센터에 있는 방잇골 풍물단이었다. 주민자치센터에서 하는 조롱박축제를 구경하다가 문득 풍물을 배우고 싶다는 생각에 가입했었다. 매주 수요일과 금요일이면 꼬박꼬박 출석하는 모범생이었는데 갑작스럽게 그만 나왔으면 좋겠다는 권고를 받은 것이다.

"정말 미안해요, 다완 씨. 이유는 다완 씨가 더 잘 알 거라고 하는데, 사실 나도 궁금하지만 힘없는 사람이 알아서 무엇 하겠어요? 아무 이유도 모르니 그저 미안하다는 말밖에." 나에 대해 아무것도 모르면서도 늘 방패막이가 되어주었던 문화령 선생님이었다. 한신대 신학과를 졸업하고 전도사를 하다가 전업주부가 되었다는 문 선생님은 또랑 대표 박홍주 사부의 장구소리에 빠져서 풍물을 하게 되었다고 했다. '나도 서른여덟에 풍물을 시작했어요.' 풍물을 배우고 싶으면서도 머뭇거리거는 사람들에게 늘 하는 말씀이었다.

"다완 씨를 계속 드나들게 했다가는 가만 두지 않겠다는데 우리가 무슨 힘이 있어요!"

처음 방잇골 풍물단에 등록했을 때 개인적인 사정으로 핸드폰은 물론 따로 연락처가 없다는 소리에 공감했기 때문인지, 선생님은 내가 불편해 할 수밖에 없는 다른 사람들의 관심에서 늘 방패막이가 되어주었다. '다완 씨는 아무래도 풍물꾼으로 타고 났나 봐요.' 비실비실하다가도 풍물 연습시간 만큼은 남들처럼 생기가 도는 나를 보고 격려해주기도 여러 번이었다.

정말 미안한 것은 나였지만 나야말로 꿀 먹은 벙어리처럼 냉가슴만 앓아야 했다. 재벌 아들 정도의 신분이라면 속 시원하게 '꽉 막힌 봉건세대'를 성토했겠지만, 내가 얼마 전까지만 해도 '황제'로 등극할 수도 있는 어마어마한 신분이었다는 사실은 그 누구도 받아들이기가 어려울 테니까. 설혹 어느 누가 곧이곧대로 믿어준다고 해도 대한황실 복원이야말로 가능성이 0.001%도 안 되는 그야말로 하늘의 별 따기보다 어려운 일 아닌가? 아니 실현 가능성을 따지기 전에 누구도 관심이 없는 몇몇 사람의 희망사항일 뿐이다.

있지도 없지도 않은 유령 같은 신분 하나가 공식적으로 해제 되었음에도, 아니 그렇게 됨으로서 더욱더 내 행동에 제약을 받게 된 나는 아예 서울을 벗어나 버리기로 작정했다. 스스로 발을 붙이지 못했던 곳에서 그림자 없이 사느니 어디론가 남모르는 곳에서 남의 눈을 의식하지 않고 내가 하고 싶은 대로 하면서 살고 싶었다.

낯선 곳에서 새로운 삶을 살고 싶었지만 막상 어디로 가야할 것인지 정하지 못했었는데 그때 인터넷에서 우연히 '얼굴 없는 천사'

에 대한 기사를 보게 되었다. 전혀 처지가 다르지만 그림자 없이 살아온 나에게 '얼굴 없는'이라는 수식어에 까닭 모를 동질감을 느껴서일 것이다.

얼굴 없는 천사들의 선행은 다른 곳에서도 많았는데 굳이 전주를 택하게 된 것에는 어쩌면 내가 전주 이씨(李氏)를 성씨로 쓰고 있었기 때문인지도 모른다. 사실 우리 아버지가 양자로 들어왔기 때문에 내가 정말 이씨인지 아닌지조차도 알 수 없는 노릇이었지만.

뒷날 전주에 살면서 어쩌다 노송동주민센터 앞을 지나게 되면 나도 모르게 차를 모는 속도가 느려지고 흘끔거렸다. 화단을 쳐다보고 지나치면서 해마다 거금을 놓고 가는 얼굴 없는 천사의 모습을 그려보는 것이다. 그때마다 늘 뒷모습으로밖에 연상될 수 없는 천사의 얼굴에 내 얼굴을 올려놓고 싶다는 생각이 들기도 했다.

서울을 떠나 전주처럼 낯선 곳에서 사는 것만이 나를 옥죄고 있는 현실에서 달아날 수 있는 길이다. 추운 겨울은 눈이 내리고 만물이 움츠러드는 철이기도 했지만 꽁꽁 얼어붙은 흙 속에서도 씨앗들이 차분하게 싹을 틔울 준비를 하며 봄맞이를 설계하는 계절이다.

나는 나름대로 궁리를 해가며 이것저것 차근차근 준비를 했다. 나를 알아보는 사람이 하나도 없는 곳으로 잠적하려는 것이지만, 그러고 보니 이 세상에 나처럼 잠적하기 쉬운 사람이 또 있을까 하는 생각에 괜히 자괴지심마저 들었다. 남들과 똑같이 대학까지 다녔지만 다른 사람의 시선을 피하기에만 바빴던 나에게는 친구를 사귄다는 것 자체가 불가능한 일이었다. 풍물을 배우러 다니기 전까지 만나는 사람들은 주기적으로 만나는 사람들은 황실복원회 관계자들이 전부였다.

신용카드가 있었지만 인터넷으로 물건을 구입할 때만 이용했을 뿐 식당 등 현장에서는 절대 사용하지 않았다. 신용카드를 처음 만들고, 새로 장만한 신용카드를 써보려고 일부러 바깥에 나가 외식을 했을 때다. '1인분만 드시고 카드를 내밀면 어떻게 해요?' 추어탕 한 그릇을 먹고 카드를 내밀었다가, 카드 회사에 이용료를 주고 나면 남는 게 없다는 설명에 얼마나 무안하고 당황했던지!

새로운 생활을 시작하려고 마음먹었을 때 추적당하기 쉬운 신용카드부터 없앤 나는 아예 이름까지 바꾸기로 했다. 일본에서는 전혀 낯선 곳에 가서 새로운 신분으로 사는 사람이 많다고 했다. 한 해에 십만 명씩이나 된다던가?

여러 가지 이름을 두고 고민하던 중 갑자기 재미있는 생각이 떠올랐다.

현상만!

도서관에서 이런저런 문학 동인지를 뒤적일 때였다. 어떤 사람이 현상만이라는 필명을 쓰게 된 까닭을 밝혀놓았는데 누군가의 실수 때문에 생겨난 이름이라고 했다. 디지털 카메라는 사용하는 젊은 세대들한테는 호랑이 담배 피우던 시절처럼 여겨지겠지만, 2십여 년 전만 하더라도 모두가 필름을 사용해서 촬영했던 때의 일이라고 했다. 디피점(DP店: 필름이나 사진기 등을 취급하던 가게. 주로 필름을 팔거나 사진 현상을 위탁 또는 직접 해주었음. 사진기가 많이 보급되지 않았던 시절이었으므로 고객들에게 사진기를 빌려주기도 했었음.)에 촬영한 필름을 맡기며 '한 장씩' 뽑아달라거나 '인원수대로' 뽑아달라고 부탁하는 수도 있었지만, 자신은 먼저 현상한 필름을 살펴보며 사진으로 인화여부를 결정했기 때문에 그날도 '현상만요!'하고 주문했다고 한다. 그런데 새로 온 직원이 '필름만 현상해주라'는 주문이 아니라 사람 이름으로 알아들었는지 '네, 현상만 씨요?'하더니 고객명 난에다가 '현상만'하고 적어 넣더라는 것이다. 그러고 보니 현(玄)씨 성에 '상만'이란 이름도 얼마든지 있을 수 있을 것 같아서 아예 '현상만'이라는 필명을 사용하게 되었다고 했다.

현상만!

현상(現像)이란 어떤 형상을 말하거나 형상을 나타나게 하는 것이지만, 사진술에서는 촬영한 필름에 약품처리로 영상이 드러나게 하는 것을 말한다. 어차피 사진으로 인화도 하지 못하고 네거티브 상태에서 그저 짐작이나 하고 마는 정도의 '현상만'이 실체가 없는 그림자로 남을 수밖에 없는 내 인생과도 잘 어울리는 이름이었다.

뭔가 놓치는 부분이 있어 들통나면 안 되었지만 어처구니없게도 나라는 사람이 숨어 사는데는 따로 준비할 것이 하나도 없었지만 그래도 무인도나 깊은 산 속이 아닌 도시에서 사람들 속에 숨어 살려면 핸드폰이 반드시 필요하다는 것을 깨달았다. 요즘 세상에 연락할 전화 하나 없다면 간첩으로 신고당할 수도 있다. 핸드폰을 장만하기로 했지만 다양한 기능을 가진 스마트 폰은 피해야 했다. 자칫하면 카톡 같은 sns를 통해 내 정체가 밝혀지고 위치가 드러날 수도 있기 때문이다. 부득부득 스마트 폰을 권하는 매장 직원에게 화를 내가며 겨우 2G폰을 구입했다.

또한 이루고 싶은 소원 중의 하나가 멋진 자동차를 갖는 것이었지만 새로운 인생을 시작하면서 그 정도는 양보하는 게 있어야 할 것이다. 렌트카를 빌렸는데 작은 소형차인데다 1개월씩 장기대여 하는 것이었으므로 비용도 적게 들었다. 미리 빌려둔 렌트카에다 조금씩 필요한 물건을 나르는 것으로 잠적 준비를 마쳤고, 전날 오후에는 할머니 앞으로 오랫동안 여행하다가 돌아올 터이니 걱정하지 마시라는 편지도 부쳤다. 태어나 30년이나 살았고 다시 돌아올 기약 없이 떠나는 길이었지만 남는 미련은 아주 잠깐이었다. 살가운 정이 없이 냉랭하기만 했던 할머니 걱정보다 새로 들어온 지 2년밖에 안 되는 가정부 아주머니한테 더 미안했다.

그러나 이제부터는 자욱한 안개 속으로 사라져버린 발 달리고 귀 달린 뱀 같은 내 신세타령보다 엄청 예쁘고 춤도 잘 추는 그네의 이야기를 하겠다.

무용학원 싸가지

형님(집주인 아저씨)이 오십견으로 고생하는 중이라는 소리를 듣고 꽃 배달 아르바이트를 돕기 위해 따라나섰다가 그 싸가지(그네는 한동안 나에게 재수 없는 싸가지였을 뿐이다)를 만난 것은 전혀 뜻밖이었다. 뜻밖이라면 내가 무슨 생각을 하고 있거나 계획했던 일의 언저리에서 발생한 것이 되겠지만 내가 달리 마땅한 말을 찾지 못하기 때문에 '전혀 뜻밖'이라고 표현한 것뿐이다.

일상생활에는 무리가 없지만 갑자기 찾아온 오십견 때문에 어깨 위로 팔을 올리지 못하는 형님이 커다란 3단 화환을 들고 계단까지 오르는 것은 절대 무리였다. 내가 직접 4층에 있는 고구려무용학원으로 삼단화환을 운반하게 되었고 거기서 그 싸가지를 만난 것이다. 물론, 그 싸가지는 그 날을 기억조차 하지 못할 테지만.

무슨 종교인이라도 되는 것처럼 까만 바지에 흰 저고리를 입고 있던 그 싸가지는 정말 첫 대면 때부터 완전밥맛이었다. 한쪽 벽면 전체를 장식한 대형 거울을 통해서도 분명히 사람이 들어선 것을 알아차렸을 텐데도 전혀 반응이 없었다. 그 싸가지는 길가에서 '응가'하다가 들켜서 일어난 사람처럼 두 팔로 얼굴 위아래를 가리고 어정쩡하게 주저앉은 것처럼 얄궂은 자세를 풀지 않았다. 두 팔로 가렸다지만 거울 속에서는 그 싸가지의 두 눈은 물론 이마에서 입술까지 얼굴 전체가 다 드러나 있었다. 더구나 두 눈까지 똑바로 뜨고 정면을 노려보는 사람이 화려하게 장식한 삼단화환조차 보지 못했다는 것은 말도 안 된다. 두 눈만 깜박거릴 뿐 그 싸가지는 마네킹 놀이라도 하는 것처럼 미동도 하지 않았다.

"화환 가져 왔는데요, 어디다 세워요?"

내가 세 번이나 물었으나 대꾸는커녕 알아들었다는 어떤 시늉도 하지 않았다. 4층까지 낑낑거리며 대형화환을 둘러메고 올라갔던 나는 화가 치밀었다. 새파랗게 젊은 게 벌써 귀까지 처먹었나? 풍물 마당에 선 것처럼 나도 모르게 불끈 힘이 솟았고, 나는 엉거주춤 괴상한 자세로 꼼짝 않고 서 있는 그 싸가지 앞으로 갔다.

"화환 어디다 둘 거냐고 묻는 소리 안 들려요?"

"아무데나 놓아두세요." 싸가지한테서도 숨이 차 헐떡이는 소리가 나왔다.

"아무리 그래도 그렇지, 사람이 말하면 대꾸도 안 해요? 사람 무시하는 거요, 뭐요?"

"무시한 거 아니니까, 거기다 두고 가세요!"

이런 X 같은!

화가 치밀었지만 나는 아무소리도 못하고 명령받은 로봇처럼 뒤돌아서고 말았다. 왜 그랬을까? 숨이 차서 헐떡이는 게 불쌍해서 전의를 상실하고 말았던 것일까? 아무리 생각해도 알 수가 없었는데 불현듯 그 위풍당당했던 싸가지가 얼굴까지 반반했기 때문에 이

뻔 여자한테는 까닭 없이 기죽고 마는 내 버릇 때문이라는 결론을 내릴 수밖에 없었다. 그러나 그건 훨씬 뒷날의 일이다.

뭐, 저런 밥맛이 다 있어? 문을 열고 나온 나는 복도에 걸린 학원 게시판부터 확인했다. '고구려 무용연구소 / 한국고전무용 / 댄스페라피'라고 씌여 있는 선전 문구는 물론 이런저런 설명과 함께 수십 장의 공연 사진도 붙어있었다. 갑자기 피곤이 몰려와 주저앉고 싶었지만 나는 사진 설명을 모두 읽은 뒤에야 계단을 내려왔다.

"동생, 왜 그래? 병원에 가야 되는 거 아니야?"

형님이 걱정했지만 나는 손짓으로만 말리고 의자에 기대 눈을 감았다. 당장은 입을 열 기운도 없지만 잠시만 쉬면 금방 회복이 되는 어지럼증이다.

게시판 내용으로 보아 '마야'라는 그 싸가지는 원장이 아니라 무용학원의 선생이 분명했다. 학원원장도 아닌 여자한테 무시당한 것이 분했지만, 그 싸가지는 바로 그 이유 때문에 그토록 거만스럽게 굴었는지도 모른다. 거기다 학원원장이 대학을 갓 졸업한 정도의 어린 아가씨였으니, 늙은(?) 싸가지의 넘치는 스트레스를 짐작 못할 바도 아니었지만 생각할수록 괘씸해서 분풀이를 하지 않고는 견딜 수가 없었다.

궁리에 궁리를 거듭하던 나는 묘수가 떠오르자 곧 작업에 들어갔다. 꽃꽂이 연습을 하고 싶다는 핑계를 대자 벌써 두 달이 넘게 안면을 익혔던 꽃집 주인은 쉽게 허락을 해줬다. 행사장에서 수거해온 화환과 꽃바구니 등을 이용해 다시 화환도 만들어보고 꽃바구니도 만드는 척 했지만 꿍꿍이는 따로 있었다. 목요일 나는 오후 나는 장례식장에서 수거해온 화환을 재활용해서 다시 화환 하나를 만들었다. 장례용 화환에도 색깔고운 꽃 몇 송이는 꽂는 것이 상식이지만 따로 꿍꿍이가 있는 만큼 흰 국화로만 장식한 화환이었다.

'근 조 / 삼가 명복을 빕니다' 꽃집 컴퓨터를 이용해 커다란 리본도 만들었지만 바로 달지는 못하고 따로 챙겨두었다. 다음날, 하루쯤 혼자서 배달을 해보고 싶다고 했더니 형님은 고맙다며 선뜻 차키를 건네주었다. 오전 배달이 끝나고 나는 내가 만든 장례용 화환을 싣고 무용학원으로 갔다.

4층에 가서 유리문으로 확인했더니 역시 예상대로 그 싸가지 혼자였다. 지난번처럼 괴상한 동작을 하고 서있는 꼬라지도 반갑기만 했다. 잽싸게 내려가 화환을 들고 돌아온 나는 선정(?)에 들어있는 그 싸가지 코앞에 대고 큰 소리로 물었다.

"화환 가져왔는데 어디다 둘까요?"

"아무 데나 두고 가세요."

"문 앞에 두고 가겠습니다. 오늘도 좋은 하루 되십시오."

예상했던 대로 시원스런 대답에 나도 깍듯이 인사를 차리고 나왔다.

고생 좀 해라!

학원 문 앞에 장례용 화환을 전시해 둔 나는 나도 모르게 룰루랄라 콧노래가 나왔다. 그날 밤 늦게 학원에 가서 확인해 보았을 때 삼단화환은 옥상으로 통하는 계단 위쪽으로 치워져 있었지만 일주일 내내 기분이 좋았다. 물론 그 기분을 일주일만으로 끝낼 수 없는 일이었다.

다음 주 금요일에도 나는 거의 같은 시각에 장례용 삼단화환을 들고 찾아갔다. 잔뜩 벼르고 있을 싸가지한테 봉변을 당할지도 몰랐지만, 'XX일보 사절'이라고 써 붙인 집에다 새벽마다 XX일보 신문을 배달하는 것처럼 몰래 화환만 전시해놓고 싶지도 않았다.

"화환 가져왔는데 어디다 둘까요?"

"아무데나 두고 가세요."

"문 앞에 두고 가겠습니다. 오늘도 좋은 하루 되십시오."

천만다행, 괴상한 동작에 빠져있던 그 싸가지는 지난번과 똑같은 대답을 했고 나도 정성스런 인사를 차려주었다.

다음 주 금요일에도 나는 장례용 삼단화환을 들고 무용학원에 갔다.

"화환 가져왔는데 어디다 둘까요?"

"아무데나 두고 가세요."

"문 앞에 두고 가겠습니다. 오늘도 좋은 하루 되십시오."

다행스럽게도(?) 지난번과 똑같은 행사를 치렀지만 학원을 나선 뒤에는 기분이 영 찝찝해졌다. 아무리 바보 멍텅구리라고 해도 도대체 무슨 짓이냐고 대들 것으로 생각했기 때문이었다. 그런 상황을 예상하고 이런저런 대답을 잔뜩 준비했던 나로서는 오히려 맥빠지는 노릇이었다. 생전 숙제라고는 모르던 말썽꾸러기가 모처럼 맘먹고 제대로 숙제를 해갔는데 담임선생이 숙제 검사를 하지 않고 넘어간 것 같은 그런 꼴이다.

정말 이럴 수는 없는 일, 사람을 완전 무시하는 것이 분명했다. 그러나 어째서 다른 소리를 하지 않느냐고 따질 수도 없는 노릇이었다.

아무리 생각해도 도대체가 말도 안 되는 일이었다. 여태껏 아까운 시간 쏟아 부으며 삼단화환을 무료봉사(?)한 나도 정상은 아니지만 매주 거르지 않고 초상집에서나 쓰는 장례용 화환을 받으면서 아무렇지도 않을 수는 절대로 없는 일이다. 멀쩡한 학원 문 앞에 장례용 대형화환이라면 기분 잡치는 것은 물론이고 동네에 악소문이 돌 것도 불 보듯 뻔한 것이다. 그렇다고 죄지은 놈이 어째서 아무소리가 없는 것이냐고 따질 수도 없는 일이라 내가 더욱 답답할 노릇이었다.

아무래도 내 눈으로 직접 확인하는 수밖에. 다음 주 금요일, 나는 바로 건물을 떠나지 않고 지켜보기로 했다. 장기전을 위해 아래층 로비로 내려가 자판기 커피를 뽑아들고 돌아와 보니 그사이에 화환이 치워지고 없었다.

동작 한 번 빠르네!

계단을 올라가 옥상까지 살펴보았으나 어디에서도 화환은 눈에 띄지 않았다. 홧김에 창문으로 던져버렸나 했지만 그것도 아니었다. 하늘로 솟았나? 땅으로 꺼졌나? 어디로 치웠는지 대놓고 물어볼 수도 없는 일이었다. 어찌된 영문인지 알아보려면 꼼짝 않고 지켜보는 수밖에. 스스로 궁금증을 풀려면 별 수 없이 일주일을 더 기다려야 했다.

다시 한 주를 보낸 뒤, 판에 박은 듯 똑같은 절차를 거친 뒤 나는 학원 문 앞을 멀리 떠나지 않고 지켜보기로 했다. 생각했던 대로 기다리는 시간은 길지 않았다. 아니, 2,3분도 안 되어 학원 문이 열리고 싸가지가 나오더니 화환을 가지고 안으로 들어갔다.

저게 정말 미쳤나?

재수 없는 장례용 화환을 학원 안으로 끌어들이다니?

너무 궁금해서 학원 문 앞으로 가보았지만 유리문에는 초록색 커튼이 쳐져 있어서 볼품없는 내 낯짝만 어둑하게 확인 시켜 주고 있었다.

깨끗이 당한 것이다.

그 싸가지는 내가 화환을 어떻게 하는지 숨어서 지켜볼 것까지 예상하고 있었던 것이 분명했다. 그날도 당연히 학원에 들어가기 전에 싸가지 혼자 연습실에서 괴상한 모습으로 있는 것을 확인했었다. 내가 화환을 어떻게 하는지 들여다 볼 것을 미리 알고서 늘 열어 두었던 커튼까지 쳐서 내 시야를 차단해 버린 것이다. 교활한 것! 재수 옴탱이!

무엇 때문에 재수 없는 물건을 계단에다 버리는 것이 아니고 끌어들인 것인지 아무리 생각해도 알 수가 없었다. 그러나 뭐가 어찌 되었건 빚을 갚지 않으면 싸나이 대장부가 아니다.

'근 조/ 삼가 마야 선생님의 명복을 빕니다'

가장 먼저 떠오른 생각이었지만 다시 생각해보니 그깟 꼬리표 떼어버리는 것쯤 순식간이다. 무엇보다 뻔뻔하기 짝이 없는 싸가지에게 어떤 충격을 주기는커녕 가시에 찔린 정도의 아픔도 줄 수가 없을 것 같았다.

다음 주 나는 배달을 나갈 때마다 수거해온 화환에서 떼어낸 꽃을 농장으로 모두 보내지 않고 싱싱한 것으로 골라 집으로 가져왔다. 금요일 새벽부터 일어나 그동안 모았던 따로 꽃들도 대를 모두 잘라내고 꽃송이만 따로 쓰레기봉투에 담았다. 50리터용 쓰레기봉투가 2개나 가득 찼다.

싸가지가 혼자 있는 것을 확인한 나는 서둘러 작업을 마쳤다. 학원 문 쪽 천정 가스배관 파이프에다 커다란 꽃송이가 가득 담긴 자루들을 매달고 자루 꽁무니에 매단 낚싯줄을 계단까지 길게 늘어뜨렸다. 3단 화환은 재래시장에서 구입한 길다란 고무줄을 두 겹으로 해서 창틀에 있는 빗물 빼는 구멍을 이용해 단단하게 묶어 두었다.

완벽하게 작업을 마친 뒤에 학원 안으로 들어가 매번 하는 의식을 치르고 나왔다. 아니나, 다를까! 내가 나오고 1분도 안 되어 나타난 싸가지가 성큼성큼 화환 앞으로 다가갔다. 화환이 예전처럼 학원 바로 문 앞에 놓여있지 않고 몇 걸음 더 떨어진 곳에 있었지만 전혀 의심하지 않았다. 화환을 안고 두어 걸음 물러서다 말고 주춤거리며 불끈 힘을 쓰는가 싶더니 화환을 안은 채 꽈당 뒤로 넘어지고 말았다. 팽팽하게 당겨지던 고무줄이 순간적으로 끊어졌기 때문이다. 때맞춰 내가 자루에 매단 줄을 잡아당기자 수많은 꽃송이들이 넘어진 싸가지 위로 폭포처럼 쏟아져 내렸다.

푸하하하하!

아, 하하하하!

싸가지가 뇌진탕이라도 일으켰을지도 모른다는 불길한 생각이 언뜻 스쳤으나 오히려 나는 더 큰소리로 폭소를 터뜨렸다. 그 장관을 함께 즐겨줄 다른 구경꾼도 없었으므로 나는 손바닥에서 불이 나도록 손뼉을 치고 발을 구르며 열렬한 응원을 보냈다. 십년 묵은 체증이 쑥 내려갔다.

아무리 꽃 벼락이지만 망신살은 제대로다. 그러나 넘어졌다가 일어난 싸가지는 의외로 강적이었다. 우, 하하하! 으, 카카카카! 요란스레 호들갑을 떨며 나타난 나를 보고도 전혀 놀라지 않았다.

"뭐해요? 빨리 와서 치우지나 않고."

낯짝이 곰발바닥이다!

부끄러운 장면을 다 들켜놓고도 도리어 땅땅 큰소리였다. 대형 화환과 꽃송이에 묻힌 것을 무슨 자랑으로 아나보다. 싸가지가 하는 꼬라지를 봐서는 모든 것이 내 소행이라는 것을 이미 다 알고 있었던 것 같았다. 어쨌거나 적이 반격할 틈을 차지 못하게 계속 밀어붙여야한다.

"오늘은 화환값을 주셔야겠는데요. 그동안 너무 오래 외상을 하셨잖아요."

싸울 땐 목소리 큰 놈이 이기는 법이다. 혹시 누가 보더라도 외상값을 받으러 온 사람이 정당하고 당당하기 마련이다.

"내가 주문한 적이 있어요?"

"어쨌건 매주 화환을 받은 건 사실이잖아요."

주문을 받은 적도, 화환값을 받아야겠다는 생각도 한 적이 없이 그저 분풀이 하려고 한 짓이었지만 바른대로 댈 수도 없는 노릇이었다. 사실 싸가지가 대화 상대가 되어주는 것만으로도 충분했지만. 허나 이미 벌어진 싸움, 유리한 고지에서 계속 궁지로 몰아붙여야 한다.

"사람은 양심이 있어야 됩니다. 배달할 때는 날름날름 받아먹고 이제 와서 모른 척 한다는 것은 완전 도둑 심보죠? 안 그래요? 마야 선생님."

계속 화환값을 받겠다고 뻗대며 말마디마다 약을 올리는 게 상책이었다.

그러나

"여태 배달만 하다가 이제야 꽃값을 달라니 장기 외상거래도 하나보죠?"

너무도 뜻밖의 말에 나는 어안이 벙벙해지고 말았다.

외상거래?

화환값을 안주겠다는 게 아니고?

대체, 어째 우찌 이런 일이?

사실 화환값 운운은 내가 궁지를 모면하려고 아무렇게나 둘러댄 소리였지만 계속 밀어붙일 수밖에 없게 되었다.

"당근이죠. 돈 받으려고 배달했지, 내가 미쳤다고 공짜배달을 해요?"

"그러니까 결국 나중에 받으려고 미리 외상으로 배달한 거라는 말씀 아네요?"

"뭐, 그야 그렇죠." 순순히 화환값을 갚겠다는데 아니라고 반박할 까닭이 없었다.

"외상이니까 꼬박꼬박 배달했지 누가 댁한테 공짜로 준다고 했어요?"

"그럼 계속 배달해주세요. 꽃값은 나중에 다 계산해드릴 테니까."

나는 갑자기 맥이 풀려버렸다. 공도 없는데 힘껏 헛발질하고 만 셈이다.

"그럼 된 거죠?"

"예." 억지로 쥐어짜고 보니 내 귀에도 대답이 아닐 신음소리처럼 들렸다.

"하지만 나도 형편이 풀려야 되니까 그게 언제가 될지는 나도 몰라요. 10년이 될지, 20년이 될지."

10년? 20년?

어이가 없거나 말거나 싸가지는 예의 그 이상한 자세로 돌아갔다.

"오늘은 시간이 없으니까, 좀 그렇고 다음번에는 차나 한 잔 하기로 해요." 마치 차 한 잔으로 외상값을 한꺼번에 정리해버리겠다는 투였다. 자신을 공주님이나 여왕으로 여기는 대담한 서슬에 눌려서였을까? 여태껏 싸가지를 미워했던 마음이 어느새 봄바람에 눈 녹듯 사라지고 말았다.

호랑이의 위용

그 '차나 한 잔'마저 싸가지는 자판기 커피 한 잔으로 때워버렸지만 나는 꽃 배달을 계속했다. 화환 대신 주먹만큼씩 묶은 꽃다발로 바뀌었고 싱싱한 꽃이라면 종류를 가리지 않았다. 무용학원에 나오는 아이들에게 포상(?)으로 나눠주는 것이니 당연히 흰 국화보다는 예쁜 꽃들이 더 좋았기 때문이다. 그러나 내가 싸가지에 대해 알 수 있는 것은 거기까지였다.

"뭘 다 알려고 해? 아는 것, 하나도 없으면서!"

내가 세상물정에 어두운 사람이라는 것을 알아차린 싸가지는 처음부터 여왕처럼 군림했다.

까만 바지와 흰 저고리에 기천문(氣天門)이라는 글자만 알아보았을 뿐 더 이상 알 수 있는 것은 없었다. 시도 때도 없이 해대는 그 괴상한 동작도 '내가신장'이라고만 했을 뿐 더 이상의 설명은 없었다. 내가신장의 정식명칭이 '기천태양역근마법내가신장(氣天太陽易筋馬法內家神掌)이라는 것도 내가 인터넷을 뒤져 알아낸 것이다.

싸가지에게 정신이 팔려있는 동안에도 지리산 호랑이에 대한 소식은 계속 전해지고 있었다.

처음 호랑이에 대한 보도가 나가고 한 달쯤 지나 차츰 잦아들던 지리산 호랑이 소문에 다시 불을 지핀 것은 평양방송이었다. 지리산에서 발생하고 있는 의문사와 실종에 대해서 백두산에서 살던 조선 범이 오만불손한 남조선 인민들의 경각심을 깨우기 위해 남북을 가로막은 철책을 넘어 지리산으로 자리를 옮긴 것이라는 비방방송을 한 것이다. 평양방송에서 백두산에서 서식하던 호랑이가 지리산까지 내려간 증거로 세운 것은 남쪽 철책을 지키다가 전역한 병사가 sns에 올린 글이었다. 평양방송에서는 같은 시기 커다란 짐승이 같은 지역의 북쪽 철책을 뛰어넘어갔다는 인민군병사들의 보고에 면밀히 조사한 결과 조선 범이 철책을 넘어간 것으로 판명되었다는 것이었다.

유언비어를 사실로 믿고 한 술 더 뜨는 웃기는 놈들!

차라리 김정은이란 놈이 호피를 둘러쓰고 남한 정찰을 하러 왔다고 그래라!

평양방송이 돼먹지 않은 유언비어를 유포시키는 가운데 이를 증명이라도 하듯 호랑이가 시청자들 눈앞에 모습을 드러냈다. 호랑이는 특이한 행동 없이 제 갈 길을 가고 있었지만, 누구의 눈에도 이마에 임금 왕(王)자가 선명한 호랑이의 당당한 체구와 얼룩무늬로 보아 백두산 호랑이가 분명했다. 이어 방송사의 cctv에 찍힌 호랑이는 서너 살 된 암수 한 쌍으로 얼마든지 새끼 호랑이를 낳아 기를 것이라는 전문가들의 말에 시청자들은 눈을 뗄 줄은 몰랐다.

호랑이의 출현을 모두가 반기며 흥분했다.

"도심에까지 멧돼지들이 내려오고 있는 것은 무분별한 개발행위로 서식지 파괴가 심했기 때문이지만 상위 포식자가 없어서 너무 많이 번식해버렸기 때문입니다. 야생 호랑이가 살게 되면 적절한 먹이사슬과 피라미드관계로 매우 건강한 생태계가 유지 될 것입니다."

백두산에서 내려왔건 지리산에서 사람들 몰래 종족보존을 해왔건 중요한 것은 동물원에 가두어두고 기르는 호랑이가 아니라 야생에서 스스로 살고 있는 호랑이라는 것이었다.

호랑이는 두 번씩이나 제 모습을 보여주고 싶지 않은 모양이었지만, 현장감을 생명으로 하는 방송과 달리 신문에서는 추측성 보도는 물론 호랑이에 얽힌 민담까지 소개해가며 독자들의 시선을 끌어들였다.

강원도 어디선가에 해마다 호랑이에게 돼지를 바치는 고장이 있었다고 한다.

이때 희생으로 바치는 돼지는 따로 기르는데 어린 돼지를 동네 추렴으로 사서 한 해씩 돌아가며 돼지를 기르는 것이다. 그런데 어느 해 유별난 돼지가 있었다고 한다. 돼지가 자주 우리를 뛰쳐나가는 통에 애를 먹었는데 마침 그 집 처녀도 한 성깔 했던지 '잡아먹을까보다'라고 욕을 해버렸다.

며칠 뒤 비가 부슬부슬 내리던 어느 저녁 무렵 송아지만한 범이 내려오더니 나뭇벼눌(나뭇더미)에서 땔나무를 부엌으로 옮기느라

비설거지에 바쁜 그 처녀를 덥석 물고 갔다.

동네 사람들이 징을 치고 꽹과리를 두드리며 처녀를 찾아 나섰는데 이튿날 산속에서 벌어진 끔찍한 광경에 놀라지 않을 수가 없었다. 처녀의 목이 대롱대롱 나뭇가지에 매달려 있었는데, 몸뚱이는 먹어치우고 목만 잘라서 삼단 같이 긴 머리카락으로 나뭇가지에 칭칭 감아서 매달아 놓은 것이다.

"물에 빠져 죽은 귀신이나 호랑이한테 호식을 당한 귀신이나 다음 사람을 잡아넣어야 빠져 나오는 법이거든. 그런데 어찌된 판인지 사람을 홀려서 잡아가지 않고 저그 집 식구한테 붙어서 아주 집안을 절단내버렸던 게벼."

호식을 당하면 창귀(倀鬼)라는 못된 귀신이 되어 다른 호환 피해자를 찾아 나서게 되는데 결국 가기 가족을 잡아간다. 남의 집 선영들이 무섭기 때문에 만만한 자기 가족 중에서 희생자를 고르게 되는 것이다. 그래서 호환을 당한 사람하고는 사돈도 맺지 않으려고 한다.

그런데 그 창귀는 어찌된 셈인지 남은 가족을 잡아가지 않고 올케에게 가서 붙어버린 것이다. 순하기만 했던 며느리가 갑자기 호랑이처럼 무섭게 울부짖으며 날뛰는데 누구도 당할 재간이 없었다.

장정들이 달려들어 날뛰는 여자를 잡아 묶으면 오히려 '묶어라! 묶어라!'하고 독 오른 소리를 내뱉다가 다 묶었다고 돌아서면 여자가 호랑이처럼 울부짖으며 용을 쓰는데 겹겹이 묶은 밧줄이 그만 툭툭 터져버렸으니 별무소용이었다.

살림이 다 나가도록 굿을 해도 아무런 영험이 없었는데 마지막으로 세이레동안 굿을 해서야 귀신이 떨어졌다. 그러나 그 집 며느리는 아주 바보머저리가 되고 말았다. 어절싸해져서 한 나절이고 두 나절이고 앉아있는데 눈동자가 풀리고 침을 질질 흘리며 등신처럼 앉아만 있는 것이다.

"호식을 당한 창귀들이 지가 범한테서 빠져나오려고 애먼 사람을 홀려서 호랑이 밥으로 만드니께 그랬지. 또 호랑이가 한 번 사람고기 맛을 보면 죽을 때꺼정 절대로 못 끊는 법이여!"

노인들이 강원도 영월 어디선가 시집을 왔다는 누구네 할머니한테 들었다는 옛날이야기가 지리산 호랑이와 연결되는 고리는 바로 호식이라는 낱말이었다.

다른 동물들처럼 이빨이나 발톱이 날카롭지도 못해서 자기 방어력이 거의 없는 사람은 발이 빠르지도 못해서 쉽사리 도망치지도 못한다. 호랑이를 만났을 때 따로 지니고 있는 무기가 없으면 매우 손쉬운 사냥감이 되고 마는 것이다. 사람을 해친 호랑이를 식인호랑이라고 부르는 것도, 손쉬운 사냥감에 맛을 들인 호랑이가 배고프면 망설임 없이 사람을 공격하기 때문이다.

믿거나 말거나 갖가지 방법을 동원해서 관심을 지속시키는 것이 보도매체의 특성이다.

지리산 호랑이에 대한 기사를 끊임없이 재생산하기에는 호랑이에 대한 공포를 유발시키는 것보다 더 좋은 방법도 없을 것이다.

창귀는 다른 희생자를 찾아서 호랑이에게 바친 뒤에야 창귀짓을 면하고 저승으로 갈 수가 있다. 사람을 홀려 내기 위해 아는 사람을 찾아가 이름을 부른다. 밤중에 바깥에서 부르는 소리가 들려도 바로 대꾸를 하면 안 된다. 무엇 때문에 창귀들이 세 번까지밖에 부르지 못한다는 것인지는 몰라도 함부로 대꾸를 했다가는 그대로 창귀에게 홀려 바깥으로 나가 창귀와 이런저런 이야기를 나누며 함께 산으로 올라간다. 뒤에서 호랑이가 뒤따르다 적당한 장소에 이르면 사람을 잡아먹는 것이다.

어떤 사람이 밤길을 걷는데 두런두런 사람 말소리가 들려오는 것이었다. 반가워 인기척을 내려는 순간 문득 소름이 쭉 끼쳤으므로 저도 모르게 급히 나무 뒤로 몸을 숨겼다.

화등잔만한 눈에 불을 밝히고 뒤를 따라오는 호랑이를 본 순간 그는 누군가 호식을 당하기 위해 창귀에게 홀려 산으로 가고 있다는 것을 알았다. 분명 두 사람이 대화를 나누는 것 같은데 막상 한 사람만 눈에 보이는 것도 그랬다.

마침 손에 지팡이 삼아 몽둥이를 들고 있던 터라 호랑이가 지나가는 순간 몽둥이로 호랑이의 허리를 후려쳤다. 호랑이의 허리가 날렵할수록 재빠르고 힘을 쓰는 법이지만 가는 허리는 호랑이의 약점이기도 했기 때문이다. 사실 척추동물에게는 허리가 몸의 대들보나 다름없어 누구라도 허리를 다치게 되면 그대로 앉은뱅이 신세가 되어버리고 만다.

맛있는 음식을 앞에 두고 군침을 흘리며 따라가던 호랑이는 주위를 경계하지 않고 거들먹거리다가 날벼락, 아니 아닌 밤중에 홍두깨를 맞은 것이다. 벽력같은 소리를 내지르며 그대로 도망치고 나그네는 기절해 넘어진 사람을 업고 동네로 내려와 꼼작 없이 호식당할 뻔했던 사람을 살렸다고 한다. 어느 동네에서 정말 일어났던 이야기인지 누군가 꾸며낸 전설 따라 삼천리인지는 몰라도 나이 많은 어르신들 입에서 나왔으니 보도하는데 아무런 문제도 없었다.

총이 울면 다음날 큰 짐승을 잡게 된다는 소리가 있다. 고라니나 멧돼지 정도가 아니라 곰이나 호랑이 같은 큰짐승이다. 포수들은 동네 사랑방에 묶는 것이 보통이지만 일이 그렇게 되려고 그랬던지 서당에 가서 아이들과 함께 잠을 자게 되었다. 새벽 글을 읽고 밤에도 글을 읽기 때문에 집이 먼 아이들은 서당에서 자는 것이 보통이다.

깊은 밤 갑자기 우웅 하며 총이 울었다. 망나니의 칼이 우는 것은 누군가의 목을 베게 된다는 것이며 사냥꾼의 창이나 총이 운다는 것은 감당하기 벅찰 만큼 거대한 맹수를 만나게 된다는 것이다. 잠결이었지만 총이 우는 소리를 들은 포수는 물벼락이라도 맞은 듯 온몸이 긴장되었다.

큰 사냥을 하게 된 포수가 정신을 가다듬고 있을 때, 슬며시 방문이 열리더니 웬 처녀가 바람처럼 들어오는 것이었다. 잠든 척하며 실눈으로 바라보노라니 처녀가 한 아이 옷섶에 검은 기를 꽂아 놓고 나갔다. 손가락만한 작은 기였지만 몹시 이상한 일었으므로 포수는 그 기를 뽑아 제 품에 감추었다. 잠시 뒤 송아지만큼 커다란 호랑이가 들어와 자는 아이들을 살피더니 나갔다. 마당으로 나간 호랑이가 제 꼬리를 콱콱 씹으며 빙빙 돌자 아프다고 비명을 지르며 살려달라고 애걸하는 처녀의 목소리가 들렸다.

호랑이의 움직임이 멎고 처녀가 들어와 다시 그 아이한테 흰 기를 꽂아놓고 나갔고 포수는 또 기를 뽑아 감추었다. 아이를 물어가려고 방에 들어왔으나 또 허탕을 치게 된 호랑이가 더욱 사납게 제 꼬리를 씹어댔고 금방 죽어가는 비명을 질러댔다.

다시 방에 들어온 처녀가 붉은 기를 꽂아놓고 나갔지만 또다시 포수가 기를 뽑아 감추었다. 아이를 찾지 못한 호랑이는 거의 미칠 지경이 되었다. 호식을 하는 데도 정해진 시각이 있는데 자꾸 허탕을 치게 되니 그야말로 성난 호랑이가 된 것이다. 호랑이는 피를 줄줄 흘리면서도 제 꼬리를 씹어대며 맴을 돌았다.

아무리 영물이라고 하더라도 흥분한 호랑이다. 아무 내막도 모르고 그저 허탕치게 만든 처녀만 고문하느라 딴정신이 없었다. 그 사이 포수는 총에 장전을 하고 불을 달았다.

방안에서 일어나는 살기를 알아차리지 못하고 애꿎은 처녀에게 분풀이를 하느라 딴정신이 없었던 호랑이에게는 그야말로 아닌 밤중에 홍두깨였다. 정통으로 불질을 받은 호랑이는 그만 천지가 떠나갈 듯 비명을 지르며 숨을 거두고 말았다.

호랑이가 죽자 '이제는 살았다!'고 외치며 좋아하는 처녀의 목소리가 허공을 울리다 사라졌다. 느닷없는 불질과 호랑이의 비명에 잠자던 이이들이 놀라 뛰쳐나왔으나 처녀가 자꾸 기를 꽂았던 아이만 죽은 듯이 늘어져 있었다. 한참을 주물러서 깨어난 아이는 전에 제 누이가 호환을 당했다고 했다. 침착함과 기지를 잃지 않았던 포수가 어느 가족한테서 호환의 고리를 끊어낸 것이다.

밤에 똥을 누러 가다가 호환을 당하는 수도 있다.

호랑이가 변소에 가서 혀로 발판을 핥으면 방 안에 있던 사람이 갑자기 똥을 누고 싶어지는 것이다.

밤에 물을 먹으로 나갔다가 그대로 호환을 당하기도 한다. 호랑이가 부엌에 들어가 물동이를 핥으면 갑자기 물이 먹고 싶어지기 때문이다.

어쩐지 잠자리에 자리끼를 준비시키려는 교훈 같기도 하고, 밤에 똥 누고 싶은 놈 골탕 먹이려는 소리 같기도 했지만 이야기는 이야기다. 호식을 당한 곳에 시루를 엎고 시룻구멍에 가락(물레로 실을 자을 때 실을 감는 기구)을 꽂아 놓는다. 시루 곁에는 돌멩이를 쌓아 놓는다는 비방도 전해졌다.

충청도 예천 어디에 도(都)씨 성을 쓰는 효자가 살았다. 숯을 구워서 먹을 양식을 마련하는 가난한 사람이었지만 홀로된 어머니에게 고기반찬 대접하기를 끊임없이 하였다. 어느 날 시장에서 늦게 돌아오는데 소리개가 나타나 고기를 낚아채서 날아가 버렸다. 고기를 잃은 효자가 울면서 돌아오니 집 마당에 잃어버렸던 고기가 있었다. 하늘을 나는 짐승까지도 알아줄 만큼 효자였던 것이다. 한번은 병석에 누운 어머니가 홍시가 먹고 싶다고 했다. 가을이나 겨울철이라면 어딜 가나 귀할 것 없는 것이 홍시이지만 하필이면 때가 초록이 짙어가는 초여름이었다. 감꽃이나 겨우 떨어졌을 무렵인지라 홍시는커녕 땡감도 구경하기 어려운 때였다.

제아무리 감나무를 살펴보고 비손을 한다고 해도 홍시가 생겨날 까닭이 없었지만 효자는 감나무를 떠나지 못하고 그저 빙빙 돌기만 했다.

땅거미가 지고 어둠이 내려앉아도 감나무 밑을 떠나지 못하는 효자 앞에 갑자기 커다란 호랑이가 나타났다. 놀란 효자 앞에 다가온 호랑이가 땅에 엎드리더니 꼬리로 제 등을 탁탁 치는 것이다. 아무리 보아도 제 등에 올라타라는 몸짓, 무슨 까닭인지 몰라도 잡혀먹기밖에 더 하겠는가? 효자가 용기를 내어 호랑이등에 오르자 일어선 호랑이가 어디론가 달리기 시작했다. 귓가에 스치는 바람소리만 쌩쌩 들릴 뿐 까만 어둠 속에서 어디로 가는 줄도 모르고 효자는 호랑이의 등에 찰싹 들러붙었다. 1백리나 달렸을까? 호랑이가 달리던 것을 멈추고 이번에는 제 꼬리로 효자의 등을 두들긴다.

호랑이 등에서 내린 효자가 눈을 들어 살펴보니 어느 집인지 처마에 환하게 불을 밝혀놓고 있었다. 호랑이가 굴로 끌고 가서 잡아먹지 않고 사람 사는 집으로 데려온 것은 반드시 필유곡절이라 분명 무슨 뜻이 있을 것이라 짐작하고 집 안을 들여다보니 한참 제사를 지내는 중이다. 저도 모르게 제사상으로 눈이 갔는데 제상 한가운데에 제기 위에 올라있는 것은 놀랍게도 붉은 홍시였다. 호랑이가 이곳으로 호랑이가 데려온 까닭이 분명해진 것이다.

헛기침을 하고 들어선 효자는 수인사를 끝내기가 바쁘게 자신이 이곳에 오게 된 연유를 이야기했다. 먼 곳에 사는 생면부지의 사람이 호랑이등을 타고 이곳까지 왔다고 하자 제주되는 사람도 때 아닌 철에 홍시가 제사상에 오른 연유를 이야기 했다.

"저희 어머니께서 생전에 홍시를 몹시 즐겨 드셨으므로 제사상에 올리지 않을 수가 없었습니다. 그러나 마침 기일이 5월이라 홍시를 구하기 어려운 여름이었으므로 홍시를 이때까지 보관하는 수밖에 달리 방도가 없었습니다."

그래서 땅굴 속에다가 홍시를 보관하는 방법을 생각해냈다.

"그런데 금년에는 이상한 일이 생겼습니다. 해마다 200개씩 보관을 해도 기일에 쓸 수 있는 홍시가 7~8개밖에 되지 않아 제사상에 겨우 한 접시를 괼 수가 있었을 뿐입니다. 그런데 금년에 열어보니 50개나 되는 홍시가 상하지 않고 있어 이상한 일이라고 생각했는데, 이렇게 요긴하게 쓸 일이 생기는군요. 생각해보면 어리석은 인간들만 모를 뿐 다 하늘이 정한 이치가 아니겠습니까?"

누가 생각해도 효자에게 나누어줄 수 있도록 평소보다 많은 홍시를 간직할 수 있었던 것이다. 밤늦도록 호랑이등에 실려 온 까닭을 알게 된 제주는 효자에게 20개나 되는 홍시를 들려주었다. 효자가 그때까지 기다리고 있던 호랑이를 타고 다시 자기 집까지 돌아오니 새벽닭이 울었다. 효자가 가져온 홍시를 드신 어머니는 천명이 다할 때까지 건강하게 살다가 돌아갔다.

정읍 어디의 아낙네는 젊어서 물에 빠졌었는데, 이상하게도 새벽에 일어나서부터 마을에서 머지않은 둠벙 생각이 났다. 걸레 같은 빨래도 모두 가까운 동네 우물가에서 빨았기 때문에, 외진 곳에 있는 그 둠벙에는 달거리할 때 서답이나 빨려고 갔었을 뿐 특별히 볼일이 없었는데도 자꾸 그 둠벙에 가야 된다는 생각에 사로잡혔다. 자꾸 손에 잡히지 않고 허둥거리며 시간을 보내다가 점심밥을 준비할 때가 되었을 때다. 더는 참지 못하고 손에 잡히는 대로 걸레만 하나 들고 둠벙으로 갔다. 무엇에 씌우기라도 한 듯, 논에서 일하던 사람들이 보니 마치 벌이 날아가듯 달려가더니 그대로 둠벙에 뛰어드는 것이었다. 마침 곁에서 일하던 사람들이 달려가 바로 꺼냈으므로 숨이 떨어지는 불상사는 일어나지 않았다. 사람들이 건져내 한참을 주무른 뒤에야 정신이 돌아온 그 새댁은 집에서 걸레를 손에 들었던 것까지만 기억할 뿐 아무 생각도 나지 않는다고 했다.

뒤에 사람들이 말하기를 너무 작은 둠벙이라 아직 사람이 빠져 죽은 적이 없었기에 망정이지 거기서 죽은 원귀라도 있었더라면 정말 큰일 날 뻔했다고 했다.

전라남도 순천 아래 율촌 어디라던가 어느 방죽 밑에서 일을 하던 어느 농부가 보니 방죽 둑 위로 나타나는 웬 각시의 모습이 보였다. 가끔 둑 위에 나타나 멀리 시선을 두는 모습이 아무래도 누군가를 기다리는 눈치가 분명했다. '올 때가 되었는데 —.' 각시의 독백까지 들리는 듯도 했다.

처음에는 무심코 보았지만 은근히 소름이 돋았다. 생각해보니 이상한 게 한두 가지가 아니었다. 햇볕이 쨍쨍 내리쬐는 대낮이었지만 달리 사람도 없고 둑 너머에는 물이 가득한 방죽밖에 없지를 않은가? 농부도 저절로 건성건성 일하는 시늉을 하면서 누군가를 기다리게 되었다. 어느 정도나 시간이 지났을까? 저 밑에서 초립동이 하나가 지게를 지고 오는 모습이 눈에 띄자 농부는 부리나케 달려갔다.

"어딜 가는 것이냐?"

"저 너머 동네로 제사를 지내러 가오."

"무슨 제사?"

"작년에 우리 누이가 꽃가마를 타고 시집가다가 저 방죽에서 가마가 미끄러져 그만 물에 빠져죽고 말았는데 오늘이 제삿날이오."

바로 이것이다!

농부는 초립동을 꼼짝 못하게 붙잡아서 길을 못 가게 막았고 초립동이는 빠져나가려고 발버둥치다가 마침내 새파랗게 가라앉고 말았다. 기절해서 축 늘어진 초립동을 업고 한참을 내려가자 초립동이가 깨어났고 농부는 초립동을 집까지 데려다 주었다.

"아이고, 그 썩을 년이 지 동생을 그리도 이뻐해 놓고 이제는 저를 대신해서 물귀신으로 만들려고 하다니!"

혼례를 치렀으니 처녀는 시댁귀신이다. 시댁귀신으로 알고 내버려두었는데, 아무래도 피붙이가 만만했던지 시댁으로 제사지내러 가는 친정동생을 기다렸다가 물속으로 끌고 들어가려고 그랬던 것이다. 귀한 아들을 잃을 뻔했던 신부의 집에서는 그제야 놀라 개 한 마리를 대신 물에 넣고 신부의 넋을 건지는 굿을 했다고 한다.

"아, 옛날부터 호식 당한 집안이나 물에 빠져죽은 사람이 있는 집안과는 혼사를 하지 말라고 혔어. 모르는 사람보다는 이런저런 사정을 잘 아는 친척들을 잡아가기가 쉬우니께 그런 것이 아니겄어?"

"물귀신도 남의 자손 데려가면 그 집 선영들이 가만있지를 않으니까 자기집 자손을 데려간다니께."

이야깃거리가 없어지자 호환과 아무 상관없는 물귀신 이야기에, 아이들 동화책 속에서 수십 수백 번 우려먹었던 이런저런 도깨비까지 나와서 활개 치며 돌아다니는 동화책 속 같은 세상이 되고 말았다.

해당화 가시를 가진 장미

시청자들을 흥분의 도가니로 몰아넣었던 호랑이는 어디로 숨었는지 다시는 모습을 드러내지 않고 있었다. 호랑이에 대한 보도는 계속되고 있었지만 호랑이의 움직임에 대한 생생한 보도가 아니라 책상머리에서도 나올 수 있는 옛날얘기 같은 현장감 없는 보도에 사람들은 흥미를 잃기 시작했고, 뉴스에서도 차츰 자취를 감춤에 따라 자연 내 관심도 멀어졌다. 사실 내 머릿속에 살면서 나를 지배하는 것은 머나먼 지리산 깊은 골짜기에 숨어있는 호랑이가 아니라 내 눈앞에서 아른거리는 싸가지였다.

"저 병신들, 양이 뭐냐? 양 한 마리, 양 두 마리, 밤새 저 지랄을 한다고 잠이 와?"

식당에서 밥을 먹다말고 불쑥 내뱉는 소리에 뭔가 했더니 TV 드라마를 보고 하는 소리였다.

글쎄다. 특별히 불면증에 시달려본 적이 없으니 양을 세어볼 일도 없었지만, 하나 둘 세다보면 저도 모르게 지쳐서 잠이 들 수도 있을 것이다.

그러나

"서양 사람들은 몰라도 우리는 절대 아니야. 예쁜 고추잠자리나

세는 것이 훨씬 낫지 않겠어?"

잠자리에 누워 양을 한 마리 두 마리 떠올리다보면 이내 심리적 안정을 찾고 잠이 들었다는 이야기가 맞을 수는 있지만 양을 기르던 목동들에게나 해당되는 소리라고 했다.

차라리 가을이면 도심공원에서도 흔하게 볼 수 있는 잠자리를 떠올려보는 것이 낫다는 것이다. 파란 하늘을 배경으로 자기들끼리 술래잡기를 하듯 폴폴 날아다니는 빨간 고추잠자리. 춤추듯 날아다니는 잠자리는 멀리서 보이는 풍경이 아니라 손에 잡힐 듯 바로 머리맡에서 우리와 함께 노는 애완곤충(?)이다.

모기의 유충처럼 작은 것부터 올챙이처럼 큰 것까지 잡아먹어 물속의 폭군으로 불리는 잠자리 유충은 생긴 모양도 제법 흉측스럽지만 물 밖으로 나와 잠자리가 되는 순간부터 아이들이 가지고 놀고 싶어 하는 사랑스런 애완곤충이 된다. 젖먹이 아이도 겁내지 않고 가지고 노는, 남녀노소 누구나 좋아하는 국민 애완곤충이다. 잠자리는 나비나 꿀벌 같은 익충도 잡아먹지만 등에, 멸구, 모기, 끝동매미충 같은 해충도 잡아먹는 매우 이로운 곤충이다.

"잠자리가 이쁘기도 하지만 우리 뇌 속에서 '잠을 자는 자리'로 받아들일 수 있어."

잠자리는 곤충 잠자리를 가리키기도 하지만 잠을 자는 자리라는 뜻도 있다. 두 개의 뜻을 가진 잠자리를 되뇌어보면 맑은 가을하늘을 폴폴 날아다니는 잠자리도 연상되고, 편안한 잠자리에 들게 하는 주문이 될 수도 있기 때문이란다.

"어렸을 때 우리는 잠자리를 잠마리라고 했어. 잠자리보다는 잠마리 주문을 외우는 게 더 나을 거야."

잠마리를 하나 둘 세는 것이 아니라 그냥 주문이라고 했다. 하나 둘 잠자리의 숫자를 세다보면 셈이 틀리지 않도록 자신도 모르게 긴장을 하게 되지만, 그냥 예쁜 잠자리들이 날아다니는 풍경을 떠올리며 '잠마리, 잠마리, ……' 하다보면 저절로 편안해지고 '잠마려(잠이 온다)' 주술(?)에도 걸린다는 것이다. 자꾸 '목 마려, 목 마려……'하고 말하다 보면 정말 목이 마른 것처럼 느껴지듯이.

들어볼수록 옳은 소리였지만 매사에 따지고 시비걸기 좋아하는 마야를 보며 나는 마야가 전생에 해당화였을지도 모른다는 생각을 하게 되었다.

바닷가 모래사장을 뒤덮으며 피어나는 해당화는 장미과에 속한다지만 꽃잎이 찔레꽃처럼 얇아서 만지면 부서질 것만 같다. 무엇보다 밤송이처럼 수없이 돋아난 가시 때문에 접근하기도 꺼려지지만, 그냥 바라보기만 해도 가시에 찔린 것처럼 온몸이 가려워지는 그 수많은 가시 때문에 더없이 애처로워 예쁜 꽃인지도 모른다.

해당화처럼 화사하기는 했지만 마야는 해당화처럼 애처롭고 가냘픈 꽃은 절대 아니었다. 남자의 보호본능을 깨우는 여린 여자가 아니라 남자를 끝없이 주눅들게 하는 여장부였다. 늘 씩씩하고 건강미가 넘치다 못해 수시로 육두문자까지 쏟아냈다.

장미에게는 가시가 있지만 가시 몇 개만 떼어내면 그만이고 가시를 그대로 두더라도 조금만 조심하면 마음대로 줄기나 꽃을 꺾을 수가 있다. 그러나 줄기 전체를 밤송이 같은 가시로 두르고 있는 해당화는 맨손으로는 절대 만질 수가 없다. 요염하고 향기가 진한 장미이면서도 마야는 해당화가시로 완전무장한, 그러니까 고슴도치 장미이거나 밤송이 장미인 것이다.

자신에게 없는 것을 부러워하는 게 자연스러운 것처럼 유약한 성격을 가진 내가 야생마 같은 마야를 좋아하는 것인지도 모르지만 때로 난감하기 짝이 없을 때도 많았다. 온몸을 가시로 무장한 해당화처럼 마구 내뱉는 욕설 때문이다.

그 예쁜 입에서 어찌 그리 거칠고 험한 말들이 쏟아져 나오는지 신기할 정도였다. 그네의 입에서 '죽일 놈 살릴 놈' 정도는 아무것도 아니었다. 남성이나 수캐의 성기에 빗대어 'X같은 —, X만한 —, X만도 못한 —'라는 표현을 자주했는데 남자도 아닌 처녀가 그런 욕설을 해대는지 도무지 납득이 되질 않았다.

툭하면 '불쌍한 전주'라는 말을 입에 달고 사는 마야는, 특히 전주시장과 철천지원수라도 되는 듯 말마디마다 욕설이 섞였다.

'그 개X같은 놈! 지렁거시 머시가니 혼자서 다 해 처먹을라고 혀!'

그네는 입버릇처럼 툭하면 아무한테나 '지렁거시 머시가니'를 입에 올렸고 나한테도 '니렁거시 머시냐?'라는 소리를 해댔는데, 나중에 내가 알게 된 그 지독한 사투리의 뜻은 대충 이런 것이었다.

지렁거시 머시가니 : 제까짓 것이 뭐기에

니렁거시 머시냐? : 네까짓 것이 무엇이냐?

지렁거시나 니렁거시의 '거시'는 '것이'를 뜻한다. 조사 이외의 품사는 띄어서 쓰는 것이 원칙이므로 의존명사인 '것' 또한 띄어쓰기를 하는 것이 당연하다. '거시' 또한 띄어쓰기를 해야 하지만, 내가 굳이 '지렁거시'나 '니렁거시' 등으로 소리 나는 대로 표기하고 붙여 쓰기도 하는 것은 그네가 내뱉는 '지렁거시' 니렁거시'가 너무도 자연스러워서 '지렁 것이'가 자꾸 '지렁거시'라는 하나의 낱말(합성어)처럼 들렸기 때문이다. 아마도 지렁거시나 니렁거시의 '지렁'이나 '니렁'을 따로 떼어놓으면 지렁거시, 니렁거시를 자주 입에 올리는 사람들도 '지렁', '니렁'이나 '거시'가 무슨 뜻인지 전혀 모를 것이다.

마야는 춤보다 욕설에 더 많은 재주를 타고 났는지도 모른다. 누구든 마야 입에 오르면 그걸로 끝이다. '개새끼 소새끼'해가며 죽일 놈 살릴 놈 입에 거품을 물지만 아무런 근거도 없다. 예컨대 이런 식이다.

"전주시내 땅값이 얼마나 비싼지 알아? 그 비싼 땅에다 꽃이나 심고 나무나 심는 놈들이 제정신이야? 화단을 치워버리고 무료 주차장 만들면 주차난도 많이 해소될 거고, 유료화 시키면 전주시 재정에도 얼마나 큰 도움이 되겠어? 그런 간단한 계산도 못하는 바보 멍청이들이 전주 시장도 해 처먹고 시의원도 해 처먹고 자빠졌으니 내가 나서서라도 가르쳐 줄 수밖에."

"무슨 돈 귀신이 붙었어? 그러잖아도 대구보다 더 더운 동네가 된지 오래인데 그 알량한 공간마저 없애버리면 동네가 너무 삭막해서 사람이 살 수 있겠어? 그늘도 없는 아스팔트에서 사람이 살 수가 있다고 생각해?"

"건물을 짓거나 주차장을 만들기 싫으면 그 비싼 땅을 놀리지 말고 상추라도 심고 고추라도 심어서 시민들 생활에 보탬이 되게 할 수도 있잖아? 아마 그 개새끼들은 집에 화분 하나도 없거나 화분이 있어도 채소나 길러서 배 터지게 처먹을 거야."

나는 매우 혼란스러웠다. 길가의 화단에다 상추 심고 고추 심어야 한다고 주장하면서 집에 있는 화분에다가 채소나 길러 배터지게 먹을 놈들이라고 욕을 하다니?

"개새끼라니, 그래도 명색이 시장이고 시의원들인데 좀 심하지 않아? 자기 말대로 문화를 모르고 예술을 모른다고 해도 개새끼라고 욕먹을 이유는 없는 거야."

"심하긴 뭐가 심해? 그 미친개 같은 개새끼들이 가만히 자빠져 있으면 누가 뭐라고 하냐고. 전주에 그렇게도 사람이 없어? 그런 개새끼들이 아니면 시장질 해먹고 지자체 의원질 할 놈이 하나도 없냐고! 복지부동 공무원질이나 해먹고 세금 안 내는 장사꾼질이나 하면서 잘 처먹고 살 일이지. 왜, 그런 개새끼들이 나서서 전주 문화를 말아먹고 전라도까지 말아먹겠다는 거야?"

전주 문화를 말아먹는다고 하지만 구체적인 증거는 하나도 없다. 특히 철천지원수로 삼은 송 시장은 시민들한테 평점 이상이지 이하는 절대 아니다. 높은 나무가 바람을 맞는다고 아랫사람이 잘못하는 일도 뒤집어쓰고 시정도 제대로 홍보가 안 되어 그런 것이다. 털어서 먼지 안 나오는 사람 없다가 아니라 높은 자리에 있다 보면 어느 정도의 잡음은 늘 있게 마련이다.

송하진이란 이름조차 제대로 부르지 않고 늘 '송아지'라고 했는데 '송아지, 그 나쁜 놈!' 정도는 약과였다. '사기꾼 같은 놈!, 문화가 무엇인지 예술이 무엇인지도 모르는 천박한 놈! 지렁거시 머시가니, 혼자서 다 해 처먹어!' 하는 것이다.

마야가 입에 달고 욕하는 것은 전주시장뿐이 아니었다. 특히 정치인들에 대해서도 온갖 욕설을 퍼붓기 일쑤였다.

고인 물! 아무 짓도 못하는 무능한 놈들!

민주당에 대해서도 반감이 많았다. 정치는 권력이다. 권력을 가진 자들의 잘잘못을 따지는 것은 당연하지만 그것보다는 자신들이 권력을 잡아서 잘하면 된다. 권력을 잡는 것은 선거다. 바보 같은 자들은 표를 모으는데 힘쓰지 않고 그저 상대방의 잘못만 따지다가 선거에 지고 만다. 권력을 누리는 것보다 권력을 욕하는 맛에 사는 지지리 못난 놈들이 바로 민주당 놈들이라고 욕했다.

아무 짓도 못하는 바보 같은 놈들한테 무조건 표를 몰아주는 사람들도 싸잡아 욕했다. 새누리당 국회의원도 있어야 전주가 발전하고 전라북도도 발전할 것이라고 했다. 전통적으로 민주당을 지지해 온 전주에서 그런 일이 가능하겠냐고 하면 육자배기 한 자락이 쏟아졌다.

"니 아들이 녑녑허먼은 밤마실을 가겄냐."

밤마다 놀러나가는 며느리를 나무라는 시어미에게 며느리가 '당신 아들이 녑녑하면(똑똑하면, 사내구실을 제대로 하면) 내가 무엇 하러 밤에 마을을 가겠느냐?'고 대들었다는 뜻이다. 생긋생긋 웃으며 흥겨운 듯 어깨까지 들썩이며 니 아들이 녑녑하먼은 밤마실을 가겄냐?고 해대는 마야를 보면 민주당의 텃밭인 전주에서 새누리당 국회의원을 세워주는 일도 좋을 것이라는 생각이 들었다.

ㅇㅇ에서는 부지깽이만 꽂아도 당선될 것이라는 어처구니없는 이야기가 영남과 호남에서는 거의 상식처럼 통용되는 것이 대한민국의 현실이다. 새누리당 국회의원을 뽑자는 것은 호남지방에서는 지역감정이 없다는 것을 보여주는 얄팍한 명분 쌓기가 아니라, 새누리당 국회의원을 통한 막대한 실익 때문이다. 민주당 텃밭에 새누리당 깃발을 꽂은 사람은 국회에 입성하자마자 곧바로 새누리당의 주요보직을 맡을 것이며 막강한 영향력을 발휘하게 될 것이다.

그러나 마야의 예쁜 입에서 어찌 그리 험악한 말들이 쏟아지는지 놀랍고, 춤추는 예술가가 왜 그리 정치에 관심이 많은지 나로선 신기할 따름이다. 나는 내성적인 성격인데다 어려서부터 남 앞에 나서지 않고 그림자처럼 조용히 살도록 훈육되었다. 특히 정치에 대해서 철저히 무관심하도록 훈련되었으므로, 우리 집에서는 선거하는 날 누구도 투표하러 가지 않았고 개표방송조차 보지 않았다. 누가 대통령이나 서울시장에 당선되건 전혀 관심이 없었다. 그렇다고 정치나 정치인을 무시해서는 절대 아니었다.

사실 정치인들의 도움 없이는 황실복원이 절대 불가능하다. 정치에 관심을 갖고 정치인들과 사귀는 것이 무엇보다 절실하다. 그러나 어떤 경우에도 중립은 절대 허용될 수가 없고 반드시 어느 한 쪽인가를 편들어야 하는 것이 정치판이다. 누구도 편들지 않고 절대중립을 지키더라도 서운하다고 느끼는 쪽에서 반드시 적대시하게 되어있어 자칫 양쪽으로부터 공격받을 위험도 높다. 반드시 필요하지만 절대 가까이 하지 않고 특히 어떤 정책이나 정치적 사건에 대한 발언은 단 한마디도 내뱉어서는 안 되는 것이다.

또한 황실이 복원되면 지속적으로 여론의 관심을 받을 수밖에 없는데 혹시라도 정책에 대한 비판이나 견해를 보였다가는 또 하나의 정치권력으로 비쳐질 수밖에 없기 때문이다. 아무리 규모가 커져도 정치와는 전혀 무관하게 사는 것만이 대한황실이 살아남을 수 있는 유일한 길이다.

막걸리

“살풀이는 배워서 추는 춤이지만 도살풀이는 신명으로 추는 춤이라 일정한 틀이 없는 게 정상이야.”

마야는 학원에서 현대무용을 가르칠 뿐 아니라, 풍물패의 장구잡이였으며 도살풀이를 추는 전통춤꾼이기도 했다.

경기전 주차장에서 풍물패들이 벌인 공연이 끝나자 그네는 장고를 메고 고깔을 쓴 채 서둘러 자리를 빠져나갔다. 화장실에라도 가는 줄 알았으나, 화장실이 있는 경기전 안으로 들어가지 않고 그대로 지나쳐 가는 것이었다.

“좀 천천히 가요? 무슨 일 있어요?”

“나 붙잡으러 온 거 아니지?”

“하도 급하게 나가기에 어디서 불이라도 난 줄 알았죠.”

“됐어, 그럼. 괜히 놀랐네.”

“왜요? 무슨 일 있어요?”

“저기서 어물거리다가 붙잡히면 밤새 막걸리 먹고 놀아줘야 돼.”

“아아, 뒤풀이는 절대 사양이다, 그 말씀이죠?”

“아니, 저런 곳에서 뒤풀이는 나도 바라는 바야. 잘난 척할 것도 무시할 것도 없고 웃고 떠들다가 어울려 춤추고…… 얼마나 좋아?"

"그런데 왜 나왔어요? 나는 또 '뒤풀이는 절대 안 한다.' 그런 건 줄 알았네."

"뒤풀이는 좋은데 왜 항상 막걸리야? 풍물패라면 무조건 막걸리를 잘 마셔야 되는 줄 아는 이 풍토가 완전 잘못된 거야. 시원한 맥주도 좀 가져다 놓으면 좀 좋아? 아니, 맥주가 없어도 막걸리를 권하지만 않으면 얼마든지 함께 어울릴 수가 있어. 취하지 않고도 얼마든지 신바람나게 노는 것이 우리 전문 아니야?" 날씨도 더운데 막걸리 마시고 땀이 나면 몸에서도 쉰 막걸리 냄새가 나서 싫다고 한다. 툭하면 전주 인심은 막걸리 집에만 남아있다던가, 막걸리는 단지 마시고 취하는 술이 아니라 지친 사람의 원기를 북돋워주는 보약이라고 자랑해대던 사람이 누구인지 헷갈릴 지경이다.

실개천 길로 접어들었다. 난장은 철수하고 없었지만 거리에는 아직도 사람들이 많았다. 띄엄띄엄 장식해 놓은 불빛으로 실개천을 흐르는 물이 더 멋져 보였다.

"야, 밤에 보니까 더 좋네!"

"천천히 구경하지 왜 그렇게 부지런히 가요? 꿀단지 숨겨두었어요?"

"야, 이 복장을 하고? 사람들이 흘끔거리는 거 안 보여? 무대에서 찬사를 받아야지, 누가 누군지도 모르는 이런 곳에선 노 땡큐야! 그리고 우리 굴뚝샌님은 배도 안 고파?"

굴뚝샌님은 굴뚝 속에서 사는 샌님이란 뜻으로 세상물정모르고 어리버리한 나한테 붙여준 별명 중의 하나인데 그네가 그런 별명을 사용할 때는 별로 기분이 좋지 않다는 뜻이기도 했다.

우리는 실개천을 곁눈질로만 구경하고 부지런히 걸어 창고를 개조한 설예원 교육관으로 들어갔다. 마야는 설예원 이림 원장과 '언니, 동생'하는 사이였고 황손 어르신과도 가까운 듯 했으므로 나도 스스럼없이 설예원 교육관과 승광재에 드나들게 되었다. 황손 어르신은 젊은 사람들한테도 격의 없이 대해주셨지만 나 스스로가 어려워 승광재는 감히 혼자서 찾지 못했다. 그러나 설예원 교육관에는 배실장이라는 젊은 아가씨가 상근하고 있었는데 사근사근하고 따뜻한 이림 원장을 그대로 닮아 차 마시러 가끔 들르는 편이었다. 차를 배우러 다니는 게 아닌 순수한 손님(?)이라서 찻값을 낼 수가 없다는 것이 걸리기는 했지만 어느 곳보다 마음이 편했기 때문이다.

전에는 설예원이 승광재와 한 담장 안에 있는 삼도헌에 있었다고 했는데 마야의 표현에 의하면 전주시장이 빼앗아 제 부하들한테 넘겨준 것이라고 했다. 전생에 무슨 원수였는지 몰라도 마야는 전주시장에게 불만이 많았고 말끝마다 욕설이 따라붙었다. 하긴 얼마 전에 삼도헌에서 무슨 전시회를 한다기에 찾아가보았는데, 민박 손님을 받는 방에다가 그림 하나씩 걸어두는 겉치레 행사였다. 그나마 손님이 없는 빈 방은 그림을 감상하도록 삼도헌 근무자가 문을 열어주었지만, 손님들이 열쇠를 가지고 나간 방은 어찔 수가 없다며 미안해하던 기억이 새롭다. 민박이야 설예원 시절에도 했었다지만 그래도 차 예절과 문화를 알리던 문화공간에서 전문적인 숙박업소로 탈바꿈한 것이다. 나 혼자서 갔기에 망정이지 말썽 많은 마야가 그 꼴을 보았더라면 한바탕 난리를 피웠을 것이다.

설예원 교육관에 들어가 옷을 갈아입고 나온 그네와 가까운 식당으로 저녁을 먹으러 갔다. 오목대사랑채에서 갈비탕을 먹고 나온 뒤에는 옆 골목에 있는 교동다원에 들러 황차를 마셨다. 전통차를 즐기기에는 새로 지은 한옥보다는 오래된 옛집이 더 정겨워서 좋다.

고양이

마야한테서 고양이를 기르고 싶다는 이야기를 듣고 난 뒤 인터넷을 뒤지면서 많은 것을 알게 되었다. 정말 생각지도 못했던 것들도 많았다. 개는 죽으면서도 주인에게 충성을 바치지만 고양이는 주인을 자신의 하인 정도로 여기고 있으며 기껏해야 친구 정도라는 것 등이다. 고양이가 주인도 할퀴는 것을 야생성이 강해 그런 줄 알았는데 아예 근본부터 틀려먹은 족속인 것이다.

내 맘에 들거나 말거나 마야가 어차피 기를 고양이라면 예쁜데다가 고분고분 온순한 페르시아 고양이를 기르게 하고 싶었다. 턱없이 비싼 것이 흠이었지만 오히려 값비싼 고양이를 선물함으로써 점수를 딸 수 있는 기회이기도 해서였다. 예쁘게 단장한 고양이를 본 그네는 깜짝 놀라며 반가워했다. 어디서 났느냐? 얼마나 주고 구입했느냐? 누군지 털을 잘 다듬었다는 둥 칭찬에 바빴다. 그러나 그녀에게 주는 선물이라는 소리에 그녀의 표정이 싹 바뀌었다.

"어이쿠, 이런 굴뚝샌님, 꼬라지나 지꺼리나! 굴뚝샌님이 키우는 게 아니라 정말 나 주려고 사온 거야? 내가 언제 이런 거 사 달랬어?"

뜬금없이 '생긴 꼬락서니나 하는 짓거리가 같다'고 지청구다.

너무 비싸서 그런 줄 알았으나 그런 게 아니었다.

"자기가 좋아한다고 나도 그런 줄 알다니. 내가 언제 한 번이라도 이런 거 기르고 싶다고 했어? 굴뚝이 기를 거 아니면 당장 돌려줘. 선물도 받는 사람한테 물어보는 게 예의라는 거 아직도 몰라?"

어느 때보다 신경질이 심했고 잔소리도 길었다. 혹시 그날인가? 나는 그네의 잔소리를 귓등으로 넘기며 그런 상상이나 할밖에 다른 재주가 없었다.

별 수 없이 나는 고양이를 반환했고, 보름쯤 지났을 때 마야는 자신이 원하던 새끼 고양이를 기르게 되었다. 친구들과 등산 갔다가 들렀던 5일장에서 사왔다는 고양이는 흔해빠진 재래종 고양이였는데 그네는 무슨 전설의 나라에서나 사는 고양이를 가져온 것처럼 유난을 떨었다.

"글쎄, 그 큰 시장에 딱 한 마리뿐이었다니까. 나를 쳐다보며 야옹거리다가 내가 안아주니까 머리를 마구 비비대었어. 우리는 처음부터 한 가족이 될 운명이었다니까."

사실, 그 너른 시장에 단 한 마리뿐이었다는 것은 다들 잘생긴 순으로 팔려 나가고 마지막으로 남은, 제일 못생긴 고양이였다고 보는 게 옳지 않은가?

화장실 변기에 올라간 새끼고양이가 용무를 마치고 흙으로 덮으려는 듯 화장실 변기를 긁어댄다며 웃던 마야가 고양이 화장실을 만들었다. 유치원마당에 가서 비닐봉지에 담아온 모래를 낡은 냄비에다 부어서 만든 화장실이었다. 물론 두고두고 사용하는 것이 아니라 사나흘에 한 번씩 유치원 가는 길에 있는 숲에 버리고 새 모래를 가져오는 것이다.

“유치원 모래가 남아나겠어? 유치원에서도 모래를 사다가 깔았을 텐데.”

“뭐, 나만 그래? 다들 유치원에서 모래를 퍼 가. 다른 데서는 모래를 구할 수가 없잖아?”

사실 전주천에 나가도 모래는 없다. 물 흐르는 냇가에 모래밭도 저절로 생겨나겠지만, 극성스런 사람들이 자연 그대로 두지 않고 보기 좋게 정비를 해서 평소에 물이 흐르는 곳과 둔치를 확실하게 구분해 놓았기 때문이다.

어디서 들었는지 마야는 제법 그럴듯한 소리도 해댔다.

“사람들이 애완견을 함부로 데리고 다니니까 유치원마다 갖가지 기생충이 득실거린데. 주기적으로 모래를 바꾸거나 모래를 소독해야 되는데 거의 모든 유치원이 돈이 든다고 하지 않아서 아이들 건강이 위협받는데. 그러니까 우리가 자주 모래를 퍼 와야지. 모래가 없어지는데 어쩌겠어? 억울해도 없어지는 만큼 새 모래를 사다가 채울 수밖에.

무슨 근거로 그 유치원에서 모래를 소독하지 않는 것으로 확신하는지 몰랐지만 그네는 자신이 마치 대단히 좋은 일이라도 하는 것처럼 당당했다.

고양이가 자라면서 여기 저기 날렵하게 뛰어오르기 시작했는데, 의자를 이용해 책상에도 올라갔으므로 꽃병 따위를 놓아둘 수가 없었다.

고양이는 발톱이 날카롭다. 평소에는 날카로운 발톱을 숨기고 다녀 의식할 수가 없었지만 여기저기 긁어대는 통에 여간 귀찮은 것이 아니었다. 특히 천을 씌운 의자를 긁어대는 통에 걸레처럼 너덜너덜해졌다.

"첨부터 발톱이나 깎아줄 걸."

고양이 발톱을 깎아주기 시작한 뒤로 마야는 더 이상 천을 덧대고 의자를 기울 일도 없어졌다.

나중에 고양이가 많이 자라서 창틀을 뛰어넘어 자유롭게 나다니면서 그네의 모래 퍼 나르기도 자연스럽게 중단되었다. 그 유치원이 예산을 세워 모래 소독을 하거나 주기적으로 새 모래로 교체해서가 아니라 고양이가 더는 화장실에서 볼일을 보지 않았기 때문이다.

어느 날 마야는 너무 속이 상해서 펑펑 울었다고 했다. 고양이의 온 몸에 생채기가 나 있었던 것이다. 나중에야 날카로운 발톱이 없어 다른 고양이들한테 맞서 싸우지 못하고 무방비로 당했다는 것을 알고 발톱을 깎아주기를 중단했다.

도사를 만나다

매스컴에서 때 아닌 호랑이 소동을 치르고 있을 때 나도 벌건 대낮에 도깨비, 아니 도깨비 같은 사람을 만나게 되었다.

단오가 지나고 부쩍 뜨거워진 햇살 속에서 문득 아이스커피가 먹고 싶어졌다. 아니 남들이 아이스커피 통을 들고 다니는 것이 부러웠는지도 모른다. 줄을 서서 아이스커피 통을 받아들었지만 나는 손에 들고만 다녔다. 경기전 느티나무 그늘에 앉아서도, 손이 시려 곁에 내려놓은 아이스커피 통을 내려다보며 조금만 마셔볼까 말까 갈등을 겪고 있었다. 이 더운 날씨에 시원한 맛이야 그만이지만, 보나마나 설사를 만나 한동안 고생할 것이 뻔했기 때문이다.

"괜찮아. 마시고 싶으면 마셔."

악마의 속삭임! 어지럼증 때문에 잠깐 환청이 들렸던 모양이다. 예수님도 부처님도 배고플 때 나타난 악마들의 꼬임에 넘어갈 뻔했었다.

"왜? 못 믿어? 그거 먹고 탈나면 내가 너를 평생 업고 다닌다."

환청은 아니었다.

청바지를 입은 건장한 체격의 사내는 후줄근한 T셔츠 위에 낚시조끼를 걸쳤다. 조폭인가도 싶었지만 반백의 머리카락을 꽁지머리로 묶었고 눈초리가 매의 그것처럼 매서웠다.

"속이 냉해서 찬 것은 독약이지만, 먹고 싶은 것을 억지로 참는 것도 이로울 것이 없다."

부드럽고 달콤한 악마의 속삭임. 백주 대낮 오가는 사람도 많은 속에서 도깨비한테 홀린 사람처럼 아무런 대꾸도 저항도 하지 못했다. 사내는 다가오더니 제멋대로 내 머리에 두 손을 얹고 지그시 눌렀다. 머리가 무거워지고 터질 듯 부푸는가 싶더니 갑자기 눈이 시원해지고 머리도 맑아졌다.

"너의 몸을 잠깐 조정해 두었으니, 식기 전에 쭈욱 마셔라."

사내는 사람들 틈에 섞여 서서히 멀어졌지만 나는 어지럼증 때문에 잠깐 헛것을 본 것만 같았다. 그러나 갑자기 머리가 맑아졌으므로, 나도 모르게 빨대를 물고 아이스커피를 쭈욱 쭈욱 들이마셨다.

평생 처음으로, 아니 너무 오랜만에 너무너무 기분 좋게 마셨던 탓인가?

아이스커피 한 통을 다 마셨지만 설사는커녕 저녁에도 밥을 잘 먹었고 소화도 잘 되었다.

약속한 바 없었지만 왠지 모를 설레임에 다음날 나는 아침부터 경기전으로 가서 그를 기다렸고 그는 점심때가 되어서야 나타났다.

다짜고짜 자신이 밥을 살 것이라며 나를 데려간 곳이 성심여중·고 앞에 있는 '베테랑'이라는 식당이었다.

"이 콩국수집, 유명해진 것이 수십 년이다. 배탈 걱정 하지 말고 많이 먹어둬라."

밀가루 음식을 꺼려하는 나였지만 얼음까지 둥둥 떠 있는 콩국수 한 그릇을 말끔히 비웠다. 도깨비 같은 사내가 앞에 있으니 괜찮을 거라는 턱없는 믿음까지 생겨났다.

"너는 보약으로 채워질 수 있는 몸이 아니다. 세상에 공짜로 얻을 수 있는 것은 없다. 3년만 내 시봉을 해라."

3년간이나 시봉을 하라니, 콩국수 한 그릇 값이 너무 비싸다.

그러나 도깨비 같은 사내의 그 터무니없는 당당함에 나도 모르게 끌려들었다. 어려서부터 보약을 달고 살아온 나에겐 보약으로 채워질 수 있는 몸이 아니라는 말도 새로울 수밖에 없었다.

사실 나에게는 십여 년이나 남모르게 간직(?)해왔던 고통거리 하나가 있었는데, 어느 날 기연을 만나 너무도 쉽게 해결이 되었던 것이다.

황실 복원회에서 일모공 다음으로 열성이었던 동량공은 월남전 참전 때 생긴 부상 후유증으로 눈에 띄게 다리를 절었는데, 어느 날 멀리 대구에 간다기에 나도 따라 나섰다. 대구 팔공산 자락에 있는 '빛 명상'이라는 곳이었다. 동량공은 빛명상 학회장 정광호란 분이 김대중 전 대통령의 지팡이까지 손에서 놓게 했으며 대단한 도인이라고 했으나, 막상 만나고 보니 시골농부를 연상시키는 순박한 모습이었다. 말소리도 조용조용 너무 낮아서 귀를 곤두세워야 했다.

너무 많이 다친데다 오래 되어서 회복하기 어렵다는 소리에 잔뜩 풀이 죽었으나, 여기까지 왔으니 조금은 도와주겠노라며 명상을 하도록 시켰다. 동량공의 기사까지 우리 세 사람은 그대로 소파에 앉아 두 손을 펴든 채 눈을 감고 명상음악을 들으며 '빛이 나에게 쏟아지고 있다, 나는 빛 속에 있다, 나는 내 온몸으로 빛을 받아들이고 있다'고 자기 암시에 온 정신을 쏟았다.

"목이 많이 굳었어요."

목을 만져보기도 전에 그냥 쳐다보기만 해도 아는 모양이었다. 뒤에서 말소리가 들리더니 정광호 학회장이 내 목덜미를 만져주었다. 잠시 후 음악이 끊겼고 엉겁결에 시작했던 명상도 끝났다. 그뿐이었다.

내 양쪽 손바닥에도 노란 금가루처럼 보이는 '빛분(빛 가루)'이 나와 있었지만 신기하다는 생각은 전혀 없었다. 우리가 눈을 감고 있었으니, 우리 뒤로 다가왔던 그가 얼마든지 빛분을 뿌려줄 수가 있었기 때문이다.

정 학회장은 맑은 스카치테이프로 동량공의 손바닥에 나온 빛분을 묻히더니 자신의 저서 한 권에다가 붙였고, 기념이라며 그 책을 동량공에게 선물로 주었다. 우리는 정 학회장이 시키는 대로 손바닥을 가슴에 문질러 빛분이 자신의 가슴에 스며들도록 했다. 치료효과는 기대할 수 없었지만, 그래도 그 자리에서부터 한결 걷기가 수월해졌다며 동량공은 좋아했다.

어느 날 문득 내 똥꼬가 왜 이러지?하는 의문이 들었다.

그 동안 십 년이 넘게 팬티나 메리야스를 빨랫감으로 내놓지 못하고 화장실에서 직접 세탁하거나 쓰레기로 처리하는 결벽증(?)이 있었는데 사실은 치질 때문이었다. 요즘처럼 의학이 발달한 세상에 치질 따위는 병도 아니다. 수술을 받으면 깨끗이 해결되겠지만, 내 치부 중의 치부(?)를 남 앞에 드러낼 수가 없었기 때문에 견딜 수 있는데 까지는 견뎌보겠다는 심산이었다. 밀려나온 치핵 때문에 의자에 앉기조차 거북할 때도 많았고, 심할 때에는 여자들이 쓰는 생리대까지 착용해야 했다. 화장실에서 뒤처리를 할 때마다 화장지에는 피가 묻어났고, 변기에 앉으면 물총을 쏘듯 피가 뿜어져 나올 때도 있었다.

물론 항상 그렇게 심한 것은 아니었으므로 어떤 때는 별 불편을 모르고 지낼 때도 있었지만 이렇게 긴 시간은 아니다. 곰곰이 생각해보니 일주일 전부터였고, 아마도 대구에 가서 빛명상을 하고 돌아온 날부터였던 것 같았다. 상태가 호전된 것이 정확히 언제부터였는지는 확실치 않았지만 대구에 갔었던 1월 21일에다 동그라미를 그려놓았다. 그런데 그게 벌써 3년하고도 4개월 전 일이었다.

"빛은 사라지는 거예요."

처음 빛명상에 다녀오고 7개월쯤 지났을 때다. 부산에 다녀오던 길에 빛명상에 들렀을 때 윤 실장이라는 예쁜 여자 분이 내 이야기를 듣고 나서 해준 말이었다. 빛명상을 하는 방법이 인터넷에도 올려 져 있다고 했다. 빛은 사라지는 것이니(내 똥꼬 상태가 다시 악화 될 수 있으니) 집에서도 빛명상을 계속하라는 의미였으나 그 후로는 아직 한 번도 빛명상을 해 본 적이 없다. 물론 앉기가 거북할 정도로 상태가 나빠진 적도 없지는 않지만, 장시간 뛰어야 하는 풍물도 배울 만큼 생활하는데 아무런 불편이 없었기 때문이다. 다시 생리대까지 착용해야할 정도로 악화 되면 다시 빛명상을 찾아가면 될 것이라는 믿음과, 그 빛이 언제까지 사라지지 않고 지속되는지 궁금하기도 했기 때문이다.

빛명상에서 이미 신비한 체험을 한 뒤였으므로, 일주일 뒤 나는 차를 몰고 도깨비 같은 사내가 시키는 대로 길을 나섰다. 청원~상주간 고속도로를 달리다가 회인IC로 빠져나와 구불구불한 지방도로를 20여 분 더 달린 뒤에야 목적지에 닿았다. 다 왔다는 소리에 차를 세우려고 두리번거리며 인가를 찾고 있는데 사내는 저쪽이라며 왼쪽으로 난 길을 가리킨다. 경운기나 겨우 다니는 성싶은 좁은 길을 조심스럽게 운전해서 5백 미터쯤 올라가자 검붉은 녹물이 잔뜩 번진 낡은 컨테이너가 나타났다.

"너무 편하면 수련하는데 방해가 된다."

사내는 한눈에 들어오는 초라한 세간을 그렇게 밀막아버렸다.

5~6평 정도의 작은 컨테이너였지만 싱크대와 작은 냉장고 정도만 놓여있어 오히려 휑하니 커보였다. 이런 삭막한 곳에서도 여자가 살았던 것인가? 남쪽으로 난 작은 창 곁에는 전신을 비쳐볼 수 있는 커다란 거울이 있었고 화장품이 놓여있는 낡은 화장대까지 있었기 때문이다.

사내는 나를 바닥에 드러눕게 하더니 배 위에 손을 올려놓았다.

뜨뜻한 기운이 전해더니 온몸으로 퍼져나가는 것 같았다. 아침을 든든하게 먹었는데도 배에서 꼬르륵거리는 소리가 잇달아 들렸다.

"나는 소준이다. 너는 이름이 뭐냐?"

"현상만입니다."

"현상만? 그래, 상만이 너는 제자이니 나를 '선생님'으로 부르면 될 것이고…… 혹시 여기 삼봉천라가 무슨 뜻인지 알겠느냐?"

스승이 내민 명함에는 三峰天摞 / (天地道成) / 小俊 朴俊熹와 전화번호가 적혀있었는데 동양화를 배경으로 정삼각형 안에 원이 있었고 그 가운데 검은 점이 있는 디자인으로 되어있었다.

무슨 뜻인지 전혀 몰라 고개만 갸웃거리는 제자의 꼬락서니에 기대를 접은 듯 스승은 곧바로 수련을 시작했다. 맨 처음 과목은 생존훈련, 스승은 밥 짓는 법부터 가르쳤다. 쌀을 씻고 물을 맞추는 것은 물론 전기밥통 사용하는 법까지, 여태까지 남이 해주는 것을 받아먹기만 했던 내가 남의 도움 없이 산 속에서 살아남는 법을 배우고 익혀야 하는 것이다.

"밑반찬은 반찬가게에서 사다 먹어도 국이나 찌개 정도는 끓여 먹을 줄 알아야 한다."

컨테이너에서 십여 미터 정도 거리에 있는 장독대에서 된장을 푸는 법과 물에 풀어 된장국을 끓이는 것까지, 먹고 사는 것이 이렇게 복잡하고 어려운지 미처 짐작도 하지 못했었다.

나는 몇 숟가락 먹지도 않았는데 선생님은 폭풍흡입으로 식사를 끝냈다.

"한겨울에 깊은 산에 있다 보면 밥을 지어도 금방 얼어버린다. 나야 오랜 버릇이니 신경 쓰지 말고, 너 하던 대로 천천히 꼭꼭 씹어 먹어라." 물을 끓여 믹스커피를 타더니 것도 후루룩이다.

백여 미터 위에도 컨테이너 하나가 있었는데 붉은 페인트를 칠한 것처럼 벌겋게 녹슬어있어 훨씬 더 낡아보였다. 점심을 먹은 뒤 선생님은 전주에서 가져온 커다란 가방을 들고 그리로 올라 가셨고 나는 내가 살게 된 집을 청소했다. 뽀얗게 먼지가 앉은 화장대에 놓여있는 화장품들은 뜻밖에 남성용이었고 화장대 속에는 도사들이나 볼 것 같은 이상한 책들이 잔뜩 들어 있었다. 벽에 기대어 있는 커다란 거울은 화장대와 한 세트였으나, 거울에 달린 꽂아두는 다리가 없어 곁에다 세워둔 모양이다. 밖에 나와 있는 화장품까지 모두 안에다 넣고 딱 소리가 나도록 문을 닫아두었지만, 불길한 물건이라도 만진 것처럼 사뭇 켕겼다. 정말 도깨비한테 홀린 것처럼 뜬금없이, 정체모를 사람의 제자가 되었고 휴대폰도 터지지 않는 깊은 산 속으로 들어온 것이다.

[뭐해]

청소를 마치고 휴대폰을 열어보니, 마야한테서 무엇을 하고 있느냐는 메시지가 들어와 있었다. 통화불가능 표시가 되어있는 것을 보니, 전화를 했으나 받지 않아서 문자를 보낸 모양이다. 자동차가 다니는 큰길에까지 내려가 보았으나 역시 통화는 되지 않았다. 혹시나 해서 문자를 보냈더니 전송이 되었다. 음성통화는 불가능했지만, 문자는 보내거나 받을 수가 있으니 이 깊은 산 속에서 그나마 다행이라는 생각이 들었다.

갑자기 일이 생겨 한 달 뒤에나 전주에 갈 수 있을 것이라는 문자를 보내고 산길을 올라오는데 다시 문자가 들어왔다.

[그래]

너무 짤막해서 알았다는 것인지 맘대로 하라는 것인지 모르겠지만, 불쑥 서운한 마음이 들어 더 이상 통화는커녕 문자도 보내고 싶지가 않았다. 한 달씩이나 걸린다니 무슨 일이냐고 물었더라면 그동안에 있었던 일을 미주알고주알 다 이야기해 주었을 것인데.

선생님은 사흘 동안만 나와 함께 식사를 했다. 보은읍에 가서 시장을 봐다가 무우국과 김치찌개 끓이는 법도 가르쳐 주었다.

따로 밥을 해먹으면서부터는 얼굴도 구경할 수 없었던 선생님이 사흘이 지나서야 내 컨테이너로 내려 오셨다.

지난번처럼 바닥에 눕게 하고 배에다 기를 불어넣어 주었다. 일어나 앉게 한 뒤에는 자신의 손바닥으로 내 양손바닥을 문질러 주었다.

"노궁혈을 열어놓았다. 두 손을 합장하고 있다가 이렇게 부빈 다음에 눈에 대 보아라."

선생님의 첫 번째 가르침이었다. 노궁혈이라는 것이 손바닥 가운데 있는 모양이었지만, 갑자기 무협지의 한 대목이라는 생각이 동시에 들었다.

언젠가 손바닥이 뜨거워지고 뜨거워진 손을 아픈 곳에 대면 나을 것이라고 했지만 그 언제가 언제일 줄은 모른다. 3년이라고 했으니 어쩌면 3년 내내 손바닥이 뜨거워지기만을 기다려야할 지도 모르다.

싸모님들

본격적인 더위가 시작되는 7월 초 일요일, 새벽 같이 차를 몰고 돌아왔으나 나 혼자 마음만 바빴을 뿐 마야는 정읍에 가서 저녁에나 돌아온다고 했다. 데리러 가겠다고 했더니 일행들과 함께 단체행동을 해야 한다며 펄쩍 뛰었다. 한 달 만에 형수 내외와 함께 점심을 먹고, 뜨거운 햇살이 조금 누그러지기를 기다렸다가 실개천길을 따라 내려가고 있었다. 가끔 들르는 전통찻집 다로(茶露) 못미처에 있는 공용주차장 앞에서 '전주시청 명(茗)사모 / 무료 차 봉사'라고 써져있는 커다란 세로 펼침막이 눈에 들어왔다.

가까이 가보니 좌판에 다포를 깔고 열 개 정도의 찻잔을 늘어놓았는데 한마디로 장사(?)가 매우 잘되고 있었다. 좌판 앞에 모여든 사람들이 우물쭈물 망설이다가도 경쟁하듯 너도 나도 손을 벋어 찻잔을 집어가는 모습들이 어떤 때는 극심한 식량난에 시달리는 재해지역에서 비상식량을 나눠주는 장면이 연상될 정도였다. 아무리 좌판을 덮은 다포가 그럴듯하고 차 맛이 훌륭해도, 한복을 곱게 입고 차를 나눠주는 사람들이 환하게 웃어주어도 그저 '좌판장사'였을 뿐이다. 찻자리라면 그냥 지나치는 법이 없는 나였지만 차마 앞으로 다가가 찻잔을 집어들 용기가 나지 않았다.

대신 탁자 앞에 '명사모 / 전주시청 간부부인 동아리'라고 써져 있는 길게 펼친 현수막이 눈에서 떨어지지를 않았다. 전주시청 간부부인들로 조직된 '명사모'라는 동아리에서 무료로 차를 나눠주는 모양인데 하필이면 간부부인 동아리라니! 간부부인 동아리가 나쁠 것도 없고 모임의 실체를 그대로 밝히는 것도 안 될 것은 없다. 그러나 '전주시청 간부부인 동아리'라고 하지 않고 '전주시청 직원가족 모임'이라고 했으면 얼마나 좋았을까? 함께 참여하지 못했어도 봉사단을 보는 전주시청 직원가족들은 얼마나 뿌듯하고, 전주시민이나 관광객들의 눈에도 얼마나 아름답게 비쳤을 것인가?

'전주시청 직원가족 모임'이라고 하면 물정모르는 아랫것들이 감히 '간부 싸모님' 노는 자리에 끼어들까봐 그런 것인가? 어쩌다 물색모르고 뛰어드는 간 큰 아랫것들도 없지는 않겠지만, 하위직 직원부인들은 제발 모임에 나오라고 사정해도 맞벌이 등등으로 먹고 살기에 바빠서 참석할 겨를이 없을 것이다.

봉급을 많이 받고 (이런저런 뒷돈도 요령껏 챙길 수 있는) 간부 남편을 둔 부인들은 자연히 시간도 많고 이런저런 여유도 많아서 자기들끼리 동아리 모임도 하고 무료로 봉사할 수도 있을 것이다. 그러나 저 모습을 보는 전주시청 평직원들과 가족들은 얼마나 가슴이 아플까? 어차피 저런 간판을 내걸었으니, 빡빡한 시간을 쪼개고 없는 여유를 만들어내도 어차피 '간부부인'이 아니라고 끼워주지도 않을 것이 아닌가?

하도 눈꼴이 시어서 얼른 자리를 떠나지 못하고 있는데 정말 어이없는 광경이 펼쳐지고 있었다.

잠시 모여드는 관광객이 줄어들고 여유가 생기자 두어 사람만 남고 좌판에서 두어 발짝 떨어진 뒤쪽으로 간부부인들이 모이고 있었다. 무엇을 하나 쳐다보았는데 세상에! 한 사람이 찻잔을 들고 마시는 시범을 보이고 나머지 사람들도 따라 흉내를 내는 것이다. 눈을 비비며 다시 보아도 눈앞에서 펼쳐지는 현실이었다. 나도 모르게 카메라를 꺼내 가까이 다가가 셔터를 누르자 아예 어깨를 나란히 하고 서서 제대로 잘 찍어달라는 부탁까지 한다. 찰칵찰칵 비리 현장을 발견한 기자처럼 신바람나게 셔터를 눌러댔고, 자청해서 모델이 되어준 전주시청 간부 사모님들도 고맙다며 매우 만족해했다. 모처럼 서로서로 모두가 행복한 한 때였다.

가끔 드나드는 '다로'에 들어가 차를 마시면서도 내내 같은 생각에서 벗어나지 못했다.

전통차를 즐기는 차인들은 간편하게 티백으로 나온 녹차는 잘 마시지 않는다. 다기를 이용해 우려먹는 차에 비해 그 맛이 너무 차이가 나기 때문이다. 자판기 커피에 익숙한 입맛으로는 크림이나 시럽을 넣지 않은 원두커피의 맛을 알기 어려운 것처럼, 처음부터 티백으로 된 차에 입맛이 익숙해진 사람들은 오히려 다기로 우려낸 차의 맛을 제대로 음미하지 못할 수도 있을 것이다. 전통차라고 해도 대추차나 생강차, 쌍화차 같은 것이라면 모를까, 녹차나 황차 따위를 처음 마시는 사람은 아예 이런 것을 무엇 때문에 마시는 것인지 몰라 난감해질 수도 있다. 차라리 건강에도 좋고 갈증해소에도 도움이 되는 우유나 요구르트 따위를 나누어주는 것이 좋을 것이다.

평소에는 물 한 잔도 제공하지 않는 한옥마을이다. 차라리 그 정성과 비용이라면 한옥마을 곳곳에 냉온수기를 비치하고 관광객들이 물 한 모금 편하게 마실 수 있게 하는 것이 백 번 나을 것이다. 한벽교에서 머지않은 '좁은목 약수터'에서는 엄청나게 많은 약수가 샘솟는다. 새벽의 약수터에는 청량감이 감도는데 좁은목 약수터는 규모가 제법 커서 온몸을 싸도는 청량감도 매우 강하다.

구경삼아 골목골목을 돌아다니다보면 전통찻집도 눈에 뜨인다. 전부터 전통차를 접해본 사람이라면 찻집에 들어가 여유 있게 차를 즐긴다. 자판기 앞에서도 홀짝거릴 수 있는 커피와는 달리 차를 음미하는 분위기가 반드시 필요한 것이다. 차는 먼저 눈으로 찻물의 색을 감상하고 코로 냄새를 즐기며 입 안에서 그 맛을 음미한다. 찻자리를 꽃이나 화분으로 장식하더라도 꽃향기가 너무 진하거나 차향을 상쇄시키지 않도록 세심한 배려가 따르는 법이다. 심신을 맑게 하는 차이므로 찻자리의 대화나 목소리 또한 차분하고 즐거운 자리가 되도록 해야 한다.

유상곡수연처럼 차를 냇물에 띄우고 마시는 등 특별한 행위가 중요시 되는 행사라면 모를까, 저처럼 혼잡 속에서 차 한 잔 홀짝 마시고 가는 행사는 그만 두어야 한다. 한옥마을을 찾아준 손님들이 잠깐이나마 전통차를 마시는 즐거움과 다례를 체험하는 소중한 추억이 되도록 해야 한다. 다례와 전통예절에 전문성을 갖고 있는 차인들의 도움을 받아서라도 기품 있고 온전한 찻자리를 만들어야 한다.

또한 특별한 행사 중 일회성 행사로 끝낼 것이 아니라 쉬는 날 없이 거의 날마다 이뤄지는 일상사가 되어야 한다.

마치 돈 내고 차를 마실 수 없는 사람들에게 선심이라도 쓰는 듯한 '무료 차 시음장' 따위 언짢은 짓은 절대적으로 피해야 한다. '한옥마을을 찾아주신 손님들께 전통차를 대접합니다.'라고 해놓으면 차를 마시지 않고 그냥 지나가는 사람도 기분이 좋을 것이다.

장소 또한 통행인이 많은 번잡한 길거리가 아니라 경기전이나 부채문화관처럼 비교적 덜 번잡한 곳이어야 한다. 경기전 고목나무 그늘이나 부채문화관과 최명희문학관 어름의 소나무 그늘도 나름대로 운치가 있고 비교적 한적해서 주위 풍광과 어우러지는 찻자리가 될 것이다. 거금을 들여 지어놓았지만 앉아서 쉬는 사람 없는 청연루의 너른 마루도 찻자리로서는 꽤 좋은 곳이다.

분위기 있는 곳에서, 한복이나 생활한복을 곱게 차려입은 차인과 함께 이삼십 분 정도 여유를 가지고 편하게 정담을 나눌 수 있어야 한다. 차를 내는 사람과 마시는 사람들이 마주 앉아 차에 관한 이야기를 나눌 뿐 아니라 한옥마을과 전주 또는 전북의 볼거리나 문화를 소개하는 자리가 될 수도 있을 것이다. 한옥마을은 일 년 365일 내내 손님들이 찾아오는 곳이기 때문이다. 따뜻하고 은근한 정을 나누는 마음으로 차를 대접한다면 우리의 격조 높은 전통문화와 전주의 따뜻한 인심을 함께 누릴 수 있는 자리가 될 것이다.

일행과 함께 저녁까지 먹고 나온 마야와 함께 찻집에 앉았으나 마야는 내가 하는 이야기를 제대로 들으려 하지 않았다.

"그래, 잘 했어. 바보들은 꼭 혼이 나 보아야 정신을 차리지. 부창부수라더니, 그 여편네는 지가 시장인줄 알고 설쳐댄다니까." 송시장뿐 아니라 시장부인한테도 원한이 많은 모양이다. 남편 내세우지 않고 묵묵히 뒷바라지만 하는 도지사부인하고도 너무 비교된다고 했다.

모델들처럼 포즈를 잡아주어서 사진 찍기가 편했다는 말에 잠깐 반응을 보였지만, 막상 내가 내미는 카메라 화면은 보려고 하지도 않았다.

"아이고, 철딱서니 싸모들! 안봐도 비디오야! 차 시범을 보였다는 싸모는 덕진구청장 부인이 뻔해. 차를 제대로 배운 사람은 그 여자 하나뿐이거든."

"유명한 싸모님들이라 명사모라고 한 모양이지?"

"바보, 차 싹 명(茗)자 하고 이름 명(名)도 구별하지 못해?"

내 딴에는 농담을 한 건데 완전 바보취급 해버렸다. 내가 그런 반응을 보였다면 자기가 하는 말에 관심이 없다고 난리를 쳤을 것이다. 완전 제 멋대로, 완전 심술꾸러기다.

마야를 집에 데려다주고 돌아오면서도, 바보취급을 당해 섭섭한 마음은 쉽사리 가라앉지 못했다.

"니렁거시 머시냐?"

마야가 곁에 있기라도 한 듯 나도 모르게 볼멘소리가 나왔다.

"지렁거시 머시가니, 맨날 나를 무시하고 지랄해!"

저승

닷새간의 귀향(?)이었지만 전주를 떠나는 마음은 크게 아쉽지가 않았다. 산 속에 머무는 동안에는 갑갑했었는데, 다시 돌아가는 길이 오히려 오랜 옛집으로 돌아가는 듯한 기분이었다.

"그래, 팥빙수 맛있더냐?"

"아, 예,"

겨우 팥빙수 맛을 묻고 있다니 나는 얼른 대꾸하지 못했다. 한 달 만에 전주에 가겠다고 했을 때 선생님은 닷새 동안 밥 대신 팥빙수만 먹고 와도 된다고 했었다. 하지만 차가운 음식은 마야도 싫어해서 겨우 두 번밖에 먹지 못했었다.

"내가 너를 왜 이곳으로 데려왔는지 알겠느냐?"

나는 선뜻 대답하지 못했고 선생님도 내 대답을 기다리지 않았다.

"홍익인간이라는 말 너도 잘 알겠지만 홍익인간이 아니라 홍익인세다. 널리 사람만 이롭게 하는 게 아니라 세상만물을 이롭게 하는 것이다. 사람끼리만 너와 내가 없는 것이 아니다. 개나 토끼, 여우 같은 뭇짐승은 물론 산천초목까지도 너와 내가 따로 있는 것이 아니라, 함께 '하나'가 되는 세상 그것이 바로 홍익인세이고, 우리 하늘백성들이 만들어 가야 할 온전한 세상이다."

홍익인세에서는 아픈 사람이 없어야 한다. 내 몸이 먼저 건강하고 다른 사람의 몸도 치료해주어야 한다. 이 세상 만물은 기(氣)로써 이루어져 있다. 몸에 기가 없거나 기가 막혀 있을 때 온갖 병증이 나타난다.

"근기가 있는 자들을 몇몇 가르쳤지만 모두가 밥벌이에만 정신을 쏟거나 잔재주로 세상을 어지럽히고 있다. 그래서 차라리 근기가 없고 재주도 없이 그저 심성만 착해 보이는 너를 택한 것이다."

선생님은 한암당 이유립 선생의 제자였는데 천부경에 대해 스승과 다른 의견을 피력하다가 스승으로부터 파문당했다고 한다. 그 뒤 세상을 밝은 세상으로 바꿔 보고자 하는 꿈을 가지고 세상의 이치를 공부하였으나, 밝은 이치를 통하고 보니 (정치, 경제, 인성 등등이 사악한지라) 아직 때가 이르지 못해 후학이나 찾으며 촌부(村夫)로 은둔하는 중이라고 했다.

"때가 되면 거울공부도 하게 될 것이다. 거울 앞에 앉아서 자신을 들여다보는 거울공부를 하다보면 색즉시공 공즉시색이 무엇인지 알게 된다. 모든 것에 대한 경계가 허물어지고 모호해지며 너와 내가 서로 다른 남이 아니고 하나라는 것도 알게 될 것이다."

세상의 모든 물질은 분자로 나뉘고 원자로 나뉜다. 눈에 보이지 않고 손에 잡히지 않아도 공기 중에는 질소와 산소뿐 아니라 많은 원소들이 가득 들어 차 있다는 것쯤은 거의 초등학교 수준의 상식이다. 새삼스럽게 색즉시공 공즉시색(色卽示空空卽示色)을 알다니 그야말로 알쏭달쏭한 말씀이 아닐 수 없었다.

"홍익인세를 위해서는 아픈 사람이 없어야 한다. 나중에 거울 공부만 끝내도 어지간한 병쯤은 천지간의 기운을 받아서 치료할 수 있을 것이다."

막힌 기혈을 뚫어주고 뭉친 근육을 풀어주는 정도가 아니다. 선생님 입에서는 더욱 놀라운 소리가 나왔다.

"퇴마도 하게 될 것이다. 세상에는 귀신 때문에 고생하는 사람도 너무 많다."

"제가 퇴마를 해요?"

"왜 무당들만 퇴마를 하는 줄 알았느냐?"

스님이나 신부님들도 퇴마의식을 한다. 그러나 그들은 부처님이나 천주님의 힘을 빌어서 퇴마를 하는 것이다. 무당도 아니고 아무 종교도 없는 내가 귀신을 보고 몰아낼 수도 있다니 믿어지지가 않았다.

"누구라도 퇴마를 할 수가 있다. 하지만 퇴마는 귀신을 쫓아내는 것이 아니다. 그렇게 해서 될 일도 아니다."

귀신은 어떤 목적을 가지고 사람의 몸에 들어온다. 그 목적에 따라서 도사인척 하거나, 약사신령인척하거나, 장군인척 하거나, 대감인척 하거나 글문도사인척 흉내를 낸다. 더러는 더러운 야망이나 목적을 위해서 사람 몸에 들어 술을 마시게 하거나 도박을 하게 하거나 도적질을 하게 하거나 살인을 하게 하거나 음행을 하게 해서 대리 만족을 하는 것들도 있다.

선계1급의 세계에 내화원과 외화원이 있는데 외화원은 사람이 죽어서 승화되기 위해서 가는 곳이고 내화원(內花園)은 습에 젖은 자들이 그곳에 가 마음껏 즐기다 싫증을 느낄 때까지 머무는 곳이다. 놀이(도박, 도적, 음행 등)에 취해서 사람 몸에 들어온 귀신들은 내화원을 관장하는 신장을 불러 그곳에 머물게 하고 글문이나 선관(仙官)이나 약사(藥師)나 대감(大監)이나 장군의 흉내를 내는 귀신들은 오봉태상노군 준령에 있는 산령(山靈) 신명들을 불러 협의하여 들어가서 공부를 할 수 있도록 매어주고 혹 그것이 싫어서 못가겠다는 귀신들은 뇌성보화천존계열에 있는 옥추부서 신령들을 불러 옥추부에 가두게 하면 완전한 퇴마가 이루어진다.

보편적으로 퇴마를 하는 사람들이 이러한 이치를 알지 못하여 일시적으로 몸 밖으로 내보내기는 하지만 또 다시 그들이 몸으로 들어가게 된다. 혼쭐을 내서 쫓아내도 여기저기 돌아다니다가 갈 데가 없으면 전에 살던 곳으로 다시 돌아오기 마련이다.

먼저 귀신을 잘 타일러야 한다. 더 이상 사람에게 붙어있을 수가 없다는 것을 알려주고, 사람을 떠나게 되면 어디 가서 무엇을 하고 싶은지 물어보아야 한다. 예를 들어 지리산에 가서 공부를 하고 싶다면 먼저 지리산 산신을 불러 사정을 설명한다. 산신은 그에 맞는 대감이나 선관도사를 부르고 귀신을 데려가 공부하도록 해준다. 귀신을 무작정 쫓아낼 것이 아니라 지가 가고 싶은 데로 가서 하고 싶은 짓을 하도록 해줘야 한다. 사람에게 귀신에게도 서로 이롭도록 퇴마를 해야 한다.

드물지만 원망이 강해서 원한을 갚으러 들어오는 경우도 있다. 원한을 갚으러 온 귀신에게는 뜨거운 기맛을 보여주면서 협박과 설득을 반복하여 떼어내고 신장을 불러 데려가서 가두도록 한다.

기 치료를 할 때도 보통은 허공에 가득한 기를 받아서 넣어주므로 하루에 수십 수백 명도 치료할 수가 있다. 그러나 암 환자처럼 특별한 경우에는 반드시 축적된 기를 불어넣어 치료해야 한다.

"꾸준히 공부를 해라. 온 몸에 기를 쌓아야 한다."

기 치료를 위해서만이 아니다. 퇴마를 하려면 신명을 다스릴 줄 알아야 하는데, 아무나 부른다고 신명들이 오는 것도 아니고 신명이 온다고 해서 쉽게 부탁을 들어주는 것도 아니다. 신명을 부르는 사람의 기가 강해야만 신명과 원활한 소통이 가능하다. 온몸 가득히 기를 축적시켜야 하는 이유다.

스승은 열심히 가르쳤지만 어리석은 제자는 뜬구름잡기가 될지도 모르는 퇴마 같은 것보다 궁금한 것이 사후세계다. 나는 선생님이 알건 모르건 신명계 이야기가 나왔을 때 묻고 싶었다.

"사람이 죽으면 극락이나 지옥 아니면 천국이나 지옥에 가는 것입니까?"

"글쎄다. 극락이나 천국에 갈 수도 있고 지옥에 빠질 수도 있겠지. 허나 너나 나는 아니다."

이것도 저것도 아니라면, 영원히 중음천을 떠돌게 된다는 것인가? 아니면 죽음으로 모든 것이 끝난다는 것인가? 그러나 드물게라도 선생님이 퇴마의식을 하는 것은 귀신, 즉 사후세계를 인정하기 때문이 아닌가?

"너와 내가 동이족이고 하늘의 자손이라면 우리는 죽어서 저승에 간다. 삼혼칠백이라는 말 너도 들어봤겠지."

혼이 3이요 백이 3이요 넋이 4인데 백과 넋을 하나로 쳐서 3혼7백이라고 한다. 사후에는 백과 넋이 분리되어 넋은 자연으로 돌아가고 백은 살아생전의 업을 가지고 다음 생을 부여받으려고 떠난다.

혼은 극락이나 지옥으로 가지 않고 선계로 들어가 제가 가고 싶은 대로 간다. 노름꾼은 노름판으로 가서 노름을 하고 술꾼들은 술판으로 가고 여자를 좋아하는 놈은 밤낮으로 여자 속에서 살고…… 모두 제가 가고 싶은 데로 간다. 거기서 하고 싶은 짓을 실컷 하다가 덧없는 짓이라는 걸 깨달으면 그때부터 도를 구하고 공부하게 된다.

혼은 후손과도 결연하여 인연을 맺다 약 120년 후 쯤에는 조상과 후손의 인연을 정리하고 독립된 개체로 기화되어서 소멸되든지 또 다른 신격 존재로 남게 된다.

사후 세계는 혼이 경험하는 것으로 선계에 있다가도 제사 때 내려오는데, 위패나 영정을 보고 내려온다. 선계에 들어가 도를 공부하면 차츰 살아생전의 습이 점점 사라지고 욕심도 또한 떠나기 시작한다. 사람들의 삶에 관심도 갖기 시작하면서 사람들에게 바르게 사는 법과 일반인들이 할 수 없는 여러 가지 것들에 대한 의식을 꿈을 통해서나 영감을 통해서나 더러는 영성을 통해서 인도하게 되는데 이때 사람들은 명귀(明鬼)고 부른다. 공부가 깊어지면 사람들에 대한 관심조차 멀어지고 다른 존재를 만나게 된다. 그들과 교동을 하며 귀신과 인간들의 중재역할을 하는데 사람들은 재종(再宗)이라고 부른다. 공부가 더욱 깊어지면 인간과의 관계도 완전히 정리되고 선계의 신이 된다.

선계 1급 : 살아생전의 습이 남아 있으나 악이 존재하지 않고 선만 존재하는 상태

선계 2급: 사람의 습이 없어지기 시작하면서 신과 같은 존재의 품성을 닮아가려고 노력하는 것. 아직 음식도 먹고 술도 먹고 싶어진다.

3급 : 사람의 습이 떨어지고 점점 신의 모습으로 변해 간다.

4급: 아직 능력은 부족하지만 차츰 신화되어 가는 것 .

5급 ~ 7급: 점점 완성된 신의 모습으로 가는 것.

그러나 선생님의 말씀은 가끔 알쏭달쏭해서 내 상식으로는 정리하기가 어려운 것도 많았다. 단전에 기를 쌓기 위해 단전호흡을 하는 것은 누구나 다 아는 상식이다. 그런데도

— 단전에다 기를 쌓는다고? 단전이 뭔데? 단전은 비어있어야 하는 곳이다. 만일 단전에 기가 쌓이면 밥도 아주 조금밖에 못 먹고 오줌도 참지 못하고 지리게 될 것이다.

— 기는 피를 통해서 흐르고 회음혈에 모였다가 뼈에 쌓이고, 몸에 쌓이고 피부에 쌓이는 것이다.

— 우주의 기를 받아들인다는 따위 허무맹랑한 소리에 현혹되

지 마라.

— 허공에 가득 차있는 기를 몸으로 받아들이는 것을 포기공이라고 한다.

— 기는 정수리를 통해서 쏟아져 들어온다.

— 몸에 들어온 기는 눈을 통해서 바깥으로 나갔다가 다시 눈으로 들어온다.

— 기는 눈을 통해서, 노궁혈을 통해서, 용천을 통해서 들어온다.

— 기는 호흡을 통해서, 노궁혈을 통해서 들어오는 것이 아니라 온 몸으로, 통으로 들어온다.

아무리 생각해도 앞뒤가 안 맞는 말씀이지만 어리석은 제자는 감히 물어볼 수도 없다. 열심히 공부하다보면 언젠가는 무슨 말씀인지 제대로 알아들을 수 있을 것이다.

호우당

"현 도사, 바람 쐬러 가자."

구봉산 산속에 틀어박혔다가 나온 것이 세 번째, 벌써 익숙해진 탓인가? 점심도 선약이 있다면서 늦게 나타난 마야가 대뜸 내뱉는 소리였다. 그동안 얼마나 보고 싶고 얼마나 할 말이 많았는데, 며칠에 한 번씩 마지못해 보냈던 한두 마디 짤막한 문자처럼 내게 관심이 전혀 없는 것인가? 굴뚝샌님에서 도사로 신분을 상승시켜준 것이나 고마워해야 할 판이다.

"변산으로 갈 거니까, 일단 김제 방향으로 쭉 가다가 부안으로 가면 돼." 언제나 저 하고 싶은대로만 하는 마야가 급랭이 된 내 기분쯤 아랑곳할 까닭이 없다. 쭈욱 달리다가 갈림길이 나올 때 방향지시만 했을 뿐 마야도 나도 약속이나 한 것처럼 침묵을 지켰다.

두 시간쯤 달리자 바다가 보였고 오래잖아 변산해수욕장이 나타났다. 그때서야 기분이 풀렸는지 먼저 입이 열린 마야가 주섬주섬 관광안내를 시작했다. 이곳은 해안선이 길고 모래밭이 넓은데다 급경사가 하나도 없이 경사가 매우 완만해서 수영을 못하는 어린애들도 안전하게 즐길 수 있는 곳이라고 했다. 옛날에는 부산 해운대 해수욕장보다도 몰려드는 인파가 많았는데, 해수욕장을 보호한다는 미명하에 계속된 개발제한으로 이제는 사람들의 기억 속에서조차 지워지고 있다는 것이다. 그래서인지 얼마 안 되는 건물들도 관광지다운 맛이 나지 않았다. 철 지난 해수욕장이지만 발밑에서 올라오는 파도소리를 들으며 해변을 걸어보는 것이 넓게 펼쳐진 백사장에 대한 예의일 것이다.

"커피는 있다가 마셔."

산책 준비를 위해 커피 자판기로 향하는 나를 마야가 제지시키더니 차에 오르라고 손짓했다.

"오늘은 시간이 없으니까 다음에 들러."

채석강으로 유명한 격포를 지나치고 불멸의 이순신 세트장이라는 안내판도 무시한 채 계속 달리게 했다. 해가 지려면 세 시간은 더 남았는데……

"아까 거기 모항, 내가 정말 좋아하는 곳이야."

모항이라는 아담하고 예쁜 해변이 있다는 소리도 그저 불친절한 안내말씀으로 만족해야 했다.

"저리 들어가."

마야의 손짓에 달리던 길에서 벗어나 작은 비포장 길로 들어섰다. '관선마을 초우당'이라는 입간판 앞에다 차를 세웠다. 건물을 돌아 앞으로 가서야 그게 '草雨堂'이라는 현판이 걸린 카페라는 것을 알 수 있었다. 해안도로 쪽에 있는 작은 언덕 때문에 초우당은 도로에서 길에서 백 미터 정도밖에 떨어지지 않았는데도 완전히 독립된 것처럼 조용했다.

"언니, 어쩐 일이에요?"

카페에 들어서자 보랏빛 생활한복을 입은 처녀애가 반색을 하고 맞았다. 진달래 꽃다발이 떠 움직이는 듯한 처녀애의 엉덩이까지 내려뜨린 생머리도 보기에 좋았다. 살짝 묶은 머리채에는 노란 나비 두 마리가 가볍게 내려앉았고.

"커피 좀 줘."

"언니는 아메리칸이죠? 손님은요?"

"같은 아메리칸. 근데 손님이 아니라 미스터 현, 내 친구야." 믹스커피를 좋아하는 내 취향 따위는 완전 무시당하기 일쑤다.

"죄송해요. 몰랐어요."

"괜찮아. 놀다가 미스터 현하고 자고 갈 거니까 해인지실에 난방 좀 틀어놓고……"

변산에 근사한 카페가 있으니 바닷바람을 쐬러 가자고 했었지 자고 오겠다는 소리는 없었다. 커피를 담아들고 마당으로 나갔지만 느닷없는 그네의 말소리가 자꾸 귓속을 맴돌아 머리가 어지러워졌다.

'미스터 현하고 자고 갈 거니까 해인지실에 난방 좀 틀어놓고……' 그러나 변덕이 죽 끓듯이 심한 마야다. 당장이라도 돌아가자고 할지도 모르는 판국에 김칫국 마시다 체할 일은 없다. 귓전을 감도는 소리를 털어버리려고 두 눈에 힘을 주고 주위를 살폈다.

바다 쪽으로 층계를 이룬 두 개의 마당에는 비치파라솔을 꽂은 원탁테이블이 몇 개 놓여있었다. 모양과 무늬가 예쁜 대리석과 정원석이 많았고 여러 가지 꽃들로 오밀조밀 볼만하게 가꾸어져 있었다.

"훈제오리." 처녀애가 리필커피와 함께 가져온 메뉴판을 열어보지도 않고 마야가 앉고 말했다.

"참, 미연아. 우리 미스터 현도 훈제오리를 좋아하니까 잘 기억해 둬. 알았지?"

"네, 언니. 기억해 둘게요."

느닷없는 소리를 하고는 다짐까지 받아냈다. 오리 전문점도 아니다. 보나마나 약품 처리했을 것이 뻔한 훈제오리는 별로였지만 나는 입을 열지 못했다. 앞으로도 자주 올 것이라는 소리가 분명했기 때문이다. 그때마다 자고 갈 것인가?

벼랑 바로 밑까지 바닷물이 출렁이고 노을이 질 때면 정말 아름다운 곳이라고 했지만 하필이면 썰물 때라 끝없이 드러난 갯벌만 가득한 바다였다. 종일 맑은 날씨였는데 수평선에 구름이 짙어지면서 지는 해도 감상할 수 없게 되었다.

훈제오리로 저녁을 먹으며 소주로 반주도 했다. 그네는 소주냄새가 싫다며 오렌지주스를 섞어서 마셨다. 처음에는 그네에게 동질감을 느끼게 하려고 나도 따라서 마셔보았는데, 뜻밖에 향기가 좋아 상황이 허락하는 대로 소주에 뭔가를 섞어먹는 버릇도 붙게 되었다.

"차를 마시다가 잘 거니까, 올라오지 말고 그대로 퇴근해." 카페 주인은 따로 있고 처녀애는 내소사 앞에서 버스로 출퇴근하는 종업

원이라고 했다.

이층에 올라가자 창문 사이로 세 개의 방문이 보였고 '竹露之室', '甘露之室' '海仁之室'이라고 양각한 작은 현판이 방문 위에 걸려있었다.

1층은 유럽식으로 치장한 카페였고 2층에 있는 방 세 개는 전통차를 마시는 특별한 손님들을 위한 곳이라고 했다. 2층 발코니에는 원탁테이블 3개가 있었는데 갯벌 위로 물이 들어오기 시작하는 바다가 그대로 보였다. 2층은 녹차 전용공간이지만 발코니에서는 커피를 들고 와 마셔도 된다고 했다.

발코니에서 잠시 이야기를 나누다가 예약했던 해인지실 문을 열고 들어갔다. 전문 다실로 쓰는 것처럼 정결한 방 안에는 차도구가 여러 세트 잘 갖춰져 있었고 방바닥도 따끈따끈해서 좋았다. 환기를 위해 열어두었던 창문을 닫자 방 안이 차츰 더워졌고 그네와 밀폐된 공간에 함께 있다는 생각으로 어지러웠다.

"좋은 차를 마시면 등에서 땀이 나." 익숙한 솜씨로 차를 내는 마야의 모습이 더 없이 행복해보였다. 나도 덖은 차보다 발효차를 좋아하지만 마야만큼 차 맛을 알지 못하는가보다.

"여기 해인지실은 주인과 친한 특별손님만 받는 곳이야. 저쪽 죽로지실과 감로지실은 아무나 들어갈 수 있고."

차를 우려마시고 다관을 비울 때마다 마야는 다른 차를 넣었다. 손님들이 마음대로 차를 골라가며 마시도록 해놓은 것을 보니 정말 특별한 손님만 받는가 보았다.

“나는 죽로지실에서 잘 테니까 미스터리는 이 방에서 자. 불은 진작 넣어 두었으니까 내 걱정 하지 말고.”

그러면 그렇지! 갑자기 모든 기대가 썰물처럼 빠져나갔다. 바로 앞의 바다처럼 시커먼 갯벌만 남았다.

다음날 아침 일찍 일어난 마야가 내 방으로 왔다. 그쪽 방 화장실에는 따뜻한 물이 나오지 않기 때문이라고 했다. 선머슴 같은 마야가 30분이 넘게 화장하는 여자라는 것이 신기했다. 마술사 같이 끊임없는 손놀림을 지켜보는 내내, 정말 첫날밤이라도 보냈던 것처럼 화장품 냄새 같은 행복감이 밀려왔다.

미연이란 처녀애의 진달래처럼 환한 얼굴에 찬물을 끼얹는 것 같지만, 그래도 다음 손님과 카페의 이미지를 위해서라도 죽로지실의 화장실에 더운물이 잘 나오지 않는다는 이야기를 해주는 게 옳을 것 같았다.

“저, 이층 화장실에 더운물이 잘.” 그러나 내 말은 거기서 끊겨 버렸다.

“아니야! 우리 미스터 현이 너무 고급이라서 그래. 머리 감다가 델 뻔했지만, 더운물 조절이 그게 어디 쉬운 거니?”

내가 고급이라서? 누가 머리를 감아?

도대체 무슨 소리를 하는 것인지 어안이벙벙해졌지만 나는 대꾸할 말을 찾지 못했다. 마야가 아무 소리 말라고 눈을 흘겼기 때문이다. 아무 영문도 모르고, 진달래 같은 아가씨한테 덜떨어진 놈으로 기억될 것이 분명했지만 나는 끝까지 입을 열지 못했다.

마당놀이

이틀 뒤 토요일 저녁, 한옥체험관 곁에 있는 소리문화관에서 마당창작극 '해 같은 마패를 달같이 들어메고'를 보고 있을 때였다. 마야가 갑자기 소리를 질렀다.

"아닌 거 같은디. 정말 잘하는가 보게 한 번 더 혀봐!"

믿어지지 않을 정도로 잘하니까 한 번 더 하라는 뜻이다. 간단하게 '앵콜!'하면 될 것을 굳이 저러는 이유를 모르겠다.

"한 번 더 히보랑게! 내 말 안 듣겨?"

마야가 계속 소리 지르자 결국 등판에 staff라고 인쇄된 점퍼를 입은 사람이 와서 미안하지만 조금 자제해 주시라는 주의를 주고 갔다.

"저런 빙신들! 노는 꼬라지 봐라!"

냅다 그 자리에서 대들지 않는 것만도 다행이다 싶었으므로, 이제는 고스란히 나 혼자서 그네의 투정을 받아주어야 했다.

"얼쑤! 잘한다! 좋다! 그렇지! 따위만 추임새라고 생각하는 저런 바보빙신들이 무슨 마당놀이를 한다고!"

생각할수록 기가 막히는가 보았으나 다행히도 목소리를 높이지는 않았다.

"마당놀이와 무대공연이 어떻게 다른지 알아? 그건 바로 소통이야 소통. 무대공연에서는 공연이 끝나거나 어느 정점에 이르면 그저 요란하게 박수를 치거나 환호성을 지를 뿐이지만 공연 도중에 아무 때라도 관객과의 대화가 이루어지는 것이 바로 마당놀이야."

관객들은 아무 때라도 '그게 무슨 소리냐?'고 물어볼 수도 있고, '아이고, 지난번에 소리할 때는 머시(무엇이) 어쨌다고 허더니 왜 달라진 거여?'하고 생뚱맞게 끼어들 수도 있다. 뭐라고 받아치건 소리꾼의 취향이지만 받아내지 못한다면 소리꾼의 자질 부족이라는 것이다.

"그건 내가 더 잘 혀!'하고 관객이 바로 판에 끼어들 수도 있는 거야. 제대로 된 놀이꾼이라면 뜬금없이 끼어든 관객과도 어울려서 계속 놀아야 허는 법이여. 지난 5월 말에 시작했으니까 벌써 석 달 열흘이 지났고 공연도 16번이나 했어. 여태 이런 꼴이라면 그 수준을 알아볼 정도라고."

각본에 없는 관객이 뛰어들어도, 감당하지 못하고 밀쳐내면 마당놀이가 아니라는 것이다. 더구나 극을 시작하기 전에 이쪽저쪽 편을 나누어 관객들에게 '출또야, 출또야, 어사출또야'를 연습시켜 놓고도 막상 극중에서는 한 번도 관객들이 '어사출또'를 외칠 기회를 주지 않았다. 마야의 역성을 들어서가 아니라, 하지도 않을 것을 무엇 때문에 몇 번씩이나 연습시켰던 것인지 도무지 납득이 되질 않았다.

풍물놀이를 할 때는 악기를 들고 하다못해 소고라도 들고 춤을 추는 놀이꾼만 있는 것이 아니다. 정 사람이 없으면 모를까 웬만하면 놀이꾼이 관객들의 복장을 하고 흥을 돋우는 잡색이 있기 마련이다. 큰 놀이판일수록 잡색이 많은 것이다.

풍물패가 잘 노는 것은 어떤 것일까? 모여선 관중들이 환호성을 지르고 박수나 치는 것이 아니다. 함께 판에 끼어들어 덩실덩실 춤을 추는데 놀이꾼들보다 판에 끼어드는 관중이 많으면 많을수록 판이 흥청거리고 절정에 이르는 것이다.

추임새는 인터넷의 댓글과도 같은 것이다. 댓글을 읽는 재미도 있는 것이다. 너무 심한 악성 댓글도 곤란하지만 칭찬일색인 댓글은 읽는 재미가 없다. 게시판에 올라온 글을 날카롭게 비판하거나 비꼬는 댓글이 많아야 댓글을 읽는 맛이 나는 것처럼. 마당놀이에서 그저 잘한다! 올커니! 아먼, 그렇지! 따위만 연발하는 것은 칭찬일색의 댓글과 마찬가지다.

다음 달에 전주에 왔을 때였다.

"마당놀이라면 적어도 이 정도는 되어야 하지 않겠어? 현 도사도 한 번 읽어봐."

마당놀이 때 추임새 대신 '지랄하고 자빠졌네!'를 연발했던 마야가 A4용지 몇 장을 내밀었다. 자기 멋대로 '마당창극 / 해 같은 마패를 달같이 들어메고'를 각색한 것이라고 했다.

어사 : 출또야, 출또! 암행어사 출또야!

암행어사가 또 한 번 큰 소리로 어사출두를 외쳤다.

육모방망이를 든 나졸들이 함께 '어사출또!'를 외치며 우르르 몰려나오는 대신 남원관아에 소속된 나졸 둘이 나온다.

나졸 1 : 대단히 죄송합니다만 지금은 본관사또 잔치 중이니 좀 조용히 해 주었으면 고맙겠습니다.

어사 : 뭐라고? 네 이놈! 암행어사가 어사출또를 부르는데 감히 무슨 짓이냐?

가볍게 나무란 어사가 다시 어사출또를 외친다.

어사 : 출또야! 암행어사 출또야!

나졸 1 : 앗따! 그 냥반 거 되게 시끄럽네. 좀, 조용히 해 주라고 하지 않았소!

어사 : 뭐, 이놈아! 나는 어사또여, 어사또. 임금님 명을 받고 암행을 나온 어사또!

나졸 1 : 안다고 알어. 나도 당신이 암행어산지 안다고. 그러니까 이몽룡 암행어사님, 제발 좀 조용히 해주세요!

나졸 2 : 나도 알어. 나도 당신이 신출내기 어사또라는 걸 안다고. 지금 당신이 어떤 상황인지 척하면 알아봐야지. 통감이 안 와? 세상물정 모르는 신출내기라고 자랑허는 거여, 머여?

어사 : 뭐? 너희들이 나를 알아? 가만 있자, 그러니까 네놈들은 지난번에 남문 밖에서 내 명을 받들던 나졸이 아니더냐?

나졸 1 : 어사또 나으리, 기억력 한 번 되게 조으시네. 그 좋은 머리로 어떻게 장원급제를 했대유? 어쨌거나 맞긴 맞어유. 우리가 바로 그때 맨 앞에 서 있던 1번 2번 나졸이유.

어사 : 내, 네놈들의 모가지를 당장 날려버릴 것이다.

나졸1 : 앗따! 거, 호령호령하시는 모습이 완전히 대그룹 회장님들 찜 쪄 먹겠네. 신출내기 어사님이 폼 잡고 큰소리치는 것 하나는 어디서 제대로 배웠네. 근디 여보슈, 신출내기 어사나리. 우리가 언제 한 칼에 날아갈 모가지나 있었던가유? 우리는 그냥 임시잖어유, 임시. 요샛말로는 알바. 아알바.

어사 : 임시? 알바? 아알바?

나졸1 : 그때 우리들한테 달랑 버스표 하나 내밀면서 뭐라고 혔슈? 다른 놈들은 다 모가진디 너희들은 그래도 덩치도 크고 나졸 경험도 많으니께 이렇게 버스표까지 사주면서 한 번 더 일거리를 주는 것이다. 고맙게 알고 날짜 늦지 않게 며칠 전부터 미리 가서 대령하고 있어라. 그러셨잖유?

어사 : 그랬지. 미리 가서 대령하라고 혔지.

나졸1 : 대기비는 얼마나 쳐줬슈?

어사 : 야, 일당 빵빵하게 쳐주면 되지, 대기비는 무슨 대기비, 너희들이 무슨 택시냐? 대기비를 주게? 혹시 내가 신출내기 어사라고 속여먹으려는 게야?

나졸 1 : 앗따, 거 어사나리가 자기비하를 허니께 우습지도 않네. 그나저나 바로 그것이유. 어사또나으리 같은 정식 직원은 월급을 받으니께 공일날도 봉급이 나오겄지만 우리 같은 임시직은 일당은커녕 국물도 읎써유.

나졸 2 : 그런디 남원에서 알바를 모집허는디 오늘이 바로 원님 생신이라고 며칠 전부터 길거리 청소도 하느라고 훨씬 일거리가 많으니 얼매나 좋아유? 그래서 우리가 오던 날부터 여그서 알바 뛰고 있는 거유.

어사 : 야, 그래도 의리가 있지. 어떻게 어사 따라다니던 포청 나졸이 시골 사또한테 붙어서 알바를 한다는 거야?

나졸 1 : 글쎄, 어사또 같이 높으신 분들은 의리도 있고 뭣도 있고 그러겄지만 우리 같은 서민들한테는 아무 쓰잘 디 읎는 사치유 사치. 의리도 좋고 정의도 좋지만 세금 내기 싫어서 자식새끼 위장취업을 시키건, 새끼덜 좋은 학교 보낼라고 위장전입을 하건, 장관 해 처먹고 청와대 들어가는디는 아무 문제 없잖여유? 돈 있고 빽 있는 양반님들끼리는 백성들 등쳐먹을라고 서로서로 봐주고 감싸주는 의리가 있겄지만 등쳐먹을 것도 비자금 만들 것도 없이 그저 일당에 목을 매고 사는 우리 서민들한테는 그놈의 의리 가지고 할 일이 전혀 없구만유.

나졸 2 : 어차피 우리들은 정규직도 아닌디 언제 어디 가서 알바를 하건 그게 어사님하고 무슨 상관이래유?

어사 : 야, 그래도 길거리 청소부보다는 어사또 따라다니는 나졸이 훨씬 폼도 나고 좋잖아?

나졸 2 : 그래도 변사또는 우리를 정식직원으로 채용하고 우리가 성실하게 일하면 절대 안 짤른다고 노동조합에도 가입하라고 혔수. 정식직원하고 언제 짤릴지도 모르는 그까짓 임시직하고 어떻게 같어유. 월급이 같어유, 직원복지가 같어유?

처음 마당창극을 소개하고 들어갔던 사회자가 다시 나와 과장된 몸짓을 해가며 어사와 나졸들의 수작을 지켜본다.

어사 : 좋다. 내가 너희들 전부다 임시직이 아니라 정식으로 포청나졸로 뽑아줄 테니까 어사출또 한 번 거창하게 해보자.

나졸 1 : 쓸데 적은 소리 그만하라니께 그러시네. 어사님이 안 시켜주어도 이미 우리들은 모두가 다 포청나졸이유.

어사 : 뭐? 너희들이 언제 포청에 들어갔어?

나졸 1 : 포청에 들어가기는 우리가 뭔 죄가 있다고 포청에 들어가유? 우리는 어미 뱃속에서 나올 때부터 세상에서 제일 무서운 목구멍포도청 포졸이유.

어사 : 야, 이놈아. 목구멍포도청이라니? 좌포청 우포청은 보았지만 목구멍포도청은 금시초문이다.

나졸 1 : 아, 바로 이렇다니께. 어사나으리같이 부모 잘 만나서 호의호식허고 사는 사람덜은 목구멍이 포도청이란 말도 못 들어봤을규. 그까짓 한양 땅에 있는 좌우포도청이야 끌려가서 곤장이나 맞고 나오면 되지만 우리 목구멍포도청에 걸리면 그날로 온 식구들이 다 굶어죽는규. 굶어죽는 게 뭔지도 몰르쥬? 그 잘난 문자속으로다가 점잖게 말하자면 아사라는 거유. 아사. 아—사.

알바 나졸들과 입씨름을 하던 어사가 하는 수 없이 관석을 향해 읍소를 한다.

어사 : 여러분, 저 나졸들이 말끝마다 저한테 신출내기 어사또라고 하면서 우습게 대하는 것을 보셨지요? 예, 부끄럽습니다만 사실입니다. 제가 춘향이가 사는 이 남원에나 와서 잘난 체하고 탐관오리를 봉고파직 시키네 어쩌네 큰소리치지, 중앙에 올라가면 높으신 어른들이 이놈 잡아넣으라면 이놈 잡아넣고, 저놈 풀어주라면 저놈 풀어주고, 그저 힘센 놈들의 꼭두각시 노릇이나 하면서 목숨을 부지해야지 대가리 빳빳이 쳐들고 반항했다가는 당장 모가지가 날아가 버리는 쫄따구 어사또, 그러니까 풀잎에 맺혀있는 아침이슬 같이 미약하고 처량한 신세입니다.

또한 오늘 이 자리에서 저 변 사또를 봉고파직 시킨다고 해서 이 나라 탐관오리가 모두 숙청되거나 공직자들이 국민을 위해 봉사하지도 않을 것이라는 것을 이 사람도 잘 알고 있습니다. 그러나 분명한 것은 흙탕물에다가 맑은 물 한 바가지를 붓는다고 그 더러운 물이 금방 깨끗해질 수는 없지만 그래도 아무 짓도 하지 않고 더러운 흙탕물 탓만 하는 것보다는 낫습니다. 비록 당장 눈에 띄는 효과는 없을 지라도 우리가 맑은 물을 한 바가지 한 바가지 꾸준히 붓다가 보면 머지않아 더러운 흙탕물도 제법 깨끗해질 것입니다. 여러분, 저는 처음으로 공직을 맡은 신출내기입니다. 비록 이 나라 탐관오리를 모두 숙청할 수 있는 힘은 없지만, 기득권에 붙지 않고 끝까지 여러분을 위해 봉사하겠습니다. 암행어사 출또라는 칼을 뽑았으니 작은 종기 하나라도 도려내도록 여러분께서 힘을 모아주십시오. 마당놀이 시작하기 전에 연습한 대로 다함께 '어사출또'를 외쳐 주십시오.

관중을 향한 암행어사의 읍소가 끝나기를 기다려 사회자도 어사를 거들어준다.

사회자: 정치가 썩고 공무원들도 썩고 법관들도 다 썩어버린 한심한 세상이지만, 그래도 저 어사는 처음으로 공직에 나와서 아직 때가 묻지 않은 사람입니다. 어사 말씀대로 맑은 물 한 바가지를 붓는다고 흙탕물이 금방 깨끗해질 수는 없지만 그래도 아무 짓도 하지 않고 더러운 흙탕물에 침이나 뱉는 것보다는 훨씬 낫습니다. 비록 당장 눈에 띄는 효과는 없을 지라도 우리가 맑은 물은

한 바가지 한 바가지 꾸준히 붓다가 보면 머지않아 더러운 흙탕물도 제법 깨끗해질 것입니다.

우리는 아무렇게나 짓밟혀도 좋은 힘없는 무지렁이들이 아니라 백성들 한 사람 한 사람 모두가 목구멍포도청에 근무하는 포도대장이라는 것을 확실하게 보여주어야 합니다.

여러분, 우리가 오늘 여기서 외치는 '암행어사 출두'는 암울한 이 땅에 희망을 불러오는 소리가 될 것입니다.

자, 여러분. 어둠을 밀어내고 밝은 세상이 오도록, 온갖 부조리를 밀어내고 살맛나는 세상이 되도록 저 신출내기 어사와 함께 목청껏 '출또야! 출또야! 암행어사 출또야!'을 외쳐 주십시오.

마야가 나름대로 고쳐보았다는 내용도 제법 그럴싸했지만 관객이 따라줄 지는 의문이다. 아무리 어사가 읍소를 하고 사회자가 거들어도 막상 관객들이 호응하지 않으면 더욱 썰렁해지고 말 것이 아닌가? 그러나 막무가내 마야는 도리어 큰소리 땅땅 쳤다.

"관객들은 나무토막이 아니야. 목숨 걸고 데모하는 사람도 있는데 그깟 어사출또 한 번 못 외쳐?"

글쎄다. 마당놀이에 익숙하고 추임새 잘한다는 이 고장 사람들만을 대상으로 하는 것이 아니다. 전국에서 모여드는 관광객을 상대로 하는 행사에서는 안 하느니만 못한 일이 될 것이다. 그러나 아무리 옳은 것을 지적해도 막무가내 마야한테는 말짱 헛일이다. 아니 본전도 못 찾는다.

쪽지 보내기

이제부터는 한 달에서 3주씩으로 산 속에 머무는 기간만 짧아졌을 뿐, 네 번째 산 속 생활을 하고 있지만 달라진 것은 없었다.

찬물을 마음껏 마시고 냉장고에서 꺼낸 차가운 음식을 실컷 먹어도 배탈이 나지 않는 것을 보면 몸은 확실히 좋아진 것 같았지만 손바닥에는 여전히 온기가 돌지 못했다. 배가 전보다 따뜻해진 것도 선생님이 가끔 내 배에다 기를 넣어주기 때문이지 내 스스로는 아직 기를 모으지는 못하는 것이다. '너처럼 약한 사람이 매연 가득한 도시에 살면 큰일 난다. 바람과 햇살이 가득한 자연 속에서 흙냄새를 맡고 살아야 건강해진다'는 말씀을 금과옥조로 알고 따를 뿐이다.

기 수련에는 진도가 전혀 없었지만 산 생활에는 잘 적응해가고 있었다. 밥해 먹는 일은 이미 선수가 되었고, 산에 들어오면 갑갑한 대신에 오래 살던 내 집에 돌아온 듯 편안해졌다. 선생님이 멀리 출타하고 없으면 낮에도 밖에 나가기가 싫었었는데 이제는 밤에도 무서운 생각이 크게 없었다. 소변이야 문을 열고 바로 해결해도 되니까 어두워지기 전에 변소에 가서 용을 쓰고 돌아오면 방구석에 놓여있는 요강을 사용할 일도 없었다. 무서운 생각에 노트북을 켜고 음악을 듣다가 자는 일도 많았었는데 요즘에는 노트북을 켜지 않고 멍 때리는 시간이 훨씬 많아졌다.

선생님의 일과나 생활은 종잡을 수가 없었다.

한 골짜기에 살면서도 며칠씩 얼굴을 볼 수가 없었다. 선생님 집에는 컴퓨터도 없는데 무엇을 하며 무료한 시간을 보내는지 알 수가 없었다. 초저녁부터 불빛이 보이지 않는 때도 있었고 새벽까지 컨테이너 창문으로 불빛이 보이기도 했다.

외출을 할 때면 보통 아침 7:30분경에 보은으로 들어가는 첫차를 타고 나갔다가 저녁 6:20분경에 나오는 막차로 돌아왔지만 보통 2~3일에서 때로는 열흘이 넘게 돌아오지 않기도 했다.

낮에도 2시경에 지나가는 버스 하나뿐이라서 매우 불편할 터인데도 선생님은 언제나 버스만 타고 다녔다. 내 차로 모시겠다고 했다가는 쓸데없는 짓하지 말라는 꾸중만 돌아왔다. 늦은 저녁이나 새벽녘에 누군가 승용차로 모셔오거나 모셔가는 것을 목격하기도 했지만 내 차를 이용한 적은 아직 한 번도 없었다.

비록 다른 방이었지만 한 지붕 아래서 하룻밤 지냈다는 것이 이토록 달라질 줄은 몰랐다. 전주에서는 몰랐지만 적막한 산 속에 혼자 있다 보니 새록새록 마야가 보고 싶어졌다. 메시지를 받는 것은 내가 사는 곳에서도 잘 되었지만 메시지를 보내는 것은 큰길 가까이 가서야 가능했다. 마야와 메시지를 주고받는 일이 산속에서 누릴 수 있는 최고의 즐거움이었으므로 운동도 할 겸 틈날 때마다 큰

길까지 내려갔다가 올라왔다. 나는 매번 장문의 문자를 보냈지만 마야의 답장은 하루 딱 한 번이었다. [재미있겠네] [나도 좋아] [나도 궁금해] [건강해] [아프지마] [감기 조심해] [저런 독감이야] [얼렁 나아] [문자 고마워] [관심 고마워] [가을이네] [다음에 봐] [운전 조심해] 등등 마지못해 답장을 쓰는 것처럼 무성의가 그대로 느껴지는 것이었다. 사실, 내가 보냈던 내용과 전혀 관계가 없어 보이는 [그래] [잘했어] [잘 지내] [잘 놀아] [웃겨] 따위는 정말 뭐라고 해석해야 할지 몰랐다. 문득 내 입에서도 '지렁거시 머시가니, 니렁거시 머니냐?' 소리가 절로 나왔다.

나는 그네의 쪽지를 '하이꾸(俳句)'로 명명하기로 했다. 짧기로 소문난 일본의 정형시 말이다. 짧은 문장에 무슨 거창한 의미를 담을 수도 있겠지만 스님들의 법어나 선문답처럼 이런저런 의미를 붙여야 되는 그런 짧은 시 말이다.

그녀의 메시지를 읽는 나도 하이꾸를 읽는 것처럼 여러 번씩 되풀이 들여다보고 자연스럽게 외우기까지 했으니 그녀의 짧은 문자는 하이꾸라고 부르기에 부족함이 없을 것이다. 솔직히 그녀의 쪽지는 길어야 5자 정도로 하이쿠의 반도 안 되었다. 짧기로 소문난 하이쿠도 17자나 되니까.

추리닝

"차, 안 가지고 왔어?"

"차 가져 오라는 소리 안했잖아? 전원도 꺼져 있고."

"됐어, 그럼. 굴뚝샌님한테 내가 뭘 더 바라?"

무용학원으로 데리러 오라는 소리만 던지고 일방적으로 전화를 끊어버린 마야였다. 특별한 일이 아니라면, 학원근처에서는 주차할 곳을 찾기도 쉽지 않으니 차라리 산책삼아 걸어 다니는 것이 낫다는 소리도 가끔 했었지 않은가.

뭔가 기분 나쁜 일이 있었겠지만 아무 것도 묻지 않는 게 상책이다. 괜히 끼어들었다가는 언제 끝날지도 모르는 푸념을 들어야 한다. 저 혼자 잘난 맛으로 사는 마야가 스스로 풀어지기를 기다려야 한다.

"현 도사, 우리 밥이나 먹고 가자. 내가 사 줄게."

갑자기 명랑해진 마야, 죽 끓듯 변덕이 심하다. 웬일로 밥까지 사는가 싶었는데 놀랄 일이 줄줄이 이어졌다. 내가 사준대도 먹을 것도 없이 비싸기만 하다며 툴툴거리기 십상이던 마야가 먼저 양식을 먹자고 한 것도 그랬지만, 식사가 끝나고 나서도 그랬다. 내가 식사를 마치기도 전에 쪼르르 가서 계산을 끝내고 후식 커피까지 몸소 받아들고 온 마야가 갑자기 말했다.

"현 도사, 저녁에 뭐 할 거 있어? 우리 집에 가자."

묻는 것이 아니라 명령이었다. 바래다주는 것이야 당연했지만 아예 자기 집에 들어가서 놀다가라는 소리였다.

처음으로 마야네 집에 들어가 보는 것이다. 무슨 도깨비바람이 불었는지는 몰라도 어쨌건 기쁘기 짝이 없는 일이었다. 식당 문을 나서자마자 그녀가 불쑥 내 팔에 팔짱을 꼈다. 팔짱만 낀 게 아니라 어깨까지 기대었으므로 움직일 때마다 뭉클한 가슴이 느껴졌다.

여태 집 앞까지 바래다주기만 했었지 대문 안으로 들어서보기는 처음이다. 가정집 안에 2층으로 지어진 원룸이었는데 각 층에는 원룸이 6개씩 있었다. 2층 끝에 있는 문을 열자 싱크대와 냉장고가 놓여있는 좁은 복도가 나타났다. 원룸이라고 했지만 복도 끝에 있는 문이 방문인 것으로 보아 현관문 곁에 있는 문이 화장실 문일 것이다. 처음으로 들어선 마야의 방은 의외로 깔끔했고 매화꽃 향기가 났다.

커피포트로 물을 끓여 티백에 든 도라지 차를 마시고 났을 때 마야가 추리닝을 한 벌 내밀었다. 책상 곁에 기대두었던 쇼핑백에서 꺼내는 것으로 보아 나를 위해 마련해 둔 것으로 여겨졌다. 상표를 뜯어내고 화장실에 들어가 입어보니 잘 맞았다.

"와, 잘 맞네. 조선사람 눈대중이 왜놈들 잣대보다 낫다니까."

그런 식으로 자신의 눈썰미를 자랑하던 마야가 불쑥 말했다.

"현 도사, 시장에 가서 콩나물하고 두부 하나 사다주라."

"왜? 저녁 먹고 들어왔잖아?"

"이 샌님아, 오늘은 먹었으니 내일은 굶을 거야?"

대뜸 받아친 그네가 덧붙였다.

"저기 골목 나가서 있는 채소가게에는 절대 가지 말고 남문시장 안에 들어가서 사와. 두부는 한 덩어리에 천 원짜리 큰 것으로 달라고 하고 콩나물도 많아 달라고 해. 신혼살림 하는 새신랑이라고 하면 많이 줄 거야."

"새신랑? 알았어!"

추리닝을 벗고 내 옷으로 갈아입으려고 화장실에 가는 나에게 불호령이 떨어졌다.

"그냥 빨리 갔다 와. 무슨 남자가 추리닝 입고 바깥에도 못 나가?"

추리닝 바람에 외출이라니!

체육관이나 학교 운동장도 아니고 추리닝 차림으로 길거리를 돌아다닌다는 것은 상상할 수도 없었던 내게는 속옷 바람으로 돌아다니는 것만큼이나 끔찍스러운 일이었다.

어쨌거나 나는 꼼짝없이 추리닝 바람으로 싸돌아다녀야 했다. 그것도 가까운 채소 가게를 곁에 놔두고 한참을 걸어가야 되는 싸전다리 건너 남문시장까지.

새신랑이라는 말 감히 입 밖에 꺼내지도 못하고 돌아왔지만, 마야는 내내 새색시처럼 살갑게 굴었다.

TV로 영화도 하나 보고, 밤이 깊어지자 자고 가라며 따로 자리까지 갈아주었다.

전등을 끄고 누웠으나 쉽게 잠이 올 턱이 없었다. 아무리 개방된 시대이지만 여자가 먼저 손을 내밀 수는 없는 일이다. 이렇게 제 방에서 재워주는 것만으로도 마야는 의사표시를 충분히 한 것이다. '털끝 하나라도 건드리면 짐승!'이라는 소리에 곱게 자고 일어났다가, 다음날 '짐승만도 못한 놈!'이라고 욕먹었다는 농담도 있지 않은가. 옆방에서 크게 켜놓은 TV소리가 아니라면 숨쉬기도 거북했을 것이다. 한없이 망설이고 있는데 낮은 목소리가 건너왔다.

"짐승만도 못한 인간이라고 욕하지 않을 테니까, 오늘만 그냥 자자. 미안해."

농담까지 하고 있었지만, 어둠 속에서 울고 있었던 듯 이미 축축하게 젖은 목소리였다.

비빔밥 축제

한국전통문화전당과 한옥마을 일대에서 전주 음식의 상징이기도 한 비빔밥축제가 열리고 있었다. 이런저런 구경도 하고 풍남문 광장에서 비빔밥 먹고 돌아오던 길이었다.

비빔밥 축제장에서 햄버거를 먹는다?

그것도 행사진행요원들이!

실개천 길로 들어선 나도 모르게 주위를 두리번거리며 살폈으나 따로 이들을 지켜보는 촬영팀은 눈에 띄지 않았다. 다행이라고 해야 하나? 아니다. 그들이 만일 햄버거 CF촬영 중이었다면 도대체 남의 잔치마당에 와서 무슨 짓거리를 하느냐고 호통을 쳐서 내쫓았을 것이지만, 제대로 된 식사를 할 돈이 없거나 자신들의 행동거지가 어떻게 비쳐질지 생각조차 못하는 철모르는 아이들이니 그저 못 본 척 지나가는 수밖에.

관계자들이야 그들(행사진행요원: 자원봉사자)이 그저 일당이나 받고 투입된 아르바이트생들이라고 할지 몰라도 보는 사람들은 그게 아니다. 도우미건 필수요원이건 내막을 모르는 사람들에게 유니폼을 입은 사람은 다 행사진행요원일 뿐이다.

비빔밥 축제라면 당연히 누구보다 행사진행요원들이 앞장서 비빔밥으로 식사를 해야 할 것이다. 그들 가운데도 비빔밥을 좋아하지 않는다거나 매일 같이 비빔밥만 먹다보니 너무 물려서 못 먹을 수도 있다. 그런 경우에도 반드시 한식만 파는 식당에서 식사할 수 있도록 식권을 지급하고 행사 기간 중에는 빵이나 햄버거 따위는 절대 먹지 않도록 교육시켰어야 했을 것이다. 미리부터 행사취지에 어긋나는 음식은 먹을 수 없다는 공고를 한 뒤 지킬 수 없는 사람은 채용하지 않는다고 해서 인권유린이니 음식 선택권 침해라느니 하며 비난받을 일은 없을 것이다.

잔치를 벌여놓고 엉뚱하게 남 좋은 일, 또는 욕이나 얻어먹을 짓거리는 하지 말아야 한다.

공무원이라는 사람들도 도대체 생각이라는 걸 하고 무슨 짓을 했으면 좋겠다.

곳곳에 붙은 현수막에 '한바탕 전주 / 세계를 비빈다'고 되어 있으니, 비빔밥 정신(?)에 맞추어 한국음식 비빔밥에 서양 음식인 햄버거도 함께 선전해주겠다는 것인가?

무심코 저지르는 실수 또는 철저한 사전 점검 없이 치르는 행사는 자칫 '옥의 티'가 아니라 머릿속의 악성종양이 될 수도 있다. 무슨 일을 하건 창출성과나 기대효과에만 급급하지 말고 작은 실수로 인해 엄청난 손해가 발생하지 않도록 조심해야 한다.

무슨 행사를 하건 내 집안 단속이 먼저다. 내 집 식구인 진행요원의 행동거지부터 챙겨야 한다.

〈이듬해인 4346년에는 비빔밥 축제 때 진행요원들에게 식권을 나눠주었다. 행사장 각 부스에서 사먹을 수 있는 것이었지만 행사장 주변에 있는 외부에서도 사용가능한 식권이었다. 그런데 그 식권을 사용할 수 있는 곳이, 외부에서는 공교롭게도 '베테랑'과 '태조면옥' 두 군데 뿐이었다. 아시다시피 '베테랑'은 콩국수와 칼국수 등 면류(麵類)로 유명한 곳이고 태조면옥은 이름부터가 면옥(麪屋)이다.

생활한복까지 차려입은 비빔밥축제 자원봉사자들이 행사장 근처에서 몰려다니며 하는 식사가 비빔밥이 아닌 국수라는 것을 자연스럽게 받아들일 수 있는 사람은 없을 것이다. 5천 원 정도의 저렴한 식권구입을 위해서 어쩔 수 없었다는 것이나 젊은이들의 면류선호 때문이라는 것들은 어떤 경우에도 핑계가 되지 않는다.

행사진행요원(자원봉사자)들의 이러한 행태는 국수나 칼국수만도 못한 것이 전주비빔밥이라는 것을 내놓고 광고하는 것이 아니겠는가? 전주 비빕밥축제에서 비빔밥을 먹는 관광객은 아무 것도 모르는 무지한 자라는 것을 가르쳐주는 행위일 뿐이다.

축제하는 4일 동안 점심을 비빔밥으로만 먹을 수 있는 자원봉사를 구하기 어려워서인가?

정말 사정이 그렇다 해도 면류가 없는 한식식당에서 식사할 수 있을 것이다.

자원봉사를 하겠다는 사람들이 모두 비빔밥은커녕 백반조차 먹을 수 없는 사람들뿐이라서 그런가? 그렇다면 차라리 자원봉사자를 쓰지 말고 규모를 대폭 줄여 제대로 인건비를 지불하거나 비빔밥을 먹을 수 있는 사람들로 교체하면 될 것이 아닌가?〉

비빔밥 문화

비빔밥은 서로 다른 것들이 모여 조화를 이루는 것이라며 정치에서도 비빔밥을 만들어야 한다는 주장을 하기도 한다.

음식의 맛은 손맛에서 판가름 나기도 하지만 아무래도 음식문화는 먹고살 만한 사람들을 중심으로 발전한 문화였지, 예나 지금이나 하루 벌어 하루 먹는 사람들이나 다음 끼니를 걱정해야하고 초근목피로 연명하는 사람들에게는 해당사항이 별로 없었을 것이다.

곡창지대인 호남평야를 끼고 있는 전주에서 음식문화가 발달하기 쉬웠을 터이지만 비빔밥의 탄생만큼은 이런 환경과 거리가 멀었다. 지금은 전국적으로 상향 표준화되어 어디를 가나 음식 맛이 좋지만 예전에는 전주를 최고로 쳤었다. 지금도 전국 어디에서나 '전주'라는 음식점이 많고 '전주식'라는 표현도 많이 사용 한다.

음식의 고장 전주에서 음식의 맛을 골고루 제대로 보려면 아무래도 한정식이라고도 하는 백반일 것이다. 그런데 음식의 고장 전주에 와서 백반을 찾는 사람은 많지 않다. 거의 모든 여행객들이 전주에 왔으니 '전주비빔밥'을 먹어보아야겠다면서 전주의 대표적인 음식으로 비빔밥을 먼저 떠올린다. 사실 비빔밥은 고급스런 음식이 아니다. 비빔밥은 나중으로 미루고 백반을 먹자고 하면 뜨악해하다가도 차려져 나오는 상을 보면 눈이 먼저 놀라고 음식을 먹으면서는 내내 찬탄을 금치 못한다. 손님대접을 제대로 하고 싶다면 조금 비싸더라도 백반을 권할 일이다.

식사시간이 빠르다는 것만 가지고 비빔밥을 패스트푸드 범주에 넣는 사람도 있는데 몰라도 한참 모르는 소리다. 비빔밥은 솥에 쌀을 안칠 때부터 다르다. 반드시 쇠머리를 삶아 우려낸 육수로 밥물을 안쳐야 한다. 육수로 밥물을 안친다고 하면 흔히 쇠뼈우린 물로 생각하는데 쇠뼈를 우려낸 육수로 밥을 지으면 밥을 비빌 때 밥알이 따로 놀아 착착 감기는 맛이 없다. 그래서 귀한 정강이뼈(사골)로 고아낸 육수로도 밥을 짓지 못하고 반드시 쇠머리를 우려낸 육수로 밥을 안치게 되는 것이다.

입에 감기는 맛을 위해서 된장국을 조금 넣거나 하다못해 맹물이라도 넣고 비벼야 한다는 것은 제대로 된 비빔밥을 먹어보지 못한 서민들이나 하는 소리다. 아전들이 즐겨먹던 비빔밥은 오행까지 따지는 음식이었다. 오방색이라고 해서 나물도 반드시 다섯 가지 색에 맞추어야 했다.

"비빔밥을 누가 만들어낸 줄 알아? 윗놈한테 잘 보이고 아랫놈 깔아뭉개는 아전놈들, 정확히 말하면 상놈도 그냥 상놈이 아니라 아전이라는 개쌍놈들이 만들어낸 충성의 밥상이 바로 비빔밥이야." 조상대대로 아전들한테 무슨 못 당할 짓을 당하고 살았는지,

마야는 아전이라면 입에 거품을 물었는데 때로는 아예 전주를 아전도시라고 싸잡아 비난하기도 했다.

전주 시정이 잘못되었다던가 전주시장 쳐죽일 놈이라고 입에 거품을 물다가도 '내가 언제 그랬느냐?'는 식으로 나오는 사람이 많은 것도 전주가 개쌍놈들이 판치는 아전도시이기 때문이라고 했다. 그러나 과거 어디에나 아전이 없는 고을은 없었다. 전라감영이 전주에 있어서 아전 숫자가 조금 더 많았을지는 몰라도 전주를 아전도시라고 주장하는 것은 아무래도 마야식 억지일 뿐이다. 비빔밥이 아전들의 작품이라는 것만 흥미를 끌 뿐이다.

비빔밥이라면 전주에서 먼저 시작해 발달한 음식으로 알고 있는데 그 시원(유래)이 좀 씁쓸하다. 호남지방은 예로부터 고을 원님들의 수탈로 유명한 곳인데 전라도는 전주와 나주를 함께 부르는 데서 유래되었다. 나주에도 전라감영이 있었지만 전라감사(관찰사)는 연중 1개월 정도만 그곳에 머물렀고 전주에 있는 전라감영에서 살다시피 했었다고 한다.

전라감사도 수탈에는 이력이 났을 것이고 전주감영의 아전들도 연중 11개월은 바지 속에서 요령소리가 나게 바빴을 것이다. 그래서 언제 차분히 앉아 상을 받고 숟가락과 젓가락을 고르게 사용해 식사할 겨를이 없었던 아전나부랭이들은 밥과 반찬을 양푼 같은데 다 대충 쓸어 넣고 쓱쓱 비벼서 상추쌈 먹듯 볼이 미어져라 우겨넣기가 바빴을 것이다. 태생이 그래서인가? 비빔밥은 작은 그릇에 일인분씩 비벼 먹는 것보다 큰 양푼에다가 한꺼번에 비벼서 빙 둘러 앉아 쫓기는 사람들처럼 허겁지겁 퍼먹어야 제격이다. 쉽게 감당키 어려운 감칠맛 때문에 숟가락질이 빨라지지만, 그렇게 경쟁하듯이 퍼먹어야 비빔밥의 맛을 제대로 느낄 수가 있다.

음식이 만들어지는 과정이야 조금도 다를 것이 없지만, 밥상에서 밥을 먹는 속도만큼은 비빔밥이 최고의 패스트푸드(?)인 것이다.

상전 눈에 들려면 괜히 바쁜 척하며 살아야 한다. 요령껏 게으름을 피우다가도 상전 눈길이 닿는 곳에서는 누가 불러도 못 듣고 정신없이 뛰어다니는 척해야 이런저런 잔심부름이나 잔소리를 피할 수 있고 고과점수도 팍팍 올라간다. 식사를 하는 것도 대충 끼니를 해결하고 뛰쳐나가는 모양새를 보여주어야 하는 아랫것들로서는, 이것저것 쓸어 넣고 쓱쓱 비벼서 허겁지겁 퍼먹는 비빔밥이야말로 '눈코뜰새없이 바쁜 척할 수 있는 연기의 정점'이었다.

갖가지 반찬을 한상 가득 차려놓고 천천히 음미하는 한정식(韓定食)이 상전들의 음식이라면, 볼이 미어져라 퍼먹어야 제 맛이 느껴지는 비빔밥은 특히 상전 눈치 보기에 바쁘고 백성 수탈하느라 바빴던 아전들의 문화에서 탄생하고 발전한 음식이었다. 상전의 눈에는 이것저것 한꺼번에 몰아넣고 쓱쓱 비벼서 달게 먹어치우는 아전들의 모습이 끼니를 때우는 시간마저 절약하는 매우 기특한 짓으로 비쳐졌을 테니까.

비빔밥을 빨리빨리 문화가 탄생시킨 것이라고 하지만 정작 백성들의 패스트푸드는 식은 된장국이나 김칫국, 또는 찬물에 대충 말아서 후루룩 넘기는 정도였을 것이다. 반찬투정을 모르고 살았을 서민들로서는 갖가지 나물을 챙겨 먹는 것은 특별한 날이거나 한가한 철에나 가능했을 것이니 마구 비벼먹지 않고 천천히 꼭꼭 씹어가며 느긋하게 귀한 음식 맛을 음미했을 것이 아닌가.

송 시장, 왕 되어버렸네!

전주에서는 황실문화재단의 '조선건립 621돌 기념 / 제3회 경기전 큰잔치'가 열리고 있었지만, 나는 구봉산 산 속에서 두 손바닥을 맞댄 채로 절정을 향해 치닫는 단풍구경이나 하고 있어야 했다. 마음은 불타는 단풍만큼이나 뜨거웠지만 아직도 손바닥에서는 아무런 온기도 느껴지지 않았다.

시월 마지막 토요일, 다행히도 선생님은 아침 첫차로 보은에 나가셨다. 바깥나들이를 하면 보통 저녁까지 들고 돌아오니까 전주에 다녀올 시간은 충분했다. 선생님 눈을 속이는 외출이지만 태조어진 국보승격을 축하하는 '태조어진 이안행렬'이 치러지는 것은 꼭 보고 싶었다.

7시 40분쯤 지나가는 버스지만 시골 버스는 10~20십 분쯤 들쭉날쭉하니까 나는 8시 10분에야 차를 몰고 출발했다. 휴게실에 들르지도 않고 부지런히 달렸지만 한옥마을에 도착했을 때는 이미 행사가 치러지고 있었다. 행렬이 출발지인 오목대를 내려와 은행로를 행진 중이었다.

"시장님! 시장님!"

칠팔 명의 아줌마들이 손을 흔들며 시장님을 연호하자 송 시장이 그들을 향해 벌쭉 웃어주었다. 시민과 소통하는 모습으로 본다면 참으로 화기애애한 장면이었다.

그러나 그것은 약과였다.

모든 것을 제 손으로 기록을 남기려는 사람들이 많은 것이 문제였다.

엄숙해야할 행렬에 뛰어들어 행렬을 가로 막다시피 해가며 촬영을 하는 사람들이 많았고 때로는 한꺼번에 이삼십 명이 행렬 중간에 끼어 법석을 떨기도 했다. 어떤 구간은 행렬 대신 카메라나 휴대폰을 들고 나온 사람들로 가득 차 있기도 했다.

"나가 주세요!"

"행렬 안에 들어오시면 안 됩니다!"

"행렬 안에서 촬영하시면 안 됩니다!"

한 손에 무전기를 든 사내가 부지런히 앞뒤로 쏘다니며 말렸지만 별 소용이 없었다.

"거기 좀 비켜주세요!"

"아, 거기 좀 비키라니까!"

무단으로 행렬 안에 들어와 촬영 중인 사람들끼리 고성을 지르기도 했다. 물론 행렬을 위해서가 아니라 어차피 무단으로 행렬에 뛰어들어 촬영 중이던 사람들이 자신의 카메라 앞에서 거치적적거리는 사람들에게 소리소리 지르는 것이었다. 엄숙해야할 의식행렬이 아니라 관광용 사진을 위한 무대로 변해버린 것이다.

어디서 잠깐 빌려온 것일까?

행렬 사이에 있는 두 마리의 말 중에서 한 마리에 표식이 좀 그랬다. 오른 쪽 앞다리 부근에 적힌 5와 7이라는 숫자는 별 문제가 없었지만 반대쪽인 왼쪽 앞다리의 낙인은 "VA"가 너무도 선명했다. 전에도 가끔 기마경찰이 말을 타고 한옥마을에 나타난 것을 본 적이 있는데 혹시 전북도나 전주시에 정식 기마대가 있는 것은 아닐까?

그러고 보니 늘 비어있는 채였지만 한옥마을 기린로 오목대쪽 입구에 마사가 있었다.

급한 김에 어디서 잠깐 빌려온 것이라면 그냥 지나칠 수도 있겠지만 만일 그 말이 경찰에 소속된 말이라면 문제가 달라진다. 한옥마을 행사에 기마경찰이 나타난다면 누구나 말을 타고 다니던 옛 정경을 생각할 것이다. 말에 찍힌 낙인이 한글로 되어있어야 자연스러울 것이고, 흔히 한자(漢字)라고 부르는 옛글자(古文字: 한자를 만든 것은 우리 조상이었으므로)라도 좋을 것이다.

외래어 정도가 아니라 외국어를 많이 쓰는 것을 자랑으로 아는 사람들로서야 너무도 당연한 것으로 여기겠지만 평소 알파벳을 사용하는 외국관광객이 보았다면 어땠을까? 무심코 지나치는 사람도 있겠지만 "한글이 세계에서 가장 우수한 글자"라는 것에 의문을 갖지나 않을까? 비록 단 두 글자에 그쳤지만 생각할수록 부끄러운 일이 아닌가? 외국 관광객들의 이해를 돕기 위한 안내판이라면 외국어로 온통 도배를 해도 나무랄 수가 없고 오히려 그것이 당연한 일이겠지만.

가마 뒤를 따르는 10명의 여학생들의 복장도 문제였다. 여학생 다섯은 주최 측에서 제공한 신발을 착용했으나 나머지 다섯은 각기 다른 운동화를 신고 있었다. 행사를 보기 위해 서있던 아주머니들 틈에서 비명이 나오는 것도 당연했다.

"아이고, 저 운동화들 좀 봐. 빨갛고 노랗고, 저게 머시대여!"

나도 모르게 주위를 살펴보았으나 여학생들의 신발을 따로 촬영하는 모습은 보이지 않았다. 이미 원하는 대로 촬영이 다 끝났기 때문에 그때 내 눈에 띄지 않았을지는 모르지만 어쨌건 다행이다 싶었다.

신발회사에서 자기 회사 운동화를 선전하기 위해 연출한 행사는 아니었지만, 오히려 그래서 더욱 훌륭한 선전용이 되지 않을까? 누구도 그런 황당한 상황이 연출될 것으로 알지 못했던 만큼 기껏해야 눈 밝은 몇몇 아주머니들의 놀람 속으로 조용히 묻혀 지나가기를 바랄 뿐이다.

경기 전 정문 앞에 도착한 행렬이 멈춰 섰을 때였다. 송 시장이 행렬에서 벗어나 급한 걸음으로 정문 안으로 들어가더니 입구 쪽에 있는 사무실로 들어갔다. 시장님 체면에 사무실의 화장실(사무실에 화장실이 있는지 없는지 모르지만)이라도 이용하려는가 싶었는데, 십여 분쯤 지나 송 시장이 다시 나왔을 때는 놀랍게도 면복에 면류관까지 쓴 차림이었다. 전라감사역을 하면서 입었던 제관 복장이 황제나 왕이 입는 복장으로 바뀐 것이다.

아니나 다를까?

바삐 걸어가는 송 시장은 곧 몇몇 사람들에게 둘러싸이고 말았는데 서로가 잘 아는 사이인 듯 인사말을 주고받으며 부지런히 사진들을 찍어댔다. 그들이 나누는 대화가 궁금할 것도 없었지만 문득 면류관에 늘어뜨린 면류가 몇 개인지 궁금해졌다. 가까이 다가가 세어보니 앞뒤에 12류를 내려뜨린 황제의 면관이었다. 전라감사가 아닌 황제의 복장으로 바꿔 입은 것이다. 먼저 사진을 찍은 사람들이 떠나고 난 뒤 혼자 남았던 사람이 다시 아는 척을 했다.

"우리 송 시장, 왕 되야부렀네!"

"……"

뭐라고 대꾸하는 대신 다시 한 번 얼굴에 활짝 웃음기가 번지는 모습만 보여주고 송 시장은 자리를 떠났으나 나는 그 자리에 오래 서있었다. 하객들이 기다리는 식장으로 가서 곧장 단상으로 올라가는 송 시장의 뒷모습을 바라보며 나는 대체 그 웃음이 무엇을 뜻하는 것인지 쓸데없는 의문을 풀기에만 골몰했다.

정말 왕이라도 된 것처럼 황홀한 기분에서였을까?

황제의 면류관을 몰라보고 왕 대접밖에 못하는 어리석린 백성 안쓰러워서 호통 대신 인자한 웃음을 보여주신 것일까

제발, 황제의 복장 좀 했다고 그런 유치한 농담밖에 못하는 허접한 지인들에게 고매하신 시장님께서 그저 속절없는 헛웃음만 날렸던 것이기를!

오만가지 생각이 속절없이 나를 괴롭혔지만, 어쨌거나 한 자리

에서 오래 지체할 수가 없었다. 부대 행사인 축하잔치보다는 안에서 벌어지는 봉안의식이 궁금했기에 내삼문을 지나 경기전 본전 마당으로 갔다. 본전 좌·우 행각에도 이미 제관들이 자리 잡았고 마당에 깔린 몇 줄로 깔린 야외용 돗자리에도 사람들이 빼곡하게 올라가 신발을 벗고 올라가 행사시작을 기다리는 중이었다.

"축하무대가 끝나고 의식을 거행할 예정이오니 잠시 기다려 주시기 바랍니다." 몇 번이나 똑같은 안내방송이 나왔다.

태조어진이 국보로 승격되었으니 축하잔치를 여는 것도 마땅한 일이다. 그러나 고유제까지 모두 끝내고 나서 뒤풀이로 축하잔치를 하는 것이 당연한 순서일 것인데, 황당하게도 외삼문 바깥에서 치르는 축하잔치 때문에 본전에서 진행될 의식을 중지한 상태로 무작정 대기해야 한다는 것이다. 그러나 그 정도의 말도 안 되는 짓거리는 예고편이었다.

면류관에 면복 차림의 송 시장이 들어서자 곧 의식이 시작되었고 초헌관으로 소개된 송 시장이 집사의 인도에 따라 느릿느릿 움직이고 있었다.

나는 문득 태조의 영령이 흠향을 받기는커녕 날이 선 도끼로 송 시장의 머리를 내리찍어버릴지도 모른다는 생각을 했다. 아니, 제발 그런 황당한 기적이라도 일어나주기를 빌었다. 그러나 아무 일도 일어나지 않았고 첫잔을 올린 송 시장이 단 아래로 내려오더니 왼 편에 마련된 노란색의 작은 천막 안으로 들어가 좌정하고 앉았다. 비록 볼품없이 작은 천막이었고, 격조 있는 용상이 아니라 간편한 접이의자였지만 송 시장은 황제처럼 당당했다. 아니 12류 면류관을 쓴 황제가 되어 어리석은 백성들을 굽어보고 있는 것이다. '6백 년에 가까운 역사성을 복원함으로써 세계 속의 대한민국의 정통성, 전주의 자긍심을 표출하려고 마련했습니다.'는 소리는 허울 좋은 핑계였을 뿐이다.

행사에 초대받은 사람들(?)이 마당에 깔아놓은 돗자리에 신발 벗고 올라가 의식을 치르는 것을 둘러보는데 문득 구경꾼 틈에 황손 어르신이 보였다. 옹기종기 모여든 구경꾼 틈에서 비디오 촬영을 하시는 모양이었으나 막상 곁으로 다가가보니 촬영장소와 시기 때문에 옥신각신 하고 계셨다.

"지금은 제례를 올리는 중이니 바깥으로 나가서 합시다."

"바깥에서는 그림이 나오지 않습니다."

"그러면 제례가 끝난 뒤에 합시다."

"제례가 진행되는 도중에 해야 제대로 된 그림이 나옵니다. 지금 바로 하시지요."

"제례는 엄숙하게 치러야 하는 의식입니다. 누구도 제례를 방해할 수는 없어요."

"오늘 행사의 중요성을 이야기하는 것이니 안 될 것도 없습니다. 오히려 선생님의 인터뷰가 빠지면 앙꼬 없는 찐빵이 되는 겁니다."

"어떤 이유건 봉안의례를 방해하는 것은 옳지가 않아요. 다른 사람도 아닌, 황손인 내가 어떻게 그런 불경스런 짓을 할 수 있어요?"

"아닙니다, 선생님. 지금 여기서 하지 않으면 그림이 나오지를 않습니다. 제발 저희들의 말씀대로 해주십시오."

경기전과 의례봉행을 배경장면으로 쓰겠다는 제작진과 엄숙해야할 의례 중에 인터뷰를 하는 것은 옳지 않다는 황손 어르신의 의견이 대립각을 세운 것이다.

어르신께서 여러 번 알아듣게 말하고 사정도 했으나 좋은 그림을 원하는 제작진들에게는 통하지가 않았다. 과학문명시대에 태어나, 귀신 따위는 '전설 따라 삼천리'에나 나오는 것으로 아는 젊은 사람들한테 의식의 엄숙성은 존재하지 않았다. 모든 것을 기록으로 남기려고 아무 데나 불쑥불쑥 카메라를 들여대고 환한 조명을 해대는 것도 이미 당연한 세상이 되었다.

서로가 양보할 수 없는 팽팽한 줄다리기를 하고 있었으나 그림이 나오지를 않는다는 제작진의 의지가 관철되고 말았다. 조상의 영전에 불경죄를 저지르더라도, 어린 기자들에게 수모를 당하더라도 잊혀 진 사람이 될 수가 없는 황손 어르신께서 크게 양보할 수밖에 없는 것이다.

몰래 나온 터라 마야에게 연락도 하지 못하고 다시 산으로 돌아가는 동안, 괜히 선생님 눈을 피해가면서까지 산을 나갔다는 후회가 밀려왔다.

석 달 쯤 지난 뒤 마야를 따라 승광재로 어르신을 방문했을 때다. 내가 송 시장이 경기전에서 면류관을 쓰고 황제 행세를 하던 이야기를 꺼내자 어르신은 손사래부터 치셨다.

"어이쿠, 말도 하지 마! 그런 사람들한테 내가 무슨 말을 하겠어? 아무리 분이 치밀어도 내가 참아야지, 한마디라도 바른 소리를 했다가는 멀쩡한 나를 정신병자 취급하지 않겠어?"

그렇다. 어르신은 함부로 움직일 수가 없는 사람이다. 가까운 사람들끼리의 술자리에서라면 '송 시장, 그놈, 단매에 쳐 죽일 놈!' 하면서 울분을 토했을지 몰라도, 그 자리에서 취재하는 기자들한테는 일언반구도 하지 못하셨을 것이다.

만일 그날, 기자들이 태조의 영령 앞에서 감히 황제 행세를 하는 오만방자한 송 시장의 행태에 대해 질문했다면 어르신께서는 어떻게 대꾸하고 어떻게 행동하셨을까? 새파랗게 젊은 나이들이라서 그런가? 차라리 아무 것도 알지 못하고 아무런 의식조차도 없는 기자들의 무식함과 무관심이 오히려 천만다행이고 고마울 뿐이었다.

첫날밤

선생님이 돌아오기 전에 먼저 산으로 돌아와 하룻밤을 보내고, 다음날 공식적으로(?) 다시 전주로 나가 마야와 함께 저녁을 먹은 뒤였다.

"그냥, 우리 집에 가자."

찻집에 들르지도 않고 남천교를 건너 마야네 집으로 가는 동안 내 가슴은 거세게 뛰어놀았다. 만날 때마다 바래다주는 게 당연지사처럼 굳어진지 오래였고 휴일인 일요일이라 어차피 내 차도 마야네 집 근처 골목에 주차해두었다. 굳이 자기 집에 가자고 말할 필요가 없는 것이다.

지난번처럼 그냥 자자고 할 것인가?

아니면 지난번에 '오늘만 그냥 자자'고 했으니 오늘은 기회가 주어질 것인가?

나중에 어떻게 되건 쉽게 진정되지 못했다. 첫날밤을 치르는 건 고대하던 바였지만 솔직히 자신이 없어서다. 스물여덟이 되도록 숫총각이라면 정말 바보 취급할 것이 뻔했다.

바람도 찬데 또 추리닝 바람으로 남문시장까지 다녀와야 하나 했지만, 다행히 마야는 찻자리를 펴고 물을 끓였다.

"언제까지 도 닦으러 다닐 거야?"

"3년. 왜, 다니지 말까?"

"아니, 산에 사는 사람이 괜히 방세만 내는 거 같아서. 사실 너무 아깝잖아?"

사실 한 달에 일주일 정도밖에 이용하지 못하고 있다. 그렇다고 내가 쓰는 방을 누군지도 모르는 사람들이 드나들며 쓰게 한다는 것도 내키지가 않았다. 그깟 방세쯤 부담이 되는 것도 아니다.

"현 도사, 우리 집에 와 있어라."

"정말?"

"그럼 정말이지. 잘 보이면 내가 밥도 줄게."

"좋아. 딴말하기 없기다." 나도 모르게 목소리가 높아졌다.

"그 대신 방세는 나한테 줘야 돼. 나, 아직 사회사업 할 형편이 아니니까."

"알았어."

"그리고 또 하나, 집에 들어오면 항상 추리닝 입고 있어야 돼."

잠 잘 때도 절대 추리닝은 벗지 않는다는 조건을 달았지만 생각지도 못했던 거래(?)가 성사되었다. 화장실에 들어가 추리닝을 갈아입는 것이 처음도 아닌데 기분이 묘했다. 신혼여행 가서 잠옷으로 갈아입는 신랑처럼.

지난번처럼 따로 자리를 깔고 누웠으나 잠이 안 오기는 매한가지였다.

'짐승만도 못한 인간이라고 욕하지 않을 테니까, 오늘도 그냥 자

자. 미안해.'

'짐승만도 못한 인간이라고 욕하지 않을 테니까, 오늘도 그냥 자자. 미안해.'

'짐승만도 못한 인간이라고 욕하지 않을 테니까, 오늘도 그냥 자자. 미안해.'

맨날맨날 밤마다 '오늘도 그냥 자자'는 자장가를 들으며 잠을 청해야 할 것이다. 이제 그만 자야할 때도 되었는데 마야한테서는 아직 아무런 기척이 없다. 제멋대로인 여자라서 자장가 부르는 것도 까먹고 먼저 잠들었나보다.

"춥다. 조금만 안아주라." 부스럭거리는 소리가 들리는가 싶더니 마야가 내 이부자리 속으로 쑥 들어왔다.

"으, 따뜻해서 좋다. 우리 현 도사, 정말 온몸이 따뜻한 남자네."

"도 닦는 도사님이거든. 정말 뜨겁게 해 줄게."

가만히 있으면 그네가 무안해질 거라는 생각에 나도 맞장구쳤다. 아니 맞장구를 쳐온 건 그네였다. 그네가 먼저 내 가슴에 손을 들이밀었기 때문이다.

스물여덟이라는 나이에 걸맞지 않게, 아니 21세기 밀레니엄 세대에도 걸맞지 않게 나는 로맨틱한 사랑을 꿈꾸고 있었다. 그네를 만나면서 로맨틱한 사랑의 정점인 첫날밤에 대한 구체적인 청사진을 그리게 되었다.

한옥마을 관광객이라면 경기전이나 오목대 하다못해 인공미가 물씬 풍기는 실개천이라도 사진 찍기 좋은 배경이 되겠지만, 일상

한옥마을을 접하는 나로서는 전주 근처로 한정하더라도 정읍 내장사나 김제 금산사쯤은 되어야 했다. 하다못해 동물원 근처 산책로를 걷거나 덕진공원에서 오리배를 타다가 이쁜 입술에 뽀뽀하는 것부터 시작해서 사람들 보는 데서도 쑥스럽지 않게 손을 잡는 연인 사이로 발전하고, 배낭을 메고 제주도 올레길을 걷다가 아담한 민박집에서 떨리는 첫날밤을 보내는 것이어야 했다.

행인지 불행인지 전혀 생각지도 않았던 어느 날 갑작스럽게 첫날밤을 맞게 되었다. 아니 그렇게 얼떨결에 첫날밤이 지나가 버렸다.

"남자들은 몇 번 만나다보면 가족 같은 느낌이 들어서 잠자리를 못한다며? 아마 나도 그런 가봐, 몇 번쯤 같이 잔다고 오해 같은 건 하지 않기를 바래."

나도 누구 못지않게 당당한 사내라는 것을 확인시켜준 마야가 사랑스러워 어쩔 줄 몰라 하는데 갑자기 찬물 끼얹는 소리가 나왔다. 몇 번 쯤 더 같이 잘 수는 있지만 잠자리 이상 어떤 단계로 발전하지는 않을 것이라는 경고. 마야는 영혼이 자유로운 여자인가, 바람둥이 사내인가?

노숙자

삼면이 바다로 둘러싸인 우리나라에서 충청북도는 유일하게 바다가 없는 동네다. 그 충청북도에서도 인적 드문 산 속에서만 산다고 생각하니 더욱 바다가 보고 싶어졌다. 3주 만에 다시 전주로 가는 날, 마야도 마침 한가한 날이라며 집에서 기다리고 있었다.

"바다 보러 가자. 그 좋다는 모항 구경도 하고 관선마을 초우당? 거기서 훈제오리도 먹고, 진짜 하룻밤 자고 오자."

"전주서 갈 데가 변산뿐인 줄 알아? 자기 무창포 가 봤어? 거기가 훨씬 더 가깝고 경치도 좋아."

마야는 무창포의 풍광이 훨씬 낫다고 했지만, 막상 가보니 해안선이 너무 단조로워 변산처럼 아기자기한 맛은 전혀 없었다.

"거기는 여기처럼 맛있는 조개구이가 하나도 없어."

무창포에도 조개구이집이 백사장을 따라 줄지어있을 뿐, 조금이라도 근거 있는 소리는 절대 아니다. 무조건 우겨대는 버릇이 발동한 것뿐이므로 한마디라도 토를 달면 절대 안 된다.

"이렇게 춥고 바람 부는 날에는 이게 그저 최고야."

거친 바람에 모래까지 섞여 날리는 통에 일치감치 포기해야 했던 바닷가 산책을 마야는 그렇게 위로했다. 사실 숯불 위에서 지글

지글 익어가는 새우나 조개는 보는 것만으로도 군침이 돌았다. 아니 석쇠 위에 조개 따위를 올려놓고 뒤집는 마야의 모습이 너무 예뻤고 그네와 마주앉은 내 모습이 은근히 자랑스러웠다.

지난번에 짐을 옮겨 두었으므로, 저녁을 먹은 뒤에는 곧장 우리(?) 집으로 갔다. 방문을 열자 방안이 후끈 더웠다.

"그냥 열어 둬. 낮에는 도둑 들어올까 봐 닫은 거야." 환기가 충분히 되었을 텐데도 마야는 창문을 닫지 못하게 했다.

"혼자 살면서도 똑같이 돈을 내야 하니까 억울하잖아? 그냥 팍팍 쓰는 거지 뭐." 너무 뻔뻔스러운 대꾸라서 듣는 사람이 괜히 당황스러웠다.

전기세는 각자 내지만 수도사용료나 난방비는 다달이 내는 월세에 다 포함되어있다는 것이다. 뭐라고 핑계를 대든 혼자 사는 노처녀가 동거하는 사람들에 대한 시샘이일 것이 뻔하다.

누구나 공평하게 공중도덕을 지켜야 한다, 도대체 사람들이 공공기물을 아끼지 않는다고 야단이면서도 마야는 자기 일이 되면 사람이 180도로 달라지는 것이다. 남들한테는 죽일 놈 살릴 놈 하면서도 막상 자신의 공중도덕에는 완전 빵점, 아니 마이너스 백점인 마야는 이해의 도를 넘어 완전 신비로움 그 자체라고 할밖에.

갑작스럽게 추워진 탓만도 아니다. 마야네 집은 아무 때나 고양이가 드나들도록 밤낮없이 방문을 열어두니, 난방을 최대로 틀어놓아도 길거리에 나앉은 것만 같았다. 방문을 닫고 놀다가도 바깥에 외출하거나 잠자리에 들기 전에는 반드시 방문을 열어둔다.

고양이가 돌아와도 문을 닫아두는 건 한 시간도 되지 못한다. 밖에 나가겠다고 야옹거리면서 문을 긁으면 잠귀가 밝은 마야가 벌떡 일어나 방문을 열어버리기 때문이다.

"문 좀 닫고 자자. 냥이가 언제 올지도 모르잖아?" 참다못해 한마디 해보지만 돌아오는 대답은 늘 똑같은 소리뿐이다.

"언제 올지 모르니까 문을 열어놔야지. 자기는 왜 그렇게 자기 혼자만 생각해?"

"냥이는 털 있잖아. 안 추우니까 돌아다니지 추우면 돌아다니겠어?"

"자기도 침낭 있잖아? 따뜻한 침낭 속에서 자는 건데 뭐가 불만이야?"

"얼굴이 시리잖아. 감기 들면 어떻게 하려고?"

"마스크 써."

한마디도 봐주지 않는다. 심지어 예전에 있던 민박집으로 돌아가라는 소리까지 한다. 자기가 먼저 들어와 살라고 해놓고선.

"아이고, 노숙자님! 지당하신 말씀이지유! 쇤네는 그냥 마스크 쓰고 자겠습니다!" 말 못하는 짐승한테 어찌 그리 모질게 구느냐는 소리가 나오기 전에 꼬리를 내릴 수밖에 없다. 마야가 기르는 고양이는 아직 이름도 없다. 냥이는 고양이라는 뜻일 뿐이다. 번듯한 이름을 지어줘야 하지 않느냐고 하면 '냥이'면 됐지, 고양이 따위한테 무슨 이름이 따로 필요하느냐고 철저히 무시해버리는 마야가 왜 그리 극성스럽게 고양이 시중을 드는지 모를 일이다.

지난여름, 나는 마야한테 노숙자라는 별명을 붙여주었는데, 이제는 나까지 꼼짝없이 노숙자 신세가 된 것이다. 튼튼한 벽과 지붕에 뜨끈뜨끈 따뜻한 방바닥이 있었지만 지나가는 행인만 없었을 뿐 사실 노숙하는 것이나 다를 것이 없었다. 그네의 원룸은 여름에는 모기와 파리가 극성이었고 겨울이면 찬바람 몰아치는 시베리아 벌판이 되었기 때문이다.

그네는 물론 죄 없는 나까지 멀쩡한 집에 계속 살면서도 노숙자로 전락하게 된 사건은 이렇게 시작 되었다. 어느 날 집에 가니 고양이가 복도에 나와 있었다. 외출할 때 따라 나왔다가 이 고생을 하는가 싶어서 다음부터는 현관문을 닫을 때마다 확인했다. 그런데 어느 날 아침에 현관문 닫으면서 고양이가 방에 있는 것을 분명히 확인했었는데 저녁에 집에 가니 또 고양이가 복도에서 울고 있었다. 이상하게도 며칠을 두고 똑 같은 일이 반복되었지만 도대체 무슨 영문인지 알지 못했는데, 어느 날 일찍 돌아와 저녁을 짓다가 보니 고양이가 창문 곁에 있는 신발장으로 올라서더니 그대로 창틀에 올라 복도로 사라져버렸다. 고양이가 다친 줄 알고 깜짝 놀라 나가 봤으나 어느 틈에 고양이는 사라지고 없었다. 고양이를 찾아 골목길을 헤매다 돌아와 보니 어느새 고양이가 복도까지 돌아와 있었다. 그제서야 아직 어린 고양이가 복도 쪽에는 딛고 올라설 만한 물건이 없어 열린 창문으로 집에 돌아가지 못했다는 것을 알게 되었다.

"세상에 그 높은 데서 뛰어내리고도 다치지도 않았나봐."

그네는 현관문이 아니라 고양이가 방안에 있는 것을 꼭 확인하고 방문을 닫고 다녔다.

책상까지 가볍게 뛰어서 오르내리는 것을 보고 복도 쪽으로 나 있는 창문을 열어주었더니 쏜살같이 달아나버렸다. 그러나 두어 시간쯤 지났을 때 고양이가 다시 돌아왔고 마야가 창문 밑에 내놓은 빈 라면상자로 올라섰다가 창문을 넘어 돌아왔다. 창문만 열려있으면 언제든지 마음대로 드나들 수 있게 된 것이다.

고양이가 드나들면서 바깥에 나가 용변까지 해결하고 왔으니 매우 기쁜 일이었다. 그러나 문제가 생겼다. 나들이에 재미를 붙인 고양이는 시도 때도 없이 밤낮 가리지 않고 제멋대로 드나들었고, 방문이 닫혀있으면 열어달라고 방문을 긁으며 냐옹냐옹 울어댔다. 고양이의 투정을 견디다 못한 마야는 마침내 온종일 방문을 반쯤 열어두고 살게 되었다.

고양이가 드나들 수 있게 사시사철 밤낮없이 창문은 물론 방문까지 열어두었으니 여름부터 가을까지 모기떼가 극성이었다. 더구나 그네의 원룸이 전주천과 완산칠봉 사이에 있는 곳이라 모기나 파리 같은 벌레들의 천국이었다. '그 독한 모기들도 죽는데 사람이라고 멀쩡하겠어?' 마야는 벌레를 퇴치하는 방향제를 사용하는 대신 방 안에 모기장을 치고 살았다.

그러나 문제는 겨울이었다.

혼자 살면서도 똑같이 난방비를 내는 게 억울하다며 난방을 아무리 틀어놓아도, 항상 고양이가 드나들도록 복도 쪽 창문과 방문을 열어두는 통에 한겨울 추위를 막을 수가 없는 것이다. 이불을 깔아놓은 곳은 방바닥이 손을 대기도 어려울 만큼 뜨끈뜨끈했지만 다른 곳은 냉골이었다. 몇 년째 살던 원룸에 그대로 살면서도 완벽한 노숙자 신세로 전락한 것이다. 고양이를 기르는 마야뿐 아니라 죄 없는 나 까지도!

사실 마야가 기르는 고양이 냥이와 나는 견원지간(?)이다.

아마도 짐승들의 이빨 중에서 고양이가 제일 날카롭고 단단할 것이다. 호랑이의 이빨도 억세겠지만 주사바늘처럼 가늘고 날카로운 고양이 이빨과는 비교되지 못할 것이다.

잠을 자려고 누울 때마다 은근히 두려웠다.

눕기만 하면 기다렸다는 듯이 고양이가 다가와 내 머리를 자근자근 물었기 때문이다. 물론 아픔이 느껴질 정도가 아니라 뭐가 머리를 만지고 있다는 정도였으니 장난이라도 치는 모양이었으나 나는 그때마다 소름이 돋았다.

"그러니까 머리를 자주 감아야지. 머릿내가 나서 그러는 거잖아."

그동안 거의 매일 아침마다 머리를 감았으나 산 생활을 하면서 너댓새나 되어야 머리를 감게 되었다. 선생님은 사람들이 머리를 자주 감는 것은 인간이 자신은 동물에 속하지 않는다고 우겨대는 잘못된 인식에서 오는 것이라고 했기 때문인데 처음에는 머리가 가렵기도 했으나 차츰 아무렇지도 않게 되었다.

고양이한테 시달리다 못해 마침내 마야네 집에 갈 때면 항상 머리를 감았으나, 이 녀석이 재미를 붙였는지 방금 머리를 감고 들어왔어도 눕기만 하면 어느새 다가와 머리를 물었다.

"있잖아? 지난번 첫눈 왔을 때 정말 신기했어."

날씨도 추운데 방문을 열어두고 자는 게 좀 안 됐던지 마야가 고양이 이야기를 시작했다.

학원으로 출근하던 길이었다고 했다. 밤새 내린 눈으로 미끄러운 눈길을 조심조심 걸어가는데 길가에 주차된 소형트럭 밑에서 새끼고양이 울음소리가 났다. 차바퀴 곁에 작은 새끼고양이가 있었다. 손에 잡힐 듯 가까운 거리였으나 새끼고양이는 도망가지 않고 그녀를 빤히 바라보았다. 출근 시간에 쫓겨 잠깐 바라보고 다시 학원으로 가는데 계속해서 새끼고양이 우는 소리가 들렸다. 돌아다보니 그 새끼고양이가 제 키만큼이나 쌓인 눈 속을 헤집으며 필사적으로 마야를 뒤따라오는 것이었다. 마야는 학원을 가던 것을 포기하고 새끼고양이를 집어 들고 집으로 왔다.

따로 새끼고양이용 사료가 있는 것도 아니어서 냥이의 밥그릇을 내놓았더니 새끼고양이는 정신없이 먹어치웠다. 배가 부른 새끼고양이는 따뜻한 방바닥을 뒹굴며 재롱을 피웠다.

이미 냥이가 있는 터에 고양이를 하나 더 기를 수도 없고 학원 때문에 오래 있을 수도 없어서 다시 그 트럭 밑으로 가져다 놓고 학원으로 갔다. 물론 학원이 끝나고 돌아올 때 유심히 살펴보았지만 어미가 데려간 것인지 다시 발견하지 못했다. 밥통 가득히 사료를 채워놓았지만 저녁 늦게 집에 돌아온 냥이가 괴상한 소리를 내며 방안 구석구석 곳곳을 살피고 전에 없이 방바닥에서 뒹굴며 전에 없던 성깔을 부렸다.

"냥이의 새끼가 틀림없어. 내가 지 할머니인 줄 알고 악착같이 따라온 거야."

"말도 안 돼. 새끼고양이가 어떻게 사람을 알아봐?"

"그야, 뭐. 지나다니는 나를 보고 냥이가 가르쳐주었겠지."

암코양이도 아닌 수코양이가 제 새끼를 챙기고 그 새끼에게 자기 주인까지 가르쳐 준다는 것은 말도 안 된다. 하지만 너무도 당연시하는 마야 때문에 나도 고개를 끄덕이며 동의하는 수밖에 없었다. 그네 특유의 말이 되거나 말거나가 시작되면 무조건 동의하는 것이 상책이었으니까.

"지 새낀데, 냥이가 왜 지랄을 해?"

"냥이가 집에 없었는데, 지 새끼가 왔다간 걸 어떻게 알아?"

"여기저기 냄새를 맡아봤다며? 지 새끼 냄새도 몰라?"

"냥이가 고양이지, 개야? 고양이가 어떻게 냄새로 지 새끼까지 알아봐?"

새끼고양이 만났던 것을 큰 인연으로 믿는 마야는 이듬해 여름이 되어서도 그날 일을 몇 번씩이나 입에 올렸지만, 막상 그 새끼고양이가 그 추운 겨울을 어떻게 났을 것인가에 대해서 걱정하는 눈치는 전혀 없었다. 냥이의 새끼일 것이라고 확신까지 하면서 어떻게 그렇게 뒷일이 궁금하거나 걱정이 되지 않는 것인지 납득이 되지 않았으나 그녀가 또 무슨 변덕을 부릴 것인지 몰라 내놓고 물어볼 수도 없었다. 새끼고양이는 그 뒤 다시 마야 앞에 나타나지 않았고 계속 내 머릿속에서만 춥고 긴 겨울을 보냈다.

거울 보는 남자

구봉산으로 돌아가는 날 아침 선생님한테서 전화가 왔다.

"들어올 때 깨끗이 목욕하고 오너라. 그리고 저녁까지, 니 방에 있는 거울을 깨끗이 닦아놓고 신문지 같은 것으로 잘 싸두어라. 내일 낮에 내려가 볼 터이니."

신문지 같은 것이라고 했지만 우편물도 배달되지 않는 곳에 신문지 따위가 있을 일은 없다. 전에 거울공부라는 말을 들었던 만큼 중요한 의미가 있는 것이 분명했으므로 창호지를 한 묶음 사가지고 왔다. 거울도 그냥 닦는 게 아니라 아예 주방세제를 풀어 깨끗이 전신목욕을 시켰다.

낮이 짧아지고 추워지는 겨울이면 구봉산 산기슭은 냉동실로 변한다. 동지 무렵이면 내 컨테이너에는 11시가 되어야 겨우 햇볕이 내려온다. 위쪽에 있는 선생님의 컨테이너가 10분 정도 빠르긴 하지만 오후 2시 30분경에는 앞산 그늘이 그만큼 먼저 내려온다. 해가 떠올라도 밝은 탓에 기분만 좋을 뿐 추위는 거의 한가지다.

창호지 씌워 놓은 거울을 쳐다보다가 선생님 컨테이너를 쳐다보다가 지루한 시간을 보내는데 2시가 다 되어서야 선생님의 모습이 보였다. 낮에 내려와 보겠다던 약속은 까먹고 버스 타려 나가시려나?

"양치질 깨끗이 하고 오너라."

아침 겸 점심을 먹고 양치질했었지만 나는 군소리 않고 다시 양치질을 했다. 뒤돌아보니 선생님은 내가 씌워놓은 창호지를 벗겨내고 근엄한 얼굴로 거울 앞에 앉아있었다.

"이리 와 편히 앉거라." 자리에서 일어선 선생님은 그 자리에 나를 앉도록 했다.

"지금부터는 여태까지 니가 쳐다보던 거울이 아닐 것이다. 니 코가 방망이처럼 길어지거나 일그러지고 뒤틀린 얼굴이 수없이 나타나고 짐승들의 얼굴까지 보일지 모른다. 그러나 놀랄 필요는 없다. 그것 또한 과거의 니 모습이고 씻어내야 할 니 업보니까."

짐승얼굴이 내 모습이라니 그게 무슨 소리냐고 물어볼 수도 없었다. 내 머리에 두 손을 얹은 선생님이 명했다.

"두 손을 무릎 위에 얹고 심호흡을 해보아라. 숨을 코로 깊이 들이쉬고, 입으로 모두 내보내라."

"이제부터 편하게 숨 쉬면서 눈썹 바로 위 여기를 쳐다보아라. 눈을 감으면 안 된다. 눈이 아프고 눈물이 나도 눈을 깜박거리지 말고 계속 똑바로 뜨고 지켜보아야 한다."

선생님의 말에 따라 거울을 쳐다보던 나는 순간 놀라지 않을 수 없었다.

정말 지금까지 하루에도 수없이 들여다보던 그 거울이 아니었다. 요지경(瑤池鏡). 세상은 요지경이 아니라 여태껏 내 방 안에 있던 거울이 바로 요지경이었다. 조금씩 일그러지거나 뒤틀린 내 얼굴이 정신없이 나타나고 있었고, 나중에는 고릴라의 얼굴도 침팬지의 얼굴도 수없이 나타났다. 1초에 네댓 번씩 엄청 빠른 속도로 각기 다른 얼굴이 나타났다. 가끔 나도 모르게 눈을 깜박였으나 억지로 계속 치켜뜨는 통에 통증까지 느껴졌다. 눈을 깜박거리지 않고 버티는 것만으로도 가위에 눌린 것처럼 온 몸에 중압감이 더해지고 통증이 느껴졌다. 온몸으로 쏟아지는 견디기 어려운 통증에 알 수 없는 분노가 치밀기 시작했다. 이런 X 같은! 끄~아! 하악, 하악! 숨이 거칠어졌다.

문득 거울 속의 짐승 얼굴이 위 아래로 길게 늘어지더니, 쥐의 입처럼 뾰족한 입이 나를 삼킬 듯 거울 가득히 커지며 크~아 악! 고함을 질렀고 화가 꼭지까지 치민 나도 짐승의 주둥아리를 삼킬 듯 크~아 악! 고함을 질렀다.

"이 개새끼가! 이 개X같은 새끼가! ……" 분노를 누그러뜨리지 못하는 내 입에서 험한 욕설이 튀어나왔다.

분에 못 이겨 씩씩거리고 있는데 문이 열리고 선생님이 들어왔다.

"됐다! 그만해라! 그만 해도 된다! 자아, 진정하고……"

선생님이 두 손으로 내 머리를 한참 두드려서야 내 입에서 욕설이 멎었다. 알 수 없이 치솟던 분노가 가라앉고 나자 얼굴 못 들게 부끄러워졌다.

"괜찮다. 다 끝났다. 이게 거울공부다. 거울 속의 너를 쳐다보기만 하면 된다."

이제부터는 거울을 들여다보기만 하는 것으로 저절로 몸 안에 기가 쌓일 것이라고 했다. 또한 거울 속에서 엄청나게 많은 변화가 일어나는 것을 보게 될 것이라고 했다.

"세상을 보는 눈에 경계가 없어질 것이다. 공부가 조금 익으면 전에 내가 말했던 대로 색즉시공 공즉시색이 무엇인지도 저절로 알게 될 것이다."

몸에 기가 쌓일 뿐이 아니라 거울 속에서 일어나는 기이한 현상을 체험하면 세상을 보는 눈이 달라질 것이라고 했다.

거울을 쳐다보기만 하는 것이라서 쉬운 줄만 알았는데 아무 것도 하지 않고 그저 쳐다만 보려니 저절로 정신이 흐트러졌다. 선생님이 일러준 대로 회음혈에 힘을 주어보지만 자꾸 정신이 산만해졌다.

거울공부를 시작하고 닷새째 되던 날 아침 공부 때부터 연두색 안개 같은 것이 나타났다 사라지기를 반복했다. 산비탈에 뭉개구름이 스쳐가는 것처럼 얼굴에 초록빛이 스쳐지나가거나 헐크처럼 얼굴이 완전히 녹색으로 변하기도 했다. 녹색은 눈두덩이나 코 밑에 모여 있다가 차츰 넓어지기도 했다. 이틀 뒤에는 녹색 안개(?) 사이로 보랏빛이 나타나더니 녹색의 빈 자리를 채우기도 하며 커지거나 작아지기를 반복했다. 닷새쯤 되었을 때 양쪽 어깨와 머리를 덮고 있는 빛무리 같은 것이 보였다. 약하게 빛을 내는 안개 같기도 한 그것은 두께가 10㎝ 정도였는데 10여분이 넘게 사라지지 않고 그대로 있었다.

그러나 열흘이 지나면서는 색도 나타나지 않았다. 차츰 온전한 짐승의 얼굴은 더 이상 보이지 않았지만 내 얼굴은 털이 많은 털북숭이 인간처럼 보이기도 했다. 밝은 모습이기도 했지만 태반이 우울하거나 화가 난 모습이 많이 보였으며, 드물긴 했지만 친구들의 얼굴이 보이기도 했다. 간혹 낯선 얼굴도 보였다. 내가 기억 못하는 어릴 때 친구였는지도 모른다. 아니면 어느 전생의 내 모습이거나.

"이제는 니가 저 속에 있는 책들을 읽어 두는 것도 좋을 것이다. 제대로 된 것들은 아니지만, 그래도 니가 거울에서 보는 것들이 니가 만들어낸 환이 아니라는 것도 알 정도는 될 것이고 거기 나오는 용어들을 익혀두는 것도 나름 필요할 터이니."

선생님은 화장대 속에 들어있는 책들을 읽어보라고 했지만 나는 곧 그만 두었다. 뭐가 뭔지 이해도 어려웠지만 곰곰이 생각해보니 꼭 읽어야할 이유도 없어서였다. 내가 보고 있는 것들이나 앞으로 보게 될 것들이 내가 만들어낸 환상이 아니라는 것을 믿어 의심치 않는데다 나중에 제자를 기를 일도 없을 것이기 때문이었다.

"저기 나와 있는 것들이 제대로 된 것이라면 내가 무엇 때문에 중국까지 드나들며 그 고생을 했겠느냐? 너에게 가르치는 것은 내가 수많은 시행착오 끝에 실전된 것들을 되살리고 새로운 방법을 개발한 것들이다." 책을 보는 것도 좋지만 잘못 책에 빠지게 되면 엉뚱한 길로 들어서서 고생한다는 말씀이 아닌가?

책 따위는 보지 않더라도 틈나는 대로 거울 공부를 하고 싶었지만 마음뿐이었다. 종일 아무 일도 하지 않고 그저 내가 먹는 밥이나 끓여먹는 게 전부인 나였지만 하루 3번도 억지로 겨우겨우 해냈다.

거울 앞에 앉으면 버릇처럼 왼쪽 팔이 저리고 조금 지나 오른팔에도 통증이 밀려 왔다. 사나흘에 한 번씩 선생님이 들러서 팔을 만져주었지만 그때뿐 크게 효과는 없었다. 나중에는 어깨가 아프고 열흘 쯤 지나자 등까지 아파서 견디기 어려웠다. 작정했던 30분을 채우지 못하고 10여분 만에 일어서거나 그대로 드러눕기도 여러 번이었다. 기가 흐르지 못하고 막혀서라고 했는데 맞는 말 같기도 했다. 차츰 손에서 기감이 느껴지기 시작했기 때문이다. 처음에는 손바닥에 따뜻하거나 둔중한 느낌이 올 때도 있었지만 갈수록 손가락 끝에 찌르는 듯한 통증이 느껴졌다.

"목덜미가 너무 차갑다. 두 손을 모았다가 따뜻해지거든 목덜미에 대 보거라."

지난여름 처음 산에 들어왔을 때 노궁혈을 열어주고 가르쳐준 대로 두 손을 합장했다가 비벼서 목덜미에 대는 동작을 달을 두고 반복했다. 거울공부 중에도 손바닥이 따뜻해졌지만, 차가운 목덜미에는 효과가 거의 없었다. 선생님이 불에 달군 인두처럼 뜨거운 손으로 기를 넣어주기를 두 차례나 해 준 뒤에야 언제 손을 대보아도 목덜미에서 온기를 느낄 수 있었다.

애벌레

밤새 눈이 내렸으므로 공부대신 아침부터 밖에 나가 부지런을 떨어야 했다. 간밤에 내린 눈은 많지 않아서 다행이었다. 먼저 선생님 컨테이너까지 빗자루로 쓸고 난 뒤 다시 버스길까지 치워야 한다. 버스길까지는 선생님 컨테이너보다 5배나 더 거리가 멀다. 산속에서 겨울을 나면서 눈치우기에도 제법 이력이 붙었으나, 그래도 오후 1시가 넘어서야 늦은 식사를 할 수 있었다.

초겨울이면 오후 2시 반이면 햇볕이 저쪽 산으로 밀려가버리는 산골짜기, 벌써 3월인데도 3시면 산그늘이 내린다. 점심을 먹은 뒤 거울 앞에 앉아 있다가 갑자기 해가 넘어가고 있다는데 생각이 미쳤다. 눈을 쓰느라고 오전 내내 바깥에 있었는데도 괜히 밝고 따뜻한 햇볕이 아쉬운 것이다. 두툼한 파커를 걸치고 햇살 속으로 나섰다. 바깥으로 겉으로는 낡고 허술한 컨테이너였지만 겨울 들어 밤낮으로 전기 난방을 하고 있으니 추워서는 물론 아니다.

산그늘이 위쪽에서부터 내려오기 때문일까?

조금이라도 더 햇볕이 오래 남아있는 산 아래쪽은 아껴두려는 생각에 발길은 저절로 위쪽으로 향했다. 종일 기척이 없는 것을 보니 선생님은 출타중인 모양이다. 이상하게 마음이 쓰여 컨테이너로 갔고 창문을 들여다보게 되었다. 구조는 같지만 달랑 싱크대 하나뿐 냉장고도 없고 책 한 권도 없는 선생님 방은 내 방보다 더 썰렁하기 마련인데 웬일로 방 가운데 커다란 짐 더미가 있었다. 자세히 보니 방 안에 텐트를 치고 텐트 위에 다시 두꺼운 이불을 씌워놓은 것이었다. 건장한 체격에 늘 활기가 넘치는 선생님이지만 남모르는 엄살은 엄청 심한 모양이다. 선생님의 감추고 싶은 사생활이라도 엿본 것처럼 괜히 컨테이너를 들여다보았다는 후회가 밀려왔다.

산그늘은 이미 선생님 컨테이너까지 내려왔지만 내 발길은 계속 산 쪽으로 이어졌다.

미끄러운 눈길을 걸어 조심조심 산길을 올라가는데 눈앞에서 뭐가 자꾸 어른거렸다. 걸음을 멈추고 자세히 보니 투명하게 말라버린 애벌레들이 천천히 낙하하고 있었다. 이런저런 곤충들은 물론 온갖 벌레들과도 함께 살아야했던 날들이 없었더라면 징그러워 숨이 멎었을 것이다.

위를 쳐다보았으나 나뭇가지 하나 없는 허공뿐이다. 애벌레들은 계속 내려오는데 대체 어디서 떨어지는 것인지 알 수가 없었다. 문득 천천히 내려오던 애벌레들이 일시에 멈추거나, 3~4㎝쯤 위로 잠간 올라갔다가 다시 내려오는 것이다. 진짜 마른 애벌레들이 아니라 환상인 것이다. 애벌레들이 바로 눈앞에서 떨어지고 있었는데도 손을 내밀면 손바닥에 내려앉는 것이 없었다. 분명히 실체가 아닌 환상이라는 것을 알았는데도 애벌레들의 낙하는 계속되고 있었다.

환상이 분명했지만, 내 눈에 보이는 것도 분명했으므로 애벌레들을 자세히 관찰하기로 했다. 손을 뻗으면 닿을만한, 바로 눈앞에서 서서히 움직이는 놈들이었으므로 어려울 것도 없었다. 애벌레들이 투명하게 비치도록 말라버린 것이 분명했는데 가운데가 구부러지거나 지팡이 손잡이처럼 위쪽이 구부러져있었다. 2~3㎜의 폭에 길이는 3~4㎝ 정도였고 어떤 놈한테는 직경 2~3㎜ 정도의 동그란 원 같은 것이 3~4개씩 덩어리로 붙어있었는데 동그란 원 안에 까만 점들이 보였다. 애벌레뿐이 아니었다. 애벌레 말고도, 애벌레에 덩어리로 붙어있는 놈들이 하나씩 따로 떨어진 채 여기저기서 애벌레들과 똑같이 미끄러지듯 서서히 내려오는 것이다.

다음날 아침 내 컨테이너 앞에서도 애벌레들이 보였다. 그러나 애벌레 숫자가 어제의 반 정도도 안 되었다. 신기한 것은 반드시 눈을 배경으로 한 상태에서만 보인다는 것이다. 어쩌면 빛을 반사시키는 하얀 눈이 거울 역할을 했을 지도 모른다.

오후에는 같은 시각에 산길을 올라 어제의 장소까지 갔다.

어제처럼 잘 보였는데 애벌레들이 더 많아졌다. 활처럼 구부러진 한 마리 애벌레 양쪽 끝에 비슷한 애벌레들이 서로 잇닿아 있어 마치 검불더미의 위를 들어 올린 것처럼 보이기도 했다. 또 하나씩 떨어져 있는 놈들도 더 많았다.

6시 반, 학수고대하던 선생님이 다행히도 막차로 돌아오셨다.

"이제야 기를 보기 시작했구나. 앞으로 많은 것을 보게 될 것이다. 좀 더 자세히 보거라."

상세하게 설명을 했는데도 아직 제대로 보지 못했다는 뜻이다. 그보다 내가 본 것은 아주 조금, 그러니까 아주 많은 기 중에서 아주 조금만 것을 보았을 뿐이고 그마저 제대로 보지 못했다는 뜻이다.

다음날에도 열심히 눈밭을 돌아다녔지만 다른 것은 보이지 않았고 응달에서도 눈이 다 녹아버렸다.

눈이 오기를 학수고대하며 눈이 내리면 거울공부는 밤으로 미루고 낮 동안에는 부지런히 눈밭을 누비고 다니며 애벌레를 관찰했다.

기의 형태는 애벌레뿐이 아니었다. 원처럼 생긴 투명한 알갱이에는 1㎜도 안 되는 꼬리가 붙어있었다. 그 투명한 알갱이들이 일렬로 연결되어 있었기 때문에, 내가 처음에 투명하게 말라버린 애벌레로 생각했었던 것이다.

애벌레나 그 애벌레를 이루는 알갱이보다 더 작은 알갱이들이 무수히 많았다. 방금 씻어놓은 쌀처럼 생긴 (그러나 조 알갱이보다 조금 더 작은) 알갱이들이 가득 차있기도 했고, 작은 빛들이 그 속을 올챙이 떼처럼 잠깐씩 헤집고 다니다 사라지기도 했다. 어쩌면 그 빛은 햇살이 눈밭에 반사되어 생겨난 빛 알갱이일 수도 있지만 그놈들이 마구 헤집고 돌아다니는 것만은 분명했다.

3월 중순이 지나자 구봉산에도 더 이상 눈은 내리지 않았고 애벌레 관찰도 끝이 났다. 애벌레는 눈밭에서만 보이는 것이었으므로 봄, 여름, 가을이 지나고 첫눈이 내릴 때까지는 애벌레는 기억 속에만 묻어두어야 했다. 그런데 달포도 안 되어 나는 애벌레를 다시 볼 수 있게 되었다.

구봉산에서 옥천읍까지는 40분 조금 더 걸린다. 30분쯤 가면 한동안 오른쪽에 대청호를 두고 달리게 되는데, 인터넷을 검색하다가 우연히 대청호반에 있다는 청풍정에 대해서 알게 되었다.

갑신정변이 3일 천하로 막을 내린 뒤 쫓기는 몸이 된 김옥균이 기녀 명월이와 함께 금강 강가에 있었던 청풍정에 숨어들었는데, 자신 때문에 김옥균이 큰 뜻을 접고 소일하게 될 것을 염려한 명월이가 바깥으로 나가 큰 뜻을 펴라는 유서를 남기고 금강 물에 뛰어들었다. 명월이가 뛰어내렸던 청풍정 아래 바위에 김옥윤이 '명월암'이라는 글씨를 새겼다는 전설과 김옥균의 부인 유씨와 어린 딸이 옥천으로 몸을 피했으나 동네사람의 밀고로 잡혀 관노가 되었다는 이야기가 전해진다고 했다.

김옥균의 사랑이나 슬픈 전설보다도 '맑은 바람의 정자'라는 그 이름 때문에 나는 네비게이션의 안내를 받아 청풍정(淸風亭)으로 찾았다. 금강 강변에 있었는데 대청호 건설로 수몰되게 되어 현 위치로 옮겼다는 청풍정은 누마루 한쪽에 온돌방까지 갖춰진 건물이었다. 쌀쌀한 날씨에는 아궁이에 불을 피우는 상상을 잠깐 하다가 곧 호반으로 눈길을 옮겼다.

맑고 잔잔한 물결을 내려다보다가 고개를 들자 아지랑이가 아른아른 하는 것 같았다. 아지랑이인 줄로만 알았는데 어느 순간 눈밭에서 보던 애벌레들이 보였다. 눈밭도 아닌데 애벌레라니! 생각지도 못했던 복권에라도 당첨된 것처럼 즐겁기 짝이 없었다. 눈에 들어오는 애벌레들의 숫자도 많았지만 모습도 매우 다양했다.

그냥 혼자서 말갛게 말라버린 듯한 놈도 있었고 두 개가 꽈배기처럼 꼬여있는 놈도 있었으며 송충이처럼 털이 잔뜩 난 놈도 있었다. 송충이처럼 보이는 것은 애벌레가 동그란 알갱이로 이루어져 있었는데, 알갱이마다 작은 솜털 같은 것이 나있었고 가운데 까만 점까지 박혀있었으니 징그럽기보다는 눈을 떼기 어렵게 예쁘고 신기했다.

동그란 원처럼 보이던 놈도 자세히 보면 말갛게 말라버린 애벌레였다. 모양도 가지가지였다. 복분자딸기 덩굴이 얽힌 것처럼 생긴 놈도 있었으며 작은 구슬을 잔뜩 장식한 목걸이처럼 생긴 놈도 있었다.

눈밭만이 아니었다. 드넓은 하늘에서도 갖가지 기의 모습이 더욱 선명하게 보이는 것이다.

나는 어둠이 내린 뒤에야 청풍정을 떠나 구봉산 골짜기로 돌아왔고 이후로도 가끔씩 찾게 되었다. 대청호 곁에서는 금산 추부에서 보은을 잇는 37번 국도 확장공사가 진행중이었다. 처음에는 내이비의 안내하는 대로 새로 난 4차선도로를 달리다가 지방도로로 나왔지만 나중에는 왕복 2차선의 옛길을 선호하게 되었다. 길 양쪽에서 터널을 이루는 벚꽃은 이미 오래전에 지고 잎만 무성했지만 호수를 더 가까이 두고 갈 수가 있어서 좋았기 때문이다. 바쁠 것도 없는 몸이었으므로 구불구불한 길을 달리다보면 길가에 하나 둘 서 있는 집이나 작은 마을도 보였고 들에서 일하는 농부들의 모습이 보이기도 했다.

그 옛길을 따라 청풍정 가는 길에 거인국처럼 커다란 의자와 책을 쌓아놓은 시내버스정거장이 눈에 띄었다. 두 대 정도는 주차를 해도 될 만한 공간이 보여 차를 세웠고, 그곳에서 잠깐 주변을 둘러보다가 마을 구경에도 나서게 되었다. 호수로 이어지는 언덕(대청호를 만들기 전에는 당당한 산등성이였겠지만)에는 오래된 소나무들이 있어 경치도 좋은 곳이었는데 마을 여기저기에 감나무가 많았다. 하얀 아카시아꽃은 이미 지고 없는데 노란 감꽃은 이제가 한창인 모양이었다. 감꽃이 지고 난 자리에는 손톱만한 감이 자라고 있었는데 앙증맞은 생김새가 감 그대로이다. 작아도 생김이 그대로일 것은 당연한 이치인데 왜 이리 뚱딴지같은 생각이 드는지 모르겠다.

어릴 적엔 떨어지는 감꽃을 셌지
전쟁 통엔 죽은 병사들의 머리를 세고
지금은 엄지에 침을 발라 돈을 세지
그런데 먼 훗날엔 무엇을 셀까 몰라

문득 김준태 시인의 시가 떠올라 길바닥에 떨어진 감꽃을 주워 들었다. 열대의 꽃처럼 두껍고 딱딱한 촉감, 입에 넣자 떫은맛이 감돈다. 예전 아이들은 감꽃을 먹기도 하고 실에 꿰어 목걸이도 만들었다는데……

비탈이 심한 마을길을 여기저기 기웃거리며 천천히 걷다보니 오네마루라는 카페가 보였다. 억새밭 사이로 낚시꾼들이 앉아있는 호숫가를 잠시 걷다가 돌아오는 길에 카페로 올라갔다. 오네마루는 억지로 꾸민 듯 낡아 보이는 건물이었지만, 고층건물이 건물이 빼곡하게 박혀있는 서울에서 자란 내게는 작은 초원을 연상케 할 만큼 정원이 넓어 좋았다.

위쪽 건물은 흙으로 그릇을 빚어 굽는 작은 공방이었는데, 고양이를 좋아하는 듯 정원 여기저기에 흙으로 구운 앙증맞은 고양이들이 놓여있었다. 알록달록한 고양이들도 낯선 사람을 전혀 경계하지 않고 여기저기 돌아다니고 있었고.

담쟁이가 한쪽 벽을 덮고 있는 카페 안에는 찻잔이나 머그잔도 많았지만 용도를 짐작할 수 없는 이런저런 모양의 도예작품도 많이 전시되어있었다. 오네마루는 일본식 이름이 아니라, 우리말로 '오씨네 마루'라는 뜻이라고 했다. 듣는 이가 마루를 들마루로 여기거나 등마루로 생각하거나 간에.

오네마루에 세 번째 들렀을 때였다.

창가에 앉아서 석양에 더욱 붉어진 소나무를 바라보는데 문득 눈앞에 애벌레가 보였다. 바깥이 아닌 실내에서도 애벌레의 모습들이 보이는 것이다. 모양이 전에 보던 것들과 비슷했지만 어쨌건 실내에서도 보게 된 것이다.

늦여름부터는 하늘을 볼 때마다 기다렸다는 듯이 애벌레가 보였고, 운전 중에도 가끔 나타날 정도가 되었다. 시간이 흐르며 거울 속의 변화는 거의 없어졌지만 언제고 기다렸다는 듯이 나타나는 애벌레는 거울공부를 지치지 않게 하는 힘이 되고 있었다.

부도난 어음 받으러 가는 길이라면 모를까, 길을 나서면 절대 서두르지 말고 느긋하게 주위 풍광을 즐기라고 했다. 37번 국도와 17번 국도는 정원처럼 단장된 칠백의총이 가까운 금산군 추부면 면소재지에서 만난다. 대청호반의 옛길을 알게 되면서 나는 전주 나들이를 할 때에도 고속도로보다는 옥천을 지나는 37번 국도와 17번 국도를 선호하게 되었다. 충북과 전북 경계에 있는 이치를 넘으면서 보는 대둔산은, 아침햇살에 더욱 선명하게 보인다는 것도 알게 되었고 길을 따라 이어지는 계곡도 제법 수량이 많았고 그럴싸한 풍광이 많다는 것도 알게 되었다.

갈 곳 없는 월요일

거울 공부를 하느라 겨울을 다 보내고 거의 4개월 만에 전주에 갔을 때였다. 마야는 '고구려소리'를 가르쳐준 효성스님이 있는 울진 용궁사라는 절에 가고 없었다. 효성스님이 편찮아서 고구려소리를 배우러 온 사람들을 지도할 수가 없었으므로 마야가 대신 가르쳐야 한다는 것이다. 오랜만의 전주 나들이라고 무려 열흘이나 장기휴가(?)를 받았는데, 마야는 내가 다시 산으로 들어간 뒤에야 돌아오기 때문에 얼굴도 볼 수가 없게 되었다.

4월, 산에도 들에도 온갖 꽃들이 피어나기 시작했지만 마야가 없으니 도통 재미가 없었다. 아침에 거울공부를 끝내고나면 발길은 남천교를 건너 한옥마을로 향했고, 한옥마을은 한 바퀴 돌고 나면 저절로 설예원 교육관 문을 열고 있었다.

교육관은 모양새부터 낡고 커다란 창고 같았고 강의실 바닥에 두꺼운 조립식매트를 깔았어도 군데군데 울룩불룩한 곳이 있을 정도였다. 이림 원장은 항상 바쁜데다 경원동에 교육관을 겸한 사무실이 따로 있었기 때문에 한옥마을 교육관에는 드물게 모습을 드러냈다.

원장이 없어도 나는 부지런히 교육관에 들러 차를 마셨다. 차 예절도 배울 겸이라고 핑계를 댔지만 사실 시간보내기가 좋았기 때문이다. 교육관 사무실을 지키는 배 실장은 윤곽이 또렷한 얼굴에 몸매까지 제대로 받쳐주는 예쁜 아가씨였다. 생활한복을 입고 있었는데 가끔 커다란 꽃송이가 떠다니는 듯한 착각이 들기도 했다.

"이거, 시장에서 3만원 주고 산 건데!" 매번 싸구려 옷임을 강조했지만 솜씨 좋은 곳에서 맞춰 입은 것만 같았다.

마야가 아니었더라면 나는 아마 배 실장에게 필이 꽂혔을 것이다. 내가 함께 있거나 말거나 배 실장은 자기 업무를 보았고 시간이 남아 돌 때만 함께 이야기를 하거나 차를 마셨다. 곁에 있거나 말거나 신경을 쓰지 않고 곁에 있는 듯 없는 듯 행동했기 때문에 서로 부담이 없어 좋았다. 약한 체력 때문에 오래 앉아 있기 어려워하는 기색이 보이면 배 실장은 나를 행사용품을 넣어두는 창고에서 쉴 수 있도록 배려해 주고 담요 같은 것도 챙겨주었다.

교육관에서는 차를 체험하러 오는 사람들에게만 요금을 받았을 뿐 아는 얼굴들에게는 찻값을 받지 않았다. 처음 교육관을 마련할 때 다인들이 모여 바자행사를 열거나 십시일반으로 돈을 모아서 만들었기 때문에 그런가보았다. 나는 교육관 마련에 아무런 보탬도 되지 못했으므로, 공짜로 차를 마시러다니는 것에 대한 부담이 컸는데 구세주가 나타났다.

"그러면 여기다 넣으시면 되겠네." 설예원 행사 때마다 동분서주하며 행사진행을 도맡아 돌봐주는 소강 선생이 잡다한 물건을 담아두는 통 하나를 비워왔다. 폐지를 오랫동안 물에 담갔다가 죽처럼 풀어지면 다시 말려 굳혀서 만든 종이 상자였는데 그림까지 그려져 있는 공예품이었다. 마침 뚜껑도 있었으므로 뚜껑에 구멍을 내는 것만으로 헌금함(?) 하나가 뚝딱 만들어졌다. 소강 선생은 재주가 많았을 뿐만 아니라 인정까지 많아서 교육관 앞 공간에다 스티로폼 박스를 가져오더니 흙을 채우고 채소 모종까지 심어주었다. 나도 덩달아 재미삼아 물을 주면서도 설마설마 했는데, 사방이 시멘트 건물로 둘러싸인 공간에서도 신기하게 고추가 열리고 방울토마토가 빨갛게 익었다. 나는 묵은 밭으로 둘러싸인 산 속에 살면서도 밭을 일굴 엄두조차 내지 못하는데……

똑똑하고 야무진 배 실장이었지만, 더더구나 한옥마을로 출근하면서도 의외로 한옥마을에 뭐가 있는지 어떤 시설이나 공간이 어떻게 운영되는지 전혀 모른다고 했다.

"이 책에서처럼 이상한 월요병은 백수만 앓는 게 아녜요. 나처럼 일요일에 일하고 월요일에 쉬는 사람도 월요병이 있어요."

배 실장이 내민 '백수의 월요병'이라는 책의 표지에는 앞치마를 두르고 프라이팬을 손에 들고 있는 남자가 아이들의 서툰 솜씨처럼 그려져 있었다. 수필집을 낸 사람은 20년 동안 신문사 기자로 일하기도 했었다는 최영록이라는 사람이라고 했다. 이런저런 일로 백수생활을 하는 동안 일요일에는 남들처럼 나돌아 다닐 수가 있지만 월요일이면 하는 일 없이 노는 백수라는 것을 광고하는 것 같아 외출도 못하기 때문에 백수도 월요병을 앓는다는 것이라고 했다.

백수가 아니라 남들이 쉬는 휴일에도 근무하고 월요일에 쉬는 것인데 누구 눈치를 봐야 되는 것이냐고 했더니, 함께 놀아줄 친구들이 없는 월요일에는 마땅히 갈 곳조차 없다고 한다.

"아침마다 한옥마을로 출근하지만 한옥마을에 대해서는 외지에서 온 관광객들보다 더 몰라요. 내가 월요일에 쉬는데 여기 한옥마을도 나처럼 월요일에 쉬는 곳이 많으니까요." 그게 재미있다는 것처럼 싱긋싱긋 웃으며 말했지만 배 실장은 쌓인 게 많은가보았다.

"사실 한옥마을 뿐이 아녜요. 책읽기를 좋아하지만 도서관 이용은 거의 불가능해요. 월요일에도 도서관은 문을 열지만 자기 공부하는 사람들을 위한 열람석만 열기 때문이죠. 월요일에는 박물관도 쉬고 미술관도 쉬고 다들 월요일에 쉬니까 나 같은 사람은 문화생활을 즐길 수가 없어요." 길을 나서도 막상 갈 데가 없어 월요일엔 그저 집 안에서 푹 쉴 수밖에 없다는 것이다.

"그러면, 원장님한테 남들처럼 일요일에 쉬겠다고 말씀드리지 그래요?"

"말도 안 되는 소리예요. 차 예절 사범교육도 있고, 찾아오는 손님도 오히려 일요일에 더 많은데 어떻게 그런 소리가 나와요?"

예쁜 아가씨한테서 아무 것도 모르는 소리 말라는 지청구를 듣고서야 배 실장의 처지에 대해 생각해보게 되었다.

도서관이나 박물관 등은 주말과 공휴일에도 문을 여는 대신 월요일에 문을 닫는다. 다른 요일에 쉬고 월요일에 문을 여는 곳도 없고, 공공시설이 일 년 내내 문을 연다는 것은 더더욱 상상할 수도 없다.

그러나 모두 그래야 하는 것일까?

문을 닫고 쉬는 날 방문객 때문에 하지 못했던 일을 해치울 수도 있지만 거의가 직원들의 휴식을 위한 것이다. 시설을 보수하거나 정비하기 위해서 어쩔 수 없이 문을 닫아야 한다면 모를까 단지 직원들의 휴일을 보장하기 위해 시설을 놀린다는 것은 생각해 볼 문제다.

더구나 갈수록 주 5일제가 대세이다.

5일제가 정착화 되고 있고 앞으로 전 국민이 다 이틀씩 쉴 수가 있다고 해도 월요일 하루만 쉬고 있는 박물관 같은 곳은 어떻게 해야 하나?

그들도 외계인이 아니고 동력만 공급되면 무한정 돌아가는 기계는 더더욱 아니다. 남들은 다들 5일제를 하는데 당신들만 6일제를 하라고 강요할 수도 없다. 그렇다고 그들도 5일제를 하게 된다면 문제가 커진다. 공공시설이 이틀씩이나 문을 닫는 엄청난 손실이 초래되고 일주일에 2일간이나 각종 공공시설을 이용할 수 없는 국민들의 피해 또한 막심할 수밖에 없다.

엄청난 돈을 들여 만든 시설이 단지 직원들의 휴식을 위해 문을 닫아야 한다면 엄청난 낭비일 수밖에 없다. 남들은 다들 5일제로 이틀씩 쉬는데 도서관이나 박물관에 근무 하는 사람이라고 하루만 쉬고 싶을까? 더구나 월요일은 모두가 다 일하는 날이라 가족이나 친구들과 함께 오붓한 시간을 가질 수도 없다.

월요일에는 행사도 거의 없어 미술관에도 가고 공연장을 찾고 싶어도 월요일에 쉬는 사람들이 그런 문화생활을 누리는 것은 거의 불가능한 일이 된다. 하다못해 다른 곳은 어떻게 운영되는지 어떤 볼거리가 있는지 궁금해도 공식적으로 출장이라도 가지 않는 한 해결할 방법이 없다. 근무 중에 따로 시간을 낸다면 모를까 자신이 쉬는 날에 여유 있게 둘러볼 수가 없는 것이다. 예를 들어 어떤 방문객이 그곳이 아닌 다른 시설에 대해 묻는다고 해도 자신이 한 번도 겪어보지 못했으니 어떤 설명도 해줄 수가 없다.

월요일에만 쉬는 사람들은 평생 박물관도 미술관에도 갈 수가 없는 문화생활의 이방인일 수밖에 없다. 제 발로 어디든 갈 수가 있으나 가고 싶은 곳 어디에도 갈 수가 없는 서글픈 운명이다. 국민의 기본 의무를 다하면서도 대한민국 국민으로서 누릴 수 있는 권리는 박탈당하고 있는 것이다.

문화사업에 종사하는 사람들이 오히려 제도적으로 문화생활에서 제외되는 역차별이 계속되는 것이다. 일부 근로자들에 대한 역차별뿐만 아니라 국가적으로도 엄청난 손해이다. 수십억 수백억 들여 만든 공공시설의 이용이 정확히 1/7만큼 제한되고 있다는 것은 1/7만큼 재원이 낭비되고 있다는 뜻이다. 국가재원이 끊임없이 1/7이나 낭비되고, 대한민국 국민으로서 아니 사회성을 가진 인간으로서 어떤 문화생활은 감히 상상조차 할 수가 없는 답답한 현실을 어떻게 타파할 수가 있을까?

순회근무요원을 활용한다면 해결 방법은 의외로 쉬울 듯싶었다.

월요일에도 도서관이 문을 열고 모든 미술관이나 박물관 등등이 모두 관람객을 맞이하는 것이다(휴양림 등은 화요일). 그러기 위해서는 보충인력을 뽑아야 한다. 규모가 작은 지자체보다는 도 또는 광역시나 전국적인 차원에서 순회근무에 필요한 인원을 보충하고, 전문성을 갖춘 요원들이 몇 시설을 담당하는 순회 근무를 한다면 귀중한 인력이 남아도는 일도 없을 것이다.

일상 근무자들도 자신의 휴일에도 가끔 근무하고 다른 날에 쉬도록 한다면, 순회근무 요원들도 휴일에만 근무하지 않고 평일에도 근무할 수가 있게 된다. 누구도 특정 요일을 근무일로 계속해서 저당 잡히는 일이 없어지는 것이다. 또한 비싼 돈 들여 만든 모든 시설을 쉬는 날 없이 전 국민(외국관광객도 포함)이 자유롭게 활용하는 일석이조의 효과를 누리게 될 것이다.

순회근무요원제도는 모자라는 일자리와 한정된 일감을 여럿이 나누는 것이 아니라 필요에 따라 발생되는 자연스러운 일자리 창출이다. 동정을 베풀 듯이 억지로 일자리를 나누는 것이 아니므로 누구나 서로 당당하게 일하고 마음 편하게 쉬면서 사람들에게 봉사하는 것이다.

식인호랑이

산에 살기 시작한지 1년이 가까워졌다. 스스로 밥까지 해먹으며 살다보니 산책길에 고사리는 물론 취나 야생 참나물 따위쯤은 알아볼 수가 있게 되었다. 하지만 한 번도 산나물 채취를 해 본 적은 없었다. 보은읍까지의 외출은 허락 없이 매일 나가도 좋았지만 나물거리라도 산다는 핑계가 있어야 내 자신에게도 나들이 명분이 서기 때문이다.

보은읍 5일장인 1일 6일에 장을 보러 나간다. 천변 주차장에 차를 세우고 여기저기 기웃거리며 사람 사는 냄새를 맡는다. 검은 비닐봉지를 양손에 들고서도 뭔가 자꾸 더 사고 싶은 생각을 떨쳐버리느라 애를 먹는다. 장에 나오면 냉면이나 짜장면 같은 별식도 당연했으며 이런저런 튀김이나 붕어빵 같은 길거리 음식으로 배를 채우기도 했다.

할머니가 담아주는 취나물 봉지를 받아들기가 바쁘게 값을 치르고 보은 우체국으로 직행했다. 지리산에서 호랑이가 사람을 잡아먹었기 때문에 산에 들어가기도 무섭다는 말 때문이었다. 고객용 컴퓨터에 앉아 호랑이부터 검색했다.

목이 잘린 사람 머리가 바위 위에서 발견되었는데 호랑이 짓이 분명하다는 것이었다. 호랑이가 사냥꾼을 먼저 공격해 잡아먹고 세상 사람들에게 경고하기 위해 사냥꾼의 머리를 잘라 바위에 올려놓은 것이라고 했다. 현장에서 가까운 곳에서 사냥총과 함께 방송사에서 설치한 cctv가 발견되었지만 아무런 도움도 되지 못했다. cctv가 이미 꺼진 상태로 보아 사냥꾼이 사냥증거를 남기지 않으려고 미리 제거한 것이 분명했다.

오랜만에 나온 호랑이 소식, 화면의 상당 부분은 모두 모자이크 처리했지만 소름끼치는 내용이었다.

사람을 잡아먹다니!

호랑이는 더 이상 산신령의 대리하는 영물이 아니었고 동물의 왕도 아니었다. 동물원의 우리 바깥에서 날뛰는 사납고 위험한 맹수일 뿐이었다.

사냥꾼을 그냥 해친 정도가 아니라 시신도 찾지 못하게 깨끗이 먹어버리고 머리만 잘라서 바위 위에 전시한 것은 사냥꾼에게 당하지 않으려는 정당방위였다는 변명조차 할 수가 없게 만들었다. 흉악하고 포악한데다 교활하기까지 한 악마의 화신으로 표현되었다.

호랑이가 사람을 잡아먹는 것은 공격당할 위험에 처했거나, 노쇠해서 잽싸게 도망치는 짐승을 사냥할 수 없을 때뿐이지만 사람고기에 맛을 들인 호랑이는 계속 사람을 잡아먹는다는 주장이 난무했다.

우리 민족의 한 상징이기도한 호랑이를 지리산에 그대로 살게 해야 한다는 주장은 차츰 설 자리를 잃고 있었다. 사람들의 관심은 '지리산의 호랑이를 그대로 둘 것이냐 말 것이냐'에서, 희생자가 더 생기기 전에 당장에라도 사살해야 한다는 주장과 어렵더라도 생포해서 동물원에 넣거나 백두산으로 돌려보내야 한다는 쪽으로 기울고 있었다.

갑작스럽게 들끓던 식인호랑이 소식이었지만 한 달쯤 지나자 뉴스에서 완전히 사라졌다. 사람 잡아먹은 호랑이가 제풀에 놀라 어디로 꽁꽁 숨었는지 cctv에도 잡히지 않았던 것이다.

그러나 아무리 얌전하게 있어도 호랑이는 지상 최고의 맹수다. 제아무리 만물의 영장이라는 인간이지만 야생의 공격으로부터 제 몸을 방어할 아무런 기능도 수단도 없다. 수십 수백 명의 사람이 모여 있어도 무기나 연장을 없는 상태에서 미친개나 멧돼지가 뛰어들면 질겁해서 달아날 수밖에 없고, 피하지 못하고 맞닥뜨리면 꼼짝없이 당하게 되어있다. 관에서 따로 통제를 하지 않아도 지리산에는 등산객이 끊겼고 간이 작은 사람들은 차량을 타고도 지리산에 들어갈 엄두를 내지 못했다.

총을 가진 호랑이 전문 사냥꾼이라도 되레 당하기 쉬운 지상 최고의 맹수인 만큼 호랑이가 아무리 얌전히 있어도 사람들은 사람잡아먹은 야생호랑이의 공포에서 해방되지 못하는 것이다.

기천문

왼쪽 귀 머리 끝에서 밝은 빛이 나오더니 곧 사라졌다. 빛을 보고나서 한 달 쯤 지났을 때, 오래전 거울공부 시작 초기에 보았던 아우라가 다시 나타나기도 했다.

방석만한 녹색 덩어리가 나타나 방바닥을 이리저리 돌아다니기도 했다.

어깨부분이 검어졌다 밝아졌다하더니 온몸에서도 부분적으로 검어지기 시작했다.

머리 뒤에서 밝은 빛이 비치는 것이 보이기도 했고 등 뒤가 환하게 밝아지기도 했다.

등 뒤 벽지 속 꽃그림이 꿈틀꿈틀 움직이기도 했다.

어둠 속에서도 내 얼굴이 조금씩 보이기도 했고 손가락 사이사이에 가시처럼 빛나는 빛이 보이기도 했다.

나름 거울공부에 매진하고 있지만 여름이 되면서부터 가끔 혼란스러워지기도 했다. 별다른 변화가 없을 때도 많아지는 것이다. 심지어 빛은커녕 흔하게 나타나던 녹색과 보라색조차 전혀 보이지 않는 날도 많아졌다. 거울 앞에 앉으면 밀려오는 통증만 적어졌을 뿐, 그래서 한 시간씩 어렵지 않게 거울공부를 할 수 있게 되었을 뿐이다. 앉아있기가 편해진 만큼 더 자주 오랫동안 앉아있었지만 공부에 진전은 거의 없었다. 선생님은 아니라지만, 기도가 잘못되고 있는 것이 아닌가 걱정이 되지 않을 수가 없었다.

"니 눈에만 보이지 않을 뿐이다. 손에서도 머리에서도 모락모락 기식이 일어나고 있다."

"보이는 것이 전부가 아니다. 기의 축적이 중요한 것이니 상(像)에 매달리지 마라."

선생님의 반응은 한결같았지만 근심 한 자락은 늘 마음 한구석에 숨어있었다.

기감은 거울 앞이 아니라 허공기도(허공을 보며 하는 기도)에서도 언제든지 느껴지지만 기의 축적정도 또는 축적여부조차 알 수가 없다. 그러나 상은 그 변화를 직접 내 눈으로 보는 것이기에 공부의 진전을 짐작할 수가 있는 것이다.

입추가 지나고 말복도 지났지만 그래도 8월 중순 아직은 너무 더운 날씨다. 산을 나가고 가고 싶지 않았지만 마야는 갈 데가 있으니 꼭 와야 된다고 했다. 전주에 갔을 때 마야는 예의 검은 바지에 흰 저고리를 입고 있었다.

"이거라도 먹어둬야 버틸 수 있어."

차를 타고 가는 동안 마야는 초콜릿을 많이 먹었고 내게도 먹기를 권했다. 에너지 소모가 많아서 미리 비축해두지 않으면 안 된다는 것이다.

계룡산 자락에 있는 기천문에 수련하러 간다고 했다. 기천문(氣天門)이라니 무협소설에 나올 듯한 이름인데 수련하는 것도 딱 무협지 분위기였다. 논산에서 갑사 쪽으로 가는 길에 있는 평범한 마을이었는데, 지붕이 낮은 시골집 마당에 마야와 같은 복장을 한 사람들이 모여들고 있었다.

양팔로 크게 원을 그리고 손목을 대고 두 손을 돌리는 등 요상한 동작을 하다가 허리를 90도로 꺾으며 절하는 것인데, 마루에 앉아있는 문주(기천문 2대 문주 박사규)에게 먼저 절한 뒤 마당에 있는 사람들한테도 같은 동작으로 인사했다. 마당에 먼저 도착한 사람들은 나중에 사람이 올 때마다 서로서로 똑같은 동작으로 인사를 나누고 있었으니, 단배공이라는 인사법은 대단히 요란하고 힘들 것이었다.

11시가 되자 사람들이 좁은 산길을 걸어 뒷산 중턱에 있는 소나무 숲까지 올라갔다. 소나무를 베어낸 그루터기에 박 문주가 좌정을 했고, 그 앞에 선 사람들은 아까보다 더 요란한 동작으로 아예 땅바닥에 엎드리며 절을 올렸다.

가슴으로 손을 모아 위아래로 세우고 앉아서 절을 받는 모습은 밑에서와 같았으나 박 문주의 입에서는 우렁찬 구령(?)이 쏟아지고 있었다.

"두 손으로 우주를 감아 돌리고—"

"두 손바닥으로 태산을 끌어 올릴 듯이—"

단배공은 요란하게 올리는 단순한 절이 아니라, 절을 하면서 기를 모으는 매우 중요한 동작인 듯 했다.

몇 번의 단배공이 끝나자, 마야가 툭하면 하고 서있던 내가신장 동작을 했는데 무척 힘든 자세인 듯 사람들 의 팔과 다리가 덜덜 떨렸다. 자세도 여러 가지였는데 하나같이 땀을 뻘뻘 흘리며 안간힘을 쏟고 있었다. 박 문주가 제자들 사이를 천부경을 읊조리며 다니며 기운을 돋웠고 자세를 교정해주기도 했지만 더러는 팔다리를 떨다가 주저앉고 마는 사람도 보였다.

곁에서 구경이나 하라고 했지만 그냥 서있기도 무엇해서 대충 흉내를 내보았는데 금세 땀이 흐르고 다리가 풀려 주저앉고 말았다.

다시 시도해볼 엄두도 내지 못하고 그냥 앉아 있다가 문득 뒤를 돌아다보니 10여 미터 떨어진 곳에 이상한 사내 하나가 있었다. 사오십 대의 사내였는데 보면 볼수록 이상하다 못해 수상쩍기까지 했다.

생활한복을 입고 있었는데 머리에 쓴 것은 공사판 인부들이 더러 쓰는 얼룩무늬의 챙 넓은 모자였다. 공사판에서 일하다 온 것처럼 페인트까지 알록달록 묻어있는데다 몹시 낡아서 군데군데 헤진 곳도 드러나 보였다. 수박색 바지에 보랏빛 상의를 산뜻하게 갖춰 입은 모습에 다 낡아빠진 모자라니…… 누런 가죽샌들에 하얀 양말도 우스꽝스러운데 샌들 뒤축을 잔뜩 구부려 신고 있는 사내는 남들이 비지땀을 흘리며 힘들게 수련하는 사람들 곁에서 태연히 부채질까지 해가며 한가하게 바라보고 있었다.

산 위로 오솔길이 이어지고 있지만 인가에서 멀리 떨어진 곳이라 쉽게 산책을 나올 만한 곳도 아니다. 차림새로 보아서 등산에 나선 사람도 아니다. 수련장을 구경하러 온 것이라면 힘들게 수련하는 사람들에게 조금이라도 예의를 갖춰주는 것이 도리일 것인데 도대체 예의라고는 없는 사내였다.

한 시간 반쯤 지나자 쉬는 시간이었다. 몇 사람이 돌아다니며 포도송이를 하나씩 나눠 주었는데 구경만 하는 내게도 차례가 왔다. 마야는 포도 한 송이와 남겨온 초콜릿을 다 먹었다.

쉬는 시간이 지나자 열댓 명이 공터로 나와 마주 보고 섰다. 본격적인 무술동작을 하는 것으로 보아 고수들인 듯 했고 박 문주의 시범과 훈계도 잦아졌다. 기초체력 연마에 이어 본격적인 살수(殺手)를 배우는 모양이었다.

2시가 되어서야 수련이 끝났고 산을 내려와 늦은 식사를 했다. 수련장에서 보았던 밉상스런 사내가 벌쭉 웃으며 우리한테 왔다.

"미스터 현, 우리 삼촌한테 인사해. 삼촌, 이 사람 처음이지?" 마야가 한꺼번에 뚝딱 소개를 해치웠다.

"현상만입니다. 잘 부탁드립니다."

"아, 현상만 씨! 나 정수인이오. 우리 마야, 눈이 엄청 높아졌는데."

서로 악수를 나누며 통성명을 하는데 마야가 또 끼어들었다.

"우리 삼촌, 옥천에 있는 가산사라고 하는 절에서 사무장으로 있는데 정말은 대하소설 작가야. '오국지'라고 다섯 권짜리인데 자기는 읽지도 못할 거야."

제 발 저린 도둑이 남에게 덤터기를 씌우는 소리다. 나야 그런 책이 있다는 것도 몰랐지만, 마야도 책을 읽지 못한 것이 틀림없다.

마야 방에 책이라곤 여성잡지가 전부였기 때문이다.

가산사 사무장이라니, 두 해 전 가산사 단군제에 갔을 때 추리닝 바람으로 밤새 설치던 모습이 떠올랐지만 막상 얼굴은 전혀 기억에 없었다.

"용수와 용춘은 정치적 이해관계 때문에 그렇다고 쳐. 그런데 보로전군까지 성골이 아니라는 것은 말도 안 되는 소리야. 보로가 아들이 아니라 외증손자라서 성골이 아니란 거야?" 보로는 진평왕이 자신의 외손녀인 보량을 후궁으로 들여 낳은 것이라고 했다. 나중에 보량이 궁을 나가 동복동생인 양도와 결혼했지만, 보량이 궁을 나간 것은 전날(진흥왕 때)의 숙명왕후처럼 따로 사신(私臣;色供之臣: 색을 바치는 신하)을 두었다거나 바람을 피워서도 아니었다. 승만왕후가 후궁인 보량궁주를 질투하여 못살게 굴었으므로 진평왕이 보량궁주를 보호하려고 결혼시켜 내보낸 것일 뿐이라고 했다.

"보량이 동복동생인 양도와 결혼한 것을 가지고 부적절한 처신이었다고 주장할지 몰라도 그것은 당시 신라를 전혀 모르고 하는 소리야. 근친혼이 통용되었던 당시 신라에서는 오히려 신국의 도를 따르는 일이었어." 신국의 도(神國之道)가 무슨 대단한 것이기라도 한 것처럼 드라마 '선덕여왕'에서도 툭하면 신국의 도를 들먹거리지만 사실 신국의 도는 색도(色道)일 뿐이라고 했다.

"수품과 선품도 그래. 수품은 선덕 재위 때 5년간이나 상대등을 지냈고, 21대 풍월주 선품도 이미 24살이었어. 그 사람들이 능력이 부족해서, 나이가 적어서 성골 취급을 못 받은 거야?" 수품과 선품의 아버지 구륜은 진흥제와 사도왕후의 자식으로 동륜, 금륜의 동생이며 당연히 성골이다. 수품은 구륜과 반야공주 사이의 아들이고 선품은 구륜과 보화공주 사이에서 태어난 아들이다. 어머니와 아버지가 명백히 성골인데 그 자식이 성골이 아니라는 것은 말도 안 되는 소리라는 것이다.

"할아버지의 후궁들을 손자의 색사(色事) 스승으로 임명하거나, 아버지는 달라도 한 어머니의 뱃속에서 나온 남매를 결혼까지 시키는 것이 바로 신국의 도였어. 그런 신라 왕실에서 진지왕이 음란해서 폐위되었다고 주장하는 것이나, 성골남자가 많았는데도 성골남자가 없어서 덕만공주가 왕위에 올랐다는 것이나 똑같은 헛소리일 뿐이야."

13세에 왕위에 오른 진평왕(동륜태자의 아들)에게 할머니 사도왕후(진흥왕비)가 임명한 색사스승 2명이 있었는데 그중 하나는 동륜태자와 진흥왕의 아이까지 낳은 미실이었다. 다른 하나는 진흥왕을 섬기다가 동륜과 사통(동륜은 보명궁의 담장을 넘다가 개에게 물려 죽었다)하였으며, 동륜의 동생 금륜(진지왕)의 딸(석명)까지 낳았던 진흥왕의 동복동생 보명궁주였다. 진평왕은 보명궁주를 매우 사랑하여 딸까지 낳았는데, 그 딸이 바로 보량궁주의 어머니가 되는 양명공주라고 했다.

반골기질이 강한 것인지 노이즈마케팅을 하는 것인지 알 수가 없었지만, 한참동안 열을 올리던 그는 헤어질 때 나에게 '고구려 바로 세우기'라는 작은 책자 하나를 주었다.

'역사소설 오국지'의 이해를 돕는 책자라고 했지만, 막상 그가 열변을 토했던 신라왕실 이야기는 하나도 없었다. 당태종 이세민은 고구려 도전(정벌: 정벌은 군대를 가지고 무력으로 적이나 죄 있는 무리를 치는 것이다. 고구려정벌이라는 소리는 수·당이 군사를 동원해서 죄지은 고구려를 혼내주었다는 것으로 차마 입에 담을 수조차 없는 헛소리)을 위해 문성공주를 티벳 왕에게 첩으로 주고 해마다 벼와 조 2만석을 보내주었다. 연개소문의 혁명이 일어나자 설연타 부족장(돌궐 왕)이남에게 신흥공주를 첩으로 주고 직접 결혼식에 참석한다는 핑계로 군사를 동원했으나, 생각지도 못했던 자식들의 군사반란이 일어나 다시 군사를 돌릴 수밖에 없었다. 전쟁 경험이 많은 노장들이 모두 반대해서 젊은 장수들만 데리고 고구려 도전에 나섰으므로 참패의 한 원인이 되었다는 등 여태 어디서도 들어보지 못했던 황당한 이야기들을 하고 있는 것으로 보아 정수인이란 작가는 너무 심각한 국수주의자 같았다. 그가 썼다는 오국지도 어쩌면 사실에 근거한 역사소설이 아니라 작가 상상대로 만들어낸 판타지 소설인 모양이었다.

kbs역사스페셜에서도 살수대첩에서 을지문덕 장군이 댐을 막아 물을 가두었다가 터뜨려 수군을 몰살시켰다는 것을 헛소리를 컴퓨터그래픽까지 동원해 보여주었는데, 자신이 말도 안 되는 소리라고 떠들어대서 결국 역사스페셜에서도 댐을 막아 수공을 했다는 그런 황당한 일은 없었다고 정정 방송을 했다는 소리도 턱없는 자기자랑에 허풍떠는 소리였을 것이다.

"어떤 운동이건 열심히 하고 나면 힘이 빠지고 기운이 없는데, 기천문 수련은 할 때는 무척 힘들지만 하고 나면 기운이 샘솟고 힘이 펄펄 넘쳐."

계룡산에서 돌아오는 동안 마야는 기천문이 고구려 때부터 전래된 전통무예라고 했다.

호랑이 박물관

가을이 되었다. 산속이라지만 컨테이너 건물이라 제법 더웠었는데 이제 지내기 좋은 계절이 된 것이다. 여느 때처럼 거울공부를 하던 중이었다.

오른쪽 어깨 위에서 갑작스럽게 눈 하나가 나타났다가 사라졌다. 어깨와 귀 사이이의 허공이었는데 3,4cm정도의 선 하나가 나타나더니 서서히 벌어지며 눈이 되는 것이다. 마치 감고 있던 눈을 천천히 뜨는 것처럼. 뜬금없이 나타났던 눈은 완전히 떠진 후 곧바로 사라졌지만 궁금증은 오래 남았다. 선생님은 어디든 천목(天目: 이마에 있는 제3의 눈)을 보내 살필 수 있다고 했는데 어쩌면 그것이었는지도 모른다는 생각이 들었다.

"내가? 오가다 봐도 충분한데 뭐 하러 따로 살펴봐?"

마침 그날 저녁 막차로 돌아오던 선생님은 전혀 생뚱맞다는 얼굴을 했다.

"아침 7시 조금 전이었습니다. 제 어깨 위에서 눈 하나가 나타나더니 곧 사라졌습니다."

혹시라도 해서, 선생님 기억을 되살리기 위해 시각까지 정확하게 말씀드렸으나 아니었다.

"그건 니 눈이다. 허공뿐 아니라 니 몸 여기저기서도 눈이 나타날 것이다."

내 눈과 닮은 구석이 하나도 없이 크고 아름다운 눈이었는데……혹시?

"천목은 온몸에 기가 가득 찬 다음에야 열리는 것이다." 선생님은 내가 천목을 기대한다는 것을 알아차린 모양이었다.

날갯죽지에 솜털도 나기 전에 날아오르려고 하다니!

"처음에는 천목자리가 조금 부풀어 오른다. 뭐가 껌벅거리는 것이 있어 계속 들여다보면 눈으로 나타나 보이는 게 있는데 그게 바로 천목이다. 천목이 열린 뒤에도 천목을 내보내고 다시 들여오는 수련을 해야 멀리까지 내보내 살필 수가 있는 것이다."

매우 부끄럽기만 한데 선생님은 놀리지 않았다.

천목이 열리려면 임독 양맥이 열려야 한다. 먼저 정수리에서 시작된 기가 이마를 거쳐 인중까지 내려와야 임맥(任脈)이 뚫리는데, 머리가 가렵고 이마에도 둔중한 느낌과 가려움이 느껴진다. 무겁거나 가렵다고 긁으면 안 된다. 눈으로 내려오면 양쪽 눈언저리가 화끈거리거나 얼얼해지고 코를 지나 입으로 내려오면 입도 씰룩씰룩 요란해질 것이다. 임맥이 열린 뒤에는 다시 백회혈(百會穴)로 올라가 등줄기를 타고 회음혈(會陰穴)로 내려온 뒤 다시 가슴으로 올라와 독맥(督脈)을 열게 된다. 독맥은 위에서 밑으로 열리는 게 아니라 위로 치솟으며 열리는 것이다.

내 거울공부처럼 진전없이 소강상태를 이루고 있던 지리산 호랑이 소식이 산천을 곱게 물들이는 단풍소식과 함께 다시 돌아왔다. 갑작스럽게 두 마리가 늘 붙어 다니는 모양이었다.

어쩌다 cctv에 나오는 모습을 보면 지리산 호랑이들은 늘 암수가 함께 다니며 생활하는가 보았다. 산중대왕인 호랑이는 단독으로 생활하는 것으로 알려져 있다. 호랑이는 새끼를 기르는 동안에도 가족을 이루는 경우가 드물다. 호랑이 암컷이 수컷을 받아들이는 것도 교미기간인 2~3주 정도라고 한다. 여담이지만 사자들이 가족단위로 무리지어 사는 것은 호랑이처럼 맹수의 제왕이 아니기 때문이라는 소리도 있다. 아무것도 무서울 것이 없는 진짜 제왕이라면 무리를 이룰 필요를 전혀 느끼지 못할 테니까. TV로 보는 야생에서도 사자는 단독으로 사냥에 나서지 않고 암사자들이 서로 협동을 해가며 먹이사냥을 한다.

호랑이들이 함께 다니기 시작한지 벌써 석 달도 지났다. 교미기간이기 길어질 수도 있을 것이지만 남한 땅에서 단 둘뿐인데다 서로 좋아할 수밖에 없는 암수 호랑이였으니 그저 외롭고 심심해서 안하던 짓을 할 수도 있는 일이다. 그러나 무언가 이야깃거리를 확대재생산하려는 보도매체들은 북한당국에서 늘 두 마리가 함께 행동하며 사람을 해치도록 훈련받았기 때문이라는 일부 사람들의 주장도 함께 내보내고 있었다.

호랑이에 대한 관심이 다시 쏠리면서 지자체에서도 적극적인 움직임을 보이기 시작했다. 3도 도지사들이 모여앉아 호랑이에 대한 협약을 맺은 것이다.

호랑이를 둘 다 생포하는 쪽에 생태공원을 세우고 각각 한 마리씩 생포하는 경우에는 중간지점에 공동으로 관리하는 생태공원을 짓기로 했다고 한다. 지리산 골짜기 몇 개를 통째로 호랑이 서식지로 지정하고 튼튼한 울타리를 만들어 호랑이를 보호한다는 것이다. 산등성이를 따라 호랑이도 사람도 무단출입할 수 없는 울타리를 만들려면 적잖은 비용이 들겠지만 호랑이는 호랑이대로 그 안에서 맘껏 자유롭게 살아가고 등산객이나 나물꾼들도 안심하고 자유롭게 지리산에 드나들 수 있기 때문이다.

그러나 그것은 보도용 자료일 뿐 실상은 호랑이 생태공원이 아니라 호랑이 박물관 건립에 관한 협약이었다는 소문이 나돌기 시작했다. 호랑이를 생포해서 생태공원으로 보내는 것이 아니라 처음부터 호랑이를 사살해서 박제로 만들어 박물관에 전시하기로 약속했다는 것이다.

사실 지리산에 나타난 호랑이는 위험하기 짝이 없는 맹수였다. 높다란 철책도 모자라 전기 철조망까지 쳐두고 총을 든 군인들이 밤낮으로 물샐틈 없이 지키는 휴전선까지 뚫고 내려온 신출귀몰 천하무적 호랑이다. 기존 동물원처럼 작은 우리 안에 가둔다면 몰라도 골짜기 몇 개에 이르는 거대한 생태공원이라면 아무리 높은 철책을 두르고 완벽한 대비를 갖춘다 해도 시간이 흐르며 어딘가 허술한 부분이 생길 것이다. 특히 산사태라도 발생해서 조금이라도 철책이 무너지거나 틈이 생긴다면 그동안 많은 수로 불어난 호랑이들이 곧바로 탈출할 것이며 지리산 전체가 호랑이 서식지가 되어버릴 것이기 때문이다.

남을 못 믿고 헐뜯기 좋아하는 자들이 지어낸 헛소문 분명했지만 어쩌면 그것은 미리 예고된 재앙의 수순(手順)인지도 몰랐다. 지리산 인근지역 지방신문 몇몇이 차라리 호랑이를 잡아 박제로 만들어 전시하면 자연 상태로 살려두는 것보다 관리비용도 훨씬 덜 들고, 호랑에게 피해를 당할 위험도 없어진다. 또한 남한 땅에서 발견된 마지막 백두산 호랑이를 보기 위해서라도 지리산을 찾는 관광객이 더욱 늘어날 것이라는 보도를 했었기 때문이다. 동물보호단체와 환경단체들에서는 크게 반발하고 있지만, 실제로 지리산을 많이 찾는 등산모임 사람들이 지리산을 돌려달라며 전국에서 서명운동을 하고 있는 판이다.

호랑이 살리기 서명운동도 하고 있었지만 호응도는 높지 않았다. 호랑이도 자연 상태로 살게 내버려두어야 하지만 그렇다고 엄청난 비용까지 지불해가며 호랑이에게 지리산 일부를 내줘야한다는 것에는 공감할 수가 없기 때문이다.

사실 지리산 호랑이는 죽은 뒤에도 얼마든지 남한 땅에서 야생으로 발견된 마지막 호랑이라는 명성을 누리게 된다. 박물관에는 동화 속에 나오는 호랑이 이야기들이 모두 실물로 재현될 것이며 아이들부터 어른들까지 모두가 즐겨 찾는 호랑이 왕국이 될 것이라고 했다.

각 지자체에서는 세간에 나도는 소문을 극구부인하고 호랑이 생포를 하겠다며 함정을 만드는 장면까지 내보내고 있다. 그러나 눈 멀고 냄새조차 맡지 못하는 짐승이 아닌 다음에야 호랑이가 함정에 빠질 확률은 거의 없어 보였다. 호랑이의 확실한 생포와 안전을 위한다며 굴삭기 같은 중장비를 이용해 만드는 함정들은 호랑이 몇 마리가 아니라 수십 마리 코끼리 떼라도 들어갈 만큼 거대해서 호랑이가 아니라 사람들을 눈속임하려는 장면 연출이 분명했다.

오히려 지리산을 끼고 있는 지자체마다 멧돼지 사냥허가를 내주기에 바빴다. 5년마다 하는 순환지정이 아니라도 상관없었다. 마을 농민들이 멧돼지 피해를 호소하면 군청에서는 유해수 퇴치라는 명분으로 멧돼지 사냥을 허가해줄 수가 있기 때문이었다. 강력한 엽총으로 무장한 멧돼지 사냥꾼들은 보통 한두 명이 여러 마리의 개를 몰고 다녔지만, 지리산에 모여드는 사냥꾼들은 거의가 사냥개를 동반하는 대신 서넛씩 떼를 지어 움직였다. 은밀하게 강적을 상대하는 모양새였다. 어두워지기 전에 총기를 맡기느라 경찰서 지구대마다 북새통이었지만, 밤중에도 산을 나오지 않는 밀렵꾼들이 더 많을 것이라고 했다.

암수가 짝을 지어 가정을 이룬 호랑이들은 새로 태어날 새끼들 생각에 하루하루가 즐겁고 행복한 나날일 것이다. 그러나 그들은 이미 만물의 영장 인간들에게서 사형선고를 받았으며 이제는 사형 집행날짜만 기다리는 신세일 뿐이다.

슬로시티

경기 전 앞을 지나던 마야 목소리가 높아졌다.

"저것 봐. 이런 난장판 같은 한옥마을에다가 뜬금없이 슬로시티라니 대체 전주시청 놈들이 슬로시티란 말을 알기나 하는 거야?" 갖가지 꽃으로 가꿔놓은 화단보다 쓸데없는 데만 눈이 가는 모양이다.

"왜?"

"저 자동차들 좀 봐. 도로도 아니고 그냥 주차장이잖아. 원래 슬로시티라면 마차나 타고 다녀야 되는 거 아냐?"

"자동차가 없어서가 아니라 간장 같은 장류 때문에 지정되었다던데?"

"그러니까 웃기는 거지. 우리나라 어디서나 간장 된장 담그지 않는 곳이 없는데 왜 전주한옥마을만 슬로시티야? 솔직히 한옥마을에서 몇 집이나 간장 된장을 담가먹겠어? 이런 매연 공해 속에서 만든 것을 누가 먹는대? 더더구나 장류 때문에 슬로시티가 되었다면 한옥마을에서는 패스트푸드를 팔지 못하게라도 해야 될 거 아냐? 저렇게 길거리음식이 넘쳐나는데, 지렁것들이 머시가니 누구 맘대로 슬로시티를 해 처먹는 거야?"

슬로시티를 위해서가 아니라 한옥마을을 찾는 관광객들과 전주시민을 위해서도 한옥마을에는 평일에도 자동차 출입을 제한해야 한다.

주말이나 공휴일뿐 아니라 평일에도 앰뷸런스나 소방차 같은 긴급구난차량을 제외한 모든 차량의 진입을 금하고 물건 운반은 공용 손수레를 곳곳에 비치해놓고 이용하도록 한다. 덤프트럭 같은 건설장비가 드나드는 것을 막을 수는 없지만 관광객이 적은 평일 오전 중에만 진입하도록 허가해야 한다.

한옥마을 주변 몇 곳에 주차장을 만들지만 출퇴근만 하는 것이 아니라 실제로 살고 있는 한옥마을 주민들에게만 개방하면 되고 외부 차량은 관광버스 같은 대형버스에게만 개방해야 한다.

한옥마을 주위의 도로까지 주말마다 거대한 주차장이 되어버리기 때문에 전주시민들의 원성이 매우 높다. 승용차로 방문하는 관광객들에게는 고속도로 진입로 근처에 대단위 주차장을 만들고, 버스터미널과 기차역까지 무료셔틀버스를 운행하여 한옥마을 주변은 물론 전주시내의 교통량이 크게 늘어나지 않도록 해야 한다.

슬로시티는 전통보존, 지역민 중심, 생태주의 등 느림의 철학을 바탕으로 지속가능한 발전을 추구하는 것이다. 특히 자연환경 속에서 지역먹거리와 지역문화를 통해 인간과 자연의 조화를 추구한다.

한옥마을의 슬로시티 가입은 전통문화유산의 보존 및 활성화, 전통마을 경관과 비빔밥 등 슬로푸드 확보, 전통문화와 관광활성화를 위한 홍보 추진의지 등이 주효를 한 것이며, 한옥뿐 아니라 한국의 대표 음식 중 하나인 비빔밥을 비롯해 한지와 한지공예, 판소리, 풍물놀이 등 다양한 문화유산의 본고장인 점도 높은 평가를 받았다고 한다.

그러나 한 번 더 생각해보자. 7백여 채나 되는 한옥은 국내 최대 규모라고 하지만 막상 한옥마을에 들어서면 개량한옥 전시장이나 영화 촬영을 위한 거대한 세트장처럼 느껴질 뿐이다.

본디 전주성 바깥에 자리 잡은 한옥마을은 중인계급이나 보통 백성들이 좁은 공간에서도 많은 가족들이 복작거리며 대를 이어 살았던 곳이었다. 비록 기와집이긴 하지만 크고 번듯한 대갓집은 거의 없었는데, 갑작스럽게 민박 등 각종 영업을 위해 들어선 한옥들은 겉치레만 요란한 건물들로 전통문화보존과는 너무 거리가 멀다.

한옥이 세월 따라 이런저런 모습으로 바뀐 것이라고 해도 우리 전통문화가 살아 숨쉬고 있다면 또 모르겠지만 아쉽게도 그 또한 낙제점이다. 한옥마을에도 한지 체험을 하는 곳이 있지만, 본디 송광사가 있는 완주군 소양면 대흥리 일대가 한지 생산지였다고 한다.

한옥마을 가까운 곳에도 '전주 필봉농악전수관'이 있기는 하지만 발생지인 임실군 강진면 필봉리에 대규모 '임실 필봉농악전수관'이 있고, 정월대보름축제 나 필봉마을굿축제 같은 축제와 크고 작은 공연도 모두 필봉마을에서 치러진다. 서울과 부천에도 있는 필봉농악전수관과 별다를 것이 없는 것이다.

비빔밥도 없는 것은 아니지만 한옥마을에는 패스트푸드와 길거리음식이 넘쳐나고 골목 안에 숨어있는 듯한 전통찻집보다는 젊은

이들 취향에 맞춘 현대식 건물의 커피숍이 더 쉽게 눈에 들어온다. 많은 사람들이 전통차보다 커피를 즐기기 때문이라지만 싼값으로 즐기는 커피자동판매기는 전주공예품전시관과 바로 곁에 있는 전주명품관 등 2군데 정도이다. 수만 명이 북적거리는 한옥마을에서 커피자판기를 찾기 어려운 것이 전문 커피숍의 장삿속을 위해서라고 말한다면, 나처럼 싸구려 자판기커피나 즐기는 사람들의 오해에서 비롯된 너무 지나친 억측이 되는 것일까?

슬로시티에 대한 유감도 그렇지만 한옥마을은 음식 값이 너무 비싸다는 원성을 자주 듣는다. 먹거리에 대한 원성은 결국 한옥마을에 대해 나쁜 인식을 가져오기 마련이다.

외국인들은 어쩐지 몰라도 우리나라 사람들에게 간단한 도시락은 일할 때나 먹는 음식이다. 일을 쉬고 놀 때에 오히려 장 챙겨먹어야 한다. 금강산도 식후경이라는 소리를 하는 우리는 경치 좋은 산과 계곡을 찾아갈 때도 불을 피우고 고기를 구워먹어야 구경 잘했다고 믿는다. 이런저런 말썽이 많지만 축제나 행사장에서도 갖가지 음식을 파는 이동식당이 빠지면 구경꾼들의 맥도 빠진다.

아무리 좋은 구경을 했어도 음식 값이 비싸면 기분이 나빠지고 다시 올 데가 못 된다는 생각까지 든다. 어디를 가면 어디 가서 무엇을 먹어보라는 소리는 귀중한 경험담이 된다. 관광지에 가서 먹거리를 찾는 것이 아니라, 싸고 맛있는 것이 어디에 있다는 이유만으로 가던 길을 바꾸기도 한다. 싸고 맛있는 음식이 있으면 주변 풍광까지도 한결 그럴듯해 보이는 것이다.

관광객을 불러 모으려면 볼거리 먹을거리도 중요하지만 하룻밤이라도 묵어갈 수 있게 하는 문화가 더욱 필요하다. 아무리 관광객이 북적거려도 당일치기로 끝나면 진정한 관광지라고 할 수가 없다. 주말이 아닌 평일에도 사람들이 찾아와 하룻밤 보내면서 즐기고 추억거리를 만들 수 있는 밤문화, 골목문화를 찾아 가꾸어야 한다.

마을에는 골목문화가 있어야 한다. 저녁이면 골목길에 나와 길에 앉아서 한담을 나누고 더러는 막걸리도 기울이고 지나는 객도 불러 한 잔하면 더욱 좋은…… 한옥마을에는 그런 골목문화를 반드시 살려야 한다.

골목길은 인간의 실핏줄이나 마찬가지다. 실핏줄이 죽으면 사람도 건강을 잃고 죽는다.

관광객이란 하루 이틀 머물다 떠나는 뜨내기이지만, 삼삼오오 골목에 모여 정담을 나누고 술잔을 기울이고 춤판을 벌이도록 유도하는 등 골목길 문화가 한옥마을의 주요한 상품(?)으로 발전할 수 있도록 해야 한다.

골목길 문화에서 가장 좋은 것은 골목에 사는 주민들이 서로 자기 집 대문간에 마주 앉아 도란도란 이야기 나누는 것을 바라보다가 알듯 모를 듯 이어지는 지역사투리에 궁금증이 일어나 한마디씩 거들기도 하고, 막걸리가 나오고 아낙들이 나와 지짐도 부치는 판으로 무르익기도 하면 진짜배기 한옥마을 풍경이 될 것이다.

물론 현재 전주 한옥마을에는 골목문화를 만들어낼 만큼 마을 주민이 많지는 않다. 더구나 모두가 이미 고단한 하루였고 좋아하는 TV연속극도 시청해야 한다. 연속극마저 미뤄놓고 정담을 나눌 만큼 이웃들과 사이가 좋은 것도 아니고 관심 있는 화젯거리를 찾는 일도 만만치가 않다.

그러나 객고에 시달리는 것이 여행자의 본성, 한옥마을을 찾는 관광객들이라고해서 다를 것이 없다. 혼자서 떠나온 여행이건 연인이나 가족들끼리 온 사람들이건 여행지에서는 평소 집에서와 다른 흥분과 기대감으로 들뜨기 마련이다. 이웃집에 누가 사는지도 모르고 살던 사람들도 조금씩은 여행 분위기에 들떠있어서 매사에 호기심이 많고 다른 사람들과도 쉽게 인사를 나누기도 한다. 이럴 때는 한옥마을 민박집에 TV가 없다는 것이 되레 장점으로 활용된다. 버릇처럼 켜놓고 살던 TV가 없으면 가족끼리 오랜만에 오순도순 정겨운 시간도 되겠지만, 무료해진 사람들은 어디서 소리가 들리면 궁금해서 나가보고 무슨 재미있는 일이라도 생길까 싶어 공연히 여기저기 배회하기도 한다. 그러한 여행자들을 위해서는 일정 장소에서 열리는 놀음판이나 술자리 등도 좋지만 오가다가 주저앉아서 정담을 나누며 사람을 사귀는 골목문화도 좋은 경험이 된다.

저마다 하는 일이 다르고 환경이 다른 관광객을 상대로 처음부터 골목문화를 정착시키기는 어려울 것이다.

골목이나 공터에 앉아 이야기를 나누는 일이 처음부터 쉽지는 않지만 누군가가 나서서 분위기를 이끌어가는 골목문화 도우미가 있다면 다르다. 한옥마을에 골목문화가 형성된 뒤라면, 한옥마을에 처음 오는 사람들 중에도 더러는 어느 정도 사전 지식을 갖추고 올 것이기에 어색하지 않게 흡수되어 함께 골목문화를 즐길 수 있을 것이다.

엄청난 분량의 가공된 정보를 머릿속에 저장하기에만 바쁜 요즘 아이들은 스스로 판단하거나 창의적인 생각을 하기가 어렵다. 전래놀이 보급에 열심인 '아자 학교'의 고갑준 선생 같은 분들이 한옥마을에서 묵는 가족들에게 전래놀이를 가르친다면, 아이들은 하룻밤이라도 재미나게 놀면서 자기들끼리 다른 놀이도 만들어보는 소중한 체험을 하게 될 것이다. 물론 놀이방처럼 아이들만 따로 맡겨도 좋을 것이니, 어른들끼리만 따로 시간을 가질 수 있으므로 가족단위 방문객들이 매우 좋아할 것이다.

다행히 한옥마을에는 전주시 소유의 주택들이 많은데 이를 잘 활용하면 어렵지 않게 여러 가지를 해결할 수 있을 것이다.

수익사업을 위해 한옥을 대여해주는 것이 아니라 한옥마을의 정신과 이미지 개선을 위해서 그러한 단체나 개인에게만 대여해주고 운영을 지원해주어야 한다. 적절한 가격으로 맛있는 음식을 제공하면 주변의 음식 값도 자동으로 조정될 것이다.

민박집 따위는 이미 충분하다. 새로 집을 짓고 땅값이 올라가지만 결국 밤이면 인적이 드문 유령마을로 빠르게 이동할 뿐이다. 지금처럼 주인이 자꾸 떠나고 관광객들만 잠을 자고 가는 이상한 동네로 전락하는 것을 막아야 한다.

색즉시공

다시 해가 바뀌고 내가 거울공부를 시작한지도 한 해가 지났다.

거울 앞에 앉으면 빛이 여러 형태로 나타나기를 반복하기도 했지만 오래 지속되지는 않았다. 빛이 보이는 것은 별다른 진전은 없었으나 해가 바뀌면서 거울 속의 얼굴이 눈 코 입을 분간할 수 없게 검어지기 시작했다. 검게 변하는 시간은 1~3분 정도, 환상이 아닌가 싶어 귀 쪽에 손을 대보거나 옷가지를 대보면 다들 선명하게 보이는데 얼굴이 보이지 않는 것이다.

얼굴이 검어지는 현상이 문득 끊기고 말았다. 그동안 내가 얼굴이 검어지는 환상이라도 보았든가 싶게 아무런 현상도 나타나지 않는 것이다. 손과 팔이 약한 전류에 감전된 듯한 느낌만으로 거울을 쳐다보는 것은 몹시 지루하고 힘든 일이었다.

바깥으로 나가 하늘을 보는 일이 많아졌다. 눈을 들면 기다렸다는 듯이 애벌레들이 나타났고 그 애벌레들은 더 이상 진전이 없는 거울공부를 계속할 수 있게 하는 연결고리였기 때문이다.

보름 정도나 아무런 변화가 없던 거울 속에서 다시 내 얼굴이 검어지기 시작했다. 그런데 이번에는 얼굴뿐 아니라 입고 있는 옷마저도 검어지면서, 마치 검은 색안경이라도 쓴 것처럼 거울 전체가 어둑해지기 때문이다. 잠시 밝아졌다가도, 때로는 훨씬 더 밝아졌다가도 이내 어둑해졌지만 어두워지는 현상이 5분 이상 지속되지는 않았다.

설에도 돌아오지 않던 선생님이 한 달도 더 지나서야 나타났다.

"색즉시공이다."

막차를 타고 돌아오신 선생님은 뭐가 바쁜지 어둠을 더듬어 그대로 자기 컨테이너로 올라가버렸다.

색즉시공!

그 말의 의미를 깨닫는 순간 가슴이 뛰었고 쉽게 가라앉지 못했다. 불가(佛家)에서 말하는 색즉시공공즉시색의 색즉시공이라면 불경 한 장도 읽어보지 못하고 참선이 무엇인지도 모르는 내가 어느새 그 한 경지를 보아버렸단 말인가?

며칠 뒤, 마야한테서 남쪽 바닷가로 여행을 가고 싶다는 전화가 와서 선생님께 외출 허락을 받으러 갔다. 선생님이 바깥으로 나오지 않고 웬일이냐고 대꾸만 해왔으므로 나는 목소리를 높여 또박또박 의사전달을 시도했다.

"열흘이 넘을 수도 있습니다. 친구가 함께 바닷가 쪽으로 돌아보자고 합니다."

"안으로 들어오너라."

잘못 들었나? 전혀 예상치 못했던 대꾸라 내 귀를 의심할밖에.

"어서 들어오지 않고 무엇 하느냐?"

선생님의 재촉에 처음으로 문을 열고 안으로 들어서는 순간 갑작스럽게 깊은 산 속 어둑한 동굴 속으로 던져진 것만 같았다. 그러나 어둠에 눈이 익고 보니 방 안에 쳐놓은 텐트 속에 선생님이 앉아 차를 마시는 중이었다. 텐트에도 두꺼운 이불을 씌워놓았고 방바닥에도 두꺼운 이불이 깔려 있었는데 마치 냉동실 안에 들어온 것처럼 추웠다. 한겨울 추위를 막는 보온이 아니라 어젯밤 강추위를 가두어 놓으려고 텐트를 치고 두꺼운 이불까지 씌워놓은 것만 같았다. 오늘처럼 구름 없이 맑은 날에는 햇볕이 내리쬐는 바깥이 훨씬 더 따뜻하기 마련이다.

따끈한 보이차를 거푸 마시자 조금 견딜 만해졌다.

"정전이 언제부터 되었습니까?"

순간온수기로 찻물을 끓이는 것을 보았으면서도 바보 같은 질문을 하고 만 것이다.

"왜? 추워서? 그래도 이만하면 호텔이다. 바람은 다 막아주지 않느냐. 지금은 이렇게 컨테이너까지 놓고 호사를 누리지만 산에 갈 때는 비닐만 가지고 갔었다."

한겨울에도 텐트를 가져가지 않고 비닐로 해결했다. 적당히 썩은 부엽토를 두툼하게 깔고 그 위에 낙엽을 깐 뒤에 비닐을 깔아 습기가 올라오지 않게 한다. 그 위에 나뭇가지를 얽어놓고 비닐을 쳐서 천막을 만들면 부엽토와 낙엽이 썩으며 발생하는 열 때문에 견딜 만해진다는 것이다. 얼어 죽을까봐 밤새 앉아서 온몸에 기를 돌리고, 아침에 햇살이 올라와 따뜻해지면 비로소 잠을 잘 수 있었다.

쌀을 가지고 가기는 하지만 깊은 산의 혹독한 추위를 견디기 위해서는 단백질 보충이 필수였으므로, 생존 훈련하는 특전사처럼 뱀이나 개구리 따위를 잡아먹고 살았다고 한다. 따끈한 온돌방도 좋지만 바깥에 나가서의 일이고, 산에서는 이렇게 사는 것이 편하다고 했다.

"무용담이나 하려고 부른 것이 아니다. 허공에 가득 찼으되 보이지 않던 기를 보기 시작하고 니 모습이 홀연히 없어지는 것도 보았으니, 어느 순간 니 손이 사람의 아니고 나무나 흙덩이로 보여도 놀라지 않고 그러려니 하게 될 것이다. 공부를 계속하다보면 여태까지 니가 알고 있던 것들의 경계도 하나씩 허물어질 것이며 너와 내가 서로 다른 남이 아니고 하나라는 것도 알게 될 것이다. 사람들은 선과 악을 나누지만 사실 선악의 경계마저도 모호한 것이다."

어떤 사람이 잔치를 열고 마을 사람들을 모두 불렀다고 하자. 물론 아무런 대가를 바라지 않고 사람들을 대접하려는 순수한 마음에서였지만, 혹시라도 잔치에 와서 음식을 먹고 배탈이 난 사람이 있다면 적어도 그에게는 선이 아니다. 이미 다른 곳에서 배불리 먹고 온 사람이나 바쁜 일정을 미뤄두고 온 사람도 잔치를 즐기는 척했겠지만 그 속내는 한없이 불편했을 것이다.

눈에 보이지 않는 세계에서는 또 어떨 것인가?

누군가는 그 자리에 왔기 때문에 횡액을 만나 죽을 수도 있었던 불운을 피해간 사람도 있을 것이지만 다른 곳에서 귀한 인연을 만나 얻을 수 있는 복을 놓친 사람도 있을 것이다.

일상생활에 큰 변화가 없었던 옛날에는 점괘도 단순했고 사주팔자도 제법 맞아들었다. 그러나 오늘날처럼 사람의 행동반경이 커지고 복잡한 사회에서는 변수가 너무 많기 때문에 아무리 점괘가 용하다 해도 제대로 맞추기가 쉬운 일이 아니다.

군고 답사 여행

4347년 2월 12일 수요일. 음력으로는 정월 열 사흗날 아침.

남쪽바닷가를 한 바퀴 돌고 싶다는 마야를 따라 나섰다. 우리 둘이서 떠나는 여행인줄 알았는데 전주를 출발하면서 한다는 소리가 놀랍게도 서울에 있는 또랑 식구들과 함께 군고답사를 간다는 것이었다.

"또랑이라니, 재미있지 않아?"

"왜 또랑이라고 했는데?" 처음 듣는 것처럼 묻고 있지만 나도 이미 웬만큼은 알고 있는 곳이다. '또랑'은 작은 개울을 뜻하는 '도랑'의 사투리인 셈이다. 서울시 강서구 화곡동에 있는 '굿연구소'의 사무실 이름이며 정식명칭은 '문화공간 놀터 또랑'이다. 마야가 또랑에 대해 설명하는 소리가 내게는 모두 귓등으로 들릴 수밖에 없었다. 방잇골에서도 함께 참여했지만, 그때 운현궁 마당에서 군고놀음판을 벌였던 주체가 바로 또랑에 사무실이 있는 '굿연구소'였으니까.

굿연구소 소장이자 또랑 대표인 박흥주 사부는 전남 고흥 출신인데 어렸을 때부터 마을에 풍물소리가 들리면 밥을 먹다가도 숟가락을 팽개치고 뛰쳐나갔다고 한다. 경희대 불문학과를 나왔지만 대학 때 夕雲 윤병하 선생을 만나 사부로 모시며 본격적으로 풍물을 배웠다. 이때 석운선생과 친했던 지승스님을 만났던 인연으로 풍물패와 함께 가산사단군제를 지내고 있다고 한다.

지금까지 30년 넘게 전국의 굿판을 찾아다니면서 사진과 비디오를 찍고, 상쇠나 굿패들에게 굿을 배우고, 다양한 굿의 공동점과 차이점을 정리하고 가르치기 때문에 전국의 유명한 무당들에게도 대접받는다. 여러 곳에 많은 논문을 싣고 있는데, 전국에서 이루어지고 있는 굿에 대한 기록이면서 굿에 숨은 철학, 삶의 철학, 삶과 죽음의 생각을 담은 '바람난 삼신할매'라는 책도 냈다.

"군고는 말 그대로 군인들이 치던 북이야. 북소리가 힘차고 전투성이 강할 뿐 아니라 해안지방에서 생겨나 발전했기 때문에 해양문화와, 숭유억불 정책을 폈던 조선시대에 쇠락한 사찰에서 걸립패를 내보내 시주를 받던 것 등등이 함께 녹아있다는데 이따가 굿연구소 소장을 만나면 자세하게 물어봐. 참 또랑 대표 박홍주 사부가 굿연구소 소장이야." 더 이상 자세한 설명이 없는 것을 보니 군고에 대해서 마야는 나보다도 더 모르는 모양이다.

군고(軍鼓)는 남서부 해안의 풍물굿으로 지방에 따라 금고(金鼓), 걸군(乞軍), 군악(軍樂), 군기(軍器) 등등 다양한 이름으로 불리고 있다. 남서부 해안과 도서지방은 까마득한 옛적부터 바다를 통해 남방문화(해양문화)가 들어오는 교두보였으며 고려시대 항몽세력의 최후 거점이었고 조선시대에는 유배지로서도 활용되었다. 호국불교를 지향했던 불교는 임진왜란에도 적극 참전하였으며 이후에도 외침에 적극 대처하는 의승수군(義僧水軍)이 정규군에 편성되기도 하였다. 또한 지리적 특성상 도적이나 도망자, 반역자, 유배인의 후손 등 사회부적응자나 반항자들이 도망 와서 살기 좋은 곳이었으므로 자연스럽게 비판의식과 자존의식, 그리고 민족의식이 강하게 형성될 수밖에 없었다. 이러한 지리적 시대적 배경에서 태동하고 전승되어온 군고를 자리매김을 하고 전승 발전시키기 위해 굿연구소는 전력을 다하고 있지만 나 같은 문외한으로서는 그 이의를 이해하는 것만도 쉬운 일이 아니었다.

"그러면 자기도 군고를 했던 거야?" 나 또한 마야의 수준에 맞추어서 대꾸할 수밖에.

"아니, 전혀. 고구려소리만도 벅찬데 언제 그런 것까지 신경을 써?"

"그러면 왜 따라 가는데?"

"바빠서 못한다고 관심조차 없어? 박 사부가 군고권 풍물굿 답사를 간다기에 나도 끼워달라고 부탁했지. 자기도 내 덕분에 귀한 구경하고 좋잖아?"

귀하고 말 것이 없다. 풍물굿에 대한 기대보다는 며칠 동안 마야하고 여기저기 구경을 다닌다는 것이 더 좋을 뿐이다. 군고의 현장에서 직접 보고 듣는다지만, 이제는 풍물을 칠 사람도 없어 아예 굿을 하지도 못하고 있더라는 둥 군고답사 여행에서 오히려 실망이 컸다는 이야기를 방잇골에서 많이 들었기 때문이다.

답사여행에 대한 기대보다도 또랑 식구 특히 박 사부를 만나는 것에 대한 불안감이 커졌다. 또랑에서는 여름과 겨울에 풍물학교를 하고 있다. 풍물학교에는 한 번도 참석하지 못했지만 나도 또랑과 친한 풍물패들이 밤새워 진행하는 가산사단군제에도 갔었고, 방잇골 식구들과 함께 목동에 있는 또랑에도 두 번이나 가본 적이 있었다. 또랑 대표인 박홍주 사부는 인사동에서 우연히 만나 나누었던 찻자리가 술자리로까지 이어진 적도 있었으므로 그가 나를 알아보지 못할 까닭이 없는 것이다.

마야가 있는데서 이런저런 불편한 소리가 나오지 못하게 입막음을 해야 했지만, 나는 또랑 대표인 박홍주 사부의 전화번호를 모른다. 화장실이 급한 척하고 방잇골 대표인 문화령 사부에게 몇 번 전화를 했지만 끝내 받지 않았다. 아무래도 모르는 전화번호라 받지 않는 것 같았다. 서울을 떠나면서 처음으로 핸드폰을 구입한데다가, 전주에서 새로 만난 몇몇 사람들과 통화를 했을 뿐 나는 아직 서울에 있는 누구와도 전화를 해본 적이 없었다.

또랑식구들과 만나기로 했다는 보성으로 곧장 가는 줄 알았는데 마야는 임실역 앞으로 차를 몰도록 했고 거기서 김원호라는 사람을 차에 태웠다.

"김원호 씨는 굿쟁이야. 다들 '쟁이'란 말을 싫어하는데, 굿의 가치를 다시 살려서 시대의 문화로 만들려는 사람들이 스스로를 굿쟁이라고 해." 나이도 훨씬 많아 보였는데 마야는 자기 친구를 소개하듯 굿쟁이 김원호의 프로필을 읊어댔다.

원래 홍대 미대를 졸업했는데 대학교 때 탈반(탈춤반)을 하면서 굿에 필이 꽂혀 임실 필봉에 가서 1년 동안 머슴 살면서 풍물굿을 배웠다고 한다. 대안학교 선생도 10년 하고 동북아평화연대에서도 일했고, 카톨릭 농민회에서 풍물도 가르치는 등 풍물굿 운동을 해왔다. 주로 전라북도 좌도 우도 굿만 보다가 전남지방에서 군고를 만났다고 한다. 지금은 강원도 굿하고 군고에 필이 꽂혀서 돌아다니는 중인데 이번에 군고 답사에 합류하려는 것이다. 굿에 미쳐 혼자 살고, 무섭지도 않은지 멧돼지가 대낮에도 출몰하는 깊은 산속에서도 혼자 산다는 등등 세세한 설명에도, 무척 과묵한 사람인 듯 간간히 그저 '허-참, 무슨 과찬을 그렇게 하시나, 그래!' 할 뿐 보성에 도착할 때까지 거의 입을 열지 않았다.

순천을 지나 보성역 앞 역전식당이라는 곳에 도착했을 때 무턱대고 반가워할 수 없는 또랑 대표의 모습이 보였다. 미리 자리를 잡아두었던 듯, 손짓으로 안내하는 대로 차를 세우자 또랑 대표 박 사부가 문을 열고 환대를 했다.

"아이고, 반갑습니다. 마야한테서 동행이 있다는 소리를 듣고 궁금했는데 그 동행이 다완 씨인 줄은 정말 몰랐습니다. 반갑습니다."

박 사부가 한 번 더 반백이 된 곱슬머리를 깊숙이 숙였다.

뜻밖에도 아는 사이라면서 정중하게 대하는 모습을 본 마야가 많이 놀란 눈치였지만 내 놀람은 더 심했다. 정체가 드러나지 않고서야 박 사부가 새파랗게 젊은 나를 저렇게까지 정중하게 대할 까닭이 없었기 때문이다. 나는 화장실에 가겠다며 자리를 피했고 내 눈짓을 받은 또랑 대표가 화장실까지 따라왔다. 다행스럽게도 마야와 김원호 씨는 곧바로 식당으로 들어간 눈치였다.

"그 사람들이 다완 씨를 엄청 찾고 있어요. 방잇골에는 아예 진을 치고 살다시피 한대요. 연락처라도 알려주면 톡톡히 사례하겠다면서, 또랑에도 여러 번 왔었어요."

"골치 아픈 사람들입니다. 오늘 만났던 것도 비밀로 해주시면 고맙겠습니다."

"왜요? 다완 씨한테도 굉장히 좋은 일 같던데요? 한 번 만나보지 그래요?"

천만다행이다! 그러나 좋아할 수만은 없었다. 아직까지 탄로 나지 않은 것일 뿐 내 정체는 언제 터질지 모르는 시한폭탄이다.

"이유는 절대 묻지 말고. 그 사람들이 찾아오면 제가 자살해버릴 테니까, 서울에 가서도 저를 만났다거나 제가 어디 산다고 절대 아는 척하지 마세요. 제발 부탁드립니다."

나는 허리까지 꺾어가며 간절하게 부탁했다.

식당에 들어서자 거의 절반이나 식사가 진행된 상황이었고 우리한테도 꼬막정식이 나왔다.

"꼬막정식하고 짱뚱이밖에 없어서 ……"

메뉴판 볼 것도 없이, 자신들이 먹고 있는 꼬막정식을 미리 시켰다는 것이다. 서울에서 출발한 일행은 목동에 있는 또랑 식구들로 굿연구소 소장인 박홍주 사부 외에 여자 셋이었다.

"이름 말해 보아야 복잡허기만 헝게, 그냥 쉽게 여그 성님은 상쇠, 여그는 징수, 장구잽이그러고 김원호 선생은 나보다 더 열심히 굿을 연구하시고 전파하시는 진짜 굿전도사, 전라도 전주 풍물패의 꽃 마야."

갈짓자에 바람풍 지풍(之風)이라는 별호답게 겨우 손가락질 하나로 후다닥 소개를 해가던 박 사부가 말을 끊고 나를 쳐다보았다.

"잡색입니다."

"잡색? 잡색이 잘해야 굿판이 살지. 그러면 잡색으로 합니다."

"다완 씨는 그냥 '다완'으로 해요. 다 완벽한 남자, 다완!"

징수라고 소개된 젊은 여자가 불쑥 끼어들었다. 엄지손가락까지 세워가며 내 이름까지 아는 체를 했지만 나는 통 기억에 없는 사람이었다.

"이분이 방잇골 그 다완 씨? 아이고, 내가 군고답사 따라와서 정말 귀하신 분을 다 뵙게 되었네. 이다완 씨, 안녕하세요? 저는 단비에 있는 김숙진이라고 합니다. 잘 부탁합니다."

환갑도 훨씬 지나 보이는 여자 분이 일어서더니 허리까지 꺾었다. 단비의 정식 명칭은 '여성민우회 풍물패 단비'이다.

"나야말로 귀하신 분을 몰라 뵙고 함부로 했네. 아이고, 이거. 대단히 미안하고 한없이 죄송해서 어쩌나. 다, 저 어리석은 굿쟁이 탓입니다요. 미리 귀띔도 안 해 준 저 굿쟁이 박 사부가 죽일 놈이지요, 예."

김숙진이란 분의 말이 끝나기가 바쁘게 굿전도사도 일어서더니 손을 비벼가며 농담인지 조롱인지 모를 너스레를 떨었다. 필요한 말 외에는 전혀 할 줄 모르는 사람인 줄 알았는데, 그동안은 처음 보는 내가 낯설어서였나보다. 두어 시간이나 함께 차를 타고 왔던 마야 대신 친한 박 사부 탓으로 돌렸다.

"잡색보다는 차라리 잡놈하세요. 서울 출신이니까 서울잡놈! 잡놈은 잡색만 잘하는 게 아니라 사회도 잘보고 여자들도 줄줄 따라다니는 겁니다."

박 사부가 쩔쩔매는 나를 우스갯소리로 구해준다는 게 또 사고를 치고 말았다. 귀하신 분에서 급전직하 밑바닥 인생인 잡놈으로 떨어지고 만 것이다.

박 사부도 실수를 깨달았는지 잡놈이란 몹쓸 사람이 아니라 여러 가지 잡기(雜技)에도 뛰어난 팔방미인이라는 뜻이라고 해석해주었다. 전주잡놈 김석균이라는 사람의 결혼식 때, 진안 어느 깊은 시골 마을 회관 마당을 예식장으로 삼았어도 전라북도 도립민속악단이 총 출동하고 하객들도 전국에서 구름처럼 몰려들었으므로, 전라북도 도지사가 결혼식을 올렸어도 그보다 더 흥청거리지는 못했을 것이라는 설명까지 길게 보탰다.

"다 완벽한 남자 '다완'이 제일 낫지만 판놀음대로 하려면 '고수'로 해요. 잡색이나 잡놈보다는 고수가 훨 나요."

징수 덕분에 나는 곧바로 고수로 승급되었다. 예쁜 여자가 마음씨도 고왔다.

"역시 마야 씨는 우리 다완 씨가 반할만한 미인이세요. 다완 씨가 사라졌다고 했을 때 나는 여자문제라는 걸 바로 알았어요." 장구잽이로 소개된 여자였다.

"마야 씨, 나 조지연이라고 해요. 우리 다완 씨 팬 엄청 많아요. 공공의 적 안 되려면 신경 많이 써야 될 거예요."

마야가 뭐라고 대꾸하기도 전에 화살이 다시 내게로 왔다.

"저번 단군제 때 밤 구워주었다고 우리 혜섭이가 다완 씨 팬인데…… 애들도 엄청 기다렸는데 어떻게 2년씩이나 빼먹었어요?"

단군제 참석은 단 한 번뿐이었고 그나마 2년도 더 지났다. 가산사 단군제는 상고사(上古史)를 하는 지승스님이 연일연야 군취가무(連日連夜 群醉歌舞)의 전통을 살리려고 해질녘에 풍물로 마당을 열면 이튿날 아침 해맞이 굿으로 마당을 닫는 것으로 벌써 30년이 넘었다고 한다. 산 중턱 커다란 당산나무 아래 제단을 마련하고 청학동 선비와 승복 입은 스님들은 물론 천주교 수녀님까지 엎드려 절을 올리는 곳이었다. 유교식(?)의 엄숙한 제의식이 끝나면 저녁을 먹고 술 마시고 춤추며 한바탕 놀다가 한밤중에는 황해도 만신 김매물과 무당들이 산신제도 지낸다. 비록 가산사라는 사찰 영역이지만, 종교가 무엇이건 제단에 절을 하거나 말거나 한겨레(단군겨레)의 겨레붙이라면 밤새 노래 부르고 춤추며 축제를 즐길 수 있는 곳이다. 보는 사람마다 다르겠지만 내게는 밤새 커다란 통나무들이 타오르던 풍경과 아이들까지도 꽹과리를 두들기며 자유롭게 노는 질펀한 축제로 입력되어있다. 어른들이 밤새 술 마시며 노는 곳에 초등학교와 서너 살짜리 꼬맹이들까지 따라와 함께 즐기며 노는 것이 너무 귀여워, 오던 길에 사두었던 밤을 꺼내 몽땅 숯불에 구워주었다.

"이렇게 금방 들통날 것인데…… 다완 씨, 이번 기회에 서울에서도 자수하고 광명 찾으세요. 다완 씨 찾으러 다니는 사람들 고생하는 것도 생각해주셔야죠, 안 그래요?" 연세 많은 상쇠까지 나서는 통에 참으로 난처했다. 박 사부가 나서서 도와주었으면 좋은데 그는 굿전도사 김원호 씨와 다른 이야기에 정신이 팔려있었다.

"제가 아직 사정이 있어서요. 1년 정도만 더 비밀로 해주세요. 나를 봤다는 말 누구한테도 하지 말아주세요. 부탁합니다. 상쇠 성님! 징수 성님! 지연 성님!"

나는 밥 먹다 말고 자리에서 일어나 허리를 꺾고 일일이 호명을 해가며 정중하게 부탁했다.

"다완 씨, 그러면 안 되지요. 나도 숙진이란 이름이 있는데, 지연이만 이름 불러주고……"

"알겠습니다, 숙진 성님!" 또다시 벌떡 일어나 허리를 숙이고 머리를 조아렸다.

"나는 양미경이예요. 다완 씨가 나한테 이름까지도 다 예쁘다고 해놓고선…… 내 이름 또 까먹으면, 나 무지 서운할 거예요."

"아, 예, 예. 미경 성님."

"다완 씨, 우리 미경이는 공주라고 해야 좋아하는데."

숙진 성님의 공주라는 말이 끝나자마자 지연 성님이 설명을 보탠다.

"원래 공주라고 했는데, 몸이 너무 야리야리하니까 지금은 아리

공주!"

"알겠습니다. 아리 공주님!"

박 사부가 우리에게 붙여주었던 별호는 그렇게 설 자리를 잃어버렸다. 모두를 잘 아는 박 사부는 자신이 지어준 별호를 금방 까먹었고, 김원호 씨도 처음에는 징수니 장구잽이니 했으나 몇 시간도 안 되어 이름을 외워 불렀기 때문이다. 오히려 오랜 버릇인 듯 자기들끼리만 계속 친숙하게 '어이, 굿쟁이!'나 '전도사!'라고 불러댔다.

식당을 나서자마자 마야를 눈짓으로 부른 나는 나를 미스터 현이라고 부르지 못하게 했다. 또한 현상만이란 가명도 풍물패들이 절대 알지 못하게 하고, 전주에서는 내가 서울에서 풍물을 했다거나 현상만 외에 다른 이름이 따로 있다는 것도 알지 못하게 비밀을 지켜달라고 부탁했다.

"알았어. 그러면 이제부터는 우리 귀하신 분을 뭐라고 불러야지? 그냥 저 사람들처럼 다완 씨라고 부를까? 이-다-완-씨!"

놀리는 것처럼 길게 이름을 불렀지만 그래도 웬일로 순순히 협조해주었다. 나라를 지킬만한 비밀이라도 되는 것처럼 긴장된 얼굴로 고개를 주억거리는 마야를 보며 조금 불안했으나 언제 구체적으로 설명할 시간이 없었고 사실 그럴듯한 핑계거리도 찾지 못했다.

처음 답사장소는 보성군 문덕면이었는데 서재필 생가와 기념관 때문에 온 것이 아니었다. 황재중이라는 벌교굿쟁이가 제자들 중심의 연합팀을 이끌고 마을들의 초청을 받아 당산제도 지내주고 마당밟기도 하면서 열심히 새로운 굿판과 군고의 역사를 만들어나가고 있는데 이 마을에도 그래서 온 것이다. 함께 굿을 치는 예쁜 아내는 첫 아이를 임신 중이어서 이번 굿판에는 참석하지 못했다고 한다.

해가 지고 어둠이 내린 뒤에도 굿패를 따라 다니다가 어느 집에서 복을 빌어주고 풍물패들과 함께 식사가 나오기를 기다리고 있을 때였다.

“나, 오늘 무지무지 궁금한데…… 자기 재벌 2세야, 3세야? 내가 땡잡은 거야?”

마야가 내 팔을 잡아끌고 어둠 속을 더듬어 가더니 은근한 목소리로 물었다. 드디어 올 것이 오고야 만 것이다.

“세상살이 걱정 없는 귀족 같은 사람이 맨날 싸구려나 좋아하고, 숨어사는 게 많이 이상했어. 하지만 이제는 더 이상 고생하며 숨어살지 않아도 돼, 내가 다 지켜 줄게.”

부뚜막에 올라간 강아지 나무라듯 온갖 구박은 저 혼자 다 해 놓고서, 독립투사를 숨겨두고 돌봐준 것처럼 생색내는 마야. 오버를 해도 너무 심했다.

“재벌은 무슨, 사촌 형님이 조폭두목이야. 나더러 조직에 들어오라고 하는데 내가 싸움을 잘 해, 자기처럼 누구를 죽이느니 살리느니 욕설을 잘 해? 능력도 없고 적성도 안 맞는 사람을 자꾸 조직에 들어오라고 괴롭히니까 그냥 아무 연고도 없고 알아볼 사람도 없는 전주로 꽁꽁 숨어버렸지.”

“아, 그래서 자기도 조폭인줄 알고 또랑 식구들이 바짝 쫄았구나? 나는 그것도 모르고 팔자 늘어졌다고 종일 김칫국만 마셨네.”

뭐라고 변명할까 계속 고민 중이었는데 어째서 그 순간 조폭이 떠올랐는지 모른다. 그나저나 나를 재벌가의 자식으로 알고 좋아했다니? 하지만 마야가 속물 같아서 서운하다는 생각보다도 어쩐지 어깨가 으쓱해지는 기분이었다.

해남, 진도, 완도 3군을 답사했지만 완도읍 장좌리에서 청해진 대사 장보고과 송징장군 등을 제사지내는 것만 제대로 하고 있었을 뿐이다. 거의 모든 곳에서는 매년 제를 거르지는 못하고 있지만 이제는 동네에 사람이 없어 풍물도 제대로 못한다고 했다.

진도로 가기 전 해남 땅끝마을에 가던 길에서였다. 앞서 가던 차가 서기에 우리도 따라 세웠다. 누군가 화장실이 급했던 모양인데 나도 곧 방광이 뿌듯해지는 것이 느껴졌다. 부끄럼을 많이 타는 내가, 농수로 작업을 하다가 세워놓은 굴삭기 뒤까지 멀리 가서 볼 일을 마치고 돌아왔을 때 일행들이 하나도 보이지 않았다. 차에 타고 기다리면 오려니 했는데, 마을 쪽에서 마야가 나타나더니 어서 오라고 손짓을 했다.

바람막이를 해놓은 곳에 자그마한 화목난로가 있었고 동네 어르신들 틈에 우리 일행도 섞여 있었다.

"막걸리는 우리 옥천 막걸리가 최고여!" 어르신들의 자랑하시는 옥천 막걸리는 당연히 이곳 해남군 옥천면에서 생산되는 막걸리다. 가산사에 다녀오는 패들한테서는 충북 옥천군 옥천읍에서 만드는 옥천 막걸리가 최고라는 소리를 자주 들었었는데……

막걸리에 안주라고는 무우 김치에다 삭힌 홍어회가 전부였다.

나는 생선회도 못 먹는다. 운전도 운전이지만 홍어 때문에 겁에 질려 외면할 수밖에 없다.

"홍어를 이쪽 저쪽 돌려가며 씹다가 이렇게 한 쪽에 넣어놓고 막걸리를 쭈욱 마시면 막걸리가 달아, 아주 달아. 바로 그것이 막걸리에 홍어를 먹는 요령이여."

"이렇게? 이렇게?"

모두들 동네 어르신이 보여주는 대로 따라 하기가 바쁜데 굿전도사가 큰 소리로 너스레를 떨어댔다. 거의 반말 짓거리라 볼썽사나울 수도 있지만 어르신들은 그런 무례를 오히려 더 친근하게 여기고 좋아하는 듯이 보였다. 잠깐 안 보인다 싶었는데 차 안에서 선물을 가져왔다.

"보살님, 이렇게 만난 것도 다 인연인데, 복받으시라고……" 굿전도사가 어르신들 중에 유일한 홍일점인 할머니한테 정화수그릇(한 뼘 정도의 나무 받침대와 포함)과 복실을 건네준다. 지금도 새벽마다 장독대에 정화수를 올려놓고 칠성님께 빈다는 이야기를 듣고 나름 감동했던 모양이다. 뜻밖의 선물을 받은 할머니는 신선이라도 만난 것처럼 좋아하고.

"막걸리하고 안주는 항상 있응게, 우리가 없어도 그냥 가지 말고 한잔씩 하고 가더라고. 알았제?"

바빠서 이만 가겠다는 소리에 어르신들은 그냥 지나치지 말고 꼭 들려서 한 잔 마시고 가라고 당부하셨다.

며칠 뒤 진도, 완도를 거쳐 장흥군 부산면 호계리로 가는 길이었다. 완도에서 나와 전에 지나왔던 길을 되돌아가는데 앞차가 비상등을 깜박이며 길가에 차를 세운다.

"맞네. 지난 번 그 자리."

"참새 방앗간이라니깐."

지연 성님도 뒷좌석에 앉아서도 계속 살폈던 모양이고 아리 공주님도 맞장구를 쳤다.

지나던 길에 우연히 들러 막걸리를 얻어 마시고 홍어 먹는 비결까지 배웠던 곳이 분명하다. 우르르 몰려갔으나 난로에 불만 피워놓고 어르신들은 어디들 가신 모양이다. 어르신들이 술 창고처럼 쓰는 상자에는 막걸리 몇 병이 있었지만 우리끼리 판을 벌이기도 무엇해 그냥 돌아가기로 했다. 다시 차를 타고 출발했으나 이상하게도 자꾸 빚진 기분이 들었다. 동네 어른들을 못 만나서 서운한 것만도 아니다.

"어째 좀 찜찜한데."

"싸부님도 그냥 가는데……"

서로의 기분이야 어쨌건 부지런히 앞차를 따라가는데 문득 앞서 가던 차가 비상등을 켜는가 싶더니 곧 차를 세운다. 박 사부가 오셔서 하는 말씀이 다시 돌아가 막걸리를 사다놓고 가자는 것이다. 함께 차를 돌려 면소재지까지 가서 막걸리와 안주용 과자를 사들고 돌아왔어도 어르신들은 보이지 않았다.

"한잔 허고 가야지, 어떻게 그냥 가?"

바쁜 일정임에도 굿전도사는 발길이 쉽게 떨어지지 않는가 보았다. 나이 많은 사람한테 뭐라고 대꾸하기도 난처한데 연세 지긋한 숙진 형님도 골목길 정서가 그리운 듯 자기도 한잔 마시고 가겠다며 눌러앉았다. 마음 바쁘고 뭐라고 따질 수도 없는 사람들만 그저 어서 오라는 소리를 하고 차로 돌아가 기다리는 수밖에. 일정에 쫓기는 사람들한테 한 잔만 마시겠다고 해놓고 2십여 분이 더 지나서야 돌아와서도 굿전도사는 전혀 미안해하는 기색이 없었다.

"불도 다 꺼져 가던디. 여태 어디서 무엇들 하시나, 그래."

애타게 기다려도 동네 어르신들이 나타나지 않았던 것만 못내 서운한 모양이었다.

"그렇게 서운하면 지가 좀 찾아보던가. 농사철도 아닌데 몇 사람쯤은 집에 있지 않겠어? 괜히 술 먹고 싶으니까 애먼 핑계지 머."

먼저 출발하는 앞차를 보며 마야가 구시렁거렸다. 아마 앞차에서도 이럴 줄 미리 알고 젊은 것(?)들만 뒤차로 모아놓았을 것이다.

호계리 별신제

"원래 답사일정에는 없었지만 뭐 하루쯤 더 하면 어때? 제대로 구경하기에는 늦었지만 기왕 내려온 김에 별신제로 유명한 호계리에 들렀다 가자고 내가 졸랐지."

시키는 대로 네이비에 호계리 복지회관을 입력하는 것을 지켜보던 마야가 말했다.

"별신제? 그러면 보름날이나 전날에 하는 게 아니야?"

"물론 그렇지. 하지만 보름에 맞추어가도 동네에 젊은 사람이 없는 지금은 겨우 명맥이나 이어갈 뿐, 사람들이 생각하는 그런 구경거리는 하나도 없을 걸."

"그러면 굳이 가야할 필요가 뭐 있어?"

"별신제 지내는 곳이 23곳이나 되지만 진짜 천제를 지내온 곳은 그곳밖에 없으니까."

"진짜 천제?"

"지금은 아무 데서나 천제를 지내지만 옛날에는 어림도 없었지. 고려 때까지는 천제를 지냈지만 조선조에서는 세조 3년(3790년: 서기 1457년)의 천제를 마지막으로 천제가 끊어졌다가 4230년 9월 17일(음력)에야 다시 복원되었어. 공맹이 골수에 박힌 미친놈들이 천자가 있는 중국에서나 가능한 것이지 조선 같이 작은 나라가 무슨 천제냐고 떠들어서 지내지 못했던 것을 고종황제가 황제즉위식을 하면서 원구단에서 하늘에 천제를 지냈던 것이지. 그런데 호계 마을에서는 이미 3백 년 전부터 천제를 지내고 있었어. 관원들한테 들통나면 모두 역적으로 몰려 죽으니까 겉으로는 비록 별신제라고 이름을 붙였지만 실제 내용으로는 천제를 지냈다는 것이 놀랍지 않아?"

그야 열 번을 놀라고도 남을 일이다.

장흥군 부산면에 있는 호계마을은 주로 청주 김씨들이 모여 사는 집성촌이었다고 한다. 어떤 일이건 마을사람들끼리 비밀을 지키는 것이 가능했을 지도 모르지만 오히려 그래서 들통나는 날에는 주모자 몇 사람이 책임지는 것으로 끝나지 않았을 것이다. 같은 유학자라고 해도 재수 없으면 별 것도 아닌 글귀 하나 때문에 사문난적으로 몰려 사람이 죽어나가는 위험천만한 사회에서 그런 엄청난 천제를 지내는 것은 보나마나 일족들 모두의 목숨, 그러니까 동네 사람이 모두 죽을 수도 있는 엄청나게 위험한 행동이었을 것이다.

마을에 들어서자 돌담이 먼저 눈에 들어왔다.

창고로 보이는 커다란 건물 마당에 차를 세우고 좁은 고샅길을 걸어갔다. 소형차도 통과하기 어려울 정도의 좁은 골목길이었는데 거의 모든 집들이 아기 베게만한 돌을 쌓아 돌담을 만들었다. 담 위로는 사철 푸른 나무 덩굴이 똬리처럼 얽혀있었고 돌에 낀 이끼들로 오랜 세월의 자취가 그대로 보였다. 기우뚱 배를 내밀고 있는가 하면 아예 무너져 내린 곳도 있었다. 조경을 위해 인위적으로 가꾸지 않은 생활 그대로의 돌담길, 대도시가 가까웠다면 전국적으로 유명세를 떨치며 많은 관광객들로 북적거렸을 것이다.

보름도 지나 굿도 없을 것인데, 마을회관에는 많은 사람들이 모여 있었고 잔치라도 하는 것처럼 음식냄새가 진동했다.

"내가 여그 당장잉게, 그렇게 불러." 김종관이란 분이다. 오랫동안 공직생활을 했던 분답게 사리가 분명하고 너름새도 좋았다.

"우리 이장님이 아직 혼자 상게, 좋은 처자 있으면 소개들 혀."

소개하는 품새가 동네 이장보다 나이도 많은 듯했다.

"내가 당장인디 어떻게 혀. 안식구 불러다가 부려먹지." 특별한 행사가 없어도 가끔씩 공동 취사를 하는 모양이었다. 여러 사람들이 돕겠지만 아무래도 주관하는 사람이 있어야 하니 부인에게 주방일을 책임지도록 맡기신 것이다.

당장님이 예술회관을 안내하겠다며 앞장섰다. 1층에는 공연장으로 쓰만큼 너른 홀과 작은 사무실이 있었다. 2층에 올라갔을 때 마치 민속박물관으로 꾸며놓은 듯 우리를 먼저 맞이한 것은 민속의 대명사처럼 여겨지는 베틀이었다. 베틀에 앉아 베를 짜는 사람은 없었지만 방금 베를 짜다 일어선 듯 베 짜는 모습이 그대로 재현 되어있었다.

한쪽 벽면을 모두 차지하고 있는 오래된 고서들이 전시되어 있었는데 커다란 유리창으로 보호되고 있었다.

"여그 문서들이 현재 17권인디 우리가 해마다 별신제를 지내온 기록이여. 문화재(전라남도 민속자료 43호)로 되고 난 뒤에 내가 군수

님한테 문서를 보관할 박물관을 지어달라고 혀서 이 예술회관을 지었어. 이 문서들 때문에 이 큰 건물이 생긴 것이랑게."

"그러믄요. 3백년이 넘게 적어온 문서들인디 소중하게 보관허고 우리도 빼먹지 말고 기록을 잘 냉겨서 후손들에게 전해야죠. 우리 미남 당장님이 최고랑게. 근디 저 문서는 뭐지요? 지도 한 번 봐야 쓰겄는디." 당장님의 은근슬쩍 자기 자랑에 박 사부가 맞장구를 치며 대형유리상자 안에 들어있는 문서를 꺼내도록 했다. 문서를 조사하는 것은 전문가들 몫이고 우리 구경꾼들의 눈길이 닿은 곳을 따로 있었다.

박물관에는 어디서나 흔히 볼 수 있는 생활용품이 있었는데 마야가 가리킨 것은 그 중에 버드나무로 만들었다는 함지박이었다. 곡식이나 음식물을 담는다면 어른이 들기 벅찰 정도로 컸는데 함지박 양쪽의 운두가 넓게 돌출되어 있었다.

"이 함지박 뭐를 닮은 것 같지 않아?"

함지박이면 함지박이지 뭐를 닮은 건 또 뭔가?

"봐, 이렇게 옆에서 보면 마치 배 같지 않아? 가운데 돛을 세우면 돛단배가 되겠지."

"왜?"

"처음 다라이 굿을 보았을 때 내 머릿속에 떠오른 것은 물건을 가득 싣고 항해를 떠나기 위해 모여 있는 선단이었어. 집집마다 따로 상을 차리는 '다라이 굿'이 해안지방에만 있었던 것도 그런 때문이야. 바다를 따라 이동해 온 사람들의 개척정신 ……" 마야는 에 전에 오지마을을 찾아 동남아 섬들을 여행하던 중 우리의 함지와 꼭 닮은 것들을 설거지통으로 사용하는 것도 많이 보았었다고 했다.

그러고 보니 보면 볼수록 저 함지박은 나룻배를 형상화했을 것이라는 생각이 들었다. 무거운 함지박을 둘이서 들어 나르기 좋게 양쪽에 손잡이를 만들었다고도 볼 수 있지만, 그 생김새가 보면 볼수록 나룻배를 닮은 것이다. 함지박이 배를 상징하는 물건이었기에 굳이 집집마다 따로따로 함지박에 제물을 차렸을 것이다.

'다라이 굿'이라는 것도 그렇다.

다라이는 세숫대야 따위 함지박을 가리키는 일본어다. 알제암흑기를 거치며 '다라이 제사'라는 표현이 나올 수도 있다. 한때는 도시락을 일본어인 '벤또'라고 했었던 것처럼, 전래되고 있었던 '함지박 제사'가 일제 암흑기를 거치며 '다라이 제사'라는 말로 바뀐 것으로 보아야 한다. 함지박의 재질이 양은에서 플라스틱으로 바뀐 지금에도 '다라이'라는 말이 일제의 잔재로 남아있을 뿐이다.

동백정

호랑이 형국을 닮아서 마을 이름까지 '호계리'로 만들게 했다는 호계천(虎溪川)에는 석축까지 쌓은 치수관리로 제법 넓게 고인 물에는 잔잔한 물결이 일고 있었다. 그동안 호계천 깨끗한 곳에 터를 잡고 별신제를 치러왔지만, 지난해에 콘크리트로 제단을 만들었다고 한다. 콘크리트를 깔아놓은 마당이지만 28수의 별자리를 상징하는 28개의 대나무를 꽂을 구멍이 둥글게 뚫려있어 제단임을 알아보게 했다.

제단 위의 작은 동산에는 동백정이라는 고풍스런 정자가 소나무 숲에 싸여 있었다. 동백나무보다 소나무가 많았던 탓일까, 안내판에는 동백나무가 많아서 동백정이라고 했다는 동백정의 유래가 밝혀져 있지만 나는 다른 생각에 사로잡혔다. 열대지역의 새는 울긋불긋 화려하지만 한대지역이나 온대지역의 새는 색깔이 단조롭고 칙칙하다. 꽃은 온대지역의 꽃이 섬세하고 화려하지만 열대지역의 꽃은 꽃잎이 두꺼워 투박하고 단조로워 플라스틱으로 만든 것 같은 느낌을 주기 마련이다.

동백꽃은 화려한 것 같지만 눈 속에서 홀로 피기 때문이지 그 투박스러움은 전형적인 열대지역의 꽃이다. 유목문화를 북방대륙성

문화라고 한다면 해양문화는 열대 섬들의 문화라고 할 수 있을 것이다.

사시사철 한겨울에도 푸른 잎이 무성하고 눈보라 속에서도 붉은 꽃망울을 터뜨리는 동백꽃, 꽃이 질 때면 하나둘 꽃잎이 날리지 않고 차라리 꽃송이가 통째로 뚝 떨어지는 꽃, 땅에 떨어진 낙화가 되어서도 꿋꿋한 기상을 잃지 않는 꽃이 바로 동백꽃이다. 근처에 동백나무가 많아서가 아니라 동백꽃의 상징성 때문에 동백정이라고 이름 지었는지도 모른다.

또한 동백정은 사방이 시원스럽게 터진 공간이 아니라 마치 정자가 아닌 것처럼 복잡한 형태를 가진 건물이었다. 방이 따로 마련되어있는 것은 기본이고 마루도 높고 낮아 서로 구별을 두었다. 젊은 사람들이 어른들의 눈치를 보지 않고 담배를 피우거나 드러누울 수 있도록 아예 널빤지로 만든 칸막이 장치까지 되어있었다.

모두가 노인과 젊은이들이 한 공간에서 자유롭게 쉴 수 있을뿐더러, 나아가 신분이 높거나 낮은 사람들도 한 정자에서 마음 편하게 쉴 수 있도록 배려한 것이다. 천제를 지내는 것이 발각되면 마을 주민 모두가 떼죽음을 당하는 판국인지라, 천제를 지내는 호계천 옆에 서로를 나누지 않고 다함께 즐길 수 있는 장치로서 동백정이라는 공간을 만들었는지도 모른다.

이튿날 아침 남들이 식사하는 동안, 다시 한 번 그림 같은 동백정 풍경을 한 번 더 보고 싶다는 마야와 함께 다시 호계천 제방으로 나갔다.

나는 등 뒤로 햇살을 받으며 서있는 게 좋은데, 마야는 호계천 맑은 물도 안 만져 보고 그냥 갈 뻔 했다며 냇가로 내려갔다. 앉은 채 조금씩 움직이는 것을 보니 맘에 드는 조약돌이라도 찾는 모양이었다.

맑고 잔잔한 물결을 내려다보다가 고개를 들자 기다렸다는 듯 애벌레들이 보였다. 바로 눈앞에 나타나는 갖가지 벌레들을 구경하고 있는데 문득 먼 산에서 번쩍!하고 빛나는 게 있었다. 때아닌 별빛인가 하는 순간 보름달이었고, 보름달이 아니라 금빛을 내는 원상(동그라미)이었다. 안에서 비눗방울처럼 영롱한 빛을 내뿜는 원상이 빠르게 회전하면서 다가왔는데 가까이 올수록 작아지더니 까만 점이 되어 내 가슴으로 들어왔다.

원상은 그 하나가 아니었다. 또 하나의 원상이 내게로 다가오는가 싶었는데 멀리서 가까이서 계속 여러 개의 원상이 생겨나고 있었다. 내 곁을 스쳐 지나가는가 하면 가까이 다가오다가 다시 멀어지는 놈도 있었는데 자세히 바라보니 가까이 오면서 좁쌀처럼 작아지는 원상들에도 구멍이 있었다. 내 근처에서 생겨난 커다란 원상들이 앞으로 가다가 좁쌀만큼 작은 원상 속으로 빨려 들어가더니 다시 저쪽으로 나가면서 커지기도 했다. 크고 작은 원상들이 이리저리 자유롭게 날아다녔는데, 좁쌀처럼 작은 원상 속까지 자유롭게 통과하고 있었으니 서로가 전혀 걸림이 없었다.

원상들은 하나씩 떨어져 있기도 하고 두세 개가 붙어있거나 여러 개가 개구리 알처럼 한 덩어리로 뭉쳐있기도 했다. 좁쌀처럼 작아져서 내 몸을 통과하기도 하며 자유롭게 돌아다니던 원상들이 툭툭 터지기 시작했다. 엄청나게 밝은 빛이었지만 나는 눈도 깜박이지 않고 계속 바라보았다. 원상이 터져서 생긴 불꽃 하나하나가 마치 전기용접 불꽃을 바라보는 것 같았다. 쇠를 녹일 만큼 뜨겁고 밝은 불빛인데도 조금 떨어진 곳에서는 전혀 아무렇지도 않게 지켜볼 수 있는 것처럼.

무언가에 홀린 것도 아니고 헛것을 보는 것도 아니었다.

빛의 원상들이 툭툭 터지면서 허공에서 반짝이는 별이 되었다. 밝은 햇살이 내 온 몸에 쏟아지는데 맑고 푸른 하늘에서는 무수히 많은 별들이 밝게 빛나고 있었다.

"야, 우리 현 도사. 진짜 도사 폼 난다. 근데 무슨 도사가 뒷짐 지고 서서 도를 닦냐? 가부좌 틀고 앉아서 멋지게 폼을 잡아야지, 꼭 낮술 먹은 초빼이가 먼산바라기 하는 줄 알았잖아. 근데 혹시 뭐 이상한 것 보고 있었어? 엄청 황홀한 얼굴이던데?"

마야가 관심을 보였지만 나조차도 과학적 지식으로는 도저히 용납할 수 없는 현상들이었으므로 어떻게 설명해 줄 수도 없는 일이었다.

"그냥! 그냥 그렇지 뭐."

월악마을

호계마을에서 나와 고흥군 남양면 장담리 월악마을로 달려갔다.

한창이던 굿이 잠시 쉬고 음식을 나누는 모양이었는데 편열우라는 상쇠가 나와 반갑게 맞았다. 그가 이끄는 대로 마을회관 안으로 들어서니 사람들이 북새통을 이루는 가운데도 한쪽에 따로 상을 마련해두었다. 밖에서는 굿이 다시 시작되는 모양이었으나 편 상쇠는 얼른 일어나기는커녕 계속 종이컵에 술을 따라 주었다.

"인자는 우리 윤경이가 상쇠여. 나는 부쇠고."

편 상쇠도 쇠를 들지만 이번부터는 상쇠 뒤를 따르며 상쇠의 뒤를 메꿔 주는 부쇠 역을 맡은 것이다. 우리가 음식을 다 먹은 뒤에야 편 상쇠도 자리에서 일어났다.

"잘 봐. 발때죽이 이쁜 남자야."

그러고 보니 발놀림이 춤추듯 가볍다. 훌륭한 상쇠로 자란 딸이 자랑스러운 아버지는 연신 싱글벙글 쇠가락도 간드러지고 흥겹다. 막내딸이 국악고를 가겠다는 것을 말렸었던 아버지가, 시집가서 딸들 잘 키우면서 살림 잘 하고 있는 막내딸 윤경이를 다시 불러낸 것이라고 했다. 자신의 굿을 반드시 이어달라고…….

굿판이 다 끝난 뒤 우리 일행은 편상쇠의 집으로 이동했다.

편 상쇠는 자신이 집터를 내놓고 고흥군에서 8년 전에 지은 월악당산굿 전수관에서 아예 가족들과 함께 생활하며 사람들에게 풍물을 가르치고 있었다. 널찍한 연습실은 불쑥불쑥 떼거리로 찾아오는 사람들과 함께 밤늦게까지 어울려 이야기도 하고 풍물도 하는 공간이 된다. 잠자리는 피곤한 사람부터 아무 데나 머리를 대고 누우면 되고, 서로 얼굴이 익었다싶으면 불청객들이 안방까지 점령해 숙소로 만들기 일쑤라고 했다.

편윤경 상쇠가 박 사부를 '작은 아버지'라고 부르는 걸 보니 편열우 상쇠와 박 사부가 형제처럼 친하게 지내는 모양이다.

편윤경 상쇠가 커다란 접시를 가져왔는데 핏물이 빨간 피꼬막이 가득 들어있었다. 몇 사람이 탄성을 질렀지만 나는 슬그머니 일어나 바깥으로 나갔다. 아무리 건강에 좋다지만 비위가 약한 나는 남들이 먹는 것을 보는 것도 어렵기 때문이다. 겉옷을 걸치지도 못하고 엉겁결에 나왔으니 바람이 더욱 차게 느껴졌다. 곁에 있는 비닐하우스에서 연기가 새어나오고 사람들 모습도 보였다.

밖에서 얼씬거리는 나를 보고 한 사내가 나오더니 알은 척을 했다.

"안으로 들어가시오, 금방 가져갈 것잉게."

"안에는 너무 더워서요."

"그러면 여그서 그냥 한 잔 합시다. 이리 들어오시오."

이글거리는 숯불 위 석쇠에서는 칙칙 김을 내뿜으며 꼬막이 익어가고 있었다. 꼬막에서 물이 떨어질 때마다 연기 같은 수증기가 피어올랐다.

그가 내민 종이컵을 들고 따라주는 막걸리를 받고 있는데 편윤경이 들어왔다.

"이분은 작은 아버지하고 같이 오신 선생님이고 여그는 애기 아빤디, 인사들은 했어요?" 타고난 상쇠답게 넉살도 좋았다.

"아직, 이재남입니다."

"이다완입니다."

다행히 어디 이씨냐고 꼬치꼬치 캐묻지 않았다. 흔한 성씨라서 딱히 반가운 마음도 없을 것이기 때문이다.

"어찌께 혀. 저 사람이 저렇게 좋아허는디……"

철도공무원으로 순천에서 살고 있는데 풍물에 빠진 아내를 위해 휴일도 반납해가며 뒷바라지를 한단다. 아내 대신 어린 두 딸도 보살펴야 한다는 사내를 보며 문득 행복한 가정이라는 생각이 들었다. 나도 저렇게 마야의 뒷바라지를 할 수 있을 것인가.

춤꾼

굿 전수관에 와서 그냥 자면 예의가 아니라며 시작한 술판 굿판이 밤새 이어졌다. 고수로 승급한 나도 열심히 북을 치다가 남 먼저 쓰러져 코를 골고 말았다. 화장실에 다녀와 종이컵에 믹스커피를 넣고 물을 받고 있는데 편윤경 상쇠가 문을 열고 들여다보더니 아침 먹으러 나오라고 손짓을 한다. 권하는 대로 못이기는 체하고 들어가 뜨거운 국물이라도 마시고 싶은 생각이 들었지만 아직은 숫기가 없다. 솟아오르는 아침 해를 보며 홀짝거리는 커피 맛도 좋았다.

어제 호계천 둑길에서 보았던 기의 향연(?)을 다시 보고 싶었으나 한 시간이 넘게 서 있어도 다시는 볼 수가 없었다. 대신 애벌레만 계속 보였다.

전수관에 돌아왔으나 모두들 한밤중, 아침에 일어났을 때는 몰랐던 달짝지근한 냄새가 코를 찔렀다. 방문을 활짝 열고 환기를 시키고 싶지만 영하의 날씨, 자던 사람들이 놀라 깨기 마련이다. 갑작스럽게 피곤을 느낀 나도 다시 베개를 베고 누웠다.

"전주 가서 막걸리 먹고 가야지. 올 때도 그냥 왔는데."

"한옥마을도 안 가면 기름 값이 아깝지. 한옥마을 가기 싫으면 아예 진주로 가서 쭉 올라가던가."

여자들이 도란거리는 소리에 잠을 깼다. 열두 시가 다 되어 가고 있었다.

"기상, 기상! 남의 집에 왔으면 일찍 일어나 마당이라도 쓸어주고 밥을 먹어야지. 기상, 기상! 해 넘어 가겠다!"

박 사부가 요란을 떨었지만 대상은 굿전도사 한 사람뿐이었다.

곧바로 상이 들어오고 시원한 북어국에 속이 확 풀렸다.

"전주 한옥마을보다는 낙안읍성이 훨씬 좋아. 낙안읍성부터 구경하고 전주 가서 막걸리 먹기로 혀."

밥 먹기 전에 여자들이 떠드는 소리를 들으면서 따로 생각을 해 두었던 모양이다. 아리 공주와 지연 성님이 반대했지만 박 사부가 내린 결정을 바꿀 수는 없었다.

처음인데다 짧은 시간 안에 둘러본 낙안읍성이었지만 전주 한옥마을과는 정말 여러모로 비교되었다. 입구에 널따란 주차장이 두 개나 있는 탓만은 아닐 것이다. 철저한 통제로 자동차는 낙안읍성 안에 사는 주민들의 것으로 보이는 몇 대밖에 없었다.

낙안읍성은 주 출입구 쪽에 잡화점이 있고 마을 가운데도 주점이 하나 있을 뿐 다른 가게는 없었다. 식당도 모두 성 바깥에 있는 상가에 있어서 불편을 느끼는 관광객도 많겠지만 옛 정취를 지키려는 낙안읍성에 절로 찬사가 나왔다.

곳곳에 민박집을 알리는 표시가 있었지만 모두가 민박보다는 농사를 짓고 텃밭을 가꾸며 사는 것 같았다. 밤이면 주인들이 모두 퇴근하고 관광객만 남는다는 전주 한옥마을과 달라도 너무 다른 것이다.

남새밭이나 집 안이 그대로 들여다보이는 낮고 허술한 담도 그랬지만 그대로 방치한(?) 흙길이 예스럽고 정감이 가서 좋았다. 작은 골목길까지도 화강암으로 빈틈없이 포장해버린 전주 한옥마을 골목길에서는 어떤 정취도 묻어날 수가 없기 때문이다. 잡초 때문에 정원관리가 힘들다고 인조잔디를 깔고, 사철 푸르고 꽃이 피어있으라고 살아있는 나무 대신 인조 나무를 심고 향수 뿌린 조화로 어지럽게 장식한 것이나 마찬가지인 전주한옥마을.

"어둠이 내리는 풍경은 정말 서정적일 거야. 정말 꿈 속의 고향에 온 것 같아."

"언제 어디서 이런 정취를 느껴보겠어. 좀 있으면 해도 질 건데, 그냥 여기서 자고 가야 돼."

전주 한옥마을 구경을 해야 한다던 지연 성님과 아리 공주가 낙안읍성에 제대로 반해버린 모양이다. 전주 막걸리 안 마셔도 되니까 오늘 밤은 여기서 자야 된다고 우겼다. 박 사부가 내일 오전 스케줄 때문에 전주에 가서 자던가 아니면 밤늦게라도 서울에 가던가 해야 된다고 해서 두 사람을 겨우 달랬다.

"얼어 죽겠다. 빨리 막걸리 마시러 가자."

숙진 성님 말씀에 모두 기다렸다는 듯이 동의를 했다. 얼음이 얼게 추운 날씨 탓인가, 어둠이 내린 한옥 마을은 구경거리도 돌아다니는 관광객도 거의 없었다. 차에서 내린지 5분도 안되어 우르르 다시 차 속으로 들어갔다. 처음 오는 사람들을 위해서인지, 앞차가 이리저리 한옥마을 골목을 돌아다녔다. 주마간산이라더니 정말 차 안에서 한옥마을 구경을 끝낸 것이다.

"굿전도사는 서신동으로 가자고 했지만 여기 삼천동 막걸리 골목이 원조라서 내가 이리 오자고 했어. 이 집이나 저 집이나 비슷비슷하고 아쉽기는 마찬가지니까 여기 처음 오는 사람들이 골라잡아 봐."

박 사부의 말에 막걸리 골목 구경도 할 겸 이집 저집 기웃거려보았으나 막상 맘에 드는 곳을 찾는 것은 쉬운 일이 아니었다. 손님이 많은 곳이 소문난 집으로 좋겠지만 정신없이 바쁜 집에서 제대로 손님대접 받기는 어렵다.

"그러면 손님이 한두 팀만 있는 곳으로 가는 게 좋겠네."

지연 성님과 아라 공주의 팽팽한 접전을 마야가 끝내고 정말 손님이 한 팀밖에 없는 집으로 들어갔다.

자리에 앉기가 바쁘게 음식들이 상 위에 내려앉기 시작했다.

"나가 전주 터줏대감 김 머시기요. 나가 여그 주인 아짐씨허고도 거시기헌 사잉게 맘 놓고 드시요. 오늘밤 안주는 나가 팍팍 쏠 테니께, 서울 촌냥반들 안주값 신경 쓰지 말고 먹고 자픈 대로, 드시고 자픈 대로 부담 없이 많이들 팍팍 실컷 먹고 잡숫고 허시더라고."

한상 가득 차려내는 안주들을 보며 굿전도사 김원호 씨가 일어서더니 걸쭉한 사투리로 너스레를 떨었다.

"그럼 저도 전주 상게로 술값은 제가 쏘겠습니다. 이 먼디꺼정

귀한 발걸음을 해주신 여러 성님들 많이많이 드세요." 나도 그동안 익혀둔 사투리로 말을 받았다. 그러나

"내비 둬. 지가 주인 행세허고 싶대잖어." 마야가 눈을 흘기며 곧바로 발목을 잡았다. 안주가 무상으로 제공되는 전주에서는 술값만 내면 된다. 술값 따로 안주 값 따로 나눌 수 없으니, 안주를 사겠다는 굿전도사의 너스레는 자신이 술을 사겠다는 소리였기 때문이다.

더 달라고 하지 않아도 알아서 안주를 더 가져다주고 주전자를 비울 때마다 못 보던 안주 몇 개도 상에 올랐다. 뒤풀이로 막걸리가 나올 낌새만 보여도 잽싸게 도망치던 마야였으나 이때만은 막걸리 집에는 아직도 전주 인심이 그대로 남아있다던가, 막걸리는 술이 아니라 즐거운 기분을 더욱 돋워주는 보약이라는 소리까지 해가며 넙죽넙죽 술잔을 받았다. 모두들 배가 불룩해지고 술기운이 올랐다.

"아이고, 이 식충이 같은 백성들이 권주가도 없이 술을 잡숴버렸네. 지연아, 공주야. 먼저 한 곡조 뽑아라."

숙진 성님이 상을 두드리며 젓가락 장단을 시작하자 누구랄 것 없이 노래가 시작되고 합창으로 이어졌다. 먼저와 있던 손님들이 나간 뒤에는 눈치 볼 것 없이 합창소리가 높아졌다. 굿전도사가 차에서 장구를 꺼내와 박 사부에게 넘겼고, 두어 번 사양하던 박 사부도 곧 싸부님다운 멋진 솜씨를 뽐내기 시작했다.

제대로 홍이 오른 숙진 성님이 먼저 일어서 나가더니 춤판을 벌였다. 마야까지 나가 네 여인네가 덩실덩실 춤을 추는데 어느새 구경꾼들이 들어와 자리에 앉기 시작했다. 춤판이 한창 무르익었으나

구경꾼이 너무 많아지는 통에, 나중에는 관광버스 춤마저 포기하고 자리에 앉아 노래만 하는 것으로 만족해야 했다.

박수만 치던 사람들이 더러 우리와 합창을 하기 시작했고 생면부지인 사람들이 서로 술잔을 들고 오가며 어울렸다. 일하는 아주머니들은 갑자기 밀려든 손님을 접대하기 바쁜 중에도 생선회에 홍어국까지 부지런히 우리 상에 올려주었다.

집에 돌아올 때부터 마야가 갑작스럽게 기운이 없기에 술에 취해서 그런 줄 알았는데 그게 아닌가 보았다. 막 잠이 들려는데 마야가 말을 걸어왔다.

"박 사부가 자기한테 무슨 말 안 했어?"

"무슨 말?"

"정말 아무 말도 안했어?" 어슴푸레한 어둠 속에서 두 눈을 크게 뜨고 있는 마야의 모습이 갑작스럽게 낯설었다.

"글쎄, 박 사부가 나한테 무슨 말을 해야 했는데?"

내가 박 사부한테 부탁한 것은 있지만 그가 나에게 특별히 한 말은 없었다. 한참동안 천정만 응시하고 있던 마야가 결국 자진해서 입을 열었다.

"별 건 아니고…… 저번에 내가 자기 추리닝만 입고 남문시장까지 갔다 오라고 했을 때, 사실 우리를 미행한 사람이 있었어."

그 사람이 지켜보고 있었기 때문에 마야는 보통 아낙네들처럼 자기가 식사비를 계산했고 나한테 새신랑행세를 하도록 시켰던 것이라고 했다.

마야는 무당의 딸이었다. 동네 사람 모두가 무당을 천대하는데 유독 한 집만은 마야네와 친하게 지냈고, 세 살 더 많은 그 집의 막내아들도 마야를 친동생처럼 끔찍하게 아껴주었다. 고3이 된 마야는 심각한 고민 끝에, 통학도 가능한 전주가 아니라 멀리 부산으로 유학을 가기로 작정했다. 부산은 서울보다도 교통이 불편하고 시간도 많이 소요되는 곳이었지만 마침 외삼촌네가 살고 있어서 허락받기도 어렵지 않아서였다. 마야와 함께 대학시절을 보내려고 미리 지원해서 군대까지 다녀온 그 사람한테 더없이 미안했지만, 오히려 그래서 더욱 어쩔 수 없는 일이었다.

"그 사람 나 때문에 정말 열심히 공부했어. 졸업하고 이듬해 7급 공무원 시험에 합격할 정도였으니까."

공무원을 7급으로 시작해서 앞날이 탄탄한 사람이었지만 끝내 그를 선택할 수가 없었다. 마야는 춤꾼이 되고 싶었기 때문이다.

"이상하네. 부인이 춤꾼이면 공무원이 불이익 당해?"

"이런 굴뚝샌님, 춤추려면 돈이 얼마나 많이 드는지 알아? 옷 한 벌에 백만 원은 줘야 돼."

한 벌에 백만 원씩은 줘야 되는 무대의상뿐 아니다. 발표회라도 한 번 하려면 엄청나게 많은 비용이 든다. 부잣집 딸이 아니라면 남편이라도 잘 만나야 한다. 돈만 많아서도 안 되고 춤추는 아내를 좋아하거나 최소한 이해할 수 있어야 하는데, 질그릇과 여자는 내돌리면 깨진다고 믿는 현실 앞에서 마야처럼 예쁜 여자도 춤을 포기하지 않는다면 노처녀로 늙을 수밖에 없다.

"그 사람 벌써 서른여섯이야. 빨리 정신 차리지 않으면 좋은 여자 다 놓쳐. 나를 좋아한 죄밖에 없는데, 내가 그 사람 인생까지 망칠 수는 없잖아."

전화도 일체 받지 않고 얼굴을 마주쳐도 찬바람 나게 피해버리기 때문에 어떤 행동도 취하지 못하지만 아직까지도 그 사내는 포기하지 않고 멀리서 지켜보며 하염없이 기다리기만 한다는 것이다. 나와 함께 사는 것도, 내가 쓰지도 않는 방세를 내는 것이 아깝기도 했지만 그보다 그 사내가 자기를 잊고 다른 여자를 만나 행복해지기를 바랐기 때문이라고 했다.

변산 바닷가에 있던 카페도 그 사람의 누나가 주인이라고 했다. 그날 석연치 않았던 행동들은 사실 함께 여행 다니고 한 이불 덮고 자는 남자가 있다는 것을 보여주기 위한 것이었다. 지난여름 내가 오리구이 먹으러 그 카페에 가자고 했을 때, 그녀가 무창포가 더 낫다며 무창포에 가서 조개구이를 먹고 왔던 것은, 그 사람한테 할 짓이 너무 아니라는 생각이 갑작스럽게 들었기 때문이라고 했다.

따지고 보면 그 사내 때문에 나까지 덩달아 시베리아 찬바람 속에서 노숙하는 신세가 되었지만 왠지 그 사내가 밉지 않았다. 그날 밤, 추리닝바람으로 돌아다니는 나를 보며 그 사내는 얼마나 부러워했을까. 오래된 유행가 가사처럼, 그녀의 불 꺼진 창을 보며 그 사내는 얼마나 캄캄한 지옥을 견뎠을까.

조 폭

다음날 새벽, 추위 때문에 일찍 일어난 내가 방문을 닫았다. 거울공부를 하고 있다가 고양이가 언제 오던 문을 열어주기만 하면 되는 것이다. 오래지 않아 방 안이 따뜻해졌고 두꺼운 이불이 갑갑했는지 마야가 이불을 차냈다. 감기라도 걸리면 큰일이다 싶어 이불을 다시 덮어주는데 마야가 불쑥 눈을 뜨고 나를 바라보더니 이상한 소리를 했다.

"폐하. 황상폐하."

"……?" 잠에서 덜 깬 것인가? 어젯밤 크게 취하지도 않았었는데……

"황상폐……, 아니야, 이상해! 내가 왜 이러지? 너무 취했나 봐. 자기도 조금 더 자라."

문득 몽롱한 눈으로 나를 올려다보며 이상한 소리를 해대던 마야가, 갑자기 정신이 돌아온 듯 '황상폐하'라고 계속 부르다말고 당황하는 기색이 역력했다.

마야는 곧 밤이 들었지만 나도 거울공부를 포기하고 말았다. 불을 끄고 자리에 누워서도 자꾸 정신이 산란해졌다.

전에 없던 몽유병 증세가 나타난 것인지도 몰랐지만 마야 걱정보다는 폐하라는 말 때문이었다. 마야는 무당의 딸이니만큼 남다른 직감력이 있는지도 모른다. 거울 공부를 하고 기를 알게 되면서 사물에 대한 경계가 조금씩 허물어지고 있었다. 어떤 황당한 것도 무조건 부인하지 말고 조금은 긍정적으로 눈으로 보아야겠다는 생각도 들고 있었다.

마야가 저도 모르는 신통력 때문에 아주 잠깐이나마 나한테 황상폐하라고 한 것인가?

그러나 대한황실이 복원된다고 해도 내가 황위에 오를 가능성은 전혀 없다. 고종황제의 손자는 몇 분 남지 않았지만 증손자는 수십 명이나 된다. 무엇보다도 우리 아버지가 할아버지의 친자식이 아니라 양자였다는 사실은, 천지개벽이 된다고 해도 도저히 어떻게 해 볼 수도 없는 불가피한 현실이 아니던가? 아무리 할아버지께서 조직한 황실복원회에서 나를 내세운다고 해도 혈연만큼은 절대로 넘어설 수 없는 장애물이다.

복원회에서는 다시 나를 찾고 있는 모양이지만 그것은 아직까지 우리 아버지가 할아버지의 양아들이었다는 것을 전혀 모르고 있기 때문이다. 할아버지의 핏줄이 아니라는 것이 알려진다면 나는 '명창군'이라는 '–창군' 칭호마저 빼앗기고 말 것이다. 나중에 내가 당할 창피도 그렇지만 황실복원에 평생을 바쳐온 많은 분들을 실망시키지 않기 위해서라도 다시는 황실복원회에 나가지 말아야 한다.

학원에 다녀온 마야는 그날 저녁부터 나에게 더 이상 전주에 머물지 말고 서울로 돌아가는 게 어떻겠느냐는 소리를 하기 시작했다. 제 입으로 황상폐하라는 소리를 내뱉고 나니, 내가 일제암흑기 때 야쿠자에 맞섰던 김두한 같은 주먹계의 황제가 될 것이라는 생각이 들었는지도 모른다.

"사촌형님이 조폭이라고 했지? 조폭이 무조건 나쁜 것도 아니잖아? 장군의 아들도 못 봤어? 김두환이는 글도 모르는 까막눈이었으면서도, 맨주먹 하나로 왜놈들 횡포에 맞서서 종로 상인을 지켜주었어. 멀리 있는 광복군보다도 바로 이 땅에 함께 웃고 울며 조선 백성들의 희망이 되어준 거야."

글쎄다. 영화든 소설이든 과장되기 마련이고 작가의 의도에 따라 표현되는 창작물일 뿐이다. 김두한이 나름대로 왜놈 야쿠자들의 횡포에서 종로 상인들을 지켜주었을 수도 있겠지만 그렇다고 해도 조선백성들의 희망이었다는 건 지나친 억측이고 과장이다. 왜놈들이, 민초들을 등쳐먹는 단순한 말썽거리 집단으로 판단했기에 김두한의 조직이 살아남을 수 있었을 것이다. 자신들의 식민지배에 방해가 되는 항일운동의 집단으로 여겼다면 왜놈들은 무슨 핑계를 대서든 김두한을 감옥에 집어넣었을 것이고, 지켜보는 눈이 많아 감옥에 보낼 수도 없다면 주먹들의 세력다툼을 가장해서 암살이라도 해버렸을 것이기 때문이다.

조폭들은 무조건 잡아서 모조리 사형시켜버려야 된다던 마야였다. 그러나 내 사촌형님이 조폭두목이고 내가 조폭으로 진출할 가능성도 있다고 판단했는지 마야는 하루아침에 조폭 예찬론자가 되어버렸다. 아니 영화로 드라마로 전설적 영웅이 되어버린 장군의 아들 김두한쯤으로 만들어보려는 것이다.

그러나 조폭은 세상의 질시와 경멸을 받는 폭력배 집단일 뿐이다. 아무리 착한 얼굴을 해도 공포의 대상이 될지언정 존경의 대상은 되지 못한다. 폭력으로는 어지러운 세상을 바로 잡을 수 없으며 세상을 더욱 혼탁하게 만들 뿐이다.

호랑이의 죽음

호랑이 박물관에 관해 확인할 수 없는 이런저런 소문만 파다한 가운데 오히려 잠잠했던 호랑이 소식이 뜨겁게 전파를 타기 시작했다.

지리산 자락에서 산수유축제가 한창이던 이른 봄날, 호랑이 한 마리가 사냥꾼들과의 격투 끝에 사살된 것이다. 그러나 온 몸에 벌집처럼 구멍이 나 죽어가면서도 호랑이는 일곱이나 되는 사냥꾼들을 모두 해치고 말았다. 살아남은 사냥꾼이 없었으므로 사건의 전말도 밤안개에 가려지고 말았다. 근처에 있는 cctv카메라는 사냥꾼들에 의해 미리 꺼진 상태였고, 비명소리와 총격소리를 들었던 사냥꾼도 있었겠지만 밤중까지 경찰에 총기를 맡기지 않은 것 자체가 불법이었으므로 감히 증언하겠다고 나설 수도 없는 일이었다.

기자들과 함께 현장을 살펴본 전문가들은 사냥꾼들의 출몰에 불안해진 호랑이가 먼저 사냥꾼들을 기습 공격한 것으로 판단했다. 네 사람이 한 조가 되었던 사냥꾼들이 두 사람이나 방아쇠를 당겨보지도 못하고 죽었기 때문이다. 남은 두 사람이 엉겁결에 연발사격을 했으나 치명상을 입히지 못한 채 당했고, 총소리를 듣고 달려오던 다른 팀의 세 사람도 연발사격을 했으나 결국 희생되었던 것으로 보였다. 죽은 사냥꾼들은 처음부터 끝까지 죽은 수컷호랑이 한 마리와 사투를 벌였던 것으로 판단했다. 암컷 호랑이는 뱃속의 새끼들을 지키기 위해 수컷을 돕지 않고 일찌감치 자리를 피한 것으로 추측했다.

삼정산 아래 골짜기에서 발생했지만 행정구역상 남원시 산내면에 속하는 지역이었으므로 호랑이 사체는 곧바로 헬기를 동원해 남원시로 가져갔다고 했다. 축제분위기인 전북도청에서는 곧바로 산내면은 물론 인월면과 주천면, 운봉읍까지 모두 토지거래제한구역으로 묶어두고 호랑이박물관 부지를 물색 중이라는 소문도 무성했다.

사냥꾼을 공격한 호랑이도 죽었지만 수컷 호랑이 한 마리뿐이다. 밀렵꾼들이 눈에 띄는 족족 cctv카메라를 제거하거나 꺼버리는 통에 시청자들의 눈앞에는 나타나지 않고 있지만, 새끼를 밴 암컷 호랑이는 아직 건재했다. 지리산에는 빨치산들이 파놓은 땅굴도 많기 때문에 얼마든지 은밀하게 지낼 수 있는 것이다. 임신기간이 100~110일 정도이므로 벌써 새끼를 낳아 기를 가능성도 높았다. 보통 2~4마리 정도를 낳지만 5~6마리까지도 낳는다. 새끼의 몸무게는 1kg 정도이며, 한두 주일이면 눈을 뜨고 한 달이면 걷기 시작한다. 3개월 정도면 지나서 젖을 떼고 3년 정도 지나면 완전히 어미로 성숙해 새끼를 낳는다. 한 번 번식이 성공하면 엄청나게 불어날 수 있는 것이다.

방송에 소개되는 아무르(시베리아) 호랑이는 사냥꾼을 심심풀이 장난감으로 가지고 놀만큼 머리가 좋았다. 번개처럼 빠른데다가 나무에도 기어오르고 수영도 즐기는 호랑이를 만나면 피할 방법이 없다. 강력한 사냥총으로 무장한 사냥꾼을 일곱이나 해치워버린 식인 호랑이가 기하급수적으로 늘어날 수도 있는 것이다. 험한 계곡과 높은 바위에도 뛰어오르며 하룻밤에 80~100km나 돌아다녔다.

사람들은 공포심에 휘말렸고 더 이상 사람을 해치기 전에 호랑이를 마저 잡아야 한다는 여론이 비등해졌다. 지리산 호랑이는 일반 등산객이 아니라 밀렵꾼을 공격했을 뿐이라는 주장은 설 자리가 없었고 생태박물관 소리도 쏙 들어갔다.

한 번 사람고기에 입맛을 들인 식인호랑이는 절대 입맛이 변하지 않고 계속 사람을 잡아먹는다. 죽은 수컷호랑이의 유전자를 채취해 복제호랑이를 만들고 있다는 보도가 나왔고, 식인 위험을 막기 위해 암호랑이의 유전자도 채취해서 복제호랑이를 만들어야 한다는 사람들이 목소리를 높이고 있었다. 새끼를 가진 암호랑이까지 죽여야 된다는 주장이었다.

마야는 벼랑 끝에 몰린 호랑이나 호랑이박물관 따위에는 조금도 관심이 없었다.

멀쩡하게 살아있는 호랑이를 죽여서 박제로 만들거나말거나 보다도 당장 눈앞에서 철천지원수처럼 여기는 송 시장이 전북도 지사로 올라설 것이기 때문이었다. 민주당 텃밭인 전주에서 민주당 후

보로 지명되는 것은 선관위에서 도지사 당선 증을 받는 것이나 마찬가지다.

"그 개만도 못한 송아지 놈이 도지사까지 해 처먹게 된 거야. 멀쩡한 도지사 때려치우고 국회위원이나 해먹겠다는 김완주 그 미친 놈도 그렇고, 전라도 사람을 바지저고리로 아는 민주당 놈들도 그렇고, 아무 짓도 못하는 빙신 머저리 민주당놈들만 죽어라 찍어대는 전라도 무지렁이들도 그렇고……"

가끔 호감까지 보이던 김완주 도지사한테도 미친놈이라는 걸 보니 단단히 화가 난 것이다.

"그 미친놈이 국회의원을 해먹더라도 조용히 해 처먹을 일이지, 하필이면 그 개만도 못한 송아지새끼를 왜 도지사로 만들어준다는 거야?"

김완주 도지사가 다음 총선 때 국회의원에 출마하기 위해 이번 지방선거에 재출마를 하지 않고 물러나기로 했다는 소문이 돈다는 것이다.

구름이 끼거나말거나 해는 뜨고 지는 것, 마야가 뭐라고 하거나 말거나 송 시장은 도지사 선거에 민주당의 공천을 받았다. 도지사 취임을 위해서 6.4 지자체선거라는 요식행위만 남은 것이다.

일 왕후

"축제가 시작되면 꽃보다 사람이 더 많아서 정신이 없어."

전주에서 익산을 거쳐 군산까지 가는 전군도로가 벚꽃 길로 유명하지만 느긋하게 즐기기에는 송광사 가는 길이 좋다고 했다. 송광사로 출발하기 전에 먼저 어르신을 뵈어야 한다는 마야를 따라 승광재에 갔는데, 마야의 거리 퍼포먼스로 화제가 옮겨졌다.

"거리 퍼포먼스에 상여도 나오나?" 이석 황손도 주위 사람들한테 들은 이야기가 있는 모양이었다.

"네. 그냥 저 혼자 북치고 춤추면 구경꾼이 모일 것 같지 않아서요."

"한옥마을에 대한 송 시장의 행정을 꼬집는 거라고 하던데?"

"누구나 칭찬일색이면 재미가 없어요. 저 같이 꼬집는 사람도 있어야 재밌죠."

"지금은 군부독재에 맞서던 86년도가 아니야. 몇 가지 잘못이 있다고 해도 그렇지, 멀쩡히 살아있는 사람한테 상여는 너무 지나쳐. 재미삼아 던지는 돌에 대가리 터지는 사람도 있는 거야. 마야같이 예쁘고 착한 처녀가 왜 그리 흉한 짓을 해?"

"아이쿠, 어르신도. 그냥 볼거리예요. 사람들은 화려한 상여놀이를 굉장히 좋아해요."

"전주 사람들 중에 마야같이 눈에 쌍심지를 켜고 덤벼드는 사람 하나도 없어. 다들 송 시장이 잘한다고 하는데 뜬금없이 그런 짓을 해 봐. 다들 손가락질이나 하고, 활동하는데 협조받기도 어려울 거야."

"상여놀이 좀 했다고 나무랄 사람 아무도 없어요. 다들 재미있을 거라고 했어요."

"그러면 애먼 사람 건들지 말고 그냥 상여놀이만 해. 괜한 짓으로 사람들 입방아에 오르지 말고."

"누가 어르신께 이상한 소리를 전해드렸는지 몰라도 그냥 재미로 하는 거예요. 아무 문제없어요. 제가 말려도 어르신께서는 노래하러 지리산까지 가시지 않아요?"

별 것도 아닌 대화는 거기까지였다.

"임 왕후, 과인이 지리산에 가는 게 그렇게 불만인가?"

"아닙니다, 전하. 전하께서도 이제는 체통을 생각하시고 더욱 자중하셔야지요. 산사음악회 같은 것은 황실복원에 조금도 도움이 못합니다."

TV채널이 바뀌어 사극을 보는 것처럼 두 사람의 대화가 황당하게 변한 것이다.

왕후!

과인!

전하!

모두가 한 나라의 왕이나 쓸 수 있는 말이고 왕에게나 바칠 수 있는 존칭이 아닌가?

그러나 내 놀람 따위는 아랑곳없이 두 사람의 대화는 계속 이어지고 있었다.

"왜, 섭하게 들리시었소? 임 왕후가 누구보다도 황실을 생각하는 사람이라는 것을 내가 어찌 모르겠소?"

"전하, 그래도 이번 재보사 만큼은 거절하십시오. 수년 년 전에 그 절을 사서 들어온 주지라는 사람이 수행할 줄은 모르고 그저 점사나 봐주고 재나 지내주면서 재물을 탐한다고 말들이 많습니다."

"그래? 그 절 주지가 그런 사람인줄 전혀 몰랐네. 알았소. 이미 반은 응낙했지만, 왕후께서 그리 싫어한다면 어쩔 수 없는 일 아니겠소?"

말썽 많은 사찰이라서 가지 않을 것이라고 하면서도, 마야가 싫어하니 그만 두겠다는 것으로 들렸다.

"성은이 하해와 같사옵니다, 전하. 그리 알고 저는 이만 물러가겠습니다."

"그리하시오. 그리고 자주 들러주시오. 이제는 과인도 늙은 것인가? 요즘 들어 부쩍 외로움을 타는 것 같소."

늙었다는 핑계까지 대가며 자주 놀러오라고 했다. 그러나 말씀만 그리했을 뿐 황손은 외로운 사람과는 전혀 거리가 멀었다. 늘 그렇듯이 당당하고 여유로운 모습으로 립 서비스를 한 것이다. 아니면 그저 젊은 여자를 희롱하는 것처럼 호기를 부렸거나.

서로 왕후와 전하로 부르며 대화하는 모습이 마치 사극의 한 장면을 보는 것 같았다. 입고 있는 옷만 현대판이었을 뿐 주고받는 말투나 내용이 정말 왕과 왕후의 그것 같았다. 나이 어린 왕후에게 쩔쩔매는 늙은 왕 같은…… 그러나 너무도 자연스러웠다. 마치 평소에 하는 왕과 왕후의 대화처럼 여겨질 만큼.

방잇골 풍물패에서도 부인을 '곤전(坤殿)'이라며 마치 자신이 지존(至尊)인 듯 행세하는 사람이 있었다. 부인도 남편에게 '전하'라고 했지만, 가끔씩 '어이, 건전(乾殿)!'해대는 것처럼 그저 웃자는 농담일 뿐이다.

보통 사람들은 황실을 두고 어떤 농담을 해도 괜찮지만 황손은 처지가 전혀 다르다. 대한황실 복원을 꿈꾸는 승광재에서 전하나 왕후라는 말을 농담으로 받아들이지 못하는 사람도 많을 것이다. 대한황실이 복원되기 전까지는 결코 농담으로라도 입에 올려서는 안 된다.

승광재를 나선 후에도 나는 충격에서 헤어나지 못했다.

이석 황손은 스스로를 왕으로 여기고 계시는 것이다!

이제는 놀람을 넘어 싸한 아픔이 밀려왔다.

황실 없는 황손에게 쏟아지는 세상 사람들의 차가운 시선!

나라를 빼앗았던 왜놈들까지도 최소한의 예우는 해주었지만, 왜놈들이 물러가고 조국이 광복된 오늘날 오히려 황족들은 태어나 살아온 궁궐에서도 쫓겨났고 대한황실은 존재마저 없어져버렸다. 광복된 내 나라에서 개차반이 되어버린 황족. 그래서 나라 잃은 백성보다 더 서러운 황손이 되어버린 것이다.

"송광사까지, 천천히 걸어도 한 시간이 안 걸려."

완주군 소양면 면소재지에 이르자 마야가 시키는 대로 골목길에 미리 주차를 했다. 소양천 둑길을 따라 늘어선 벚꽃터널에는 벚꽃이 아직 만개하지 않았지만 그런대로 볼만했고 일치감치 꽃놀이를 즐기는 사람도 많았다. 운전에 집중하느라 애써 참고 있었지만, 벚꽃에 대한 탄성도 잦아들자 입이 간지러워 더는 견딜 수가 없다.

"성이 임씨였어?"

"응, 몰랐어?"

"몰랐지. 진짜 이름은 뭐야?"

"진짜 이름? 그게 궁금해?"

"여태 이름도 모른다는 게 말이 안 되잖아?"

"안 되기는? 이름 몰라서 문제 있었어? 여태 아무 문제도 없었잖아? 자기는 지금도 현상만이란 가명으로 살면서……"

진짜 이름이 궁금하기도 했지만 속내는 그것 때문이 아니다. 그렇게 해서 내가 그네와 이석 황손의 대화를 무심히 흘려듣지 않았다는 것을 상기시켜주려는 것이었다.

"아까 어르신이 자기를 임 왕후라고 불렀잖아?"

"그럼 임씨를 임씨라고 하지 김씨라고 하겠어? 이씨라고 하겠어?"

"자기도 어르신한테 전하라고 했잖아?"

"그래서?"

"처음 듣는 소리니까 그러지." 아직 누구도, 마야조차도 어르신이라고만 했지 '전하'라는 호칭을 쓴 적은 없었다. 그러나

"왜, 전하라는 말이 틀렸다고 생각해? 황실이 있었으면 어르신은 황제가 못되었어도 최소한 왕은 되었을 분인데 왕한테 전하라고 하지 뭐라고 해? 아무리 굴뚝샌님이라도 그렇지, 어떻게 그런 것도 몰라?"

마야가 속사포를 쏘아댔다. 듣고 보니 맞는 소리 같기도 했지만, 사실 전하라는 호칭 때문에 내가 기분 나쁜 것은 아니었다.

"황실이 복원되면 혹시 황후가 되고 싶어서 그런 거야?"

"황후가 되고 싶으냐고? 물론, 마다할 까닭이 없지."

나로서는 마야와 이석 어르신과의 관계를 추궁하는 셈이었으나 마야는 즉석에서 너무도 쉽게 대답했고 부인하지도 않았다.

"하지만 나는 황후보다는 황제가 되고 싶어."

"뭐, 황제?"

"황제가 되면 싶은 일이 많아서. 황후는 그저 빛 좋은 개살구, 직함만 좋지 황후가 무슨 일을 해?"

"베갯머리송사라고, 황제를 움직이면 되잖아?"

"첫, 허수아비 황제가 무슨 일을 해? 황실복원에만 매달리는 자들이 막상 무슨 일을 할 것 같아? 그저 황실복원만 시켜주어도 감지덕지 자손 대대로 허수아비노릇이나 하고 말겠지."

허수아비 황제?

황실복원에만 매달리는 자들?

자손 대대로 허수아비노릇?

대한황실이 복원되어도 황제가 할 수 있는 일은 없다. 황실에서 정치를 논할 수도 없지만, 정부가 있고 국회가 있는 지금 황실이 정치에 관여하기를 바라는 국민들은 하나도 없을 것이기 때문이다.

"황실을 복원시켜달라고 사정하지 말고 복원시켜주지 않으면 가만 두지 않겠다고 으름장을 놓아야 돼. 처음부터 그래야 힘 있는 황실이 복원되고 허수아비가 아니라 진짜 황제로서 하고 싶은 일을 할 수도 있는 거야."

갈수록 태산이다. 복원시켜달라고 빌어도 안 되는 판에 되레 으름장을 놓아야 하다니!

어이없어하는데 계속 뚱딴지같은 소리가 쏟아졌다.

"대한민국은 민주공화국이고 법치국가야. 이 나라 주인인 국민들을 먼저 설득해야 돼. 이 나라 정부와 국민들이 나서서 황실복원을 해주지 않으면 눈물을 머금고 법적대응을 할 수밖에 없다고, 황실 재산권부터 행사하겠다고 해야 돼."

그네의 말투는 황실복원운동을 하는 사람 모두를 싸잡아 비난하는 꼴이었다. 입이 있어도 말을 할 수 없는 것이 복원된 대한황실 황제일 것인데, 그네는 대체 무엇을 하고 싶은가? 아니, 뜬금없이 황실 재산권행사는 또 뭔가?

전리품인가, 장물인가?

대한민국정부는 대한황실의 허락 없이 고궁 등 많은 재산을 정부소유 문화재로 등록시켜놓고 관리하고 있다. 그러나 야만국이 아닌 법치국가 대한민국에서는 한번쯤 진지한 물음을 던져보아야 한다.

전리품인가, 장물인가?

어느 개인이나 단체의 재산은 비록 국가라 하더라도 주인의 허락 없이 마음대로 점유할 수 없으며 재산권을 행사할 수는 더더욱 없다.

어느 정부가 적국을 상대로 싸워서 얻은 전리품이라면 그 정부의 재산으로 보아도 무방하겠지만, 전리품이 아닌 국민이나 단체의 재산을 마음대로 점유하거나 관리한다면 그것은 장물일 수밖에 없다.

대한민국이 대한제국을 뒤엎고 세운 나라라면 대한제국의 황실재산 전부를 대한민국 정부소유로 귀속시켜도 된다. 그러나 현재 대한민국 정부는 연합국과의 전쟁에서 패망한 일본이 이 땅에서 물러간 뒤, 연합국의 이해관계에서 탄생한 정부이다.

대한황실(대한제국 황실)의 재산을 연합국의 전리품으로 여긴다면, 미국과 소련 등의 연합국은 우리에게 또 하나의 침략자일 뿐이다. 광복된 이 땅에서 대한제국이 아닌 다른 정부를 수립했다고 해도, 그것이 '전제국가'라면 모를까 국민이 주인이 되는 민주 공화국이라면, 법률에 의하지 않고는 대한황실의 재산에 손대지 못한다.

어떤 탄생경로를 거쳤든 우리 대한민국은 야만국가가 아닌 문명국이며 법치국가이다. 아무리 국가의 근본을 이룰만한 거대한 재산이 탐나더라도, 대한황실 재산의 정부 귀속에 대해 찬반을 묻는 국민 투표를 해서라도 국민적 합의를 먼저 거쳐야 한다. 그러고 나서 법치국가답게 국회에서 '대한황실 재산의 대한민국 정부귀속'에 대한 법률을 제정한 뒤, 적법하게 귀속절차를 밟아야 한다. 국민적 합의와 법적인 절차를 거치지 않고 현 상태를 유지한다면 대한민국 정부는 혼란한 틈을 타 남의 재산을 가로챈 강도일 뿐이다. 또한 성실하고 준법정신에 투철한 5천만 국민들까지도 아무 영문도 모른 채 대대손손 장물아비라는 범죄자가 되어버리는 것이다.

기미년 3월 1일. 이 땅의 백성들이 목 놓아 외쳤던 만세운동이나, 유관순 누나가 옥 속에 갇혀서도 외쳤던 '대한독립만세!'의 '대한'은 누구도 예측하지 못했던 오늘의 '대한민국'이 아니었다. 대한민국 상해임시정부 또한 아니었으며 고종황제께서 선포하신 '대한제국'이었을 뿐이다.

4252년(서기 1919년)기미년. 4월11일. 상해에서 대한민국 임시정부가 수립되었다. 많은 광복군이 임정의 지원과 지휘를 받으며 싸웠지만 그들은 일제를 몰아내기 위한 것이었지 조금이라도 대한제국을 부인하는 것이 아니었다. 고종황제께서 대한제국을 선포하고 초대 황제에 올랐다고 해서 당시의 조선을 부인한 것이 아니었던 것처럼, 대한민국도 군주제에서 공화제, 민주제로 바꾼다는 것이었지 대한제국을 부인한다는 것은 아니었다(우리가 독립국이며 자주국임을 세계만방에 알리는 3.1 독립선언문에도 '조선건국 4252년 3월 1일'로 되어 있다).

대한황실이 대한민국정부에서 홀대받아야할 어떤 이유도 없으며 황실 재산까지 몰수당할 이유는 더더욱 없는 것이다. 대한제국 국기인 태극기를 대한민국에서도 사용하고 있기 때문에 황실재산도 대한민국정부 소유라고 인식하는 것인가?

지금처럼 '대한민국'이 대한황실의 존재와 재산권을 인정하지 않으려면, 일제에 항거해 피와 땀을 바쳤던 수많은 광복운동을 모두 부인하고, 38선 이남을 점령했던 미국에게 모든 공을 돌려야 한다. 이승만 등 몇몇이 싸워 일제를 물리친 것이 아니라, 미국 등 연합국에게 패한 일제가 이 땅에서도 물러났기 때문이고, 이승만이 미국에 빌붙어 상해 임시정부의 귀환까지 막아가며 세운 것이 대한민국 정부이기 때문이다. 영구집권을 노린 독재자 이승만이 영왕(영친왕)의 귀환을 막아서, 영왕은 일제가 패망하고 나라가 광복되었음에도 오랜 세월 일본에 발이 묶여 있어야 했다.

대한황실을 무시하고 재산권까지 맘대로 휘두르는 대한민국의 헌법에 아직도 '유구한 역사와 전통에 빛나는 우리 대한국민은 3·1 운동으로 건립된 대한민국 임시정부의 법통과 불의에 항거한 4·19

민주이념을 계승하고,'라고 되어있는 것은 '그야말로 소가 웃다 꾸레미 터질 일'이며 '개구리가 하품하다가 입이 찢어질 일'이다. 말도 안 되는 미사여구로 본질을 호도하지 말고, 솔직하게 '유구한 역사와 전통을 모두 부인하는 우리 대한민국은 이승만 초대대통령각하께서 탁월한 외교력으로 미국의 협조를 받아 건국한 국가이며,'라고 해야 맞다. 물론 '3·1운동으로 건립된 대한민국임시정부의 법통과 불의에 항거한 4·19민주이념' 따위도 들어갈 자리가 없을 것이다.

이완용 등 일제 앞잡이들의 후손도 불이익을 받기는커녕 개인의 권리를 맘껏 누리며 살고 있다. 민족반역자의 후손인 그들은 선조들이 일제한테 나라를 팔아먹고 받은 재산을 내놓으라고 소송해서 승소하는 어처구니없는 일들도 일어났었다. 대한민국은 국민감정이 지배하는 것이 아니라 좋든 싫든 법의 잣대에 따라야하는 법치국가이기 때문이었다. 예나 지금이나 대한민국은 법치국가다. 나라 팔아먹은 대가로 받은 재산은 조금씩 환수하고 있으나 그들이 원래 가지고 있던 재산에는 전혀 손을 댈 수가 없는 것도 사실이다. 아무리 그들의 민족반역자 조상이 미워도 전부터 가지고 있었던 재산까지 몰수할 수는 없기 때문이다.

그런데 법치국가 대한민국에서 아주 황당한 사건이 일어났으나 아무도 관심을 두지 않고 있는 것이 있으니 바로 대한황실의 재산에 관한 것이다.

황족 중의 하나가 어느 개인에게 사사로이 팔아버렸던, 이런저련 과정을 거쳐 지금은 서울시 소유가 된 운현궁을 제외한 모든 고궁이 바로 그것이다. 어디 고궁뿐이랴?

전국 각지에 있는 관아는 물론 현재 국가소유로 되어있는 산과 모든 하천도 거의가 대한황실의 재산이었다. 당시 개인 소유나 문중소유로 되어있는 일부 산을 제외한 모든 산과 하천에는 따로 임자가 없었으니 당연히 국가소유였었는데 그 국가가 곧 조선왕조를 이은 대한제국(대한황실)이었기 때문이다.

대한민국 정부는 이 땅의 모든 강과 하천에 다목적 댐을 건설할 수도 없으며 통행을 위해 다리를 놓을 수도 없다. 홍수로 떠내려간 하천 둑을 보수거나 말거나 하천의 소유자인 대한황실의 후손들이 알아서 할 문제이지, 강도이거나 장물아비일 수밖에 없는 대한민국 정부가 왈가왈부할 일이 아니다. 하천을 보수한답시고 주인의 허락을 받지 않고 설치는 것도 웃기는 짓거리일 뿐이다. 하천이 범람해서 논밭이 물에 잠기고 민가가 떠내려간다고 해도 대한황실 후손들이 돈이 없거나 복원에 관심이 없어 그만 두겠다고 해도 멀거니 바라볼 수밖에 없다. 하천에 제방을 만들더라도 하천부지를 벗어난 곳에 만들어야지 대한황실 또는 대한황실 후손들의 동의 없이 현재의 하천 제방을 보수하는 것은 명백한 재산권 침해가 된다.

지난날 대기업들의 재산축적이 노동자들에 대한 임금착취와 탈세 등으로 이루어졌다고 해도 과언이 아닐 것이다. 정당한 재산축적이 아니었으므로, 당시 열악한 환경에서 임금착취를 당했던 노동자나 그 후손들에게 돌려주어야 한다는 재판이나 판결이 있었다는 소식은 아직 들리지 않는다. 어떤 누군가는 고궁 등이 왕실 또는 황실에서 백성들을 쥐어짜 이룩한 재산이므로 돌려줄 필요가 없다고 말할지 모르지만, 대한황실이라고 해서 다른 잣대를 들이댈 수는 없는 일이다.

대원군이 숙원사업으로 추진했던 경복궁 재건 때문에 당백전을 발행했을 정도로 국고가 바닥을 드러냈다는 것은 무조건 백성들을 잡아다가 공짜로 부려먹지는 않았을 것이라는 추론을 가능케 한다. 마음대로 백성들의 재물을 빼앗았거나 아무나 붙잡아다 강제노역시켰더라면 황실재산이 축나고 말 것이 없었을 것이기 때문이다.

공공장소에서 집회를 하려면 경찰에 집회신고를 하고 허가를 받아야 한다.

특히 그 장소가 국가문화재구역이라면 더욱 그러할 것이다. 그러나 대동종약원에서 종묘제례 등 행사를 할 때 경찰서에 집회허가를 신청하지도 않고 허락을 받지도 않을 것이다. 기껏해야 아무 날 아무 시에 무슨 행사를 할 것이니 교통정리 등 질서유지를 도와주기 바란다는 협조공문이나 보내고 말 것이다.

수 백 명도 아니고 수천 수만 군중이 모이는 거대한 행사를 허락도 받지 않은 채 당연한 것처럼 연례행사를 치를 수 있는 것은 무엇 때문인가?

혹시 대한민국정부에서도 종묘(또는 종묘 등등의 문화재)가 자신들의 소유가 아니라는 것을 인식하고 있기 때문에, 괜히 건드렸다가 동티날까봐 모른 척하고 있는 것이 아닐까?

대한황실이 복원되면

"자기, 덕수궁에 가봤어?"

"덕수궁?"

"석조전 뒤 숲속에 뭐가 있는지 알아?"

뭐가 있기는, 너네 도깨비 사촌들이 살겠지!

"석조전 굴뚝도 못 봤어?"

도깨비 조카들도 잘 있더라!

"어떻게 생각해?"

너네 도깨비 가족들이 석조전 굴뚝이라고 못 살겠냐!

"이거 봐. 외국사람들이 이걸 보고 안테나 받침대라고 하지 굴뚝이라는 걸 알겠느냐고."

마야가 손가락을 움직일 때마다 스마트 폰에 숲 속에 서있는 궁궐 굴뚝 하나가 각기 다른 각도로 나탔다. 굴뚝 위에는 스카이라이프 접시안테나가 세워져 있었다. 마야 말마따나 온돌과 굴뚝의 상관관계를 모르는 사람이 본다면 튼튼하고 아름다운 벽돌기둥을 위성수신안테나 설치를 위해 만든 것으로 볼 수 있을 것만 같았다.

궁궐 어디에서나 아궁이에다가 달아놓은 'A Fuel Hole for Ondol'이라는 안내판을 볼 수가 있다. 그러나 온돌을 알고 있는 사람한테는 전혀 필요가 없는 것이고, 온돌이 무엇인지 모르는 사람에게는 어차피 아무런 도움도 되지 못할 것이다.

산타클로스 할아버지가 굴뚝을 통해 집 안으로 들어가는 서양 사람들에게만 해당되지 않는다. 보일러나 난로, 전기 패널 따위로 난방을 하는 환경에서 자라는 우리 아이들에게도 아궁이와 굴뚝은 이미 외계의 물건처럼 생소한 것인지도 모르며 이해가 어려운 문화인지도 모른다.

아궁이에 불을 때고 굴뚝에서 연기가 나는 것이라면, 길게 설명하지 않아도 아궁이와 굴뚝의 역할과 기능에 대해 쉽게 짐작할 수가 있을 것이다. 궁궐에 사람이 살면서 아궁이에 불 때는 모습을 보여주는 것만으로도 생생한 관광소재가 되는 것이다. 또한 여러 개의 굴뚝이 있는 궁궐에서는 어떤 아궁이와 어떤 굴뚝이 서로 통해 있는지 어림해보는 것도 재미있어할 것이다.

방안 공기를 덥히는데 그치지 않고 방바닥까지 덥히는 온돌문화는 연료비절감뿐 아니라 등허리를 따끈하게 지지는 등 색다른 즐거움까지 누릴 수 있는 난방장치이다. 우리의 고유한 민족문화인 온돌은 자동차시트로까지 진출한지 오래다. 자동차시트의 따뜻한 맛에 길들여진 사람들에게 온돌문화의 원류를 찾게 하는 관광 상품으로도 다가갈 수 있을 것이다.

궁궐에 주인이 살지 않으니 볼썽사나운 것들이 하나둘이 아니다.

대표적인 것이 여러 궁궐 문 앞에서 벌이는 수문장교대식이다. 궁궐 주인이 궁궐에서 쫓겨나 어디서 어떻게 살고 있는지도 모르는 마당에 펼쳐지는 수문장교대식은 제아무리 옛 모습을 그대로 재현하고 관람객이 구름처럼 모여든다고 해도 한갓 놀이마당에 지나지 않는다. 수문장과 군사들이 아무리 근엄한 표정으로 그럴듯한 동작을 보여준다고 해도 그것은 '멋진 장면'이 아니라 '멋진 공연'일 뿐이다. 우리 역사가 그대로 살아서 숨 쉬는 대한황실 궁궐을 지키는 군사들의 장엄한 교대 의식이 아니라 아르바이트생들이 구경거리를 위해 펼치는 길거리 퍼포먼스의 한 장면에 지나지 않는다. 5백년 역사를 지닌 궁궐 문 앞이라는 그럴듯한 장소를 배경으로, 그런 생명 없는 공연만으로 구경꾼을 모으려는 염치없는 발상이 정말 대단한 것이기는 하다. 그러나 아무리 그럴듯하게 꾸미고 향수를 뿌려대도 생명이 없는 조화는 싱싱하게 살아있는 꽃이 될 수 없다.

궁궐에서 살던 황족들을 내쫓아 빈 집으로 만들어놓고 치르는 수문장 교대식 따위는, 이 땅에서 유일하게 살아남은 호랑이가족마저 관리가 까다롭고 비용이 많이 든다는 이유 때문에 죽여서 박제로 만들어놓고 관광객을 모으겠다는 발상과 무엇이 다른가?

"맨날 자기끼리만 떠들고 있으면 어떡해? 여론을 자극시켜 국민들의 마음을 움직여야지."

안천 교수의 '임금님의 대관식'이라는 책을 건네주며 하는 소리였다. 황실문화재단에서는 그동안 '일월오악도'는 물론 '황실학총론' 등등 여러 저서를 통해 황실복원의 필요성과 정당성을 홍보하고 있지만 요즘처럼 책읽기 싫어하는 시대에는 더욱 적극적이고 선명한 색깔을 드러내야 한다는 것이다.

"대한황실을 복원시켜주지 않으면 서울에 있는 궁궐은 물론이고 지방에 있는 관아까지 모두 돌려받아서 아파트를 짓거나 그대로 내팽개쳐버리는 거야. 대한제국이 망하고 황실마저 없어졌는데 황실의 건물만 멀쩡하게 남아서 문화재로 보호받는다는 것은 말도 안 되지."

황손들이 들어가 살지도 못하는 궁궐이라면 세월이 흐르며 퇴락한 건물들이 저절로 무너지고 마당에는 잡초만 자라게 해야 한다는 것이다. 조상들이 가꿔온 역사를 부정하고 멀쩡한 황실을 죽여서 박제로 만들어버리는 야만 국가라면 처음부터 역사에 관련된 문화재를 가질 자격이 없으므로.

온갖 정보가 넘쳐나고 재미있고 흥미로운 것들이 많은 세상에서 아무리 옳은 소리를 해봐야 누구도 귀를 기울이지 않는다. 황실 복원에 관심도 없고 어쩌다 관심을 가져도 막상 황실에 고궁을 되돌려주는 것이나 황실유지비용 문제에 다다르면 그냥 '쓸 데 없는 짓'으로 치부를 해버리기 일쑤다.

누구도 관심이 없는 마당에 몇몇이 모여 학술적으로 논하는 것보다 '경복궁 등 고궁은 모두 대한민국 정부에 강탈당한 장물이다! 대한민국 국민들은 장물아비!'라며, 죽이네, 살리네! 나라가 망할 것처럼 난리를 피워 이슈화를 시켜야 조금이라도 더 관심을 가질 것이 아니냐는 것이다.

물론 궁궐터를 팔아서 황손들이 치부를 하거나 궁궐을 모두 퇴락하게 만들어 국가 망신을 주는데 목적이 있는 것도 아니다. 서울에 있는 고궁과 지방 곳곳에 있는 관아와 객사 등은 물론 산과 하천마저 대한황실, 또는 대한황실 후손들에게 넘겨주고 만다면 그러지 않아도 빚꾸러기인 대한민국정부는 그대로 파산하고 말 것이다. 황실재산을 되돌려 받자는 것이 아니라 지금처럼 정부가 관리하되 대한황실을 복원하고 황실재정을 정부에서 책임지라는 것이다.

"후손 몇 사람 떵떵거리며 살게 하려고 대한황실을 복원하려는 게 아니야. 정부에서 하지 못하는 일들을 하고 싶어서 그런 거야. 지난번에 남해안으로 답사를 갔던 박 사부, 자기도 알지? 논문 쓰고 강의 다니느라고 눈코뜰새없이 바쁘게 살지만 생기는 게 거의 없어. 그 정도 능력에 그 정도 위치라면 돈 같은 거 구애받지 않고 사는 게 정상 아니야?"

마야한테는 복원된 황실에서 해주기를 바라는 바가 따로 있었다.

전통문화에 관한 모든 업무를 대한황실에서 직접 관장하고 적극 지원해주어야 한다는 것이다. 반만년 역사를 자랑하는 우리나라에서 전통문화에 종사하는 사람치고 넉넉하게 사는 사람이 거의 없다는 것은 국제적으로 창피한 일이며 무엇보다 전통문화의 소멸이 불 보듯 뻔해진다. 지금처럼 무형문화재로 지정하고 지원하는 시늉만으로는 제대로 된 후계자를 키울 수 없다. 저변확대 없는 후계자 양성은 산에 들에 자라는 나무를 화분에 옮겨놓고 물을 주는 것과 같은 행위나 마찬가지다. 민중과 함께 섞여 살면서 시원한 나무그늘을 만들어내고 꽃을 피우며 향기를 뿜어내는 것이 아니라 박물관에서나 만날 수 있는 과거의 유물로만 존재하게 되는 것이다.

전통문화는 민중이라는 공동체 안에서 가꿔가야 하는 것이지 장인 몇 사람에게만 맡겨놓는다면 생명력을 상실한 박제품이나 다를 것이 없다.

일례로 풍물 같은 경우 몇몇 유명한 곳에 수련원을 짓고 집중 지원해주어 보아야 말짱 헛일이다. 풍물을 배우고 돌아가 자기 동네에서 즐길 수가 없으면 몇몇 사람의 취미활동으로 전락해버리고 만다. 악기를 다루는 것으로 되는 것이 아니라 직접 마을을 돌며 집집마다 안녕을 비는 풍속이 함께 이루어져야 한다.

제한된 인원의 황족들이 풍족한 생활을 한다고 해도 일반상식의 도를 넘는 지나친 사치가 아니라면 실제 생활비는 얼마 되지 않는다. 자손을 위해 따로 재산축적이 전혀 필요 없는 대한황실에서 지불하는 비용은 거의가 의전비용으로 볼 수가 있다. 의전에는 반드시 인력고용이 발생하므로 이를 황실문화의 일상적인 재현에 따른 경비로 보아도 될 것이다.

황실 유지에 적잖은 비용이 들겠지만 우리 국력이 그 정도는 충분히 감당할 수 있다. 황실에 너무 많은 세금이 나간다고 생각하는 사람도 있겠지만, 대한황실이 대한민국 정부에게 엄청난 재산과 문화재를 빌려주고 받아가는 대여비용의 일부로 이해하면 될 것이다.

할아버지

할아버지는 상궁 신씨의 소생이었다.

신씨는 순종에게 황제의 위를 물려주고 덕수궁에 칩거하던 고종의 성은을 입었으나 서기 1919년 1월 21일 고종황제가 승하하고 난 뒤 그해 6월에야 유복자를 낳았으므로 귀인이나 숙의 첩지를 받지 못한 것은 물론이거니와 누구한테도 주목을 받지 못했다.

꼭 7년 전인 서기 1912년 5월 복녕당 귀인 양씨한테서 덕혜옹주가 태어났을 때다. 고종황제는 덕혜옹주를 자신의 딸로서 일본 황적(4243년 경술국치로 대한제국이 일제에 병합된 상태였으므로) 올리려고 했으나 조선총독부와 이왕직장관 모두 덕혜는 사생아이므로 황적에 올릴 수 없다고 거절하는 일이 일어났다. 그러자 고종은 성대한 백일잔치를 차려놓고 조선총독부의 고관들과 이왕직 장관실의 관료들, 일본의 일부 지한파 귀족들까지 두루 초청해놓고, 단상에서 "이 애가 내 고명딸"이라고 발표했다. 일본에서 온 귀족들까지 이 장면을 목격하였으므로 조선총독부나 이왕직의 관료들도 더 이상 반대를 하지 못했고 덕혜옹주는 겨우 황적에 오를 수 있게 되었다. 결국 이 때문에 덕혜옹주가 일제의 질시를 받아 일본에 인질로 끌려가고 말았지만.

비운의 덕혜옹주와도 달리 '내 아들이다'고 편들어줄 아버지 고종황제마저 승하하신 뒤 태어난 유복자와 그의 어미 신 상궁은 이왕직에서도 냉대를 받고 궁을 나가야 했으며 세간에서도 잊혀 질 수밖에 없었다.

황실에서 오직 한 사람 의왕만이 유복자로 태어난 어린 핏덩이 동생을 불쌍하게 여겼으나, 그때는 이미 3.1운동의 거센 물결이 전국을 흔들고 있었으며 의왕도 상해 임시정부로의 망명 계획을 세웠으나 중도에 실패하는 등 극심한 혼란 속에서 어린 동생에게 지속적인 관심을 갖기도 어려웠다.

서기 1943년. 의왕은 까맣게 잊고 있었던 신 상궁의 방문으로 어린 동생을 기억해냈지만 그 동생은 이미 일제에 체포된 뒤였다. 자신도 잊고 있던 젖먹이 어린 동생이 어느새 의혈남아로 장성해서 광복운동을 하고 있었다는 소식에 의왕은 크게 감격했다. 당시 이기권이 의왕의 뜻에 따라 일제의 앞잡이로 이중생활을 하고 있었는데, 의왕은 이기권에게 동생을 구하도록 명을 내리고 재물도 내주었다. 일제 앞잡이로 위장하고 은밀하게 광복운동을 하고 있었던 이기권은 여러 인맥과 뇌물을 통해 의왕의 동생을 무사히 빼내는데 성공했다.

이석 황손도 우리 할아버지의 존재를 잘 알고 있었다.

5월 첫 번째 토요일. 나는 금요일부터 전주에 왔었지만 토요일 일요일에도 혼자서 놀아야 되었다. 길거리 퍼포먼스 준비로 바쁜 마야 곁에는 얼씬거리지 않는 것이 도와주는 일이니까.

황손께서 승광재를 찾는 손님들에게 국수 한 그릇이라도 나누고 싶다며 행사를 한다기에 보러 갔었는데 마침 우리 할아버지 이야기를 하고 있었다.

"족보에는 오르지 못했지만 황족이 분명한 분이 계셨지. '높을 준埈'자를 쓴다고 했는데 고종황제께서 붕어하신 뒤 그해 여름에 유복자로 태어나신 분이야. 왜놈들한테 독살 당해 돌아가신 것이 세수 예순 여덟이었지만, 황제께서 그때까지 그만큼 강건하셨다는 증거가 아니고 뭐겠어?"

의왕께서는 늦게 만난 아우 준을 규왕(圭王)으로 명명했고 황실 족보에도 올리려고 애를 썼지만 뜻을 이루지 못했다고 한다. 이석 황손은 우리 할아버지의 신분과 함자는 물론 태어난 해까지도 정확하게 기억하고 거론하셨다. 광복 이듬해, 칠순고령이신 의왕께서 잠깐 입원한 적이 있었는데 이석 황손께서는 병실로 찾아온 할아버지를 그때 처음 만났다고 했다.

"진짜 '의왕 전하'인 아버지도 나는 늘 아버지라고 했지 전하라고 부르지 않았는데, 아버지께서는 그분을 반드시 '규왕 전하'라고 부르게 했어. 지금 생각해보면 고종황제의 당당한 아들로 태어났지만 자식으로 인정조차 받지 못하면서도 광복운동에 헌신했던 아우를 위로하려는 마음이셨을 게야. 그런데 그때는 내가 어린 나이(16세. 중학생)인지라 한창 젊으신 그분이 우리 아버지보다 더 황실의 정통성, 그러니까 나는 의왕 전하의 어머니가 우리 할머니 장귀인보다 더 높은 분인 줄 알고 시샘하기도 했었지. 어렸다고 해도 내가 너무 철이 없었던 게야."

의왕께서는 황자이면서도 광복운동에 나서지 못했던 자신을 늘 부끄럽게 여기고 있었다. 그런데 황자로 인정조차 받지 못했던 아우가 목숨 바쳐 광복운동을 해왔으니, 그나마 황실의 체면을 살린 것이라고 자랑스러워했으며 적잖은 재산도 내주었다고 한다. 의왕은 규왕을 만날 때마다 환대를 해주었는데, 의왕께서 승하하신 후에도 규왕은 자주 찾아왔었다.

황실복원을 꿈꾸던 규왕은 대한황실복원을 봉쇄하는 역대 정권의 처사에 비분강개했다고 한다. 자신은 황실 족보에도 오르지 못하는 몸이라 어쩔 수가 없다며, 이석 황손에게 가수활동을 하지 말고 대한황실 복원에 나설 것을 적극 권했다. 이석 황손으로서는 자신이 태어나 살던 궁에서도 쫓겨나는 판국인지라 황실복원을 꿈꾸는 규왕이 오히려 뜬구름 잡는 허황된 사람으로만 여겨져 냉대했으므로 마침내 규왕의 발길도 뜸해졌다. 이석 황손은 규왕의 자식인 남매와도 자주 만나며 친하게 지냈는데 규왕을 따라다니던 아이들의 발길도 자연 멀어지고 말았다.

"윤 대비(순정효황후 : 순종황제의 첫 번째 황후이신 순명효황후께서 돌아가신 뒤 황후에 오름)도 나중에는 가수가 된 나를 이해해주셨지만 처음에는 나라가 망하니 황손이 광대가 되었다며 나를 볼 때마다 우셨지. 그 죗값일 게야. 황손이 광대가 되어서 황실복원이 이뤄지지 않는 것, 송 사장도 알고 있지?"

"아니, 어르신! 그게 무슨 말씀입니까?"

갑작스럽게 격한 소리를 내며 송경구 사장이 벌떡 일어섰다. 설계사무소를 운영하는 사람답게 매사에 꼼꼼하고 온순하기만 하던 송 사장의 모습에 오히려 내가 놀랐다. 그러나 이석 황손께서 총재로 있는 '대한황실 후원회'는 이석 황손을 후원하는 단체다. 황손을 후원하는데서 그치지 않고 다방면으로 황실복원에도 앞장서고 있느니만큼 자신들이 모시는 이석 황손에게 누가 되는 것이라면, 아무리 작은 것이라도 질색하며 거부반응을 보이는 것이 당연한 것일지도 모른다.

"영왕 전하의 귀국까지 막아가며 황실복원을 반대했던 이승만 정권은 물론 역대 정권들이 계속 황실복원을 막았기 때문이지 어찌 어르신 때문입니까? 막말로 고종황제의 후손이 하나도 없다고 해도 황실을 복원할 의지만 있으면 종약원과 협의해서 얼마든지 후사를 결정할 수 있는 일이 아닙니까?"

"아, 아, 그 이야기는 그만 하고."

이석 황손이 손사래 치며 말을 막았다.

규왕의 아들은 필리핀으로 여행을 갔다가 강도를 만나 유복자만 남기고 죽었다. 유복자로 태어난 아이는 어느새 서른 살 장년으로 자랐지만, 어느 날 갑자기 보통 사람들처럼 살고 싶다며 집을 나가버렸다는 것이다. 벌써 2년이 넘었는데 어디 가서 무엇을 하고 사는지 백방으로 알아봐도 도무지 흔적조차 찾지 못한다는 것이다.

"그런데 문제가 있어. △이가 전주에 오지 않을 수도 있고 전주에 온다고 해도 나를 찾아오지 않을 가능성이 더 많아."

"예? 어째서요? △이가 여기 온다면 어르신을 찾아오는 게 당연한 일 아닙니까?"

"그야, 그렇지. 그런데 △이는 제 애비가 규왕의 자식이 아니라 양자로 들어온 것으로 알고 있을 것이기 때문이야."

"양자요?"

"응, 나는 아무 것도 몰랐지만 이런저런 사정이 있었나 봐. 누이도 여태까지 제 동생이 자기와 피가 전혀 섞이지 않은 양자인 줄로만 알았대."

그것은 우리 아버지가 할머니의 자식이 아니고 할아버지가 밖에서 낳아온 아들이었기 때문이었다. 할아버지는 아버지를 호적에 올리려고 했으나 할머니가 완강하게 반대했으므로 할머니 자식으로 호적에 올리지 못하고 생판 남의 자식을 양자로 들이는 것처럼 하기로 최종 합의했다는 것이다.

"규왕 전하의 부인께서 집을 나가 소식 없는 △이를 걱정하기에, 누이가 우리와 상관없는 녀석을 무엇 때문에 애달아하느냐고 했다가 그때서야 비로소 양자로 들어왔던 동생이 규왕 전하의 진짜 핏줄이라는 것을 알게 되었다는 거야."

오랜 버릇처럼 이석 황손은 우리 할아버지의 명호를 입에 올릴 때마다 꼬박꼬박 '전하'라는 존칭을 붙이고 있었다.

"규왕 전하의 부인께서는 자신의 고집불통 거짓말 때문에 △이가 집을 나가서 소식조차 없는 거라고, 혹시라도 △이가 잘못되면 자기가 무슨 낯으로 저승에 가서 전하를 뵙겠느냐고 걱정하신대."

차라리 할아버지와 상관없는, 다른 사람들의 자식이었더라면 밉지는 않았을 것이다. 낳은 정보다 기른 정이라고 오히려 양자라면 친자식처럼 사랑할 수도 있었을 것이다. 그러나 할아버지가 다른 여자와 관계해서 낳은 아버지를 볼 때마다 할머니는 가시에 찔리는 것처럼 얼마나 가슴이 아팠을까?

할머니는 내가 규왕 전하의 핏줄을 이은 진짜 황사손이라는 것을 진즉 알았더라면 풍물패와 어울려 다니지도 않았을 것이고, TV 앞에서 광대놀음을 하다가 황실복원회에서 쫓겨나는 일은 더더욱 없었을 것인데 자신의 잘못으로 모든 일을 그르쳤으며 내 생사마저 알지 못하게 되었으니, 이 노릇을 어쩔 것이냐고 수단방법을 가리지 말고 나를 찾아야한다고 했다는 것이다.

"자네들도 백방으로 나서서 찾아보게. 규왕 전하께서도 평생 황실복원 운동을 해오셨는데, 아직 바깥으로 드러나지 않아서 그렇지 우리보다 세력이 더 크고 탄탄해. 어쩌면 황실복원 단체 중에서 제일 규모가 클지도 몰라. 그런데 규왕 전하께서 돌아가시고, 중심에서 있던 △군마저 2년이나 소식이 없으니 큰일이 아닌가."

정신 번쩍 차리게 하려고 야단친 것뿐인데 내가 황실복원회에도 연락이 없고 우리 집에서도 2년이 넘게 죽었는지 살았는지 생사조차 모르고 있으니, 다른 '－창군'들이 나름대로 기대를 갖기 시작했고 은밀히 줄서기도 하는 모양이라고 했다. 특히 일모공께서는 자신의 손자인 위창군까지 황실복원회에서는 물론 집에서도 내쫓고 회원들의 단합을 호소하고 있지만, 막상 복원회의 구심점인 내가 나타나지를 않고 있으니 황실복원회가 언제까지 버텨낼지 장담하기 어렵다는 것이다.

"△군을 빨리 찾아야 돼. 참, △이 아명이 '다완'인데, △이가 바깥에서는 '다완'이라는 이름을 쓴다니까 혹시라도 누가 '이다완'이란 사람을 아는지 알아보는 게 나을 거야."

어떻게 인사를 드리고 승광재를 물러났는지 모른다. 마야가 곁에 있었더라면 그 자리서 내 정체가 들통 날 뻔했는데, 천만다행이었다는 생각밖에 없었다. 길거리퍼포먼스 준비에 바쁜 마야는 당분간 승광재에 모습을 드러내지 못할 것이다. 꿈길처럼 남천교를 건너 마야네 집으로 돌아와서도 내 의식은 좀처럼 맑아지지 않았다.

당장 집으로 돌아가야 했다. 연세 많으신 할머니께 더 이상 심려를 끼쳐드릴 수는 없는 일이다. 일모공께도 죄스럽기 짝이 없는 일이었다. 일모공은 2년이 넘게 안부 인사마저 드리지 못했던 나를 위해 자신의 손자와 천륜까지 끊으셨다고 한다.

그러나 한 번 돌아가면 다시 돌아올 수가 없다. 특히 소준 선생이나 거울공부에 대해 말했다가는 정신병원에 감금당하고 말 것이다. 거울공부야 얼마든지 은밀하게 할 수가 있지만 진전이 매우 더딜 것이다. 선생님을 주기적으로 만나지 못한다면 잘못된 길에서 헤매고 있어도 도움을 받을 수가 없는 것이다.

난생 처음으로 하고 싶은 일을, 해야 할 일을 찾았는데……

여태껏 내 힘으로 서지 못하고 덩굴식물처럼 남에게 기댄 채 살아왔지만 언제까지 이렇게 살고 싶지가 않았다. 우선 남들처럼 건강한 체질로 바꾸고 더욱 공부가 익으면 아픈 사람을 어루만지며 위로해줄 수 있는 사람이 되고 싶었다. 그러기 위해서는 적어도 몇 년은 더 세월이 필요할 것이다. 소준 선생의 장담대로 퇴마까지 할 수가 있다면 더욱 많은 사람들의 아픔을 덜어줄 수 있을 것이다. 선생이 꿈꾸는 홍익인세는 너무 멀더라도……

내가 돌아가면 할머니도 안심하실 것이고 황실복원회도 안정을 찾을 것이다. 그러나 곰곰이 생각해보니 굳이 내가 아니어도, 할아버지께서 만드신 황실복원회가 아니어도 대한황실복원에는 큰 영향이 없을 것 같았다. 이석 황손의 대한황실문화재단 말고도 다른 황실복원 단체들도 있다는 것을 알았기 때문이다.

자신의 손자까지 내쫓다니, 일모공의 천륜까지 끊어버린 나로서는 죄스럽기 짝이 없었지만 일모공이나 황실복원회에 내가 사는 곳을 알릴 수도 없는 일이었다.

할머니한테는 당장 안부전화를 드려야겠지만, 고모가 이석 황손을 만나고 얼마 되지 않아 내 전화가 왔다면 누구나 내가 이석 황손 근처에 있을 것으로 판단하게 될 것이고 수색망을 좁혀올지도 모른다. 궁리 끝에 나는 멀리 부산으로 가서 전화를 드리기로 했다. 부산은 남쪽 끝 바닷가에 있으니 서울을 떠난 사람들이 가장 먼 곳으로 생각할 수 있는 곳이다. 고모와 황실복원회에서는 할머니 집의 전화에 찍힌 공중전화번호로 내 근거지를 추적하고 싶겠지만 부산은 인구 3백50만 명이나 되는 대도시다. 더구나 가끔 부산 근교의 여러 도시들을 돌면서 전화를 드린다면 나를 찾는 것을 포기하고 내가 드리는 안부전화로 만족할 것이다.

"명창군, 명창군의 애비는 양자가 아니라 전하의 진짜 아들자식이다. 다 이 할미의 죄다. 이 할미를 용서해다오. 이 할미가 강짜를 부려서 전하의 친자식을 양자로 호적에 올렸던 게다. 명창군한테 말을 한다 한다하면서도 부끄러워 말을 못 꺼냈던 거야."

"아, 그거요. 그거는 종묘제례 올리던 날, 내가 진짜 할아버지 핏줄이라고 할아버지께서 다 말씀해주셨어요. 할머니나 고모가 알면 야단일 테니까 할머니나 고모는 물론 누구한테도 비밀로 해야 된다고 해서 그냥 모른 척하고 있었던 거구요."

나는 내가 꼬마였을 때부터 이미 알고 있었노라고 태연하게 거짓말을 늘어놓는 수밖에 없었다. 내가 이렇게 사는 것은 할머니 탓이 결코 아니라고, 할머니의 마음을 편하게 해드리는 것이 내가 할 수 있는 최선의 효도였으니까.

"남한테 말은 못해도 제가 황손이라는 것을 한시도 잊어본 적이 없어요. 풍물패하고 어울린 것은 여러 사람들하고 친해지려고, 제 편을 많이 만들어두려고 한 것이지 정말로 광대짓이나 하려고 그런 것이 아니니까 안심하세요. 광대짓은 벌써 그만 두었어요, 할머니."

"그래, 그래야지. 우리 명창군이 광대짓하더란 소리를 듣고 내가 얼마나 놀란 줄 알아? 다시는 그런 흉한 짓하면 안 돼. 절대 안 돼."

"네, 할머니. 저도 이젠 철들 나이가 되었어요. 제가 잠시 황실복원회에서 나왔다고 서운하게 생각하지 마세요. 나중에 집에 돌아가면 황실복원회에도 다시 나갈 거예요. 그전에 내가 어떻게 하는 것이 황실복원을 위해서 옳은 것인지 생각 중이니까 걱정하지 마세요. 할머니, 건강하게 오래오래 사셔서 제가 황실을 복원하는 것도 보시고 증손자도 안아보고 그러세요."

"그래, 그래! 명창군 말이 옳아. 역시 왕후장상은 따로 씨가 있는 법이야. 명창군, 이 할미는 명창군을 믿으니까 실망시키지 마."

"예, 할머니. 저도 할아버지의 뜻에 어긋나는 일은 하지 않을 것이니 걱정하지 마세요."

내친 김에 내가 황실복원운동이라도 하고 다니는 것처럼 말해 버렸다. 아무리 정정하다고 해도 할머니는 벌써 8십 중반의 노인, 할머니를 안심시키기 위해 그만한 거짓말쯤은 해드리는 게 오히려 도리일 것이다.

거리퍼포먼스

거의 병적으로 송 시장을 싫어하는 마야는 그가 공무원출신이라는 것까지도 불만인 모양이었다.

'정치는 X도 모르고, 복지부동 행정직이나 해 처먹던 놈!'는 소리를 입에 달고 살았다.

제아무리 양심이 바르고 정직하더라도 정년이 될 때까지 위에서 시키는 대로 법령에 나온 대로 그저 큰 과오 없이 살면서 기껏해야 승진기회나 노리던 공무원이 무슨 원대한 꿈을 꾸고 문화예술을 이해하겠느냐는 것이다.

정치는 사람들에게 희망을 제시하고 서비스를 제공해야 한다. 알아서 가려운 데를 긁어주고 불편사항을 제거해야 하며 사람들과 함께 크고 작은 꿈을 꿀 줄도 알아야 한다,

도정이나 시정은 단순 행정영역이 아니라 정치와 행정의 복합영역이다. 국회의원만 정치를 하는 것이 아니라 시장이나 도지사도 정치인이다. 이런저런 당을 만들어 패싸움이나 해대는 정치꾼이 아니라, 지역민들에게 자신의 꿈을 제시하고 그 꿈을 모두 함께 가꾸고 펼쳐가는 제대로 된 정치인 말이다.

정치가 뭔지도 모르고 짖어대는 돌대가리!

저런 돌대가리도 시장으로 내세운 오만방자한 민주당 놈들!

이것이 마야가 행정직 출신 시장을 신용하지 않고, 전주시민을 봉으로 아는 민주당을 싫어하는 근본적인 이유였다.

6.4 지자체선거가 끝난 뒤였다. 장날에 맞춰 보은으로 가고 있는데 전화가 왔다.

"아전질이나 해 처먹던 놈이 도지사까지 해 처먹다니, 바로 나라가 망할 일이지 뭐야?" 전화기 저쪽의 상황이 눈에 보이는 듯 선했다.

"정권을 잡아도 정치에는 관심이 없고 이전투구나 일삼던 민주당 개새끼들이 전라도 사람을 개X으로 알고 개지랄을 한 거라고!"

"두 번 다시 정권도 못 잡고, 평생 야당질이나 해 처먹을 개새끼들!"

입에 거품을 물고 욕설을 해대지만 이건 아니다.

어쨌거나 선거는 전라북도 도민 한 사람 한 사람이 표를 던진 것이고 압도적 차이로 송 시장이 전라북도 도지사로 당선된 것이다. 따져보면 마야의 욕설은 민주당이 아니라 전북도민을 개X으로 깔아뭉개는 소리지만, 내가 한마디라도 엇박자를 놓았다가는 당장 폭발하고 말 것이다.

"개만도 못한 놈이 취임식을 하기 전에 없애버려야 돼. 저 개만도 못한 놈을 없애준다면 내가 평생 업고 다닐게. 자기야, 제발 형님한테 가서 조폭들을 끌고 와라, 응?"

정신이 오락가락할 나이는 아직 멀었고…… 드디어 개과천선

하려나?

사람 없애는 것이 무슨 쓰레기 치우는 것인 줄 아는 것처럼 30분이 넘게 마야가 보챘지만, 전화통화가 길어질수록 나는 마야의 정신상태가 걱정되기보다 엉뚱한 상상에 사로잡혔다. 혹시라도, 지시를 내리듯 제 할 말만 하고 재빨리 끊어버리던 못된 버릇이 없어지려는지도 모른다는 기대감 때문이었다. 넋두리라도 좋고 푸념이라도 좋다. 제발 전화를 할 때마다 이렇게 오래오래 떠들어다오.

나름 바빴던지 마야는 그 뒤 더 이상 전화를 하지 않았고, 6월 마지막 토요일 다로 앞에서 거리퍼포먼스를 한다는 문자메시지만 보내왔다.

다로(茶露)는 은행길에서 승광재로 들어가는 골목 왼쪽에 있었던 찻집이었다. 마야하고 더러 찾던 전통찻집이었는데, 오십대 후반의 주인남자는 차가 좋아서 잘나가던 직장을 나와 찻집을 연 것이라고 했다.

"6억 받았대. 겨우 현상유지나 하는 것보다 6억에 파는 게 낫다는디, 내가 머라고 혀?"

한옥마을에 관광객이 몰리면서 땅값이 엄청나게 올랐으므로 아무리 취미생활이라도 더 이상 전통찻집을 운영할 수가 없게 되었다고 했다.

경계삼아 작은 나무를 심어놓은 사철나무 울타리 너머의 좁은 마당도 한옥과 어우러져 보기 좋았는데 '달 이야기'라는 커피숍으로 바뀐 뒤 울타리는 방부목으로 바뀌었다. 마당에도 마루를 깔아 손님을 받을 수 있게 했으며 이를 위해 쇠기둥을 세우고 처마를 달아냈으므로 한옥의 고운 처마선이 사라지고 실내에다 장식용으로 한옥 처마를 만든 것처럼 보였다. 돌과 흙으로 만들고 기와를 올렸던 은행로 쪽의 나지막한 담장도 걷어내고, 금싸라기 같은 땅 한 뼘도 놀리지 않으려고 현대식(?)으로 빈틈없이 만들었기 때문에 다로 때의 정감을 기억하는 우리는 한 번도 이용하지 않았다.

다로 건너편에도 작은 채소밭이 있어서 잠시 멈춰 서서 바라보고는 했었는데 주차장으로 바뀌었다. 한옥마을의 땅값이 터무니없이 오르다보니 놀려둘 공간이 하나도 없어진 것이다. 잘 가꾸어진 정원이나 아름다운 꽃밭만이 아니다. 흙길이 사라지고 사람이 북적거리는 곳에서는 눈이 쉬어갈 만한 곳이면 잡초밭도 한 풍경이 되는 법이니 좋은 풍경 하나가 또 사라진 것이다.

예고했던 토요일 한옥마을에 갔을 때, 마야는 주차장으로 쓰이는 그곳에서 판을 벌이는 모양이었다. 승용차 6대 정도를 주차할 수 있는 작은 공간이었지만 최명희길과 은행로가 만나는 네거리라서 많은 관객을 모을 수 있는 곳이었다.

몇몇 사람이 도와주는 줄 알았는데 의외로 출연진이 많은 듯 무대로 쓰는 공간 뒤에는 커다란 천막까지 세워져있었다. 그 천막 앞에는 5~6미터는 되어 보이는 높은 가림 막으로 되어있었고 '거리퍼포먼스 /고구려소리 / 호선무 / 상여놀이'라는 제목 아래 북을 치거나 춤을 추는 마야의 모습이 여러 장의 사진과 그림으로 채워져 있었다.

1미터 정도 높이의 무대는 너무 작아서 겨우 두세 사람이 북을 칠 수 있는 정도밖에 되지 않았다. 무대의상을 입은 마야가 커다란 북 앞에서 북소리를 확인해보듯 잠깐씩 북을 두드려보고 있었지만, 도와주는 사람들이 많아보였으므로 굳이 다가가 아는 척하지 않고 다른 구경꾼 틈에 서서 지켜보기로 했다.

고구려북소리는 '말갈피소리'라고도 했다는데 군사들이 말을 달리는 소리라고 했다. 처음 연습하는 사람들은 '두루닥닥'이나 '두루기두루기닥닥'이라는 소리를 입에 달고 사는데 기본타법을 그렇게 말하는 것이다. 연주가 시작되면 기마군사들이 대를 지어 모이고 흩어지며 열병식을 하는 것 같고, 고조에 이르면 수천수만 기마군사가 함성을 내지르며 적진을 향해 질풍노도처럼 내달리는 것만 같다.

고구려소리는 '음 아—아—아—'하고 내지르는 구음(口音)만으로도 청중을 휘어잡는다. 판소리처럼 한이 맺힌 소리가 아니라 맑은 음색으로 거침없이 토해내는 천하의 주인 고구려의 기상이 그대로 느껴진다. 기마군사들이 대를 지어 달리는 고구려북소리와 함께 어우러지면 절로 가슴이 뛰고 호연지기가 샘솟는다.

고구려북소리는 커다란 북을 비스듬하게 눕혀 놓고 두드린다. 작은 북을 앞가슴에 메고 춤을 추며 북을 치기도 하지만, 큰 북을 눕혀놓고 펄펄 나는 모습은 한 마리 새를 보는 것 같고 힘차게 내려치는 동작에서는 도끼질을 하는 것처럼 강력한 파워가 쏟아진다.

고구려 벽화에 나오는 복색은 요즘의 생활한복과도 많이 비슷하다. 마야가 고풍스런 복장으로 북을 치기 시작하자 지나가던 사람들까지 모여들기 시작했다. 양손에 북채를 들고 간들간들 춤추며 잔잔한 물결처럼 가볍게 북을 두드리는가 하면 펄펄 날기도 하면서 가죽이 터져라 북채를 내려치기도 했다. 여태까지 내가 알던 마야가 아니라 커다란 북을 희롱하며 춤추는 한 마리 새였다.

구경꾼들의 정신을 쏙 빼놓았던 마야의 북춤이 끝나고, 계룡산에서 만났던 삼촌이라던 사람과 건장한 체격의 스님 하나가 무대 앞으로 나왔다. 마야는 손에 징을 들고 있는 삼촌은 소개하지 않고, 까까머리에 풍성한 구레나룻이 가슴까지 흘러내린 범상치 않아 보이는 스님만 소개했다.

"고구려소리를 들려주기 위해 울진에서 오신 효성스님입니다."

손에 꽹과리를 든 효성스님은 무대에 마이크가 있는데도, 주먹만큼 큰 마이크를 목걸이처럼 걸고 있었다.

지잉, 징, 징 —

세 번의 징소리와 함께 마야의 북소리가 뒤를 이었고, 잠시 후 손에 든 꽹과리를 울리던 효성스님이 '음, 아~'하고 고구려소리(口音)를 시작했다. 낮은 저음으로 시작된 고구려소리는 대를 지어 열병식을 하는 수만 군사를 내려다보며 내지르는 대장군의 소리 같았다. 판소리처럼 한이 맺힌 소리가 아니라, 맑은 음색으로 거침없이 토해내는 천하의 주인 고구려의 기상이 그대로 느껴졌다. 구음소리가 끝날 때마다 삼촌의 시낭송이 뒤를 이었다.

음, 아~아~아~아 –
아~아~아~아~아 –

그윽한 울림에 하늘이 열리고
산, 들, 가람 오롯이 자리잡는다

아~ 아~아~아~아 –

둥둥둥 북소리
조선나라 고구려 심장소리
우주 울림 ㅏ ㅡ ㅣ ㅔ
천하주인 고구려 숨결소리

오~오~오~오~오~

아사달에서 울려 퍼지는 고구려소리는
흩어진 가슴 가슴 세차게 두드리고
천년이나 식어있던 우리 대한겨레 붉은 피

뜨겁게 뜨겁게 용솟음치며 흐른다.

예 ~ 에 ~ 에 ~ 에 ~ 에~

일어나 날개를 펴라!
조선나라 고구려 후손
대한민국이여!

아~ 아 ~ 아 ~ 아 ~ 아 –

겨레의 둥지터 만주를 되찾고
세계를 향해 힘차게 날아라!
하늘의 자손
7천만 대한겨레여!

시낭송이 끝나며 북소리가 점차 빨라지자 꽹과리소리와 징소리까지 가세하며 고조를 이루고 '우~ 와~'하는 목소리까지 더해졌다. 마치 여태까지 대를 이루며 천천히 달리던 말들이 군사들의 고함과 함께 적진을 향해 돌진하는 듯 했다. 관중들의 요란한 박수소리와 환호에 고구려소리 공연이 끝났는가 싶었는데, 한바탕 격전을 치르고 난 뒤 잔잔하게 가라앉았을 뿐 마야의 북소리는 계속 이어졌다. 효성스님도 간간이 꽹과리를 울리고 있더니 다시 구음소리를 시작했다. 이번에는 시낭송이 아니라 마야가 부르는 노래였고, 삼촌은 한 소절의 마지막 소리만 후렴처럼 따라 불렀다. 후렴처럼 부르는 소리는, 삼촌뿐 아니라 행사를 돕는 여러 사람들이 함께 큰 소리로 따라 불렀으므로 따로 마이크가 없이도 잘 전달되었으며 오히려 더 좋은 듯한 느낌이었다.

음, 아~아~아~아 –

조선 나라 고구려 / 고구려
천하주인 고구려 / 고구려
하늘백성 나 — 라 / 나 – 라

오~오~오~오~오~

푸른 하늘 붉은 해 / 붉은 해
푸른 산천 붉은 땅 / 붉은 땅
맑은 햇살 온 누리 / 온 누리

에~에~에~에~에~

천하 만물 모두 다 / 모두 다
온 세상을 품안에 / 품안에

천하제일 겨레여 / 겨레여

음 – 아 ~ 아 ~ 아 ~ 아 –

조선 나라 고구려 / 고구려
천하주인 고구려 / 고구려
하늘백성 나 – 라 / 나 – 라

노래가 끝나자 사람들이 북을 무대 밑으로 내려놓았고, 이번에는 효성스님이 북채를 쥐고 북을 치기 시작했다. 천막 안으로 들어갔던 마야가 긴치마로 바꿔 입고 다시 무대로 올랐고, 스피커에서 대금과 해금 등으로 연주하는 음악이 흘러나왔다. 두 팔을 쳐든 마야가 북소리와 스피커 소리에 맞춰 서서히 돌기 시작했다.

나로서도 마야의 호선무를 보는 것은 처음이었다.

팽이처럼 돌아가는 빠른 회전에 군중들의 박수갈채가 높아졌지만 호선무까지도 아직은 식전 행사인 것 같았다. 무대 뒤의 배경이 흰 천으로 가려져 있었기 때문이다.

"여러분 이렇게 모여 주셔서 감사합니다. 지금부터 본격적인 퍼포먼스를 시작하겠습니다. 끝까지 지켜봐 주시고 응원해 주세요."

뜨겁게 심장을 울리는 고구려소리와 보는 눈이 어지러울 것 같은 호선무로 달아오른 사람들이다. 마야의 달뜬 목소리에 군중들이 박수를 치며 환성을 질렀다. 다른 데서 보기 어려운 북과 춤, 노래를 감상했던 구경꾼들은 본 행사에 대한 기대감으로 분위기가 더욱 고조되었다.

무대에서 내려온 마야가 무대 앞에 있던 천을 벗겨내자 '세상에서 가장 훌륭한 시장님'이라고 쓴 글귀가 먼저 눈에 들어왔다.

"오래 기다리셨습니다. 지금부터 세상에서 가장 훌륭한 시장님을 소개하겠습니다."

가장 훌륭한 시장이라니? 마야가 새로 당선된 전주시장하고 잘 아는 사이던가? 그러나 아무리 친한 사이라고 해도 아직 취임조차 하지 않은 사람을 치켜세우는 것도 말이 안 된다.

어쨌거나 이제부터 본격적인 무대가 시작될 모양이었다. 행사를 알리던 가림막의 천을 벗기자 전주시 청사를 그린 그림이 나온 것이다. 그런데 이상하게도 '송아지 시장님의 도지사 당선을 축하드립니다.'라는 현수막이 걸려있었다. 전주시 청사라면 응당 새로 선출된 김승수 시장의 당선 또는 취임을 축하한다고 하는 게 맞다.

그런데도 시청사에 시장의 도지사 당선 축하라니, 전주시청 직원들이 아니라 마치 동네 주민들이 마을회관에 현수막을 걸어놓고 이장님의 도지사 당선을 축하하는 것처럼 우스꽝스런 모양새였다. 또한 송하진 전주시장을 '송아지'라고 비아냥거리는 것도 확실한데 '훌륭하신 시장님'이라니. 송아지가 도지사 취임하기 전에 없애버려야 된다고 떠들어대던 마야가 도대체 무슨 생각으로 저러는지 알 수가 없었다.

잠시 후 누군가 시청 창문에서 내려뜨린 현수막에는 '전주시민 여러분께 사죄드립니다!'라는 글귀가 적혀있었다. 무슨 일인가 쳐다보는데 이번에는 곁에 있는 창문에서 누런 송아지 인형이 튀어나왔다. 그러나 송아지 인형은 땅에 떨어지지 않고 밧줄에 목이 매여 대롱거리고 있어 송아지 인형이 시청사 창틀에 목을 매고 자살한 모양새였다. 그러나 그것도 잠시였고, 진행을 돕던 사람 둘이 무대로 올라가더니 밧줄을 잡아당겨 송아지 인형을 무대에 세워놓고 내려왔다.

무대 앞에 세상에서 가장 훌륭한 시장님'이라고 적혀있었으므로 여태까지 마야가 춤추고 노래하던 무대가 동상을 받치는 받침대가 되었다. 송아지 목을 묶었던 밧줄이 그대로 연결 된 채라 이제는 송아지를 시청 창문에 묶어놓은 것 같은 모양이다. 헝겊 등으로 만든 인형이었지만 어쨌건 송아지 동상으로 완성시킨 것이다.

마야가 천막으로 들어가고 잠시 후 화려한 꽃상여 하나가 바깥으로 들려나왔다. 이번에는 옛날 농부 같은 복장을 한 마야가 삼베 두건을 쓰고 꽃상여에 올라서서 쩔그렁쩔그렁 요령을 흔들며 상두꾼 노릇을 하고 있었다. 머리에 삼베두건만 썼을 뿐 알록달록한 티셔츠 차림인 상여꾼들의 상엿소리는 힘차고 기쁨에 넘쳤으며 마야가 부르는 망자의 넋두리도 전혀 구슬프지가 않았다. 시신이 없는 빈 상여를 메고 있기 때문인가? 장례의식이 아니라 즐거운 잔치판에서 벌이는 놀이 같았다.

상두꾼 : 어－노 어－노　　어나리 넘자 어어노

상여꾼 : 어-노 어-노　어나리 넘자 어어노
상두꾼 : 가네 가네 나는 가네　저 멀리로 나는 가네
상여꾼 : 어-노 어-노　어나리 넘자 어어노
상두꾼 : 빈손으로 왔다가　빈손으로 간다는디
상여꾼 : 어-노 어-노　어나리 넘자 어어노
상두꾼 : 무슨 죄악 무슨 업보　이렇게도 무거운가
상여꾼 : 어-노 어-노　어나리 넘자 어어노

우리 부모 살아생전　사람 되라 갈쳤는디(가르쳤는데)
잘난 행세 대장 행세　내가 바로 짐승이네
부끄러버 몬 살겄네　낯짝 들고 몬 살겄네
죄 짓고는 몬 살겄네　저승사자 납시었네
오래 살아 행복인가　먼저 가서 다행인가
사는 것이 지옥이네　어서 바삐 도망가세
어여뻐라 어여뻐라　가는 놈이 어여뻐라
상판대기 싫더니만　뒤통수가 어여쁘다
난생 처음 이쁜 짓에　한잔 술이 없을쏘냐
축하하네 축하하네　잘 죽었네 잘 뒈졌네
전주시민 살판났네　전북도민 살판났네
경사로다 경사로다　동네잔치 벌여보세

끝없는 사설로 이어지는 상여놀이를 바라보던 내 눈은 다시 송아지동상으로 옮겨졌다. 시청청사에서 뛰어내리고, 목에 밧줄이 걸린 송아지가 훌륭한 시장이라니 무슨 뜻인가 하는데 문득 송아지에서 아지랑이처럼 기가 오르고 있었다. 웬일인가 하는 사이 시청건물에서도 아른아른 기가 오르고 둘러선 구경꾼들의 머리와 어깨에서도 부옇게 기의 아지랑이가 피어올랐다.

기의 아지랑이에 파묻힌 꽃상여에서 꽃송이들이 하나둘 흔들거리며 빠져 나오기 시작했다. 꽃송이들이 빠져 나와도 화려한 꽃상여는 그대로였고, 오히려 종이에 물들여 만든 조화가 아니라 살아 있는 꽃처럼 싱싱하기만 했다. 잠깐 사이에 상여보다 몇 배나 많은 꽃들이 나오고 있었다. 꽃상여가 아니라 갖가지 아름다운 꽃송이를 무진장 토해내는 커다란 화수분이었다. 꽃상여에서 나온 싱싱한 꽃들이 하늘에도 지붕 위에도 가로수 위에도 둥실둥실 날아가 한들한들 춤추듯 떠 있었다.

마야를 따라 꽃상여가 춤추고, 하늘이 잠깐 출렁이더니 갑작스럽게 주변이 환해지고 여기저기서 많은 원상들이 쏟아져 나왔다. 군고답사 여행 때 동백정 앞 호계천에서 잠깐 보였던 원상들이 다시 나타나고 있었다. 여러 겹의 원안에 작은 씨앗처럼 보이던 검은 점도 자세히 들여다보면 그때처럼 구멍이 뚫려있는 아주 작은 원이었다. 큰 원들이 빨리듯 그 작은 구멍으로 들어가면서 통과해 버리는 것도 그때와 같았다. 오색으로 빛나는 원들이 여러 겹으로 겹쳐서 빠르게 회전하면서 좁쌀처럼 작아져 내 몸을 통과하기도 하고, 더러는 내게 다가오다가 다시 허공으로 멀어져갔다. 원상이 허공에서 터지면 꼬리가 달린 빛들이 춤추듯 날아다니며 매우 밝은 광채를 내고 있었다. 녹두알처럼 작은 것들이 엄청나게 밝은 광채였지만 폭죽이 터지는 불꽃놀이를 보는 것처럼 전혀 눈부시지 않고 편안했다.

찬란한 빛들이 서로서로 서리기도 하고 사방으로 흩어져 온 세상의 사물과 사람들을 휘감는 거대한 빛 그물로 변해갔다. 사람들뿐 아니라 나무와 기와지붕 같은 모든 생물 무생물까지 하늘 가득히 피어난 아름다운 꽃들과 함께 촘촘한 빛의 그물로 연결되었고 빛그물 사이로 드나드는 상서로운 기(氣)들은 걸림 없이 자유로웠다.

눈부시게 황홀하고 신비로운 빛들의 인드라망!

세상이 온통 기로 충만한 가운데 두두만물(頭頭物物)이 꽃이 되는 화엄세계가 펼쳐지고 있었다.

——— 지리산 호랑이 ———

1. 음악은 풍물과 삼현육각으로 하는데 함께 연주하거나 어느 하나를 위주로 하기도 한다(새마을 노래 등 특별한 경우에만 녹음된 음악을 사용한다).

2. 비록 무대와 객석으로 나뉜 공연이지만 함께 어울리는 마당놀이의 맛을 최대한 살리도록 한다. 관객이 (소리를 내거나 입속으로) 함께 따라 부를 수 있도록, 해설화면에 내용이나 가사를 내보내고 노래방의 화면처럼 가사의 글자색이 바뀌도록 한다.

******* 악극의 이해를 돕기 위해서 관객에게 배포하는 프로그램에다 도깨비와 상여소리를 반드시 넣도록 한다 **************

【 도깨비 】

사람들이 쓰다버린 빗자루나 절굿공이 같은 것들에 사람의 피(여자들의 생리나 아이들의 코피)가 묻어 허깨비가 된다. 허깨비는 도깨비들이 갖고 노는 장난감이다. 옛날에는 악귀를 쫓는 뿔도깨비들도 많았으나 투구 쓰고 창칼을 휘두르던 장수들까지 갓 쓰고 글 읽는 선비행세를 하면서부터 도깨비들도 점차 용맹한 뿔도깨비가 줄어들고 평범한 모양의 보통 도깨비가 많아졌다. 나중에는 사람들의 눈치를 보거나 은근슬쩍 사람들에게 빌붙는 머저리도깨비들도 생겨났다. 그러다가 사람들이 돌아보지 않으니 보통 도깨비는 물론 머저리도깨비나 허깨비마저 찾아보기 어려운 세상이 되었다.

【상여소리】

어－노 어－노 어나리 넘자 어－어노

(어－로 어－로 수월하게 나아가자 어－ 어로)

어노 : 어로(御路) : 거둥길 ; 임금의 나들이 길. 거둥(←擧動)

어나리 : 원활(圓滑)히 ; 거침없이 순조롭게

넘자 : 넘어가자. 나아가자

예부터 무덤자리는 거의가 산에 있었다.
무덤의 높인 말이 산소(山所)인 것도 그래서이다.
저마다 명당을 찾아 산소를 쓰다 보니
높은 산 험한 곳에 무덤자리를 정하는 일도 많았다.

제대로 된 길도 없었다.
상여가 비좁은 논두렁 밭두렁을 지나고
외나무다리를 건너거나
다리도 없는 개울을 건너가는 것쯤은 매우 흔한 일이었다.

높은 산 깊은 골짜기를 지나노라면
짐승도 다니지 않는 가시덤불을 헤쳐 나가거나
비탈이 심한 곳도 오르내려야 하는 경우도 적지 않았다.

상주나 상여꾼이나
상여가 가는 곳이 그 어디든 마치 임금님의 거둥길처럼
모든 난관을 거침없이 헤치고 수월하게 나아가는 것만이
모든 사람들의 최고 바램이었다.

상여는 세상에서 가장 화려한 꽃가마
수많은 만장을 앞세우고 가는 상여는
임금의 거둥길처럼 장엄하고 성스런 행차

귀한 것도 천한 것도 모두 벗어버리고
사랑도 미움도 미련마저 버려두고 훌훌 떠나가는 저승길
처음이자 마지막으로 누려보는 가장 화려한 호사

험하거나 잡스런 것들은
이승에서도 저승에서도
물 렀 거 라 !
물 렀 거 라 !
저 – 리 물 렀 거 라 !
이 행차는 임금님의 거둥길이다!

여우

이 공연은 비록 무대와 객석이 나뉘어져 있지만 함께 어울리는 것이 우리의 마당놀이다. 귀로 듣고 눈으로 감상하는 것만이 아니라 때로는 관중들도 함께 노래하고 발로 장단을 맞추며 어우러진다. 공연이 시작되면 아직 오르지 않은 막 앞으로 조명을 받으며 소리꾼이 등장한다.

여러분, 안녕들하시지라?

나는 ○○허고도 ○○○에 사는 소리꾼 ○○○이여.

노래허고 춤추는 뮤지컬 공연에, 생뚱맞게 소리꾼인 내가 멀라고 나왔냐 허먼은, 바로 여그서 여시 여시 불여시 여시 여시 백여시 그러니께 바로 그 여시를 갖고 공연헌다고 허니께 그 먼디서 여그꺼정 한 번 어려운 걸음을 해본 것이여.

다들 여시가 백년을 묵으면 꼬랑지가 하나씩 더 생긴다는 것쯤 잘 알겄지? 젤로 많이 생기면 꼬랑지가 아홉 개까지 붙는디 그것이 바로 구미호라는 것도 모를 사람이 없을 것이여. 구미호가 머시냐 허먼은, 구미호가 되면은 그것들이 둔갑술을 배워가지고 사람으로 둔갑을 혀서 어리버리헌 사람들을 홀려서 그냥 거시기 혀 버리는 것이여. 내가 어려서 들은 이야긴디 우리 동네서도 구미호 여시가 나와 가지고 동네사람 여럿 잡아먹었디야.

그러니께 장에 갔다 오던 ㅇㅇ댁네 ㅇㅇ도 잡아먹고 바람나서 돌아댕기던 ㅇㅇㅇ도 잡아먹었디야. 나중에 바람쟁이 ㅇㅇㅇ는 서울 강남 어디서 떵떵거리며 살고 있고, 부산 어디 무슨 공단에서 ㅇㅇ이가 애기들 손목 잡고 가는 것을 사는 것을 봤다는 사람도 있지만 아이고, 이 넓고 넓은 세상에 얼굴 똑같고 이름 똑같은 사람이 어디 하나둘이여?

아, 여시가 한 번 잡아먹었으면 그만이지 저그덜이 어떻게 살아났겄어? 정말로 그 사람들이 안 죽고 살았다면 승용차 타고 사륜구동 SUB 타고 '나 봐라!' 하고 동네에 나타났겄지, 추석이고 설날 대명절이고 입 싹 씻고 한 번도 고향에 안 나타났겄어? 머? 고향에 계신 어머니 아버지도 찾아올 줄 모르는 그런 고약한 것들은 그냥 여시가 칵 잡아먹어버려야 한다고? 그려, 바로 그려. 그리서 여시가 미리 알고 그때 거그서 그 싸가지 없는 것들을 그냥 칵 잡아먹어버렸는개비여.

근디, 여시가 멀라고 사람을 홀리고 간을 빼먹는지 알어? 아, 그야 여시가 사람 될라고 그러지 멀라고 그러겄어. 아니, 그 나이 먹도록 여태 그런 것도 몰랐어? 동화책도 한 번 안 읽어봤다고 무식헌 자랑허는 것이여, 머여?

간사하고 교활하기 짝이 없는 여시가, 그러니께 사기꾼같이 교활하고 양심 없기 짝이 없는 여시여시 백여시 불여시가 어디서 못

된 도를 닦아서 둔갑술을 배워가지고, 이쁜 처녀가 되어가지고 순진한 총각 홀려서 공부도 못허게 허고 앞날 망치고, 바람난 각시로 변해가지고 쓸쓸한 홀애비 꼬시고 홀려서 재산 홀랑 말아먹고, 수절과부 꼬시고 홀려서 부끄러바 자식들 얼굴도 못 보게 만들고……

그런디 우리 한 번 생각혀보더라고.

여시가 참말로 그랬으까?

참말로 여시들이 지가 사람 될라고 사람 잡아먹을까? 지놈들이 사람 될라고 멀쩡헌 생사람 잡아먹었으까?

여시들이 도 닦고 둔갑술이나 배워서 이쁜 암여시나 꼬시던지, 잘생긴 숫여시나 거시기 히감서 천년만년 목숨이 다헐 때까지. 아니, 정력이 다허는 그날꺼정 개 잡아먹고 뱀 잡아먹고 비아그라 사 먹어감서 거시기도 허고 자손도 보고 그러겄지. 그것들이 먼 지랄 헌다고 그 생고생 히감서 사람이 되얐겄어?

근디 여시가 진짜 사람이 되어가지고는 무슨 짓허고 사는 지 알어? 아, 머긴 머겄어. 진짜 인간이 되었으면, 처녀가 되었으면 시집가서 고추당추보다 매운 시집살이에 애 낳고 살림허느라고 고생허고 우울증 걸리고, 총각이 되었으면 대학 갈라고 입시공부허고 취직헐라고 입사공부허니라고 연애질 한 번 못해보고, 꽃피는 사춘기 팔팔한 청춘 공부만 하다가 다 보내버리고 군대 가서 징허게 고생허고, 어떻게 어떻게 로또 당첨되듯이 회사에 들어가서는 계장님 과장님 여그저그 눈치 보고 이리저리 코치 보고, 야근허느라고 데

이트 한 번 못해보고, 어떻게 장개를 가더라도 못난 가장 되어서 삼식이 소리나 들어감서 기죽어 살고, 어쩌다 능력 많고 운도 좋아서 돈을 많이 벌어도 자식새끼 마누라 외국 보내놓고 팔자에 없는 기러기 아빠 되어서 인생 헛살고……

나 같으면 사람 안 허겄어. 미쳤다고 사람질 허고 살어. 여시짓도 싫으면 그저 산새가 되어 가지고 이산 저산 날아다니고 암컷 만나서 사랑허고 수컷 만나서 사랑받고——

나비가 되어서 이 꽃에서 저 꽃으로 저 꽃밭에서 이 꽃밭으로 이쁜 꽃 만나서 사랑도 허고 꽃향기에 취해도 보고……

이 세상 우주 만물 가운데 좋고도 좋은 것이 많고도 많은디, 취업걱정도 안 허고 아파트 걱정도 없고, 무전유죄 유전무죄 같은 것이 먼 소린지도 모르고……

그저 사람 행세를 하더라도 팔딱팔딱 재주넘음서 오가는 놈 골려먹고, 부모에 불효허고 힘없는 사람들한테 조폭질이나 해먹고, 순진한 백성들한테 사기나 처먹는 인간들, 그런 못된 인간들이나 잡아서 간이나 빼먹지 먼 지랄을 헌다고 진짜 사람이 되겄어?

꼬리 아홉 개 달린 여시들이 머힌다고 진짜 사람이 될라고 그러겄어? 정말로 사람이 될라고 생사람 잡아먹고 그 지랄을 허겄어? 앙그려? 시방 내 말이 틀렸어? 머신가 진짜 따로 이유가 있겄지? 글지? 그렇겄지?

머시여? 시방 머시라고 혔어?

비싼 돈 주고 뮤지컬 보러 왔는디 먼 놈에 사설이 그렇게 기냐고? 아이고! 미안혀! 정말로 미안혀! 새살꾼은 이만 슬쩍 들어갈랑게 여러분들은 구경 잘 허고 가더라고.

여우에 대한 사설을 길게 늘어놓다가 마침내 손을 흔들며 나가던 소리꾼이 다시 돌아온다.

아이고, 미안혀. 내가 중요헌 것을 하나 빼먹었네.

아이고, 하이고, 여러분들도 이 나이 되어 바. 사대육신 안 쑤시는 디가 없고 첫사랑 이름도 다 까먹어. 아들 메느리는 그만 두고 토끼 같은 손자 놈들도 한 달만 못 보면 얼굴이 가물가물헌 거여.

여러분, 홍익인간이라는 말 많이 들어봤지? 널리 인간 세상을 이롭게 한다⋯⋯ 그런디 말이여, 내가 한마디 허겄는디 어떤 디서는 어쩌는가 몰라도 여그서는 홍익인간만으로는 크게 부족히야. 홍익인간을 넘어서 홍익인세, 인간만 이롭게 하는 것이 아니라 인간과 더불어 세상을 널리 이롭게 한다, 이것이 진짜 우리 하늘백성들이 해야 할 일이여. 사람끼리만 너와 내가 없는 세상이 아니여. 개나 토끼, 여우 같은 뭇짐승과 산천초목까지도 너와 내가 따로 있는 것이 아니라, 함께 '우리'가 되는 세상 그것이 바로 홍익인세이고, 여기 있는 우리들이 함께 만들어 가야 할 하늘백성들의 세상인 거여.

머라고? 하늘백성이 무슨 말인지도 몰르겄다고?

여러분도 아시다시피 갓난아기 엉덩이에 시퍼런 자국이 있는 것을 몽고반점이라고 하고, 몽고반점이 있으면 DNA검사를 해보지 않고서도 무조건 몽고족이라고 혀. 그런디, 옛날부터 우리 민족을 하늘백성이라고 혔는디, 이마빡에 별이 새겨진 것도 아닌디 우리가 하늘백성, 하늘민족이라는 것을 어떻게 알아보았으까?

자, 여러분들. 어려서 어머니가 '어머니 손은 약손! 어머니 손은 약손!' 허면서 배를 쓰다듬어 준 사람은 한 번 손들어 봐. 어쩌? 어머니가 약손으로 문질러주면 어찌 그리 신통허게 아프던 배가 싹 나았으까? 선한 마음을 토해내는 것을 토선(吐善)이라고 허는디, 어머니의 마음 따라 움직이는 좋은 기운이 손바닥에 있는 노궁혈(勞宮穴)을 통해서 나오는 것이여. ——

그러고, 손 안 든 사람들은 집에 가서 애기가 배 아프다고 헐 때 '어머니 손은 약손! 어머니 손은 약손!' 허면서 애기 배를 살살 문질러 봤다가 애기가 낫으먼 다음번에 애기랑 와서 같이 손들어.

머? 지금 여그서도 손 못 들고, 나중에 집에 가서도 '어머니 손은 약손! 어머니 손은 약손!' 이렇게 해볼 수도 없는 남자들은 어떻게 허냐고? 글쎄, 맨날 담배 피우고 술이나 퍼먹고 꽥꽥 소리 지르면서 지멋대로 살다가 늙어서 가족들한테 구박받고 사는 철없는 사람들, 지가 사내대장부인 줄도 모르고 바른 소리, 착한 행동, 사내다운 짓거리 한 번 못해보고 평생을 줏대 없이 빌빌거림서 사는 철때기 없는 사람들꺼정 '하늘백성, 하늘민족'이라고 허기가 쪼께 거시기 허네. 쪼께 거시기헌 남자들은 그냥저냥 허던 대로, 그냥저냥 살던 대로 비실비실 어리버리 아무렇게나 살어.

내가 천기누설을 허는 김에 한 가지 더 털어놓을 것잉게 잘 들어

봐. 마당놀이 마당놀이 혀 쌌는디 마당놀이가 머시여? 마당에다 판을 벌리고 다함께 노는 것이 마당놀이 아니여? 비록 이 자리가 무대와 객석이 나뉘어져 있지만 여러분도 함께 어울려야 되야. 그냥 눈으로 보고 귀로 감상만 허는 것이 아니라 여러분들도 같이 노래허고 발로 장단을 맞춘다 이 말씀이여. 우리네 마당놀이는 웃고 즐기는 가운데 치유 효과까지 있는 건강놀이여.

'아리랑 아리랑 아라리요' 같이 뱃속에서 울리는 소리는 오장을 이완 수축 시키면서 오장의 기능을 강화 시켜주고, '여우야 여우야 뭐 하니 뭐 하니' 같이 맑고 고운 놈은 머리에서 떠오르는 소리라 생각에서 오는 우울증이나 스트레스를 풀어주거덩.

이것들도 바로 토선의 작용잉게 지금부터 잘 써먹어보더라고. 다들 노래방에 한 번씩은 가봤지? 노래가 나오먼 혼자 앞서 가지 말고 뒤처지지도 말고, 그저 글자 색이 바뀌는 대로 딱 딱 맞춰서 혀야혀. 그러고 (무대 양쪽에 있는 해설화면을 가리키며)저쪽, 저쪽 테레비에 따라 부르라는 표시가 없어도 아는 노래가 나오면 그냥 살살 따라서 불러 바. 비록 무대하고 객석으로 나누어져 있지만 우리들이 다함께 어우러지는 즐거운 마당놀이판으로 만들어버리자고. 그러니께, 배우들이 지들끼리만 춤추고 노는 무지컬 구경하러 온 것이 아니라 노래방에 왔다 치고, 우리 구경꾼들도 신나게 놀아보자고.

소리꾼을 따라 스폿 라이트가 나가면 무대 쪽은 다시 어두워진다.

잠시 후 어둠 속에서 쪼롱 쪼롱 소쩍새울음소리가 들려오고—

저쪽에서 다른 새가 화답하듯 소쩍새울음소리가 쌍으로 들려오며 서서히 막이 오른다.

제1막 1장 : 옛날에, 옛적에

제 1장의 무대는 솟대와 가산사 신목을 주 배경으로 한다. 무대는 반으로 나뉘어 왼쪽에는 커다란 귀(오른쪽 귀) 모양으로 구새먹은 느티나무가 있고 무대 오른 쪽에는 크고 작은 모양의 솟대가 7개 있다. 솟대 뒤로는 멀리 초가집 등 사람 사는 마을이 보이고 느티나무 뒤 쪽으로는 바위와 나무들이 우거진 숲이 이어진다.

소쩍새울음소리를 따라 막이 오르고 동요를 부르는 한 아이의 맑은 노랫소리가 끊어질 듯 이어진다.

여우야, 여우야. 머— 하 — 니
여우야, 여우야. 머— 하 — 니

분위기는 한동안 어둡고 푸르다. 무대 오른 쪽이 밝아지며 십여 개의 솟대 사이로 노래하는 아이의 모습이 서서히 드러난다. 아이는 색동저고리에 두건을 쓴 모습이다. 아이의 '여우야, 여우야. 머하니?'하는 소리에 이어 집안에 있는 동무를 불러내듯 '놀자!'하는 두세 아이의 합창이 들려온다.

여우야, 여우야. 머— 하 — 니?   노 올 자 !

여우야, 여우야. 머— 하 — 니   노 올 자 !

남녀 아이들이 하나씩 등장, 모여들며 노래는 합창으로 바뀐다. 아이들의 복장은 색동저고리를 입거나 도령차림 등등으로 모두 옛날아이들 모습이다.

여우야, 여우야 머— 하 — 니? 노 올 자 !

여우야, 여우야 머— 하 — 니? 노 올 자 !

머— 하 — 니? 머— 하 — 니? 노 올 자 ! 노 올 자 !

여우야, 여우야 머— 하 — 니   노 올 자 !

아이들의 모두 모이자 노랫말도 바뀐다.

여우야, 여우야   파 — 알 짝

여우야, 여우야   파 — 알 짝

재— 주— 넘어라 재 — 주— 넘어라

파 — 알 짝   파 — 알 짝

재— 주 넘어라   재 — 주— 넘어라

아이들의 합창이 잦아들고

처음 아이가 두 팔을 날개 짓하듯이 펄럭이며 서서히 앞으로 나온다.

여우야, 여우야　　파 — 알 짝
여우야, 여우야　　파 — 알 짝
재— 주— 넘어라　재 — 주— 넘어라
파 — 알 짝　　　파 — 알 짝
재— 주 넘어라　　재 — 주— 넘어라

아이의 노래는 다시 합창으로 바뀌고 노래 부르는 아이들의 율동에 따라 무대 왼쪽의 조명도 서서히 밝아진다.

여우야, 여우야　　파 — 알 짝
여우야, 여우야　　파 — 알 짝
재— 주— 넘어라　재 — 주— 넘어라
파 — 알 짝　　　파 — 알 짝
재— 주 넘어라　　재 — 주— 넘어라

조명이 밝아지며 숲 속에서 여우들이 하나 둘 모여 드는 것이 보이고, 느티나무 구새에서도 여우 하나가 바깥으로 나온다.

느티나무 주위에 모인 여우들은 느릿느릿 움직이며 춤을 춘다. 〈얼굴에 그린 그림으로 여우임을 알리고 너덜너덜한 갈색 옷차림.〉

느릿느릿한 여우들의 춤이 답답한 듯 아이들의 합창이 조금 빠르고 소리도 커진다.

재 — 주 넘어라　　재 — 주 넘어라

여우야 여우야 재주넘어라 재주넘어라
혼 빼고 간 빼 먹고 혼 빼고 간 빼 먹고
여우야 여우야 재주넘어라 재주넘어라

아이들이 발을 쿵쿵 구르며 맴돌고 합창소리도 점점 빨라진다. 아이들의 빠른 합창에 따라 여우들의 춤사위도 빨라진다.

재주넘어라 재주넘어라,
여우야 여우야 재주넘어라 재주넘어라
혼 빼고 간 빼 먹고 혼 빼고 간 빼 먹고
여우야 여우야 재주넘어라 재주넘어라

숲속에서 도깨비들이 나온다. 도깨비들은 수수한 한복차림에 어딘지 좀 모자라거나 꺼벙한 모습(눈코 등에 진한 화장을 하거나 우스꽝스런 콧수염, 구레나룻 등등으로 표현)인데 양손에 파란 불을 들고 있다. 머리에 두른 머리띠에서도 파란 불이 빙글빙글 맴돈다. 도깨비들은 곧바로 여우들 틈에 섞여 춤추다 여우들과 함께 하나둘 아이들 곁으로 춤추며 다가가 아이들의 손을 잡아 무대 가운데로 끌어낸다. 도깨비들은 아이들의 손에도 하나씩 도깨비불을 쥐어주고 제가 쓴 머리띠를 벗어 씌워주기도 한다. 아이들의 손에 넘어간 파란 도깨비불은 한껏 커지고 색깔도 노랑과 빨강 녹색 등으로 아름답게 바뀐다.

여우들도 이 마당에서는 새나 거북이, 토끼나 호랑이 등등 여러 모습의 탈로 계속 바꾸어 가며 아이들이 즐겁게 한다.

도깨비불을 든 도깨비와 아이들, 갖가지 동물로 변한 여우들이 모두 함께 어울려 즐겁게 춤춘다. 〈아이들에게는 여우같은 동물이나 도깨비들과 서로를 구별하는 경계가 없다.〉

옛날에 옛적에　옛날에 옛적에
옛날에 옛적에　산 넘고 물 건너
옛날에 옛적에　해 뜨고 달 뜨고
해동네 달동네　꽃피는 산과 들

옛날에 옛적에　옛날에 옛적에
옛날에 옛적에　장난꾼 도깨비
옛날에 옛적에　재주꾼 여우들
사람과 어울려　즐겁게 살았네

옛날에 옛적에　옛날에 옛적에
옛날에 옛적에　사람도 짐승도
옛날에 옛적에　별처럼 꽃처럼
서로가 아끼며　즐겁게 살았네

춤추며 노는 중에 형형색색의 날개옷들이 수십 개 나타나 무대 공간을 떠다닌다(날개옷은 그림 속의 선인선녀들이 날개옷처럼 기다란 천을 걸치도록 되어있지만, 배우들의 몸을 공중에 떠다니게 할 수 있도록 부드러운 천이 아닌 고정된 틀形體로 제작할 것이며 배우들이 떨어지지 않고 자유롭게 춤을 출 수 있도록 발판과 의자 등 반드시 안전장치까지 만들 것). 아이들과 도깨비들이 천을 잡아 몸에 두르거나 팔에 걸치면 그대로 온몸이 둥둥 떠서 날아다닌다. 현란한 조명을 받으며 날개옷을 걸친 아이들과 도깨비들은 천정까지 높게 오르내리며 날아다닌다. 아이들과 도깨비들이 모두 걸쳐도 날개옷은 많이 남아 계속 날아다녀 아직 주인을 기다리는 날개옷이 많다는 걸 보여주고 더불어 화려한 무대가 되도록 한다. 여우들은 날개옷을 걸치지 않고 인라인을 타고 춤을 추거나 공중제비 등으로 무대를 누벼 더욱 화려하고 입체적인 공간이 되도록 한다.

♤♤♤ 느티나무는 작은 모형으로 제작하지만 밑둥치는 실제 크기로 해서 구새 먹은 구멍으로 사람이 드나들 수 있게 한다. 노래를 부르는 동안 앙상한 겨울 나뭇가지에 눈이 내려 쌓이기도 하고 나뭇잎이 돋아나 푸른 봄과 여름, 단풍이 곱게 물드는 가을(초록과 노랑 빨강이 함께 어우러진 것도 표현)과 낙엽이 날리는 것도 표현할 수 있게 한다.

◒ 날개옷을 걸치고 춤추며 날아다니던 아이들과 도깨비들이 (허공을 날아다니며 춤추던 그대로) 무대 밖으로 퇴장한 뒤, 여우들은 갖가지 동물들의 탈과 인라인을 벗어두고 서넛씩 짝을 지어 어깨동무

를 하고 퐁퐁 뛰거나 몰려다니며 기차놀이도 하고 더러는 강강술래를 연상시키는 춤을 추며 아이들처럼 즐겁게 뛰논다.

손을 잡고 동동동　손을 잡고 동동동
발을 굴러 동동동　발을 굴러 동동동
노래하며　동동동　노래하며　동동동
춤을 추며 동동동　춤을 추며 동동동
어깨 안고 동동동　어깨 안고 동동동
얼싸안고　동동동　얼싸안고　동동동

노래가 끝날 무렵 갑작스럽게 하늘이 어두워지고 바람이 휘몰아친다.

어리둥절한 여우들.

우르르쿵 천둥소리가 계속 울리고 객석까지 번개가 번쩍인다.

여우들이 놀라 쓰러진다.

잠시 뒤 삼현육각이 평화롭고 밝은 음악을 연주하기 시작하고

하늘에서 커다란 꽃구름 하나가 나타나더니 밝게 빛나며 무대 중간까지 내려온다.

쓰러졌던 여우들이 하나씩 일어나 무릎 꿇으며 아름답게 빛나는 꽃구름을 향해 비손을 한다.

우리에겐 소원이 있어

우리 소원은 사람이 되는 거야
사람이 되고 싶어 우리들도
만물의 영장 사람이 되고 싶어

힘들어도 괴로워도
백 년이 걸려도 천 년이 걸려도
사람이 되고 싶어 우리들도
만물의 영장 사람이 되고 싶어

내 소원 이뤄주세요
간절한 우리 소원 버리지 말아주세요
하늘님께 비옵나니
천지신명 비옵나니 우리 소원 이뤄주세요
사람이 되고 싶어 우리도
만물의 영장 사람이 되고 싶어

여우들의 노래가 끝날 무렵 꽃구름의 색깔이 여러 가지 색으로 바뀌기 시작한다.

또한 꽃구름의 모양도 서서히 변하며 사이사이에서 아름다운 레이저 빛이 나와 무대는 물론 객석까지 고르게 예쁜 빛을 뿌려대고 청아한 노랫소리가 흘러나온다.

천 개의 간 만 개의 심장

천 개의 눈　　만 개의 콩팥
만물의 영장　　사람의 피
천 개의 간　　만 개의 심장
천 개의 눈　　만 개의 콩팥
만물의 영장　　사람의 피

노랫소리가 끝나면 꽃구름도 서서히 어두워지며 하늘로 오르다 사라진다. 여우들이 하나 둘 일어서며 합창한다. 어둑한 상태에서 일어서는 여우들에게 하나씩 조명이 비춰진다.

천 개의 간　　만 개의 심장
천 개의 눈　　만 개의 콩팥
만물영장　　사람의 피
천 개의 간　　만 개의 심장
천 개의 눈　　만 개의 콩팥
만물영장　　사람의 피

여우들이 합창하는 소리는 크고 비장하다. 합창을 끝낸 여우들이 대화를 나누는 동안 무대가 더욱 어두워지고, 푸른색 조명을 받아가며 음산한 분위기로 바뀐다.

여우 1 : 천 개의 간, 만 개의 심장?
여우 2 : 그래, 천 개의 간, 만 개의 심장!

여우 3 : 만물의 영장 사람의 피?

여우 4 : 그래 만물의 영장 사람의 피!

여우 5 : 그러니까 그것을 사람들한테서 훔쳐오라고?

여우 6 : 그래, 훔쳐오거나 빼앗아오거나.

여우 7 : 그러면 사람들이 죽어버릴 텐데?

여우 8 : 누가 죽거나 말거나, 사람의 피를 가져오라잖아.

여우 9 : 눈도 간도 필요하고 심장도 콩팥도 가져오라잖아!

여우 1 : 그러니까, 뭐야. 우리 보고 멀쩡한 사람을 죽이라는 거야.

여우 2 : 죽이거나 잡아먹거나, 아무튼 그것들을 가져오라잖아.

여우 3 : 설마?

여우 4 : 설마라니, 듣고도 모르겠어? 무슨 말인지 못 알아듣겠어?

여우 5 : 안 돼! 말도 안 돼!

여우 6 : 안 되긴 뭐가 안 돼? 하늘이 시키는데도 안 하겠다는 거야?

여우 7 : 그래도 안 돼. 절대 안 돼.

여우 8 : 안 돼? 왜, 왜 안 돼? 왜, 말도 안 돼? 하늘에 반항하겠다는 거야?

여우들 : 안 돼! 말도 안 돼! 무조건 안 돼! 끄악! 끄아악!

까악! 으아악! 비명을 지르며 여우들이 이리저리 날뛰기 시작한다.

우르르 꽈꽈 꽝. 또다시 어둠 속에서 천둥소리가 잇달아 울리고 번쩍이는 번개가 무대는 물론 객석까지 공포분위기로 몰아넣는다. 사이사이 끄아악! 아악! 사람 살려! 죽여! 죽여라! 여우를 죽여라! 비명과 악에 바친 사람들의 목소리가 조명이 불빛이 모두 사라질 때까지 이어진다.

갑작스럽게 모든 움직임이 정지되고 어둡고 정적에 싸인 무대가 잠시 이어지다가 무대중간에서 꽃구름이 다시 오색찬란한 빛을 내며 내려오고 노래하듯 장중한 목소리가 흘러나온다.

여우들아 여우들아 사람 되고픈 여우들아
너희도 사람이 되거든 서로가 서로를 아껴주고
세상 만물을 두루 이롭게 하는 참사람 되어라

이어서 여인네의 청아한 목소리로 광명개천 이화세계를 노래한다. 해설화면에서 광명개천 홍익인세 이화세계 재세이화를 자막으로 보여주고, 아래쪽에서 한 줄씩 노래 가사를 보여준다.

광명개천 홍익인세 이화세계 재세이화 :
(光明開天 弘益人世 理化世界 在世理化)
밝은 빛으로 세상을 여나니

세상 만물을 두루 이롭게 하는 참사람이 되어라

광명개천
홍익인세
이화세계 재세이화

노래가 다시 반복되기 시작하면 바닥에 쓰러져 있던 여우들도 하나 둘 일어서며 한 소절씩 합창으로 따른다. 무대는 다시 밝아지며 따뜻한 분위가로 바뀐다.

광명개천 / 광명개천
홍익인세 / 홍익인세
이화세계 재세이화 / 이화세계 재세이화

광명개천 / 광명개천
홍익인세 / 홍익인세
이화세계 재세이화 / 이화세계 재세이화

꽃구름과 무대 조명이 함께 서서히 어두워진다.

어둠 속에서 여우들이 모두 퇴장하는 동안 소쩍새 우는소리만 들려오다가 음악소리(대금 연주)로 바뀐다(대금이 연주되는 동안에도 소쩍새 울음소리는 간간이 들려온다).

신목의 구새에서 새파란 빛과 함께 예쁜 처녀가 나오고, 어둡던 무대가 차츰 밝아진다. 처녀는 붕어댕기머리에 색동저고리와 옥색 치마를 받쳐 입은 옛날모습이다.

처녀는 솟대 쪽으로 가더니 그 중 하나를 들고 와 한바탕 춤을 춘다. 솟대는 세 마리의 오리가 앉아있는 모양으로 만든 지가 좀 오래된 듯 투박하고 낡아 보인다. 춤추는 동안 솟대의 장대는 길이가 짧아져 걸리지 않도록 하고 춤이 끝나면 다시 길어진다. 춤이 끝나면 솟대를 받들 듯이 들어 올리고 노래한다.

하늘님께 비옵나니　　내 소원 이루어지소서
천지신명 비옵나니　　내 소원 이루어지소서
정성 다해 비옵나니　　내 소원 이루어지소서

노래를 마친 처녀는 무대 앞으로 나와 솟대를 앞에 세워두고, 관객을 향해 천천히 절한다(절은 기천문의 '단배공'. 단배공 그대로 하거나 크고 화려한 몸짓으로 바꾼다). 절을 하고 나면 솟대 뒤로 바짝 다가선 뒤 솟대에 장치된 하얀 망사로 머리부터 시작해 온 몸을 서서히 가림으로써 솟대와 하나가 되었음을 보여준다. (흰 망사 속에는 다시 굵고 조밀한 검은색 망사를 두어 망사 뒤의 사람이 그림자처럼 보이게 한다. 망사는 배우의 몸을 가릴 수 있도록, 세 마리의 오리가 앉아있는 V형 가지를 이용하여 반달 모양의 원호로 제작한다. 솟대의 높이는 오리에 쉽게 손이 닿을 수 있는 정도.)

온 몸을 망사로 가린 처녀가 솟대를 들고 뒷걸음질로 솟대들 곁으로 물러나는 동안 막이 내린다.

제2막 2장 : 소원 이루기

소쩍새소리와 함께 막이 오르면 무대 가운데는 돌을 쌓은 서낭이 보이고 왼쪽에는 당산나무(커다란 느티나무)가 있다. 오른쪽에는 장승 2개와 솟대 7−8개가 서있다. 당산나무에는 빛바랜 오색 천이 걸려있고 나무 아래에는 사람들이 잠시 쉬었다 가는 바윗돌 3개가 있다. 〈2장의 배경(분위기)은 마을에서 조금 떨어진 고갯길로 설정한다.〉

장승은 天下 大將軍, 地下 女將軍 두 장승으로 낡고 오래된 모습이다.

솟대의 새는 까마귀 기러기 오리들로 옛 솟대 그대로 투박하고 질박한 모양이다.

잠시 후 풍물소리가 들리며 흰 한복에 삼색 띠를 두르고 고깔모자를 쓴 풍물패와 소박한 한복차림의 마을 사람들이 등장한다. 당산나무와 서낭을 돌며 풍물을 치는 동안 다른 사람들은 당산나무에 걸린 오색 천을 새것으로 바꾸고 새끼줄을 두른다. 서낭에도 새끼줄을 두르고 제사상을 벌여놓은 뒤 술을 따라 올리고 절한다.

마을 사람들이 당산굿을 치며 한바탕 제를 지내고 퇴장하면 허름한 한복을 입은 한 처녀가 물동이를 이고 등장한다. 〈여기서부터 막을 내릴 때까지 삼현육각만으로 분위기에 어울리게 애절하거나 신나게 연주한다.〉

처녀는 성황당 앞에 있는 단을 훔치고 물동이의 정한수를 떠서 올려놓고 두 팔을 벌려 여러 번 큰 절을 한다. 절을 마친 뒤에는 다소곳하게 앉아 두 손을 비비며 청아한 소리로 노래한다.

비나이다 비나이다
천지신명 비나이다
하늘님께 비나이다
조상님께 비나이다

비나이다 비나이다
구름에도 바람에도
두 손 모아 정성 모아
비나이다 비나이다

비나이다 비나이다
짝이 없는 외톨박이
부모님전 조상님전
뵈올 낯이 전혀 없네

비나이다 비나이다

저 꽃이　지기 전에
이 내 청춘　가기 전에
연분 찾고　사랑 찾고

비나이다　비나이다
아들 낳고　딸을 낳고
가는 세월　매어놓고
알콩 달콩　살아보세

비나이다　비나이다
천지신명　비나이다
하늘님께　비나이다
조상님께　비나이다

비나이다　비나이다
구름에도　바람에도
두 손 모아　정성 모아
비나이다　비나이다

처녀의 사설이 끝날 무렵 무용수들 등장하고 한오백년에 맞추어 춤춘다(한풀이춤).

한오백년

한 많은 이 세상 야속한 님아　정을 두고 몸만 가니 눈물이 나네
아무렴 그렇지 그렇고말고　　한 오백년 살자는데 웬 성화요
백사장 세모래 밭에 칠성단을 모으고　님 생겨 달라고 비나이다
아무렴 그렇지 그렇고말고　한 오백년 살자는데 웬 성화요
청춘에 짓밟힌 애끓는 사랑　눈물을 흘리며 어디로 가나
아무렴 그렇지 그렇고말고　한 오백년 살자는데 웬 성화요
세월아 네월아 오고가지마라　이팔청춘 이 내몸 백발되기 원통타
아무렴 그렇지 그렇고말고　한 오백년 살자는데 웬 성화요
꽃답던 내 청춘 절로 늙어　남은 반생을 어느 곳에 뜻 붙일고
아무렴 그렇지 그렇고말고　한 오백년 살자는데 웬 성화요
한 많은 이 세상 냉정한 세상　동정심 없어서 나는 못살겠네
아무렴 그렇지 그렇고말고　한 오백년 살자는데 웬 성화요

처녀는 계속해서 비손하는 모습이다. 무용수들이 퇴장하고 솟대 사이에서 새파란 빛이 나오며 하얀 망사로 얼굴을 가린 선비가 모습을 나타낸다. 새파란 빛은 곧 사라지고 선비는 무대 앞으로 나와 단아하게 선비춤을 추다가 솟대 뒤로 돌아간다. 잠시 뒤 솟대 뒤에서 나온 선비의 얼굴에서는 망사가 벗겨지고(여우가 완벽한 사람으로 변신했음을 상징) 손에는 작은 보퉁이 하나와 몇 권의 책이 들려 있다.

젊은 선비는 바윗돌에 앉아 낭랑한 소리로 책을 읽고(시조창 채용: 가능하면 많이 알려진 시조), 갑작스런 소리에 놀란 듯 처녀가 비손을 멈

추고 뒤돌아본다.

마음이 어린 후이니 하난 일이 다 어리다
만중운산에 어내 님 오랴마는
지난 닢 부난 바람에 행여 귄가 하노라 (화담 서경덕의 시조)

책을 놓고 일어선 선비가 이번에는 부채를 활짝 펼쳐들고 벙긋벙긋 웃으며, 처녀가 부르는 시조창에 맞추어 한바탕 한량춤을 춘다.

동짓달 기나긴 밤을 한허리 둘헤 내여
춘풍 니불 아래 서리서리 너혔다가
어른님 오신 날 밤이여든 구뷔구뷔 펴리라 (황진이 시조)

춤추던 선비가 보퉁이에서 옷을 꺼내어 처녀에게 옷을 걸쳐준다. 잠시 후 선비를 따라 일어선 처녀는 화려한 활옷에 족두리까지 갖춘 신부의 모습이며, 신부 뒤에서 선비 또한 사모관대를 갖춘 신랑의 모습으로 바뀐다. 두 사람은 계속되는 흥겨운 가락과 노래에 맞춰 함께 춤을 추다가 얼싸안고 퇴장한다. 한량춤이 시작될 때부터 무대 뒤쪽으로 남녀무용수들이 다수 등장해서 함께 춤추고, 남녀가 퇴장한 뒤에도 무대가 어두워지고 막이 내릴 때까지 무용수들의 춤은 계속된다.

너와 내가 만나서 / 만나서
마주 보며 웃는다 / 웃는다
서로 서로 손 잡고 / 손 잡고
이리 보고 얼씨구 / 얼씨구
저리 보고 절씨구 / 절씨구
얼싸안고   웃는다 / 웃는다 (곡: 조선가)

너영 나영 두리둥실 놀고요
낮에 낮에나 밤에 밤에나 상사랑이로구나
아침에 우는 새는 배가고파 울구요   저녁에 우는 새는 님이
그리워 운다
너영 나영 두리둥실 놀고요
낮에 낮에나 밤에 밤에나 상사랑이로구나
한라산 올라갈 땐 오빠 동생 하더니
한라산 내려올 땐 여보 당신 하더라
너영 나영 두리둥실 놀고요
낮에 낮에나 밤에 밤에나 상사랑이로구나 (제주민요)

노래가 끝나며 모두 퇴장한 뒤에도 악기는 연주를 계속하고, 한 쌍의 학이 나와 다정하게 노니는 고고한 학춤으로 두 사람의 만남과 뒷이야기를 전한다. 학춤이 끝날 무렵 작은 학들이 나와 어울려 춤추며 막이 내릴 때까지 두 사람의 행복한 삶을 표현한다.

——— 막 ———

제3막 : 시대적 변화

소쩍새소리를 따라 막이 오르면 성황당 앞에는 작은 제단을 차려져 있고 부산하게 움직이는 사람들의 모습이 보인다. 날이 시퍼런 작두 2개를 들고 나와 날카로움을 시험해보던 사람들도 2개의 깃대를 세우고 2미터 높이에 작두를 설치한다. 이어 징을 울리며 푸닥거리가 시작된다.

춤추던 무당이 한껏 신명이 오르면 작두에 올라 잠깐 춤을 추고 모인 사람들에게 공수를 내려준다. 이때, 멀리서 새마을 노래 소리가 들리더니 차츰 커지며 무대 오른 쪽에서 새마을 모자를 쓴 사람들이 괭이와 삽 등을 어깨에 메고 등장한다.

사람들이 점차 많아지며 노래 부르고 춤추자 굿을 하던 사람들은 자리를 걷고 퇴장한다. 무대 배경화면에는 초가지붕을 걷어내고 슬레이트지붕으로 바꾸고, 좁은 골목길을 넓히거나 마을 진입로를 확장하는 등 새마을 운동 당시의 영상이 흐른다.

새벽종이 울렸네 새아침이 밝았네
너도 나도 일어나 새마을을 가꾸세
살기 좋은 내 마을 우리 힘으로 만드세

초가집도 없애고 마을길도 넓히고
푸른동산 만들어 알뜰살뜰 다듬세
살기 좋은 내 마을 우리 힘으로 만드세

서로서로 도와서 땀 흘려서 일하고
소득증대 힘써서 부자마을 만드세
살기 좋은 내 마을 우리 힘으로 만드세

우리 모두 굳세게 싸우면서 일하고
일하면서 싸워서 새조국을 만드세
살기 좋은 내 마을 우리 힘으로 만드세 (새마을 노래)

새마을 운동을 하는 사람들은 농기구를 들고 춤을 추면서도, 장승과 솟대 바위들을 느티나무와 성황당 곁으로 밀어세우고 파라솔과 테이블(플라스틱 의자 4개씩)을 3－5세트 가져다 놓는다(파라솔은 4십년 전 음료수 파라솔처럼 빨강과 하양, 파랑과 하양이 섞여 시원한 느낌을 주고 갖가지 조명으로 화려함을 연출할 수 있도록 한다).

새마을 노래와 함께 등장했던 사람들이 퇴장하는 동안 반대쪽(무대 왼쪽)에서 요즘 복장에 서양식 가면을 쓰고 요란하게 치장한 요괴들이 등장한다. 요괴들은 '미신타파 문명사회! 무노동 무임금! New Millennium! 21세기 신지식인! 하나씩만 낳아도 삼천리는 초만원! 아들딸 구별 말고 하나씩만 낳아 잘 기르자! One Is More Than Enough!' 등등의 어깨띠(글자는 한글과 알파벳도 함께 사용)를 두르고 있다.

— 아니, 이게 뭐야?

— 21세기 과학문명시대에도 이 따위 미신을 믿는 인간들이 다 있나?

— 만물의 영장인 인간이 이 따위 나무한테 절하고 빌다니 말이나 돼?

— 석기시대 원시인도 아니고, 우리가 창피해서 얼굴 들고 다닐 수가 없다니까.

한바탕 떠들던 요괴들이 달려들어 느티나무에 주렁주렁 늘어뜨린 오색천을 잘라서 내버린다.

— 이래서 우리나라가 최첨단 IT국가이면서도 후진국 소리를 듣는 거야.

— 미신을 뿌리 뽑으려면 이런 재수 없는 나무부터 베어버려야 돼.

새 세상 노래가 들리며 요괴 둘이 나무에 도끼질을 시작하고 나머지 요괴들은 요괴들의 춤을 추며 서낭과 장승과 솟대를 부순다.

〈요괴들의 춤: 독특한 춤새(춤의 모양새)로 창작할 것. 탈춤 채용〉

〈요괴들은 얼굴에 가면을 썼을 뿐 복장은 요즘사람들의 옷차림으로 한다〉

새벽종이 울렸네 새아침이 밝았네　나도 나도 일어나 새 세상을 만드세
살기 좋은 새 세상　우리 힘으로 만드세
도깨비도 없애고 여우들도 몰아내　미신타파 이루어 문명국가 만드세
살기 좋은 새 세상　우리 손으로 만드세
오랜 물건 없애고 오랜 풍속 없애서　너도나도 똑같이 세계화를 이루세
살기 좋은 새 세상　외국처럼 만드세
희망찬 세계화로 선진국가 경제대국　부자 나라 만들어 새 세상을 만드세
살기 좋은 새 세상　어서 어서 만드세 (곡: 새벽종이 울렸네)

새 세상 노래와 함께 요괴들의 춤을 추던 요괴들이 퇴장하고 나간 무대에는 느티나무도 밑동만 남았고, 서낭이 헐리고 장승들이 잘리거나 뽑히고 솟대들이 마구 부러져 나뒹굴고 있다.

잠시 뒤 대여섯 사람이 등장하며 놀라는 소리를 낸다.(요즘의 다양한 복장)

여러 지방 사투리로 독하거나 맛깔스런 욕설

— 하이고, 이게 머시다냐?? 어이, 어서들 나와보더라고.

— 어떤 써글 놈덜이 죄로 갈라고 이 짓거리를 해놨대여?

— 이런, 천하에 벼락 맞아 뒈질 놈덜 같으니라고!

— 손모가지가 문드러지고 자자손손 깡통 차고 빌어 처먹을 놈덜!

— 그만혀유. 인간 같지 않은 것들 욕해봐야 우리 입만 더러워지니께. 그냥 깨끗이 치우고 말어유!

분개한 사람들이 욕하다가 퇴장하더니 곧바로 잘 살아 보세 노래와 함께 십여 명이 어깨띠를 두르고 등장한다. 어깨띠의 표어에는 친환경, HEALING! 부정부패추방! 학교폭력추방! 내가 먼저 솔선수범! 명랑사회 이룩하자! 등등.

— 근디, 우리 마을은 새마을인디, 솟대, 장승을 구닥다리로 헐 수는 읎잖여? 솟대도 장승도 현대식으로 멋지게 바꿔보더라고.

— 맞어, 맞어! 모든 것이 세계화 국제화로 가는디 우리 솟대허고 장승만 옛날로 빼꾸헐 수 없는 일이제.

— 자, 그러니께 이참에 솟대도 장승도 새마을 현대식으로 바꾸더라고!

— (모두 함께) 그려, 그려. 현대식으로 싹 바꾸자고.

— 이참에 아주 멋지게 싹 바꾸더라고. 외국 관광객이 몰려오도록 진짜 폼 나게 다 바꾸더라고.

— (모두 함께) 맞어, 맞어. 아주 폼 나게, 몽땅 다 국제적으로, 혁신적으로 바꾸더라고.

새로운 모습의 솟대와 장승을 세우기로 합의한 사람들은 부지런히 드나들며 장승과 솟대 등을 가져다 세운다. 사람들도 2~3십 명으로 불어난다.

잘 살아 보세 잘 살아 보세 우리도 한번 잘 살아 보세
금수나 강산 어여쁜 나라 한마음으로 가꿔가며
알뜰한 살림 재미도 절로 부귀영화 우리 것이다
잘 살아 보세 잘 살아 보세 우리도 한번 잘 살아 보세
잘 살아 보세

일을 해 보세 일을 해 보세 우리도 한번 일을 해 보세
태양너머에 잘 사는 나라 하루아침에 이루어졌나
티끌도 모아 태산이라면 우리의 피땀 아낄까보냐
일을 해 보세 일을 해 보세 우리도 한번 일을 해 보세
일을 해 보세

뛰어가 보세 뛰어가 보세 우리도 한번 뛰어가 보세
굳게 닫혔던 나라의 창문 세계를 향해 활짝 열어
좋은 일일랑 모조리 배워 뒤질까보냐 뛰어가 보세
뛰어가 보세 뛰어가 보세 우리도 한번 뛰어가 보세
뛰어가 보세 (잘 살아 보세 : 한운사 작사 / 김희조 작곡)

서로 어울려 춤추고 노래하면서도 사람들은 부지런히 자리를

치우고 새로 장승과 솟대를 세우고 성황당을 만든다. 그러나 성황당은 돌무더기를 쌓은 옛 모습이 아니라 디즈니랜드에 나오는 서구식 성처럼 보이고 民俗과 觀光이라고 쓴 두 개의 깃발까지 꽂혀있다. 장승에 쓴 글자는 남북통일대장군, 민주수호대장군, 신토불이, 觀光大國, 新知識人 등등으로 옛글(옛글[漢字]도 우리 조상님들이 만들어 써온 소중한 글자이므로 한글과 함께 표기하도록 한다)과 한글을 함께 사용한다.

장승들은 옛 모습이 거의 남아있지 않고 모두가 국적 없는 관광상품용이다. 하나의 몸통에 머리가 둘 달린 장승에 앞뒤로 얼굴이 있는 장승도 있고 머리가 위 아래로 3－5개씩이나 되는 장승도 있고 엉뚱하게도 눈사람 장승과 빨간 코를 가진 피노키오 허수아비도 있다. 어떤 것은 숫제 장승이 아니라 팔다리도 갖춘 인형에 가까운 모습이며 쇼윈도를 장식해야 알맞을 마네킹도 비단 옷을 걸치고 장승행세를 하고 있다.

솟대는 나무 대신 알루미늄이나 플라스틱 재질로 되어있고 자루까지 울긋불긋 색칠해 놓았다. 솟대의 새도 기러기나 까마귀, 오리 등 전통적인 새는 하나도 없고 예쁜 원앙새, 화려한 꿩(장끼), 샛노란 꾀꼬리 등등 전에는 사용하지 않던 것들이며 하얀 비둘기는 아예 푸른 잎이 달린 감람나무가지까지 입에 물고 자신이 평화의 새임을 자랑하고 있다. 더구나 이 땅에서는 구경하기도 어려운 앵무새와 공작, 극락조까지 솟대에 올라앉아 있다. 생김새도 예전처럼 대충 형태만 갖춘 질박한 모습이 아니라 마치 살아있는 새가 앉은 것처럼 매우 정교하고 색칠도 잘 되어있다. 새가 올라앉은 나뭇가지에 작은 가지와 푸른 잎사귀가 여러 개 붙어있는 미래형(?)솟대도 있다. 게다가 형형색색의 바람개비도 천천히 돌고 있고 키다리 풍선허수아비도 기다란 몸통과 팔을 흔들며 춤추고 있다.

한쪽에는 요란한 형태의 서토식(西土式) 정자도 지어놓고 인공폭포와 물레방아도 만들었다. 또한 화려한 색채의 커다란 물고기 깃발(일본식)들도 날리고 있는 등등, 모든 것이 뒤죽박죽 그저 화려하고 요란하게 치장되어 있을 뿐이다.

그저 요란하기만한 국적불명의 공원처럼 조성해놓고 사진도 찍으며 떠들썩하던 어른들이 퇴장하면 곁에서 구경하던 아이들의 무대가 된다. 아이들은 새로 만든 성황당 곁에다 자그마한 돌탑을 쌓고 탑돌이 등을 하며 놀다가 퇴장한다. 아이들이 쌓은 돌탑들은 한눈에도 엉성한데다 삐뚤빼뚤한 글씨로 '100일 동안 날마다 절하고 소원 비세요'라는 팻말까지 세워놓았다.

아이들까지 퇴장하고 난 뒤 무당을 비롯한 몇몇 사람이 등장한다. 제물을 준비해 가지고 서낭 앞으로 다가가지만 여기저기 둘러보던 사람들은 끝내 머리를 흔들고 한숨을 쉬다가 반대 방향으로 퇴장한다. 이어서 생활한복을 입은 한 노인이 등장, 쯧쯧 혀를 차며 여기저기 둘러보더니 피곤한 듯 정자에 가서 드러눕는다.

이어서 깃발을 든 안내인을 따라 한 떼의 관광객들이 등장한다.

관광객들은 곧바로 여기저기 흩어져서 셀카로 사진 찍기에 바쁘다. 잠시 후 안내원이 사람들을 서낭 앞으로 모이게 한다.

안내원 : 자, 우리문화 사랑회 여러분, 알고 보면 아는 만큼 더 보인다고 하지요? 더욱더 알차고 값진 관광을 위해서 특별히 모셔온 문화해설사님의 설명을 듣도록 하겠습니다.

사회를 마친 안내인이 문화해설사에게 핸드마이크를 넘겨주고 자리를 비켜 준다.

해설사 : 여러분도 이미 아시겠지만, 여기는 우리나라의 민속과 민속신앙을 한 눈에 볼 수 있는 성황당입니다. 성황에 대해서도 자연발생설 등 여러 가지 설이 있지만 성황당은 본래 중국 북제시대에 출현하여 송대에 이르러 크게 전파된 민간신앙입니다. 우리나라에 성황신앙이 전파된 것은 고려 문종 때 신성진(新城鎭)에 성황사(城隍寺)를 세운 것이 성황의 시초입니다. 그러니까 우리나라의 성황신앙은 자연발생이 아니라 다른 모든 문화와 마찬가지로 동양 문화의 중심 중국에서 발전해서 전파된 민간신앙이며 따라서 족보가 분명한 자연숭배사상입니다.

문화해설사의 설명에 관광객들이 고개를 끄덕이며 듣는 사이 정자에 드러누워 있던 노인이 일어나 다가선다.

노인 : 뭐, 족보가 분명한 자연숭배사상? 어디서 발전해 어디로 전파 되었다고? 자네는 똥 싸고 어미 젖 빠는 것도 학교에서 배웠나? 자네 어미는 새끼한테도 젖 빠는 면허증부터 확인하고 젖을 물린 신지식인이었다고 자랑치지 그러나?

해설사 : 아이쿠, 그러세요? 대단한 어르신네를 몰라봐서 죄송합니다. 죄송하다면 대단히 죄송하지만 지금 우리들은 무지 바쁘거든요, 무지 바빠. 그러니까 저쪽으로 쭈욱 가셔서, 어르신네들처럼 할 일 없이 노는 사람들이나 붙잡고 연설하세요.

노인 : 아니, 이런! 그 무슨 말본새야? 자네 집에는 어른들도 안계시나? 어르신들이 그렇게 가르치던가? 그리고, 자네는 간도 쓸개도 없나? 뭐? 어디어디가 동양문화의 중심이라고? 역사를 제대로 모르면 잠자코 있을 일이지, 무엇 때문에 젊은 사람이 그렇게도 조상들의 얼굴에 똥칠을 못해 안달인가?

해설사 : 보자보자 하니까 노인네가 못하시는 말씀이 없네. 청산유수야, 청산유수. 우리가 국사도 모르고 세계사도 모르면서 관광안내를 하는 줄 아세요? 그렇게 똑똑하고 잘 났으면 대학에 가서 강의를 하시든지 텔레비전에 나

와야지, 왜 이런 데서 바쁜 사람 붙잡고 그러세요? 아하, 그러고 보니 딱 노숙자시네. 올 데도 갈 데도 없는 노숙자!

노인 : 저, 저, 저런, 고얀!

기가 막히고 말문이 막힌 노인네는 삿대질만 하고 문화해설사는 기세가 등등해진다.

해설사 : 왜, 억울하세요? 억울하면 출세하세요! 사람이 출세를 해야 사람대접을 받지, 안 그래요? 안 그래?

노인 : 어허, 말세야, 말세. 세상이 어찌 되려고 젊은이들이 저리 예의가 없나!

해설사 : 세상이 어찌 되거나 말거나, 훈계 질은 엇따 대고 훈계질이야. 노인네가 나한테 뭐 보태준 거라도 있어? 누가 보면 내가 저 노인네 자식이라도 되는 줄 알겠네. 오래 살다보니 별꼴이 반쪽이네, 별꼴이 반쪽!

두 사람이 삿대질하며 싸우는 사이 안내원이 해설사의 손에서 핸드스피커를 빼앗아들고 큰소리로 말한다.

안내인 : 자, 여러분. 아무것도 모르면서 덮어놓고 잘난 척만 하

는 저런 분한테는 신경 쓰시지 마시고 즐겁게 관광이나 합시다. 쓸데없는 소리 때문에 시간이 너무 많이 지체되었습니다. 빨리 다음 장소로 이동합시다.

다음 장소로 이동하자고 하면서도 안내원은 무대 밖으로 나가지 않는다. 안내원이 깃발을 흔들며 춤을 추고 노래하자 관광객들도 따라 합창하며 춤춘다. 팔다리를 내밀며 감자를 먹이거나 우스꽝스런 표정과 동작으로 상대를 조롱하는 춤이다.

내버려 둬　내버려 둬　잘하거나　못하거나
저리 비켜　저리 비켜　내 앞에서 알짱대지마
웃기지마　우기지마　꼬라지나　짓거리나
머시가니　머시가니　니렁거시　머시가니

따지지 마　따지지 마　맞았거나 틀렸거나
니가 뭔데　잘난 척해　니가 뭔데 지랄이야
웃기지마　우기지마　꼬라지나　짓거리나
머시가니　머시가니　니렁거시　머시가니

헛소리 마　헛소리 마　너와 나는　전혀 달라
너나 잘해 너나 잘해　상관 말고　너나 잘해
웃기지마　우기지마　꼬라지나　짓거리나
머시가니　머시가니　니렁거시　머시가니

껴들지 마 껴들지 마 나도 나도 자존심 있어
죽이 되건 밥이 되건 내 인생은 내 맘대로
웃기지 마 우기지 마 꼬라지나 짓거리나 (꼬락서니나 하는 짓거리나)
머시가니 머시가니 니렁거시 머시가니(뭐기에 네까짓 게 무엇이기에)

춤추던 관광객들이 안내원의 깃발을 따라 모두 퇴장하고, 신목의 구새에서 나왔던 예쁜 여자가 솟대를 들고 다시 등장한다. 세 마리의 오리가 앉아있는 투박하고 낡아 보이는 솟대는 그대로이지만 엉덩이까지 닿았던 처녀의 댕기머리가 요즘의 30대 초반의 짧은 머리로 바뀌었고 복장도 밝은 느낌을 주는 생활한복이다. 처음에는 밝은 얼굴로 콧노래를 부르며 춤추듯 등장했지만 여기저기 둘러보던 발걸음이 무거워지고 잔뜩 못마땅한 얼굴이 된다.

여자 : 어지럽다, 어지러버! 눈을 둘 데가 한나도 엄꼬, 세상이 다 핑핑 돈다. 핑핑 돌아!

무대 앞쪽에 솟대를 세워둔 여자는 바람이 없어도 빙빙 도는 바람개비를 넘어뜨리고 이어서 너울너울 춤추는 풍선 허수아비도 쓰러뜨린다. 그러나 넘어졌다가도 금세 일어나는 풍선 허수아비, 여자는 오뚜기처럼 일어서는 풍선허수아비와 한바탕 드잡이를 한다.

마침내 송풍구가 분리 되면서 풍선허수아비가 맥없이 쓰러지고 말지만 여자도 몹시 지쳐 드러눕고 만다.

잠시 후, 드러누운 채 팔을 괴고 숨을 고르며 성황당 앞에 아이들이 만든 돌탑과 팻말을 본 여자는 차츰 기운이 나는 모습이다. 천천히 일어서더니 아이들이 만든 돌탑을 향해 다소곳하게, 양손을 짚고 한쪽 무릎만 바닥에 대고 앉는 앉은절을 올린다. 이어서 돌을 주어다가 돌탑 위에 올려놓고 춤추기 시작한다. 여자의 신들린 듯 빠른 춤사위 따라 경쾌한 음악이 흐른다.

한바탕 춤이 끝나면 여자는 솟대 쪽으로 와서 망사로 얼굴을 가린다. 다시 솟대와 하나 됨을 보여준 뒤 솟대를 들고 뒷걸음으로 물러나 팻말 곁으로 가서 선다.

솟대로 남은 여우는 누군가 다가와 아는 척해주기를 기다린다. 많은 사람이 지나가고 더러 실의에 빠진 사람들은 그 곁에 잠간 서서 깊은 한숨도 쉬고 가지만, 누구도 솟대를 향해 말을 걸거나 소원을 빌지 않는다. 흐르는 세월에 세태도 많이 바뀐 것이다.

솟대가 사람(등장인물)들의 관심에서 밀려나면, 십여 명의 여우들이 등장해서 나비야 청산가자를 부르며 춤춘다. 여기서 나비는 여우, 인간들이 받아들이지 않는 여우의 사랑을 우회적으로 표현한다.

나비야 청산 가자

나비야 청산 가자　범나비 너도 가자
가다가 날 저물면　꽃잎에 자고 가자
꽃에서 박대하면　잎에서라도 자고 가자
나비야 청산 가자　범나비 너도 가자
가다가 해가 지면　고목에 자고 가자
고목이 박대하면　풀잎에서 자고 가자
나비야 청산 가자　범나비 너도 가자
모두가 박대하면　우리끼리 놀며 가자
별도 보고 달도 보고　놀며놀며 놀며 가자

여우들이 춤추는 사이 조명이 어두워지며 막이 내린다.

——— 중간 휴식 ———

제4막 : 으스름달밤

소쩍새 울고 막이 오르면 스폿라이트 조명을 따라 솟대 뒤에 서 있는 여우가 보인다. 무대가 차츰 밝아지며 키가 큰 도깨비 하나가 등장한다.

놀리듯 들려오는 아이들의 합창소리

어리어리 어깨비　　버리버리 버깨비
어리벙벙 벙깨비　　어리둥절 절깨비
도리도리 도깨비　　허허로운 허깨비
누가 알아 누가 알아　　도깨비만 모른다
동네사람 다 알아도　　저만 저만 모른다
허수아비 허수아비　　니가 바로 허수아비
이불속 활갯짓에　　이쁜 각시 잠만 잔다
쿵덕쿵덕 방아 쪄도　　밤새도록 용을 써도
이쁜 각시 잠만 잔다　　허허로운 허깨비
어리버리 도깨비　　어리벙벙 도깨비

아이들 노랫소리에 도깨비가 열두발상모를 돌리며 돌아간다.

무대 양쪽 구석에서도 소고를 든 체구가 작은 도깨비 둘이 더 나와서 작은 상모를 돌리며 함께 어우러진다.

노래가 끝나면 상모를 돌리던 도깨비들이 멈춰서고 키 큰 도깨비가 두리번거리며 말을 건넨다.

도깨비 : 누군가? 누가 나를 부르나?

여우 : 누구긴 누구!
자네 같은 어벙이 꺼벙이 허깨비를 반갑게 부를 사람 나 말고 또 있는가?

여태껏 들리던 어린 아이들의 노랫소리와 다르게 어른 남자목소리와 함께 솟대 뒤에 있던 여우가 앞으로 나온다. 솟대는 그대로이지만, 솟대 뒤에서 나오는 여우는 3막 끝에서 등장했던 여자가 아니라 남자(복장: 생활한복)로 바뀌어있다.

도깨비 : 아이고, 역시나! 나도 나도 반갑네.
여시, 여시 백여시, 여우, 여우, 불여우, 재주님는 구미호.

여우 : 어디를 가는가? 으스름달밤.
어디를 가는가? 누구를 찾아가나?

도깨비 : 어디든지 가 보네, 으스름달밤
여기 저기 가 보네, 아무 데나 가 보네

오라는 데 없으니 부지런히 가 보네.
그러나 저러나 여우들은 좋겠네.
쥐도 잡아먹고 새도 잡아먹고, 외양간에 소, 우리 속에 돼지도 잡아먹고, 사람 죽어 무덤 쓰면 송장까지도 파먹으니 먹을 걱정은 하나도 없지 않은가?

여우 : 도깨비는 말짱 허깨비라는 말 오늘에야 알겠네. 노래를 듣고도 모르겠던가?
밤마다 아침마다 부르는 우리 노래를 듣고도 모르겠던가?
수수 백년 수수 천년 도 닦아 사람이 되려는 우리가 사람에게 해를 입힌다고?
더더구나 무덤 속 송장까지 파먹어?

도깨비 : 어허! 나도 자네 여시들이 집짐승을 덮치고 무덤을 파헤치는 것을 수도 없이 보았는데?

여우 : 보려면 제대로 보아야지. 그렇게 썩은 동태눈갈, 수박겉핥기로 무엇을 보고 무엇을 안다는 말인가?
병이 깊은 사람한테는 들짐승보다 집짐승의 생간이 효험이 있고
집짐승의 생간으로도 안 되는 병자에게는 오직
상하지 않은 간이나 콩팥 같은 인간의 장기뿐일세.
애끓는 심정이야 모르지 않지만
이미 죽은 사람의 몸뚱이 하나로 산 사람 여럿 살리는

것을 나쁘다고 하겠는가?
어차피 벌레 먹어 썩어질 몸뚱아리가
다른 사람에게 가서 건강한 몸으로 만들어 주는데 어찌 나쁘다고 하겠나?
앞 못 보는 사람에게는 밝은 눈이 되고
오줌 못 싸고 뚱뚱 부은 몸뚱아리도 황진이같이 날씬하게 만들어주고
오늘내일 죽어가던 사람한테는 뜨거운 피를 콸콸 돌게 하는 심장으로 다시 살게 되었으니 죽은 이들의 혼령들도 오히려 우리에게 고맙다고 한 다네.
살아서 욕심 많고 죄 많은 혼령일수록
죽어서나마 좋은 일 하게 되었다고 더 고마워한다네.

도깨비 : 듣다보니 사설은 그럴듯하지만 이 일을 어떻게 하나?
우리는 이미 무덤 파낸 송장한테서 꺼낸 간이며 심장을 자네들이 꿀꺽꿀꺽 한 입에 삼키는 것을 보아버렸는데.
그 조그마한 몸뚱아리에 그 많은 것들이 다 들어가다니 정말 놀랐네.
우리네 도깨비 주머니가 크다고 자랑했는데 자네들 여우 뱃속에 들어가는 것을 보고나니 어디 명함도 못 내밀겠더라고.

여우 : 그야말로 눈 먼 장님이 따로 없다니까.
겉만 보고 속을 볼 줄 모르면 오히려 안 본 것만 못하지.

장님보다 못한 게지.

자네들도 어디 한 번 찬찬히 생각해보게.

옛날 옛적 고리짝 때부터, 곰하고 호랑이가 굴 속에 앉아서 쑥 먹고 마늘 먹을 때부터

치우천황이 뿔 돋친 투구를 쓰고 전쟁터를 휩쓸 때부터

이빨 없는 사람들이 마고성에서 지유를 먹으며 만복을 누릴 때부터

까마득한 옛날부터 아득한 옛날부터 수수백년, 수수천년을 두고 수수만년을 두고

덕을 쌓고 공을 쌓아 사람이 되고 신선이 되려는 우리가

기껏해야 화장실에 가서 똥이나 싸댈라고

사람 홀려서 간을 빼먹고 무덤을 파서 송장이나 훔쳐 먹었겠는가.

귀를 후비고 눈도 비비고 잘 보고 잘 듣게.

도깨비 주머니보다 더 쉽게 넣고 꺼내는 게 여우들의 뱃속일세.

상하지는 않았어도 식어서 딱딱하게 굳어버린 장기는

다른 사람의 몸에 들어가도 다시 살아나지 못하니까 우리 뱃속에다 넣어두고

따뜻한 온기를 채우고 기를 넣어주는 것일세.

여우 뱃속이야말로 귀한 물건 안전하게 운반할 수 있는 곳이네.

알겠나? 우리 여우들 뱃속은 자네들처럼 똥만 들어있는 것이 아니라

생명을 살리는 줄기세포 배양액으로 가득 차 있다는 말일세.

도깨비 : 하이고, 만물의 영장 사람까지 홀려서 잡아먹는 여시하고 말을 섞은 내가 잘못이지. 어쨌거나 우리가 오랜 만에 만났는디 저 혼자 지 자랑만 하지 말고 우리 함께 동족들을 불러다가 거하게 놀아보세.

여우 : 그래, 그게 좋겠네. 으스름달밤 우리끼리 놀아보세. 여우나 도깨비나…… 잊혀진 것들끼리, 잊혀질 것들끼리, 끼리끼리 우리끼리 거하게 놀아보세.

나는 우리 여우들을 불러올 터이니 자네도 그 허깨비, 진깨비, 낮도깨비, 밤도깨비…… 모두 다 불러오게.

도깨비 : 여시 여시 백여시, 여시 여시 불여시, 이쁜 여우 얄미운 여우, 사설 좋은 주딩이 여우, 재주님는 구미호. 하나도 빼놓지 말게.

키 큰 도깨비 손짓에 따라 작은 도깨비들이 무대 양쪽으로 퇴장하면서 무대가 잠깐 어두워지고, 어린아이들의 합창소리가 들려온다.

날이 샌다 날이 샌다　달이 지면 날이 샌다

날이 샌다 날이 샌다　달이 뜨면 날이 샌다
보리밭 풋사랑도　도깨비 놀음판　씨름하다 날이 샌다
도깨비 놀음판도　풋사랑 놀음판　하다말다 날이 샌다

합창소리가 끝나자 무대가 다시 밝아지며 오른쪽에서 도깨비들이 '또깨비 굿'을 치며 떠들썩하게 나온다. 여우와 함께 서 있는 도깨비의 머리에서는 상모 대신 사슴뿔 두 개 솟아있다.

도깨비 풍물패들이 들고 나온 깃발은 4개인데 삼지창에 '令'자 깃발을 매단 작은 영기 2개에 농기처럼 커다란 깃발 2개였다. 커다란 깃발 하나는 언뜻 용을 그려놓은 용기인가도 했으나 용 대신 검붉은 피가 길게 묻어있는 개짐기이고, 다른 하나에는 『놀자天下之大本』라고 씌어 있으니 농자기가 아니라 '놀자기'인 셈이다. 손에 풍물을 들지 않은 칠팔 명의 잡색 도깨비들은 지게를 지고 있다. 지게에는 거의가 발채를 얹은 상태. 발채를 얹지 않은 지게에는 어린 도깨비를 태우고 있다.

한바탕 요란한 또깨비 굿이 끝나자 머리를 갸우뚱거리며 쳐다보고 있던 여우가 한마디 한다.

여우 : 피 묻은 개짐으로 깃발을 삼다니! 아무리 으스름달밤에 도깨비놀음이라도 그렇지, 정말로 으스름달밤에 도깨비장난을 하자는 것인가? 아니면 몸에서 흙내가 나는 영감탱이가 아직도 몸에서 분내가 나고 달거리도 하는

젊은 마누라 두었다고 동네방네 자랑하자는 것인가? 상서롭지 못하게, 흉하디 흉하게 저 무슨 짓거린가?

도깨비 : 짓거리라니? 흉하다니? 자네가 수수백년을 두고 여자사람, 남자사람으로 둔갑을 해쌓더니만 어느새 인간이 다 된 모양이네. 인간 중에도 시건방지고 잘난척하는 하급 인간, 지 똥 구린 줄도 모르고 그저 깨끗한 척 지도자라고 날뛰며 갑질하는 인간말종 말일세. 피는 생명의 생명 그 자체가 아닌가? 자네는 달거리 피가 묻으면 부지깽이나 낡은 빗자루 같은 것들도 도깨비 닮은 허깨비가 되어가지고 사람들한테 장난치고 돌아다니는 것을 보지도 못했는가?

또한 달거리는 만물의 영장 사람에게만 있는 귀한 것이 아닌가? 우리가 피 묻은 개짐을 깃발로 삼은 것은 지가 태어난 생명의 근원을 잊지 말고, 또 생명을 낳아 기르는 여인네들을 하늘처럼 존중하자는 뜻이 아니겠는가.

여우 : 아따, 사람 눈에 안 보이게 도깨비감투를 쓰고 여기저기 돌아댕김서 들지름, 참지름, 콩지름, 피마자지름, 수레바퀴 시꺼먼 지름…… 애들 콧구멍 콧지름에 상처 곪은 피곤지름(피고름)까지, 지름 깨나 훔쳐 먹었는지 그야말로 도깨비 말씀이 미끌미끌 반질반질 언죽번죽 회반죽일세. 그건 그렇다 치고. 저건 또 뭔가? 놀자천하지대본이라니? 농자천하지대본이라고 써야 할 것을 무식해서

그랬나, 아니면 정말로 일도 안 하고 팡팡 놀고먹자고 그랬나?

도깨비 : 농자천하지대본이라니? 지놈들이 언제 농사짓는 농부들을 사람대접해줬다고 아가리만 벌리면 농자천하지대본이란 말인가? 아랫것들 땀 뻘뻘 일 시켜놓고 그늘에 앉아 부채질이나 하면서 권농가나 부르던 양반이란 것들이 순진한 백성들 속여먹으려고 했던 수작질이 아니던가? 더구나 풍물 치며 노는 신나는 놀음판에 그 무슨 농자천하지대본? 그놈들은 마누라하고 이불 속에 들어가서도 공자왈 맹자왈 헛소리나 한다는 말인가?

사람이건 도깨비건 무릇 생명을 가진 것들이 한세상 재미나게 놀다가 가려고 태어났지 뼈 빠지게 일이나 하다가 죽으려고 태어났나? 살아생전 다 쓰지도 못할 돈 통장에다가 잔뜩 쌓아놓고 숫자놀음이나 하다가 죽는 것들이 미련한 것들이 멍청한 인간 말고 어디 또 있던가? 돈이 오래되면 사가 끼어 사악한 장난을 치게 된다는 것도 모르고 자식새끼 손자새끼들 것까지 어마어마한 재산을 쌓아두려고 평생 고생만 하다가 죽는 것이 어리석은 인간 말고 또 있던가?

사람이나 도깨비나 그저 재미나게 잘 노는 것이야말로, 그야말로 요란뻑적지근하게 잘 노는 것이야말로 풍요로운 인생살이에 진정한 놀이마당, 풍물마당이 아니겠나?

여우 : 좋아, 그것도 그렇다 치고! 잡색이라면 울긋불긋 이런 놈도 있고 저런 놈도 있어야지, 글지? 그런디 무슨 놈의 잡색들이 몽땅 지게만 지고 나와? 온 동네 온 고을 고샅길을 다 훑고 다녀도 물밥 한 숟가락 주는 사람이 없응게 도깨비들이 배고파서 몽땅 다 지게꾼으로 나섰나?

도깨비 : 이런 덜 떨어진 친구를 보게. 요즘에 좋은 차들이 얼마나 많은데? 트럭도 덤프트럭은 물론이고 지게차까지 웽웽거리고 돌아다니는 판에 지게꾼이라니 말이나 되는 소린가?

여우 : 세상 돌아가는 것을 알기는 아는 가보네. 근디 알먼 머해? 저런 쓰잘디 읎는 지게는 당장 내던져버리고 동네 편의점이나 주유소로 가서 알바 자리나 알아보더라고.

도깨비 : 이 지게는 이 나라 사람들이 만든 세상 최고의 운송수단일세. 산이고 들이고 못 가는 데가 없지, 등받이로 힘을 분산시켜 어깨에 걸리는 무게를 덜어주지, 가다가 쉬고 싶으면 아무데나 지게다리만 척 바쳐둔 채 지게를 벗어 놓고 편하게 쉴 수가 있지. 알맞은 다리까지 달려있어서 지고 일어서기도 쉽지…… 등산 가면서 학교 가면서 메고 다니는 그 따위 배낭에다가 비교하겠나? 아, 참! 그러고 봉게 요새는 배낭에도 지지대를 넣어가지고서리, 그러니께 다리 없는 앉은뱅이처럼 이상해서 그렇지 나름대로 지게 흉내를 낸 것들도 제법 많더구만.

그러고, 지게를 쓰잘 디 없이 지고 댕기다니? 저 지게에 뭐가 들었는지 알고나 하는 소리여? 우리같이 욕심 없는 도깨비들은 공짜를 몰라. 우리 도깨비한테 다이어트에도 좋은 메밀묵에다 건강에 좋은 막걸리 대접하는 착한 사람 만나면 복을 줄라고 복을 가지고 댕기는 것이여. 그러니께 저 지게들이 바로 이동식 도깨비곳간이 아니고 머시겠냐.

과장된 몸짓으로 삿대질을 해가며 여우와 길게 수작하던 도깨비가 객석을 향해 말을 건넨다.

도깨비 : 바쁜 시간에 여기까지 오셨으면 그렇게 앉아서 두 눈만 멀뚱멀뚱, 구경꾼 노릇만 하지 말고 함께 어울려 놀아봅시다. 우리하고 함께 발을 구르며 박수치고 노래하면서 스트레스 싹 날려버리고 건강까지 야무지게 챙기실 분, 내일이나 모레나 우리 도깨비들 만나면 감칠맛 나는 수수떡까지는 몰라도 다이어트에 좋은 메밀묵에 막걸리 한 잔 대접해주실 분 어디 안 계셔? 맘 있고 생각 있으면 번쩍 번쩍 손들어봐. 100살까지 건강하게 즐겁게 살라고 우리 도깨비들이 백두산에서, 한라산에서, 지리산에서, 설악산에서, 높은 봉우리 깊은 골짜기에서 캐온 귀한 약재를 하나씩 나눠줄 테니까.

고시레. 고시레. 고시레.

지게 발채에서 선물을 꺼내든 도깨비가 객석을 향해 큰 소리로 몇 차례 고시레를 외치며 선물을 던져준다. 다른 잡색 도깨비들도 '고시레'를 합창하며 지게를 바닥에 세워놓고 발채에서 선물을 꺼내 여기저기 손을 든 객석을 향해 선물꾸러미를 던져준다. 객석 통로에도 바지게를 진 도깨비들이 여기저기 나타나 고시레를 합창하며 선물을 나눠준다. 선물은 관객이 맞아도 부상위험이 절대 없는 전통 한과 또는 한지로 만든 손수건 따위의 가벼운 민속공예품 등이다.

고시레 고시레 고시레 고시레 고시레 고시레
산에서도 고시레 들에서도 고시레
술 한 잔도 고시레 밥 한 술도 고시레
고시레 고시레 고시레
먹기 전에 고시레 들기 전에 고시레
너도 먹고 고시레 나도 먹고 고시레
고시레 고시레 고-시레
함께 먹고 고시레 함께 놀고 고시레
조상님께 고시레 천지간에 고시레
고시레 고시레 고시레 고시레 고시레 고시레 (곡: 옹헤야 편곡)

도깨비들이 고시레를 하는 사이 무대 왼쪽에서도 한 떼의 여우들이 등장하며 함께 어울린다. 풍물패 복장을 한 여우 두셋은 풍물을 메고 있다. 따로 분장하지 않은 민낯의 남녀 여우들은 옷차림도 요즘에 흔히 보는 젊은이들의 옷차림인데 오래된 솟대(여기서는 춤추기 편하도록 장대의 길이가 짧은 솟대)를 하나씩 들고 있다. 솟대를 들지 않은 여우들은 제1장 장면에서처럼 얼굴에 진한 화장을 하고 너덜너덜한 갈색옷차림을 한 남녀 무용수들이다. 이 무용수들은 손에 소고 같은 풍물을 들기도 한다.

통로에 있던 도깨비들도 모두 무대로 올라가고 지게를 진 도깨비들은 다양한 빛을 내뿜는 지게작대기를 휘두르며 춤춘다. 지게작대기와 함께 지게도 빛깔이 바뀌거나 점멸하며 화려한 무대를 연출한다.

도깨비와 여우들이 모두 손에 든 풍물을 두드리고 소구 버꾸 춤추고 상고 돌리며 재주넘는 흥겨운 한마당이 벌어진다.

북춤, 방울달린 신발 신고 추는 강렬한 춤, 부포놀이와 광대판 탈춤 등등.

여우와 도깨비들이 더러는 인라인스케이트나 보드 등을 타고 춤추기도 하고 스프링 달린 신발을 신고 팔짝팔짝 뛰며 재주 부리기도 한다.

창부타령

아니 아니 노지는 못하리라
사랑 사랑 사랑이라니 사랑이란 게 무어인가
알다가도 모를 사랑 믿다가도 속는 사랑

오목조목 알뜰 사랑 왈칵달칵 싸움 사랑
무월삼경 깊은 사랑
공산야월 달 밝은데 이별한 임 그린 사랑
이 내 정을 다 녹이고 지긋지긋이 애탠 사랑
남의 정만 뺏어가고 줄 줄 모르는 얄민 사랑
이 사랑 저 사랑 다 그만두고 아무도 몰래
단둘이 만나 소근소근 은근사랑
얼씨구나 좋다 내 사랑아 사랑 사랑 참사랑아

닐리리야

닐리리야 닐리리야
청사초롱 불 밝혀라 잊었던 그님이 다시 돌아온다
일구월심 그리던 님 어느 시절에 다시 만나볼까
닐 닐 닐리리야
니나노 난−실−로 내가 돌아간다 닐 닐 닐리리야

청산유수 흐르는 물 다시 오기 어려워라
쉬엄 쉬엄 쉬어 가자 어화 둥둥 놀다 가자.
닐 닐 닐리리야
니나노 난−실−로 내가 돌아간다 닐 닐 닐리리야

백옥같이 곱던 얼굴 검버섯이 웬 말이냐
어제 청춘 오늘 백발 가는 세월을 어이하랴

닐 닐 닐리리야

니나노 난-실-로 내가 돌아간다 닐 닐 닐리리야

태평가

니나노~ 닐리리야 닐리리야 니나노~

얼싸 좋아 얼씨구 좋다

벌 나비는 이리저리 훨훨 꽃을 찾아서 날아든다

짜증은 내어서 무엇하나 성화는 받치어 무엇하나

속상한 일도 하도 많으니 놀기도 하면서 살아가세

꽃을 찾는 벌 나비는 향기를 쫓아 날아들고

버들 숲의 황금 같은 꾀꼬리들 이리 훨훨 저리 훨훨

춘하추동 사시절에 젊은 날이 얼마인가

꽃을 찾아 꽃내음새 님을 찾아 얼싸 둥둥

니나노~ 닐리리야 닐리리야 니나노~

얼싸 좋아 얼씨구 좋다

벌 나비는 이리저리 훨훨 꽃을 찾아서 날아든다

민경창파 푸른 물에 돛단배야 게 섰거라

싣고 간 내님은 어디 두고 너만 홀로 오락가락

장장추야 긴긴밤에 귀뚜라미 애가 탄다
임을 그려 젖는 베개 어느 누가 알아주리

해가 진다 달이 진다 세월이 간다 청춘도 간다
이리 오너라 안아보자 어화 둥둥 내 사랑아

니나노~ 닐리리야 닐리리야 니나노~
얼싸 좋아 얼씨구 좋다
벌 나비는 이리저리 훨훨 꽃을 찾아서 날아든다

밀양아리랑

아리 아리랑 쓰리 쓰리랑 아라리가 났네
아리랑 고개로 넘어 간다.

날 좀 보소 날 좀 보소 날 좀 보소
동지선달 꽃 본 듯이 날 좀 보소
아리 아리랑 쓰리 쓰리랑 아라리가 났네
아리랑 고개로 넘어 간다.

정든 님이 오셨는데 인사를 못해
행주치마 입에 물고 입만 방긋
아리 아리랑 쓰리 쓰리랑 아라리가 났네

아리랑 고개로 넘어 간다.

사설난봉가

앞집에 큰애기 시집을 가는데 뒷집에 총각은 목메러 간다
앞집에 큰애기 시집을 가는데 뒷집에 총각은 목메러 간다
날 버리고 가시는 님은 십리도 못 가서 발병 나고
이십리 못 가서 불한당 만나고 삼십리 못 가서 되돌아온다

아하아 어야 어야디야 내 사랑아

영감을 데리고 술장사할거나 총각을 데리고 뺑소니를 칠거나
영감을 데리고 술장사할거나 총각을 데리고 뺑소니를 칠거나
영감을 데리고 술장사하자니 밤잠을 못 자겠고
총각을 데리고 뺑소니치자니 나 많은 사람이 실없어지누나

아하아 어야 어야디야 내 사랑아

왜 생겼나 왜 생겼나 요다지 곱게도 왜 생겼나
왜 생겼나 왜 생겼나 요다지 곱게도 왜 생겼나
무쇠풀무 돌풀무에 사람의 간장을 다 녹여낸다
예쁜 것이 고운 것이 멀쩡한 사람을 애태운다

아하아 어야 어야디야 내 사랑아

고시레타령에 이어 창부타령, 늴리리야 등을 관객과 함께 합창하며 노는 질펀한 풍물판이 이어지다 무대가 어두워지며 막이 내린다.

제5막 3장 : 상여놀이와 승천(사랑의 뱃놀이)

소쩍새 소리와 함께 막이 오르지만 무대는 아직 어둡다. 무대 앞쪽에 조명이 비치면 양복차림의 남자 가수가 보인다. 해금과 아쟁의 반주로 '마음자리'를 가곡으로 부르는 동안 무대가 조금씩 밝아지며 한복과 생활한복을 입은 사람들이 갖가지 꽃과 꽃나무로 무대를 아름답게 장식하는 모습이 보인다. 무대 배경으로는 왼쪽에는 높고 낮은 산이 보이고 오른쪽으로는 나지막한 집들이 옹기종기 모여 있는 마을이 보인다. 더러는 여기저기 화려하게 꽃이 피었거나 열매가 주렁주렁 열린 나무를 가져다 놓기도 하고 더러는 꽃송이로 무대 왼쪽에 있는 언덕(높이 3~4 미터의 낮은 언덕이지만, 높은 산의 산자락처럼 보인다)을 화려하게 장식하기도 한다.

마음자리

바위틈 고인 물이　　하늘을 머금는다
바위틈 잠겨서도　　하늘은 자유롭다
바위틈 갇힌 곳에　　구름은 넘나들고
큰바람 몰아쳐도　　고인 물 고요하다

너와 나 마음자리　　우리네 마음자리
우주를 품어 안는　　해맑은 물이런가
고요히 자유로운　　푸르른 하늘인가
하늘도 맑은 물도　　우리네 마음자리

가슴을 열어두면　　인정의 샘이 솟고
이웃을 돌아보면　　사랑의 꽃이 핀다
너와 나 하나되는　　우리네 마음자리
즐거움 넘쳐나는　　행복한 세상살이

노래('마음자리'는 독창 또는 4중창으로 한다)가 끝나고 가수가 퇴장하는 동안, 무대를 아름답게 꾸미고 있던 사람 가운데 한 쌍의 남녀가 무대 앞으로 나온다. 여자는 한복차림이고 남자는 도포를 입은 선비차림이다. 남녀가 서로 주고받듯 또는 합창하듯 흥타령을 한다.

아~이고 데~고 허허~~
성화가 났~~네　헤~~

꿈이로다 꿈이로다　　세상사가 꿈이로다
부귀공명 이루어도　　내 청춘이 날 모르네
사랑 사랑 꽃피워도　　백팔번뇌 열매 맺네
꿈이로다 꿈이로다　　모두 모두 꿈이로다

아~이고 데~고 허허~~
성화가 났~~네 헤~~

너도 나도 꿈 속이요 이것저것이 꿈이로다
꿈 깨이니 또 꿈이요 깨인 꿈도 꿈속이라
꿈에 나서 꿈에 살고 꿈속에서 죽는 인생
부질없다 부질없다 꿈을 꾸어서 무엇하랴

아~이고 데~고 허허~~
성화가 났~~네 헤~~

홍타령을 끝낸 남녀가 뒤로 물러나고 생활한복을 입은 남녀가 앞으로 나온다. 젊은 여인이 먼저 청아한 목소리로 상여소리를 가곡처럼 부른다. 노랫말은 상여소리이지만 노랫소리는 실제 상여소리와 전혀 다른, 그저 맑고 아름다운 노래일 뿐이다. 악기도 단소, 생황 등 밝은 음색의 악기로 연주한다.

어-노 어-노 어나리 넘자 어어노
어-노 어-노 어나리 넘자 어어노
어-노 어-노 어나리 넘자 어어노

남녀를 비추는 조명만 남기고 무대는 차츰 어두워진다. 어둠에 잠긴 무대에서는 등장인물들이 모두 퇴장하면서 무대를 아름답게 장식했던 꽃을 많이 가지고 나가서 군데군데 조금씩만 남아있다. 사람들이 모두 퇴장하면, 무대 오른쪽에서 명정(銘旌)과 영여(靈輿), 십여 개의 만장(輓章)과 공포(功布)가 나온다. 여인의 청아한 상여소리에 이어 소리북을 반주로 선비가 부채를 펼치며 걸쭉한 목소리로 상여소리를 부른다. 이때의 상여소리는 본격적인 판소리 가락으로 조금도 구성지지 않고, 그저 인생의 희로애락을 모두 담아 길게 뽑아내는 소리일 뿐이다.

어 노 어 노 어 나 리 넘 자 어 어 노
어 노 어 노 어 나 리 넘 자 어 어 노

판소리 가락의 상여소리에 이어 쩔그렁 쩔그렁 요령소리(이때부터는 다른 악기나 배경음악 없이 상두꾼의 단조로운 요령소리 하나로만 들리게 하여 관객의 집중도를 높이고 노랫소리를 선명하게 전달하도록 한다.)와 함께 남녀를 비추던 조명까지 어두워지고, 어둠 속에서 두 소리꾼이 퇴장하는 사이 늙은 상두꾼의 애절하고 구슬픈 상여소리가 들려온다. 상두꾼의 구성진 소리가 반복된 뒤, 상여꾼들의 힘차고 장중한 합창소리와 함께 (조명을 받으며) 화려한 꽃상여가 등장한다. 꽃상여는 대를 물려서 쓰는 권위적이고 값비싼 상여가 아니라 그저 색색의 종이꽃으로 뒤덮은 1회용 꽃상여. 상여가 완전히 모습을 드러낸 뒤에야 무대가 환하게 밝아진다.

어-노 어-노　　어나리 넘자 어어노
어-노 어-노　　어나리 넘자 어어노
어-노 어-노　　어나리 넘자 어어노

꽃상여를 덮는 앙장(仰帳) 은 하얀 천으로 만들고 둘레(아래로 내려뜨리는 부분)는 짙은 하늘색으로 되어있지만, 앙장 가운데에는 우주만상의 근원이며 생명의 원천, 구원(久遠)과 조화의 상징인 3태극을 그려 넣는다. 꽃상여의 앙장은 생명을 구하는 돛단배의 돛으로 사용될 것인데, 붉은 피를 연상케 하는 적십자보다는 생명과 조화를 상징하는 3태극 문양을 사용할 것이기 때문이다(3태극 문양의 만장도 2개 배치됨).

상여를 뒤따르는 상주들은 누런 삼베옷차림에 지팡이를 짚었지만, 상여꾼들은 흰 무명옷이나 생활한복에 삼베로 만든 두건과 행전(行纏)만 착용한다. 명정과 만장을 든 사람들, 행렬 뒤를 따르는 몇몇 구경꾼들은 생활한복차림이다.

상두꾼은 상여 위에 올라서서 요령을 흔들며 건네는 앞소리(건네는 소리)을 하고 상여를 멘 상여꾼과 기를 든 사람들이 함께 뒷소리(받는 소리)를 한다. 명정과 만장을 든 사람들과 상여꾼의 발걸음은 요령소리와 상여소리에 맞춰 느릿느릿 춤추는 동작이다.

① 상여꾼과 기를 든 사람들은 상두꾼의 요령소리와 자신들이 부르는 노랫가락에 맞추어 춤추듯이 발걸음을 옮긴다. 망자의 슬픔과 아쉬움을 대변하는 상두꾼의 앞소리는 한껏 애절하고 구성지지

만, 막상 상여를 메고 가는 상여꾼들의 뒷소리는 처음부터 끝까지 힘차고 장중해야 한다. 죽음은 어느 누구도 감히 맞서거나 비켜갈 수 없는 거대한 운명이지만, 장례는 그저 사랑하는 이를 떠나보내는 슬픈 의식이 아니기 때문이다.

장례는 죽음으로 모든 것이 끝났음을 고하는 이별의식이 아니다. 잘살았거나 못살았거나 한 사람이 이승의 생을 모두 마치고 이승에서 저승으로 건너가는 장엄한 행차의식이다. 상여꾼들의 뒷소리를 객석의 관객들도 (작은 소리로) 함께 따라 부르도록 한다.

② 배경화면에서는 상여가 나가기 전날 밤 흥겹게 상여놀이를 하는 모습과 상여가 나갈 때 상을 차리고 노제를 지내는 모습 등을 차례로 보여준다.

③ 실제 무대에서는 논두렁이나 밭두렁을 (평균대 위에) 형상화한 높고 좁은 길을 두 번 정도 지나도록 한다. 가운데쯤에서 상판이 없어진 다리를 상여꾼이 (앞줄부터 차례로) 상여에 매달려 건너는 모습도 보여준다. 이때 배경화면에서는 진천 농다리를 건너는 풍경과 상여가 작은 강물 위에 놓인 좁은 섶나무다리를 건너는 모습들을 보여준다. 특히 매우 좁은 논두렁·밭두렁을 지나는 상여꾼들의 발모양을 보여주고, 중간에서 상판이 없어진 다리를 건널 때 상여꾼이 차례로 상여에 매달리며 다리를 건너는 모습을 확대해서 보여준다.

상두꾼 : 어－노 어－노　어나리 넘자 어어노

상두꾼 : 어－노 어－노　어나리 넘자 어어노

상두꾼: 가네 가네 나는 가네 너를 두고 나는 가네

상두꾼: 어-노 어-노 어나리 넘자 어어노

상두꾼: 정을 두고 나는 가네 다시 못 올 저승으로

상두꾼: 어-노 어-노 어나리 넘자 어어노

상두꾼: 온갖 시름 내려놓고 즐거움도 접어두고

상두꾼: 어-노 어-노 어나리 넘자 어어노

상두꾼: 빈손으로 왔더니만 가는 길도 빈손이네

상두꾼: 어-노 어-노 어나리 넘자 어어노

상두꾼: 한바탕 꿈이었네 아쉬움만 남았네

상두꾼: 어-노 어-노 어나리 넘자 어어노

상두꾼: 찾아주신 벗님네들 반갑고도 고마우이

상두꾼: 어-노 어-노 어나리 넘자 어어노

상두꾼: 잘있게나 잘살게나 내 몫까지 잘살게나

상두꾼: 어-노 어-노 어나리 넘자 어어노

상두꾼: 어이 하나 어이 하나 어린 자식 어이 하나

상두꾼: 어-노 어-노 어나리 넘자 어어노

상두꾼: 부탁하네 부탁하네 못난 자식 부탁하네

상두꾼: 어-노 어-노 어나리 넘자 어어노

상두꾼: 잘있게나 잘살게나 모두 모두 잘있게나

상두꾼: 어-노 어-노 어나리 넘자 어어노

상두꾼: 어부렁 더부렁 잘살게나 잘있게나

상두꾼: 어-노 어-노 어나리 넘자 어어노

상두꾼: 어—노 어—노 어나리 넘자 어어노

상두꾼: 어—노 어—노 어나리 넘자 어어노

상두꾼: 어—노 어—노 어나리 넘자 어어노

상두꾼: 어—노 어—노 어나리 넘자 어어노

상여놀이가 끝나면 상여꾼들은 무대 왼쪽 작은 산 앞에다 상여를 내려놓는다. 앙장만 걷어낸 뒤, 바닥에 미리 준비된 재료를 이용해서 상여를 통째로 덮는 커다란 무덤을 만든다(무덤은 아랫부분이 1미터 정도의 높이로 미리 설치되어있고, 상여를 들어서 내려놓고 뒤에 나머지 중간과 윗부분을 완성하도록 한다. 상여를 내려놓은 곳에는 바퀴달린 널빤지가 준비되어있어, 나중에 상여를 수레처럼 밀고 다닐 수 있게 한다).

몇 사람이 무덤을 만들기 시작할 때부터, 상주를 제외한 나머지 사람들은 무대 가운데로 나와 기다란 막대기와 달구를 들고 흥겹게 달구질하는 춤사위를 시작한다. 막대기를 양손으로 번갈아 쥐어가며 달구질을 하지만 중간에 달구를 가지고 둥그렇게 모여 달구질을 하는 장면도 연출. 마지막에는 막대기도 놓아 버리고 둥그렇게 솟을 봉분을 다지는 것처럼 발을 높이 들어 올리고 양팔을 활짝 펼치며 달구질을 하는 춤사위가 된다. 달구질 춤사위는 시계반대방향으로 천천히 원을 그리도록 한다.

상여꾼과 구경꾼들이 함께 무덤을 만들고 달구질을 하는 사이, 배경화면에는 산에서 괭이와 삽으로 땅을 파고 널을 넣은 뒤 중간에 석회를 넣어가며 흙을 채우며 달구질을 해서 무덤을 만들고 떼를 입히는 영상이 흐른다(꽃상여와 만장 등을 태우는 장면도 포함). 배경화면에서 무덤이 완성된 뒤 제단을 만들고 비석을 세운 뒤 상주들이 제물을 차려놓고 절하는 장면이 끝날 때까지 무대에서는 달구질 소리와 춤이 계속 이어진다. 배경화면에서 장례절차를 모두 보여주고 있으므로 무대 위의 달구질은 형식이나 틀에 매이지 않고 행동하거나 춤을 추도록 한다.

앞소리는 한 사람이 하고 뒷소리는 달구질하는 사람들과 관객들이 합창으로 한다.

앞소리: 에헤라 달구야
뒷소리: 에헤라 달구야
앞소리: 에헤라 달구야
뒷소리: 에헤라 달구야
앞소리: 밥을 달라면 밥을 주고
뒷소리: 에헤라 달구야
앞소리: 떡을 달라면 떡을 주고
뒷소리: 에헤라 달구야
앞소리: 술을 달라면 술도 준다
뒷소리: 에헤라 달구야
앞소리: 꼭 꼭 다져라
뒷소리: 에헤라 달구야
앞소리: 석회 넣고 강회 넣고

뒷소리: 에헤라 달구야

앞소리: 꽉 꽉 밟아라

뒷소리: 에헤라 달구야

앞소리: 여시들이 못 파가게

뒷소리: 에헤라 달구야

앞소리: 여시들이 못 파가게

뒷소리: 에헤라 달구야

앞소리: 단디 단디 다져라 (단디: 단단히, 빈틈없이)

뒷소리: 에헤라 달구야

앞소리: 우리 부모 우리 형제

뒷소리: 에헤라 달구야

앞소리: 여시들이 못 파가게

뒷소리: 에헤라 달구야

앞소리: 절대로 절대로

뒷소리: 에헤라 달구야

앞소리: 절대로 절대로 절대로

뒷소리: 에헤라 달구야

앞소리: 절대로 절대로 절대로 절대로

뒷소리: 에헤라 달구야

앞소리: 못 파가게 못 파가게

뒷소리: 에헤라 달구야

앞소리: 여시들이 못 파가게

뒷소리: 에헤라 달구야

앞소리: 여시들이 못 파가게

뒷소리: 에헤라 달구야

앞소리: 에헤라 달구야

뒷소리: 에헤라 달구야

앞소리: 여시들이 못 파가게

뒷소리: 에헤라 달구야

앞소리: 여시들이 못 파가게 못 파가게

뒷소리: 에헤라 달구야

앞소리: 못 파가게 못 파가게 못 파가게

뒷소리: 에헤라 달구야

앞소리: 에헤라 달구야

뒷소리: 에헤라 달구야

앞소리: 집을 짓네 집을 짓네

뒷소리: 에헤라 달구야

앞소리: 여시들이 못 파가게

뒷소리: 에헤라 달구야

앞소리: 철옹성 집을 짓네

뒷소리: 에헤라 달구야

앞소리: 에헤라 달구야

뒷소리: 에헤라 달구야

앞소리: 달구 달구 달구야

뒷소리: 에헤라 달구야

앞소리: 에헤라 달구야

뒷소리: 에헤라 달구야

여우들이 훼손하지 못하도록 무덤 흙을 단단하게 다지는 달구질이 끝나고 사람들이 모두 퇴장하면, 곧바로 무대 양쪽에서 여우가 하나씩 등장해서 인라인을 타고 미끄러지듯 춤추며 무대를 누빈다. 잠시 후.

여우 1: 아이고 반가워라. 오랜만에 물건 하나 만났네.

여우 2: 그러게. 오랜만에 할 일이 생겼네. 아이구 반가워라. 아이구 좋아라.

여우 1: 송장벌레들이 몰려와 다 파먹기 전에 오기 전에 우리가 먼저 와서 천만다행이네.

여우 2: 글쎄, 그놈의 송장벌레들이 어찌나 빠른지, 어찌나 냄새를 잘 맡는지, 게다가 어리석은 인간들이 송장벌레를 지놈들 조상처럼 위하는지, 우리 여우들은 그저 굶어죽기 딱 맞다니께.

여우 1: 그래도 어디 한 번 제대로 살펴볼까? 페니실린이나 방부제, 마약이나 농약에 중독된 놈 먹다가 배탈나면 큰 일이잖아. 말짱 쓸데없는 헛고생, 헛지랄이잖아.

과장된 몸짓으로 무덤에 오르기도 하고 앞뒤로 다니며 여기저기 살펴가며 좋아하는 여우들.

여우 1 : 딱이네 딱 좋네.

여우 2 : 깨끗하고 싱싱한 간과 허파에 튼튼한 심장까지 각막도 깨끗하고.

여우 1 : 신장도 피부까지도 아직은 쓸만하네.

여우 2 : 아직도 덜 굳었네. 먹을만 하네. 아이쿠, 그것참 맛도 좋겠네.

여우 1 : 싱싱한 간에서 나는 향기를 세상 무엇에 비긴단 말인가? 특히 싱싱한 심장이 입에 들어가면 어찌나 황홀한지 심장에 손을 대기만해도 나는 몸이 다 떨려.

여우 2 : 오늘은 정말 운이 좋았네. 우리가 정말 오랜만에 세상 사는 맛을 느껴보겠네.

여우 1 : 땡잡았네, 땡잡았어. 오늘, 우리가 정말 땡잡았네.

여우 2 : 땡잡으면 뭐해? 어서 가서 동무들을 불러와야지.

여우 1 : 그래, 맞아! 어서 빨리 동무들을 데려다가 무덤을 파야지. 잔치를 열어야지.

여우 1,2 : 무덤을 파야지. 우리네 여우들 잔치를 열어야지.

동무들을 데려오려는 여우들이 각각 무대 양쪽으로 퇴장하면서 무대가 어두워진다.

잠시 후 조명을 받으며 의사와 간호사 복장을 한 남녀가 등장,

주고받듯 난감하네를 부른다. 노래가 시작되면 어둑해진 무대에서는 여기저기서 힘없고 몸이 불편해 보이는 사람들이 나와 앉기 시작한다. 더러는 의사와 간호사 복장을 한 사람들이 이동침대를 밀고 나와 환자들을 내려놓고 퇴장한다.

난감하네　난감하네
이거 정말　난감하네
물 깊은 용궁에 사는 별주부가 그저 헤엄 잘 치는 수영선수라는 이유로
산 높고 골짜기 깊은 곳에 사는 토끼를 잡으러 나선 꼴이네

난감하네　난감하네
이거 정말　난감하네
공부만 잘하면 대학 가고 박사가 되는 줄 알았는디
의학박사가 되어서도 약 좋고 의료장비만 좋으면 되는 줄 알았는디
약도 필요가 없고 의료장비도 쓸 일이 전혀 없네.
아픈 사람이 많아도 장애인이 많아도 도와줄 수가 없네.

난감하네　난감하네
이거 정말　난감하네
여기도 아픈 사람 저기도 아픈 사람인데 계속해서 환자가 들어오네

돌아보면 세상천지 어디나 아픈 사람뿐이네 몸이 불편한 사람뿐이네
하루 종일 기다려도 헌혈하는 사람 하나 없고 누구나 죽으면 썩어질 몸뚱아리
몇 년을 기다려도 장기 기증하는 사람 찾을 수가 없네

난감하네 난감하네
이거 정말 난감하네
밤낮없이 공부만 하면 되는 줄 알았는데
실력 좋은 의사만 되면 되는 줄 알았는데
사랑하는 사람이 아파도 도와줄 수가 없네
장애인을 만나도 해줄 일이 전혀 없네

난감하네 난감하네
이거 정말 난감하네

난감하네가 끝나면 노래 부르던 남녀가 퇴장하고, 이어 무대 양쪽에서 여우들이 조명을 받으며 등장한다. 무덤으로 다가간 여우들은 하나가 먼저 부르고 다함께 합창으로 받는 형식의 '가슴을 열어라'를 부르며 무덤을 파헤치며 커다란 돛단배 하나를 만든다. 흰 천에 3태극이 그려져 있고 가장자리를 푸른 깃으로 장식한 앙장을 돛으로 사용하고, 상여를 장식했던 많은 꽃들도 그대로 사용해서 돛단배가 꽃상여의 변형임을 보여준다.

(돛단배 밑에는 미리 장치한 수레바퀴가 달려있어 수레처럼 쉽게 밀고 다닐 수 있게 되어있고, 뱃전에는 사람이 오르내리도록 계단까지 설치 되어있다.)

무덤을 열어라 바람을 들여라
무덤을 열어라 어둠을 걷어라
가슴을 열어라 햇살을 안아라

열어라 열어라 가슴을 열어라
보여라 보여라 그 마음 보여라

붉은 피 뜨겁고 심장이 뛰거든
그 가슴 열어라 그 마음 보여라
가슴을 보여라 사랑을 나눠라

열어라 열어라 가슴을 열어라
보여라 보여라 그 마음 보여라

뜨거운 가슴을 마음을 나눠라
뜨거운 사랑을 이웃에 나눠라
사랑을 나눠라 생명을 살려라

열어라 열어라 가슴을 열어라
보여라 보여라 그 마음 보여라

어둠을 걷고서　새 세상 맞아라
너와 나 우리는　모두 다 한 가족
보듬고 아끼며　한세상 산단다

열어라 열어라　가슴을 열어라
보여라 보여라　그 마음 보여라

여우들이 돛단배를 밀고 무대를 누비며 바닥에 누워있거나 앉아있는 사람들을 들어서 돛단배에 태운다. 여우들의 도움으로 배에 올라갔던 사람들은 1~2분 뒤 스스로 걸어서 내려오는데 배 안에 준비 되었던 불을 밝힌 꽃송이를 양손에 하나씩 들고 내려온다. 그때마다 선체 가득 장식했던 꽃송이들도 몇 개씩 점등되어 돛단배가 환하게 밝아진다(돛도 레이저를 이용하거나 광섬유, 또는 형광물질을 칠한 천으로 제작하여 환하게 빛나도록 한다).

〈여우들이 환자들을 돛단배에 들어 올리고 완쾌된 사람들이 내려오는 사이, 배경화면에서는 구급차가 경광등을 번쩍이며 달려가고 이어서 수술실에 불이 켜지고 수혈을 받으며 수술하는 장면이 3~4분 정도 흐른다. 뒤이어 크고 작은 별들이 반짝이는 밤하늘이 보이고 작은 돛단배가 하나둘 별똥별처럼 (그러나 천천히) 연달아 날아간다.〉

돛단배에서 내려온 사람들은 건강해진 모습으로 불 밝힌 꽃송이를 들고 춤을 춘다.

뱃전의 꽃불을 모두 밝힌 돛단배가 차츰 떠오르며 무대 위를 떠돌고 계속 천정으로 오르기 시작하면 무대에 있는 모두가 함께 '너라지'를 부르고 춤을 추면서 더욱 흥겨운 판을 만든다.

너라지

너라지 나라지 우-리라-지
그게 바로 바로바로 우리라지

혼자만 잘 살면 무엇 하나
서로서로 살펴보고 돌아보고
아끼고 나누고 사랑하고
아낌없이 제 몸마저 주는 사람

너라지 너라지 너- 라지
그게 바로 바로 바로 너-라지
너라지 나라지 우-리라-지
그게 바로 바로바로 우리라지

사랑의 꽃으로 별이 되어
밤하늘 수를 놓는 은하수로
너와 나 정답게 얼싸안고
서로서로 모두가 살맛나게

너라지 너라지 너- 라지
그게 바로 바로 바로 너-라지
너라지 나라지 우-리라-지
그게 바로 바로바로 우리라지 (곡: 도라지타령)

꽃불을 밝힌 돛단배가 무대를 떠나 하늘로 오르기 시작하면 배경화면도 바뀌어 하얀 뭉게구름이 떠가고 파란하늘이다. 이어서 짙푸른 바다에 점점이 떠있는 섬들이 나타나고 잠시 후 흰 돛단배가 등장해서 섬 사이로 떠다니기 시작한다, 시간이 지나며 색색의 돛을 단 돛단배의 숫자가 차츰 늘어난다(돛단배의 돛과 뱃전에는 모두 3태극이 그려져 있다).

배경화면에 섬들이 나타나고 돛단배가 보일 무렵부터 무대에서는 춤추던 사람들이 너라지에 이어 여기야 여기를 부른다.

여기야 여기(사랑의 뱃놀이)

어기야디여 어기야디여   어기야디여어차 뱃놀이 가잔다
어기야디여 어기야디여   어기야디여어차 뱃놀이 가잔다
만경창파에 돛단배 띄우고 어기야디여어차 뱃놀이 가잔다

여기야 여기 여기야 여기 여기야 여어기 생명을 살려라
여기야 여기 여기야 여기 여기야 여어기 사랑을 꽃펴라

어디야 어디 어디야 어디　어디야어어디 어디든 가잔다
험난한 세상 고단한 파도　서로가 도우며 넘어를 가잔다
어렵고 힘든 이웃을 찾아　어디야어어디 어디든 가잔다

여기야 여기 여기야 여기　여기야 여어기 생명을 살려라
여기야 여기 여기야 여기　여기야 여어기 사랑을 꽃펴라
(곡: 뱃놀이)

'여기야 여기'가 시작되면서 손에 솟대를 든 사람들이 하나 둘 등장하기 시작한다. 무대에서 춤추던 사람들도 몇몇씩 잠시 퇴장했다가 (다시 화합의 장이 되도록, 그동안 선보였던 여러 복장들로) 옷을 바꿔 입고 다시 등장하지만 손에는 모두가 하나씩 솟대를 들고 있다.

솟대를 들고 등장한 사람들은 자신이 들고 나온 솟대를 세워두고 국적불명의 서낭과 장승, 솟대들을 하나씩 무대 뒤로 치우고 난 뒤 옛 모습의 서낭을 만들고 제대로 된 솟대와 장승들을 가져와 세운다. 다만 옛 모습의 천하대장군과 지하여장군에다가 남북통일대장군, 민주수호여장군, 우리는하나대장군, 화목한세상여장군 등등 신선한 느낌을 주는 장승도 함께 세운다.

아리령 아리수

앞소리◆ : 어디로 갈꺼나　어디로 갈꺼나.
어디어디 어디어디 어 어－디로

이고 지고 산 넘어 고개 넘고 물을 건너
어디어디 어디어디 어 어-디로

뒷소리♣ : 아리령 아리령 아 아-리령
아리아리 아리아리 아 아-리령

앞소리♣ : 어디로 올꺼나 어디로 올꺼나
어디어디 어디어디 어 어-디로
바람에 돛 달고 물결에 노 저어
어디어디 어디어디 어 어-디로

뒷소리 ◆ : 아리수 아리수 아 아-리수
아리아리 아리아리 아 아-리수

다함께 ◆♣ : 아리령 아리령 아 아-리령
아리아리 아리아리 아 아-리령
아리수 아리수 아 아-리수
아리아리 아리아리 아 아-리수

(◆ : 낮고 굵은 남자 목소리 ♣ : 높고 맑은 여자 목소리)

아리랑

아-리령 아-리령 아 아~리 고개 아-리수 아-리수 아 아~리 물길

아-리령 아-리령 아 아-리라~앙 아-리수 아-리수 아 아- 리수

아리랑 아리랑 아라리요 아리랑 고개로 넘어간다
나를 버리고 가시는 님은 십리도 못가서 발병난다

아리랑 아리랑 아라리요 아리수 물길에 배 떠난다
바람 따라서 돛 달고 가도 노 저어 손 저어 돌아온다

아-리랑 아-리랑 아~라리요   아리랑 고개로 넘어간다
아-리랑 아-리랑 아~라리요   아리수 물길에 배 떠난다

여기서의 아리랑은 남녀 간의 사랑노래가 아니다. 산을 넘고 물길을 따라 새로운 세계를 향해 떠나는 자와 고향을 지키며 남아있는 자들이 서로를 그리워하고 위로하며 함께 즐거워하는 노래이다.

새로운 서낭과 솟대, 장승 세우기가 끝나고 모두들 춤추는 사이 하나둘씩 차례로 앞으로 나가 무대 앞쪽에 솟대를 세우고 관객을 보며 투명한 망사로 얼굴을 가려 여우가 되었음을 보여준다.

모두 투명한 망사를 쓰고 제 자리로 돌아가서 자리 잡으면 출연진 모두가 함께 관객을 향해 천천히 단배공으로 4배(四拜는 神 또는 神格인 임금께 올리는 절이므로 관객을 임금으로 대하며 다함께 홍익세상을 만들자는 의미)를 올리고 일어난 뒤 다시 간절한 마음으로 부복한다.

——— 뮤지컬 여우 ———

작가의 말

부도지(符都誌)는 우리 겨레의 창세신화를 음악(律呂)으로 시작되었으며, 처음으로 생겨난 천인과 천녀가 했던 일도 율(律)과 여(呂)를 맡아보는 것이었다고 기록했다.

음악으로 인해 세상이 생겨났으며 음악으로 세상이 다스려진다고 믿을 만큼 음악이 중요시 되었던 것은 무엇 때문일까? 음악은 소리로 이루어지지만 아무리 고운 음이나 또는 화음이라도 어느 하나만 계속된다면 듣는 이를 피곤하게 할 뿐이다. 높고 낮은 소리, 크고 작고 길고 짧은 소리가 조화롭게 어우러져야 비로소 음악이 되기 때문이다. 또한 조화롭게 어우러진 소리라 하더라도 지루하지 않도록 계속 반복되지 않고 다른 소리를 받아들여 끊임없이 새롭게 변화해나가야 한다. 서로 다른 소리가 끊임없이 함께 어우러져 온전한 음악이 되는 것이니, 이 세상 또한 서로가 조화롭게 어울리며 변화해가야 한다는 것을 의미한다.

모든 소리는 떨림에서 나온다. 두드리는 타악기나 줄을 울려서 소리를 내는 현악기는 말할 것도 없거니와 관악기도 떨림판이 따로 있어야 한다. 따로 떨림판이 없는 관악기는 연주자의 입술에서라도 떨림판 역할이 있어야 한다. 의사를 전달하는 말소리도 먼저 목청에서 시작된 떨림을 입에서 가공하는 것이다. 아무리 큰 숨을 내쉬며 입술과 혀를 부지런히 움직여도 목구멍의 떨림이 없으면 아무 소리도 되지 않는다.

울림은 떨림이며 떨림소리가 우는 소리다. 주체할 수 없는 슬픔에 가슴이 떨리는 소리도 우는 소리이지만 아름다운 노래 소리도 결국 가슴이 떨리는 소리, 가슴이 우는 소리다. 필자는 우리가 한이 많은 민족이라서 새가 노래한다고 하지 않고 새가 운다고 하는 소리를 들으며 자랐다. 그래서 새들이 운다는 말보다는 새들이 지저귄다고 해야 한다는 주장에 별 생각 없이 공감하기도 했었다.

사람이 입으로 내는 소리가 고도로 진보되어 서로의 생각을 자유롭게 전달하는 말(언어)이 되었지만, 아쉽게도 가슴속 깊은 떨림이 없이 머릿속의 필요에 따라 나오는 인위적인 소리(언어)에는 순수하지 못한 가식까지 끼어들어 거짓말이 되고 종내에는 서로를 속일 수도 있는 위험한 도구로까지 되고 말았다.

공명이란 어떤 물체가 외부로부터의 음파에 자극되어 같은 진동수의 소리(떨림: 진동)를 내는 현상(공진)인데 작은 진동이라도 계속 지속되면 서로를 더 크게 자극하는 상승작용으로 나타나 커다란 소리를 내기도 하고, 심한 경우에는 거센 진동을 견디지 못하고 부서

져버리는 엄청난 결과를 초래하기도 한다.

저절로 떨려서 나오는 자연스런 울림소리에는 거짓이 없어 함께 쉽게 공명하고 공감할 수가 있다. 고도로 정제된 언어는 전해 듣는 사람까지 감동시킬 수 있지만 좋은 음악은 사람을 넘어서 모든 동물과 식물 등 자연에까지 좋은 영향을 미치게 된다. 신라 신문왕 때 만들어진 한 피리를 불면 적군이 물러가고 병이 나으며, 가뭄이 들면 비가 오고, 장마 때는 비가 개며, 바람이 불 때는 그치고 물결이 평온해졌으므로 이 피리의 이름을 만파식적(萬波息笛)이라 했다고 한다.

아쉽게도 나는 노래를 하지 못한다. 혼자서 음악을 듣는 것도 좋아하고 기회가 있으면 노래방에도 열심히 따라다니지만 단 둘이 노래방에 가서도 마이크는 잡지 못하고 열심히 손바닥만 두드리는 정도다.

군대생활을 하는 동안 밤새워 구타를 당한 적이 있었는데 두 번 다 노래를 하지 못하겠다고 해서 빚어진 일이었다. 구타당한 시기도 몇 달 차이가 났고 각기 다른 고참이었지만, 날이 밝을 무렵이 되자 웬일인지 두 사람 다 자신들이 먼저 애국가를 부를 터이니 한 소절씩 따라서 하면 될 것이 아니겠느냐고 엎드려 절 받기를 시도했지만 나로서는 그마저 못하겠다고 끝까지 버틸 수밖에 없었다. 졸병 하나 잡지 못하고 무너지는 고참들의 모습에 일말의 동정심이 생기지 않는 것도 아니었으나 내가 끝까지 버틴 것은 사실 내가 노래를 전혀 못하는 음치 중의 음치였기 때문이다. 기억력까지 안 좋아서 내가 즐겨 듣는 노래들의 가사도 한두 소절씩만 기억할 뿐 가사 전체를 아는 것은 하나도 없다. 국민 된 도리로 애국가는 4절까지 다 외우고 있지만, 행사 중 애국가 제창을 하는 경우에만 남들이 눈치채지 못하게 웅얼웅얼 겨우 소리를 내보는 정도다.

몇 해 전 중편소설 '여우'를 쓰면서 소설로는 표현하기 어려웠던 것들을 뮤지컬 여우 대본으로 만들어 보았다. 춤이나 노래를 전혀 모르고 뮤지컬은 더더욱 모르는 사람이 그저 우리 여우에 대한 열정만으로 덤벼든 것이므로 얼만큼이나 독자 여러분의 공감을 얻을 수 있을런지 불안할 따름이다.

4350. 2.

印虛 정수인 합장

지리산 호랑이

초판 1쇄 발행일 2017년 3월 17일

지은이 정수인
펴낸이 박영희
편집 김영림
디자인 박희경
마케팅 임자연
인쇄·제본 태광 인쇄
펴낸곳 도서출판 어문학사
서울특별시 도봉구 해등로 357 나너울카운티 1층
대표전화: 02-998-0094/편집부1: 02-998-2267, 편집부2: 02-998-2269
홈페이지: www.amhbook.com
트위터: @with_amhbook
페이스북: www.facebook.com/amhbook
블로그: 네이버 http://blog.naver.com/amhbook
다음 http://blog.daum.net/amhbook
e-mail: am@amhbook.com
등록: 2004년 7월 26일 제2009-2호

ISBN 978-89-6184-439-0 03810
정가 14,000원

이 도서의 국립중앙도서관 출판예정도서목록(CIP)은 e-CIP홈페이지(http://www.nl.go.kr/ecip)와 국가자료공동목록시스템(http://www.nl.go.kr/kolisnet)에서 이용하실 수 있습니다.
(CIP제어번호: CIP2017005643)

※잘못 만들어진 책은 교환해 드립니다.